大漠长歌

韩雄亮　杨智凯 ◎ 编著

远方出版社

图书在版编目 (CIP) 数据

大漠长歌 / 韩雄亮，杨智凯编著 . -- 呼和浩特：远方出版社，2017.11

ISBN 978-7-5555-0994-3

Ⅰ . ①大… Ⅱ . ①韩… ②杨… Ⅲ . ①报告文学 – 中国 – 当代 Ⅳ . ① I25

中国版本图书馆 CIP 数据核字 (2017) 第 260848 号

大漠长歌
DAMO CHANG GE

编　　著	韩雄亮　杨智凯
责任编辑	董美鲜　于丽慧　孟繁龙　刘向武
责任校对	奥丽雅
装帧设计	韩　芳
插　　图	张　莹　赵丽霞
出版发行	远方出版社
社　　址	呼和浩特市乌兰察布东路 666 号　邮编 010010
电　　话	（0471）2236470 总编室　2236460 发行部
经　　销	新华书店
印　　刷	内蒙古爱信达教育印务有限责任公司
开　　本	170mm×240mm　1/16
字　　数	500 千
印　　张	32.75
版　　次	2017 年 11 月第 1 版
印　　次	2018 年 5 月第 1 次印刷
印　　数	1—3 000 册
标准书号	ISBN 978-7-5555-0994-3
定　　价	89.80 元

如发现印装质量问题，请与出版社联系调换

序　库布其，一部教科书、一座博物院

库布其沙漠是中国第七大沙漠。库布其沙漠的主体位于中国2856个县级行政区之一的内蒙古杭锦旗境内。

库布其国际沙漠论坛，已经成为中国政府的规定动作，世界的目光关注着这片神奇的大漠。

库布其，被联合国防治荒漠化公约组织关注。

库布其，蒙古语，汉意为弓上的弦。因为它处于黄河"几"字形内，空中鸟瞰库布其沙漠与黄河，你会发现两者形成了天然的弓弦态势，库布其名副其实。

库布其赤裸裸地横亘在黄河怀抱，沙漠总面积18000多平方公里，比北京市的总面积还大一些，是距中国首都北京最近的沙漠，直线距离约800公里。库布其沙漠，东西长400多公里，南北宽50多公里，将内蒙古杭锦旗、达拉特旗和准格尔旗近2万平方公里土地侵占。它像一条野性十足、蜿蜒起伏的黄龙，横卧在鄂尔多斯高原，成为沙尘暴遮天蔽日的帮凶，一夜工夫沙尘就飞到北京上空，库布其就像悬在西北上空的一盘沙子，让中国华北地区近2亿居民在每年春夏之交，心有余悸。

2017年9月，《联合国防治荒漠化公约》组织196个国家的部长会议在鄂尔多斯召开，笔者作为特邀代表应邀参加了大会，见证了库布其被列为世界防治荒漠化治理"示范样本"，被称为全球荒漠防治的"中国方案"和"中国精神"。各国代表纷纷走进库布其……

千百年来，库布其留下了许多传说：当年八仙之一张果老坐骑神驴，驮着一布袋神沙，走过黄河沿岸，发现黄河水涨淹没了南岸许多村庄。难民求苍天保佑，玉皇大帝给张果老下了指令，将神沙沿黄河南岸撒下，保护了村庄和居民。结果张果老忘记念经固定沙子，神沙随意膨胀，形成了大漠。有部分庙宇被沙漠淹没，许多喇嘛被埋到沙漠之下，发出了"咕咕"的冤叫声，这就是今天库布其特大响沙湾的形成。

《大漠长歌》讲的不是神话，是真真切切的中国故事，是当代13万杭锦人民创造的传奇，这就是杭锦旗穿沙精神、穿沙路（从旗政府所在地锡尼镇穿越库布其沙漠到独贵塔拉镇115公里，途径9个乡镇，惠及10多万人）。

库布其横亘东西，将杭锦旗一分为二：梁外、沿河。沿河产的粮食运到梁外，当年马车、驼队要走2天，汽车绕道桥头镇要开4个小时，杭锦旗人慢在了路上、穷在了路上、死在了路上，曾经有多少牧民、牲畜、商贩、驼队为了捷径，冒险走进大漠，至今杳无音信。

那年，杭锦旗第十任旗长白玉岭一上任，就下定决心：要彻底改变杭锦旗"慢在路上"的窘困局面，彻底改变干部"等政策、等拨款、等机会"的懒政思想。在旗委和旗政府形成共识的基础上，白玉岭多次带队走进大漠深处调研，把施工风险降到最低。不久，白玉岭任职旗委书记和时任旗长王玉明多次带头捐出自己的工资、带领机关干部分段承包穿沙公路，全旗干部职工动员农牧民积极投资投劳，投身于这场空前的沙漠修路战役。

旗委副书记达木林同志记得很清楚，1997年9月23日，旗委书记白玉岭在全旗干部职工动员大会上慷慨激昂："……当年国民党出征下令时高喊：弟兄们，给我上！而共产党迎战出征时喊的是：同志们，跟我上！一个'跟'字，体现了党员干部要冲锋在前。我现在宣布，明天全旗党员干部就跟我上！……"当时整个会场掌声雷动，经久不息。

第二天，书记、旗长四大班子领导和旗直机关干部纷纷扎营大漠。不久，支书村长来了，农民牧民来了，沙柳树苗来了，镰刀斧头铁锹都来了，手扶车、四轮车、牛车马车、链轨车排成长龙开进了大漠，当时的场面红旗猎猎、车水马龙、排山倒海。时任杭锦旗交通局局长的白富华动情地说："当时那个场面就像一个战场，比拍电影更真实、更壮观。"

春夏秋冬，寒来暑往，汗流大漠，锹把子折断了，鞋底子磨破了，书记的司机累垮了，旗长的秘书病倒了，政协主席上火了……

无数人仍质疑：人们都把库布其称作死亡之海，有进无退，多少任书记和旗长都不敢张罗，就怕明日修通后天一夜风暴吞没，何况财政工资不保，全旗职工2个月开不了工资，哪来的钱修路？白玉岭书记坚定地说："如果杭锦旗财政有钱、如果老百姓都有钱，还要我们这些干部做甚？共产党不就是靠镰刀斧头起步的吗？不怕没有资金，就怕丢了精神……"

时任内蒙古自治区党委书记刘明祖、自治区主席乌云其木格先后走进库布其，看到杭锦旗人民发扬愚公精神、肩扛人拉、脱皮掉肉，书记和旗长的脸面被风沙吹得像非洲黑人，动真情了。刘明祖立即取消盟委书记在东胜为他安排的五星级酒店，执意要在大漠里与杭锦旗老百姓住一宿。他要旗委书记白玉岭给他准备一碗荞面饸饹和几片油炸糕。他说，杭锦人民创造的"穿沙精神"就是各级干部最好的精神食粮。那天,杭锦旗有史以来,第一次接待那么多厅局级干部。那年,杭锦旗没有一个星级酒店,大家都住平房。当天晚上刘明祖夜不能寐,他挥毫泼墨:大漠奇迹。

一位资深主流媒体人评论说,杭锦人不仅仅修通了一条穿沙公路,而且修炼出了一种团结奋斗"咬定沙漠不放松"的精神,展示出了共产党人的一种"不破楼兰誓不还"的豪气。库布其就是一部人生教科书,它让读懂它的人受益无穷;库布其就是一座博物院,走进它,你会脑洞大开;库布其就是新闻发源地,这里每天都在发生新的故事;库布其就是一首长歌,伴着母亲河的旋律久久传唱……

再过一百年,修这条路的人都不在了,但,库布其故事、穿沙路精神还在。请行进在这条路上的人不要忘记,创造穿沙精神的拓荒者;请不要忘记,当年冒风险顶压力迎难而上、向大漠进军的杭锦人。大路通了,大漠绿了,而先驱者的头发白了,有的已告别大漠悄悄地走了(白玉岭同志因积劳成疾,57岁病倒在工作岗位上,成为杭锦人民永远的痛),但先驱者的精气神,必将永远写在大漠上,先驱者的芳名,必将永远被后人铭记。

当我们翻阅《大漠长歌》这本书时,请记住他们的芳名,他们是李凤鸣、[白玉岭]、王玉明、达木林、项国臣、乔志荣、白永学、白富华、吴有清、呼吉图、浩思、松队、达赖……

他们只是13万人民中的一部分,是一个自强不息、不忘初心、团结奋斗、追梦圆梦的先锋缩影……

目录

上篇

第一章

第一节　大漠惊魂　　　　　　　　　　　　004
第二节　库布其，弓上的弦　　　　　　　　007
第三节　沙化探寻　　　　　　　　　　　　014
第四节　招户放垦与汉民进入　　　　　　　020
第五节　走进怀仁堂　　　　　　　　　　　025
第六节　国营林场　　　　　　　　　　　　032
第七节　风沙围堵南干渠　　　　　　　　　037

第二章

第一节　生态建设里程碑　　　　　　　　　044
第二节　大移民　　　　　　　　　　　　　049
第三节　柠条盟长　　　　　　　　　　　　056
第四节　先行部门先行者　　　　　　　　　081

第五节　谁敢横穿库布其　　　091
第六节　盟旗一体化　　　　　100
第七节　路漫漫其修远兮　　　112

第三章

第一节　思想解放天地宽　　　118
第二节　全面动员　　　　　　120
第三节　杭锦富不富关键在干部　124
第四节　占位子就要挣票子　　127
第五节　决战前夕　　　　　　129
第六节　不脱贫困帽，就摘乌纱帽　133
第七节　干他个天翻地覆　　　135

第四章

第一节　要当功臣不当罪人　　142
第二节　把乌纱帽押上去　　　146
第三节　老师发火了　　　　　149

第四节　开天辟地　　　　　　　　　152

第五节　为有源头活水来　　　　　　162

第六节　说农话牧在沿河　　　　　　164

第七节　书记问鼎库布其　　　　　　167

第五章

第一节　盟委读书会　　　　　　　　174

第二节　以读书会统一思想　　　　　176

第三节　好雨知时节　　　　　　　　180

第四节　变大灾之年为大干之年　　　182

第五节　南北合龙　　　　　　　　　184

第六节　一战库布其：跟我上　　　　188

第六章

第一节　落后就开除地球村球籍　　　224

第二节　全委扩大会议　　　　　　　227

第三节　走进前列不是梦　　　　　　233

第四节　只有干好的义务　没有干坏的权利　　239
第五节　西线防凌战事紧　　240
第六节　书记扶贫又先行　　246

────────── 第七章 ──────────

第一节　二战库布其：栽死的、种活的、养绿的　　250
第二节　大漠劲旅　　253
第三节　大检阅　　264
第四节　北京人要来赛音乌素了　　267
第五节　南北对话　　270
第六节　风景这边独好　　272
第七节　鸿雁传书　　276

下　篇

────────── 第八章 ──────────

第一节　书记打赌　　284

第二节	无字天书	285
第三节	干部不干让位，农民不干让地	298
第四节	一张蓝图绘到底	299
第五节	地方的知名度越来越高	300
第六节	"造车部落"筑路忙	303
第七节	书记、旗长互查包扶户	305

第九章

第一节	三战库布其：建一条绿色长廊	308
第二节	万心跳动	311
第三节	书记也是好壮工	314
第四节	道虽远，行则将至穿沙公路成功了！	318
第五节	新闻"富矿"	320
第六节	弘扬穿沙精神尤为重要	324
第七节	一年苦干 终成夙愿	327

第十章

第一节	三位书记植树	332
第二节	大漠奇迹	333
第三节	趁热打铁	336
第四节	一对一，精准扶贫做示范	338
第五节	贫困地区的富裕之路	340
第六节	狙击荒漠化	346
第七节	四战库布其：宁可不栽，不可不活	348

第十一章

第一节	又一个壮举	358
第二节	草场浮油撒不得	363
第三节	以为原来就有路	367
第四节	生态试验站	369
第五节	得道多助	377
第六节	天堑变通途	381

第七节　三临库布其　　　　　　　　　　　383

第十二章

第一节　丰碑　　　　　　　　　　　　　390
第二节　乌日更达赖　　　　　　　　　　393
第三节　五战库布其：再打一个漂亮仗　　402
第四节　聚焦　　　　　　　　　　　　　406
第五节　《国内动态清样》　　　　　　　409
第六节　忙起来就会有好日子过　　　　　410
第七节　考察取真经　　　　　　　　　　412

第十三章

第一节　白玉岭日记：痛下决心，拼出一个前途　　414
第二节　沿河儿女保家园　　　　　　　　421
第三节　咬紧牙关也要把电搞上去　　　　431
第四节　老杭锦看新杭锦　　　　　　　　437
第五节　功崇惟志　业广惟勤　　　　　　444

| 第六节 | 精神财富大于物质财富 | 451 |
| 第七节 | 一切为民者则民向往之 | 456 |

第十四章

第一节	杭锦人难忘张双旺	460
第二节	治沙扶贫库布其	474
第三节	绿色中国梦	485
第四节	知往鉴今 以启未来	487
第五节	牛！工业治沙变废为宝	491
第六节	携手防治荒漠，共谋人类福祉	494
	——第23个世界防治荒漠化与干旱日	
	来看看鄂尔多斯铺梦逐绿的成绩单	
第七节	爱我你就来库布其	500

后记   506

上 篇

第 1 章

第一章

第一节　大漠惊魂

随国家篮球队出征雅典奥运会后，蒙克·巴特尔回家探亲了。巴特尔的家在库布其沙漠腹地的杭锦旗巴音补拉格苏木。望着车窗外一眼望不尽的由沙柳、沙蒿织成的网络沙障，不禁思绪万千，回到了20年前……

那是1984年，9岁的巴特尔身高已达到1.78米，被保送到杭锦旗蒙古族实验小学上学，开始篮球训练。

巴特尔和父亲骑着两峰骆驼，要穿越库布其沙漠才能到杭锦旗，这是他第一次穿越库布其沙漠。

沙漠之舟

临行时,母亲把一袋饼和一壶水拴好挂在了驼峰上,再三叮咛父亲:"他爹,你路上好好看好孩子……"

父亲每次出远门穿越沙漠,母亲都操心得落泪。他和父亲在驼背上,在无边无际的沙海线中,随着波浪起伏的沙丘一会儿上一会儿下地颠簸着,在浩瀚无垠的大沙海中,他们像两只小虫似的缓缓蠕动着。

库布其,是风沙的天地,"大漠若起尘,起尘活埋人"。转眼间起风了,大风呜呜地叫着,黄沙像铁锹扬沙似的劈头盖来。黄沙弥漫、天昏地暗,天地间就像要倒过来,眼睛没法睁开,一张嘴说话,口里就灌满了沙子。骆驼也不走了,顺风站着一动不动,父亲用鞭子抽打着骆驼走了几圈,竟连方向也搞不清了。

父亲在大风里大声吼:"巴特尔,扫倒骆驼(当地方言,拉扯缰绳兼吆喝的方式让骆驼卧倒),我们就地休息。"两峰骆驼并排卧倒,父亲把一块毯子搭在两个驼背上,中间就有了一个窄小的帐篷,巴特尔和父亲挤了进去。父亲

黄沙幕南起,白日隐西隅

日暮归来

拿出水壶先喝了一口,递给了巴特尔,骂道:"这鬼天,怎么就起风了,我们啥时能到旗里。"

巴特尔问父亲:"爹,这沙漠上没路吗?"

父亲说:"路?做梦去吧!这沙漠上,上午踩出了路,下午就不见了,哪来的路?咱在这儿生活了几辈子了,还没听说过沙漠上有路。"

日落后,风住了。他和父亲收拾好东西要上路,可是怎么也拉不起来那只迎风卧倒的骆驼。原来是沙刮得把这只骆驼埋了半截。他和父亲用手刨了一阵子,才拉起来骆驼。

父亲看了看天上亮出的星星,辨了辨方向,就又出发了。第二天接近中午时,他们才来到了旗里。

从此,巴特尔远走高飞,离开了大漠。

1993年,18岁的巴特尔入选国家篮球队。1996年、1998年、2000年,巴特尔分别随队征战亚特兰大奥运会、曼谷亚运会、悉尼奥运会。作为中国国家篮球队主力队员,巴特尔在赛场上勇不可当、威风八面,为中国队跻身世界八强、在亚洲夺冠,立下了赫赫战功。他和姚明、王治郅被合称为中国的三大中锋,被称为篮球场上的"移动长城"。

2001—2002赛季,巴特尔效力于世界上水平最高的篮球赛事——美国职业联赛NBA圣安东尼奥马刺球队,成为首个获得NBA首发的中国球员,并随队夺得本赛季总冠军戒指,巴特尔成为首个夺得NBA总冠军戒指的中国球员。

第二节 库布其,弓上的弦

巴特尔的家乡在内蒙古鄂尔多斯市(原伊克昭盟)西北部的杭锦旗。杭锦旗总面积1.89万平方公里,相当于科威特一个国家的面积。

中国第七大沙漠——库布其沙漠，横亘于杭锦旗，占杭锦旗总面积的近1/2，将全旗自然划分为北部沿河区和南部梁外区。

库布其沙漠的形状像一个细长细长的梯形，既直又规整，东西虽然长达400公里，西、北、东三面竟然不可思议地均以黄河为界。"库布其"为蒙古语，意思为弦，黄河犹如一张巨大的弓背，库布其就是这张弓背上的弦。因为库布其的东西两头都系在黄河上，中间直直的沙带和北边弯弯的九曲黄河又始终保持着十里八里的距离，黄河、黄沙色彩辉映，阳光下金光闪烁，再加上黄皮肤的黄种人的浪漫想象，认为库布其酷似黄河弯弓上的一道弓弦。自然界这种奇妙的地貌组合令人惊讶，更让人惊愕的是，这种奇妙的地貌组合恰恰就发生在弯弓射大雕的一代天骄成吉思汗的长眠之地——鄂尔多斯。

库布其沙漠虽然东西仅有400公里，但这400公里不但和黄河是天作之合，

壮美雄风

而且还诡异地分布在我国干草原、半荒漠、荒漠三个生物气候带的分界线上。由于自然条件的差异，库布其沙漠从东向西又可分为景观各异的东、中、西三段。东段西起达拉特旗的罕台川，东抵准格尔旗的黄河；中段指达拉特旗的罕台川以西，杭锦旗毛布拉孔兑（孔兑，蒙古语，干沟或季节性河流的意思）以东的地区。

库布其沙漠西、中、东三段的划分，使这条沙漠黄龙的龙头、龙身、龙尾各具特色。龙尾、龙身雨量较多，龙头雨量较少，但热量丰富。雨量较多的龙尾、龙身部分有发源于鄂尔多斯高原中央脊部的十大孔兑，河流由南向北穿过库布其沙漠，进入黄河滩地，最后汇入黄河。十大孔兑从东向西依次是布尔斯太沟、东柳沟、母花儿沟、哈什拉川、豪庆河、罕台川、西柳沟、黑赖沟、呼斯太沟、毛布拉孔兑，均为季节性河流。

这片神奇浩瀚的沙漠，呈西高东低状。沙丘高大雄浑，终年移动不止。植被难以存活，偶有顽强生长下来的树木，几年工夫就沙埋半截，仅露树梢了。一直以来，这片壮美沙漠，被称为"死亡之海"。

根据库布其沙漠的地质构造和气候变化，可以清楚地看出，现在的库布其沙漠景观是历史上气候干燥期和近代人类频繁活动共同作用的结果。

杭锦旗的面貌不是与生俱来的，它曾经是人类繁衍生息的沃土，而且富庶繁荣一时。

公元前8世纪，西周宣王曾在鄂尔多斯地区建镇，并在黄河南岸（今杭锦旗范围）建立周南仲城，派大将南仲在朔方构筑城堡，主要是防止西周北部毗邻游牧民族猃狁的侵犯。这说明在当时的环境下，库布其沙漠还没有出现，是适合人类生存的地方。

战国秦汉之际，匈奴在北方崛起，阴山、河套是匈奴人的重要活动场所，是匈奴人的重要发祥地。战国时期，魏国为了防御秦国的东进入侵和加强对匈奴的防御，在公元前361年（秦孝公元年）修筑西长城，在《史记·魏世家》就有"筑长城，塞固阳"的记载。

公元前306年，秦昭襄王（又称秦昭王）即位，先后战胜韩、赵、魏、齐、楚诸国，并且西灭义渠戎国后，为了防御匈奴南下侵扰，修筑长城，史称秦昭王长城。从长城的位置看，公元前270年，鄂尔多斯地区部分属于匈奴人活动的地方，库布其沙漠上的植被还没有受到破坏，仍然保留着草原的自然景观。

公元前215年，匈奴经常侵袭秦朝北境，秦始皇派大将蒙恬发兵30万，北击匈奴，迫其北退700余里，河套地区归秦所领。秦朝在河套北部设置九原郡，杭锦旗当时属于九原郡。

匈奴是游牧民族，所以只有在水草丰美的地方，才有从事牧业生产的可能。也就是说，在青铜器时代，鄂尔多斯地区处于牧业文化初期，不可能因过度放牧导致土地沙漠化。

鄂尔多斯作为匈奴的故地，不仅史书中有明确的记载，而且为考古发现所证实。现在已知的匈奴遗迹，主要分布在鄂尔多斯北部，也就是当时还在沉睡的库布其沙漠的南部边缘。

虽然匈奴是游牧民族，但是随着社会进步和扩展生活空间的需要，对军需物资——粮食的需求增加，匈奴人学会了农耕，而且持续了很长一段时间。到了南北朝时期，匈奴仍然保留着农耕的传统。农耕必然要伐树烧荒，致使森林草地受到破坏，对生态环境产生一定的影响。但是，当时人口、畜牧业的发展有限，气候也处于相对湿润期，因此即使农耕垦荒影响环境也不会造成大的危害。

秦统一六国后，为了扩展疆土和防止北方匈奴的南侵，派大将蒙恬北击匈奴，并修筑了长城。蒙恬出兵，主要是为收复"河南地"（今鄂尔多斯地区）。蒙恬将匈奴驱逐到阴山以北，并设立44县，实施对"河南地"的管理和开发，并修建了万里长城。

公元前206年—公元220年，汉朝先后存在了400多年，是中国历史上比较强盛的王朝。在管理体制上，汉承秦制，加强了对鄂尔多斯地区的管理。这期间，大量的移民开发对鄂尔多斯的环境造成极大的影响。生态学家研究表明，鄂尔多斯流沙开始于东汉末年。从历史角度看，汉朝对鄂尔多斯经营是以抵御匈奴为目的，以移民和农业垦种为重点。戍卒为解决军粮，也就地垦荒耕种，从而破坏了大面积的森林草原植被和地表土层,为鄂尔多斯草原沙漠化埋下了伏笔。

公元前127年,汉武帝派将军卫青北击匈奴,收复河套,动用10多万人,耗费"数十百巨万",在沙日召地区再建朔方郡。现杭锦旗境悉归朔方郡。

朔方郡领数县,锡尼镇北库布其沙漠中有广牧县,沙日召一带为朔方县,巴拉亥一带为沃野县,浩绕柴达木一带为大城县,毛布拉孔兑下游地区则有渠搜县和呼遒县,胜利乡一带为修都县。沃野县还设有盐官。

汉武帝十分重视河套地区的开发,5年内先后进行了3次大规模的移民垦殖。据《汉书》记载,元朔二年夏,"募民徙朔方十万口";也因"山东被水灾,居民多饥乏","乃徙贫民于关西,及充朔方以南新秦地中,七十余万口"。

西汉时期,鄂尔多斯地区总人口130多万,而全国的人口为5767万。鄂尔多斯作为新垦区,按照当时"种谷必杂五种,以备灾害;田中不得有树,用妨

银装素裹

五谷"的垦种习惯，凡开垦处一切树木都被砍光伐尽。此外，在鄂尔多斯地区发现多处汉墓群，多为洞室墓和砖室墓，并在墓葬中广泛使用木料。可见，当时鄂尔多斯地区、河套地区开荒垦殖已经相当普遍，揭开了人为因素使土地大规模沙漠化的序幕。

王莽时期，由于政策失当引发匈奴不满，导致战乱。内地移民多数逃回原籍，东汉时鄂尔多斯地区人口只有10多万，意味着原有耕地几乎全部荒芜、弃耕。这在多沙的草原地区，必然引起土地沙漠化。朐衍县故城、灵州故城都被流沙掩埋，不见踪迹。

南北朝时期，鄂尔多斯地区最终出现了沙漠。有关库布其沙漠的最早记载出现于北魏时期。流沙的形成和堆积是一个由少到多逐渐积累的过程。如果库布其沙漠是地质沙漠，则在史书中必有记载。但是，到了北魏时期突然出现流沙深厚的记载，说明当时的流沙已危害到社会生活，引起人们的关注。同时表明，库布其沙漠的活化、形成，是北魏以前不断破坏森林草原和垦荒耕种的结果。

据《魏书·刁雍传》记载，刁雍于太平真君七年（公元446年）的表文中说："奉诏高平、安定、统万及臣所守四镇，出车五千乘，运屯谷五十万斛付沃野镇，以供军需。臣镇去沃野八百里，道多深沙，轻车为难，设令载谷，不过二十石，每涉深沙，必致滞陷。又谷在河西，转至沃野，越度大河，计车五千乘，运十万斛，百余日乃得一返，大废生民耕垦之业。车牛艰阻，难可全至，一岁不过二运，五十万斛乃经三年。"

可见，刁雍军需粮道的流沙已严重影响了交通，流沙已相当严重。文中"沃野"指今杭锦旗西北巴拉亥一带；"谷在河西"指河套地区；"越度大河"指黄河。从"大废生民耕垦之业"看出，当时河套地区垦荒相当普遍。据历史考证，此军需粮道经过今鄂托克旗西部到杭锦旗北部的沙漠地带，表明北魏时期库布其沙漠已经形成。而此时的气候处于低温期，生态环境脆弱，森林植被一旦破坏，短期内难以恢复，为形成流动沙地提供了气候条件。

库布其在汉代前已形成片片沙漠景观，公元8、9世纪时，形成了一条沙带。被当时的突厥人称作"库结沙""普纳沙""破纳沙"。唐代时被称为"库结沙"，多见于诗作和史籍。

"君不见，走马川行雪海边，平沙莽莽黄入天。轮台九月风夜吼，一川碎石大如斗，随风满地石乱走。"

"黄沙幕南起，白日隐西隅。"

唐诗和宋词中所写到的正是黄沙遮天盖地的景象。唐朝建立后将隋朝时期的郡改为州，杭锦旗为丰州地。宋朝把丰州城迁到今府谷以北，原丰州古城被废弃。

蒙古部落驻牧河套后，将"库结沙"变为"库布其"。清代光绪末年，实施"新政"，"开放蒙荒""移民实边"，并在库布其沙漠修建了多处召庙，一方面说明当时有些地区环境较好，水草丰美；另一方面，说明当时人口增加，垦荒普遍，使库布其沙漠的扩大和蔓延进一步加快。

清康熙三十六年（1697年），康熙皇帝率军亲征噶尔丹，11月从河岸而行，"巡幸"鄂尔多斯黄河沿岸地区，12月回返。翌年，第二次亲征，回程从宁夏顺河乘舟东行，途经杭锦旗。

20世纪20年代末至30年代初，到国民党统治时期，是近百年来流沙面积最广的时期，几经固定与沙化，发展至今。曾经绿洲毗连、牛羊如珠、骏马如潮、充满生机的杭锦大地变得满目疮痍、荒凉不堪。

恩格斯在《自然辩证法》一书中写道："美索不达米亚、希腊、小亚细亚以及其他各地的居民，为了得到耕地，毁灭了森林，但是他们做梦也想不到，这些地方今天竟因此而成为不毛之地。"这样的境况与库布其如出一辙。

杭锦旗的全国重点文物保护单位霍洛柴登古城，曾出土"西河农令"和"中营司马"的官印；古城清理发掘铸币窑址4座，出土古钱币达数千千克。该城址是西汉及王莽时期一处军屯农场和北方重要城市。

锡尼镇阿鲁柴登匈奴墓葬群，1972年出土国宝重器"匈奴王冠"，重1394克，是迄今为止仅见的匈奴金冠。

在草原丝绸之路主要地段的杭锦旗是当时经济比较发达的地区，然而朔方郡、霍洛柴登古城遗址都被风沙淹没。不禁遥想当年这里群雄逐鹿，水草丰美。

千百年后沙漠里的生活像孤岛，库布其沙漠挡在杭锦人民面前，就像当年挡在愚公面前的太行、王屋二山一样。横亘于黄河"几"字湾的库布其沙漠把杭锦旗的沿河与梁外南北分隔，南北优势得不到互补，沙漠腹地的几个苏木，沙进人退，难以为生，严重阻碍着全旗经济、社会的发展。

第三节　沙化探寻

一、沙化寻源

据《杭锦旗志》记载，丰富的沙源是杭锦旗沙漠化形成的物质基础，干燥少雨是沙漠化形成的气候条件，风的吹扬和搬运是沙漠化形成的动力，人类对自然资源的不合理利用，是杭锦旗沙漠化形成和扩展的主要因素。

杭锦旗的气候属于典型的大陆性气候，常受西伯利亚寒流的影响，冬季寒冷而漫长，夏季炎热而干旱，昼夜温差大，常使土壤热胀冷缩，发生物理崩解。由于干旱少雨，境内土壤含水量低，土粒相互之间的黏着力弱，容易发生风蚀现象。降水少而集中，降水强度大，旱涝突出。一次最大降水量可达63.7毫米，但土壤难以吸收，发生大量的地表径流，冲刷土壤形成沙化。沙化地区风力大，大风日数多，由于温差变化和降水的不均，产生的沙物质在风的作用下不断被搬运、堆积，逐渐形成流沙地。

杭锦旗沙化区的成土母质主要是白垩纪砂岩，地层多数由侏罗系、白垩系的沙砾岩组成，其胶结松散，容易风化成为各种粒径的颗粒，在风的作用下，形成各种形态的沙丘和沙垄。

在杭锦旗西北部的黄河北岸，有乌兰布和沙漠。乌兰布和沙漠地理位置高于杭锦旗，加之乌兰布和东南部植被稀疏，沙丘裸露，多为流沙，在西北风的吹蚀下，风沙向东南方向运动，为杭锦旗沙区沙漠化提供了丰富的沙物质。

（一）滥垦

滥肆开垦、倒山种田是造成杭锦旗沙漠化的祸根之一。旗内屯垦于秦汉时代即已开始，清代末年规模更大。中华人民共和国成立后，3次大的开垦和20世纪五六十年代"广种薄收"的耕作制度，加快了沙漠化的形成和蔓延速度。

开垦使土壤原始状态受到破坏，冬春季节，西北风吹蚀，细粒肥土随风吹扬。据调查，杭锦旗沙化区，土壤每年风蚀达5~10厘米，一亩地每年即被蚀去（起沙）33~67立方米。若以1990年全旗旱地12.33万亩计，一年即起沙407~826万立方米。

20世纪70年代末，实行闭地，虽不再大规模开垦，但旱地的沙化因素依然存在，农牧区仍存在着以农挤牧、越界垦荒的现象。

（二）滥牧

1. 过度放牧

中华人民共和国成立后，随着人口的增加和牲畜头数的增多，牧场面积逐渐减少。畜均草场1950年为68亩，1990年下降为15.95亩。大部分牧场均受到不同程度的过度放牧影响。特别是受浮夸风之影响，追求"百亩百子"的畜牧"大跃进"，牛、羊过度超生，使牧草生长衰退，植被覆盖率降低，草场产草量和载畜量下降，地表植被和土壤结构遭到破坏。

2. 不合理的放牧

杭锦旗部分牧区采取定居放牧的方式已有100多年，不少地区畜群点和牧民定居点以及人畜共用的水井设在一处，且畜群点布局无一定规划。牧民为了生产管理方便或为了生活交往方便，定居点布置过密。有的甚至不及1公里，放牧牲畜无回旋余地，放牧压力过于集中，易造成连片的极度沙漠化。

3. 滥樵

滥樵主要表现在无组织、无计划地砍伐烧柴、采集药材和编织材料。杭锦旗沿河区及梁外四十里梁乡、伊克乌素苏木、亚斯图苏木、阿门其日格乡、胜利乡、浩绕柴达木苏木的部分地区，从20世纪70年代开始烧煤炭外，其他农牧区现在仍以烧柴和牲畜粪便为主。据调查，一户5口之家，每年需烧柴5000千克，相当于50亩沙地产的全部沙蒿量。全旗每年因掏柴引起的沙化面积60～70万亩。

无组织、无计划地挖药材，也是造成沙漠化的重要原因。甘草集中的地方，土坑像鱼鳞一样遍布草场，每4～5平方米就有一个坑，坑深达1～1.5米，有的在2米以上。坑的大小为0.35～2.88平方米，平均为1.8平方米。每个坑掘出的土以2.5立方米计，每公顷可挖出5000立方米。刨出的沙土堆积在坑缘，随风吹扬至附近，使土地沙漠化。

采集籽蒿对局部地区已恢复的植被造成破坏，引起新的沙漠化。如阿门其日格乡什里加汗村，每年卖给国家籽蒿1万千克以上。其做法是将籽蒿割回，种子卖掉，杆作燃料。由此造成植被退化，进而形成新的沙化。

樵采破坏植被，主要发生在农区、半农半牧和接近农区的纯牧区。有时农区农民到牧区抢掏烧柴、挖药材，不但破坏植被且常发生打架斗殴之事。

4. 滥猎

兔、鼠类的天敌沙狐、刺猬和鹰类的皮毛昂贵，人们无节制地猎捕，其数量锐减。兔、鼠泛滥成灾，特别是老鼠，一方面破坏植被，另一方面打洞翻沙，使大面积潜在沙漠化草场转为轻度沙化草场，进而向流沙地转化。近年来，虽然每年组织人工灭鼠，但只能治表，不能彻底解决问题。

二、沙化之害

库布其沙漠地处北京正西方，直线距离仅800公里，是距北京最近的沙漠，是北京三大风沙源之一。沙尘在6级风的作用下，一夜之间刮到天安门广场，被称为"悬在首都上空的一盆沙"。沙尘暴刮起来昏天暗地，汽车前面的玻璃变成毛玻璃，后面的车牌打成一片白，首都饱受沙尘暴之苦。

大漠方一日，世上已千年。外部世界千变万化，而沙漠里的物质和文化生活多少年来始终贫瘠，杭锦人民饱受风沙折磨与危害，始终在贫穷与落后的苦海里挣扎。

（一）对农业的危害

风蚀沙化区，风沙活动频繁，大面积农田常被流沙埋压。1959年以来，流沙埋压弃耕的农田，仅毛乌素沙区就有100多万亩。现在毛乌素沙区中大部分农田仍处在流沙的包围之中。

沙漠化对农田的危害，除直接埋压使耕地面积缩小外，还会造成耕地的不稳定性。农田在风沙流和流沙的作用下，不断被剥蚀、埋压，耕地达到中度沙化或腐殖质全被吹走时，只好弃耕。阿门其日格乡什里加汗村和吐活鲁村，20世纪60年代始至今，耕地全面换了一次。风沙危害还表现在使土壤风蚀沙化，土壤养分减少，保水保肥性减弱，造成农作物减产。春天农作物播种期间，正是风沙流活动强烈的季节，播下的种子出土后，有的被埋压，有的被风沙流打伤打死。秋季农作物成熟后，若遇大风，籽粒被吹散，造成严重减产。

旗内耕地，因沙漠化危害，严重影响粮食生产。1970年，沙漠化严重的胜利、阿门其日格、四十里梁、塔然高勒乡，1970年，粮食总产量为791万千克。1971年粮食总产量为624万千克，比1970年下降21.1%。1972年，粮食总产量为255万千克，比1970年下降67.76%。1973年粮食总产量为281万千克，比1970年下降64.48%。群众说，"风沙大、雨量少，种上庄稼不捉苗"，"头年开荒，当年有利，第二年有害无利，第三年变成流沙地"，"开了10年荒，吃了8年返销粮"。

沙漠化对农田水利建设的危害甚为严重。刮一场风，许多水井、渠道被风沙埋压，需每年修渠。如此恶性循环，必然造成人力、物力的巨大损失和浪费。

（二）对牧业生产的危害

沙漠化使草场面积逐年缩小，使畜产品产量和质量降低。1950年，杭锦旗有天然草场2782万亩。20世纪60年代中期，随着天然草场的破坏，流沙开始扩展，逐渐侵吞牧场。1963年，全旗有天然草场面积2571.3万亩，1984年，全旗天然草场面积减少为1608.05万亩。牲畜喜食的牧草被过度啃食以致灭种。牧草植被种类随之改变，营养丰富的牧草被沙蒿、沙竹等劣等牧草取代。当地群众说："从前芨芨草滩，牛马走在里面也难见得着，现在兔子在里面也能看得见。"由于草场上各种牧草变稀、变矮，草质变坏，草场的生产力自然下降。退化的草场每亩产鲜草105千克，经过封育后每亩产鲜草340千克左右。

春天，强大的风沙流，使体质差的牲畜大量死亡。浩绕柴达木苏木1976年死亡牲畜9947头（只）。饲草料缺乏时，牧民将牲畜倒场到库布其沙漠边缘一带放牧，途中翻越大沙漠时，遇到大风，体质差的羊（特别是绵羊）被吹散而丢失的事时有发生。

沙尘暴造成大气和环境的污染，对人畜健康危害很大，特别是对牲畜的危害。因为这种沙尘暴发生在每年11月至翌年3月。此时，正是枯草季节，沙尘暴过后，草上落一层面粉一样的细土，春季牲畜吃上这种草，容易发生肠梗阻，病死率达10%左右。

（三）对林业生产的危害

距离沙漠较远的乔木林，每年冬、春两季，在风沙流的作用下，林地土壤风蚀、沙化破坏了土壤的理化性质。有的林地在长期风蚀下，造成林木根系裸露，严重影响生长。有的林地，由于沙埋过度，根系呼吸困难，造成长势衰弱。在伊克乌素苏木草原二队，有一块1966年栽植的榆树乔木林，面积195亩，株行距2×2米，但生长24年的树木，现在平均胸径仅7厘米，平均高度2.5米，长成了典型的"小老树"。经分析，主要是由于林地风蚀造成的。风蚀沙化对幼林的危害更为严重。近年来，沙区每年都要进行大面积植树造林，仅沙日召苏木1984年秋季和1985年春，造林2万多亩。起初成活率在65%以上，后因大风袭击，许多苗木发芽不久就被风沙打死。有的插穗遭风蚀全部裸露在外；有的成片被沙埋压；有的幼林因承受不住夏季沙面的高温，生长受到抑制，再经大风吹打，造成大面积死亡。沙日召苏木，1981—1983年，造林面积2.04万亩，至今保存面积只有9000亩。据调查，因风沙影响，全旗每年补植的林地有4万亩，死亡的林木有5000亩。

（四）对交通运输的危害

风沙对交通的危害，尤以杭锦旗中部、东部和北部最为突出。西南大部即巴音恩格尔苏木、伊克乌素苏木、亚斯图苏木、四十里梁乡等地，属硬梁地，公路附近积沙，危害较轻。锡尼镇通往独贵塔拉乡的公路，在图古日格苏木至杭锦淖尔之间，路面常被流沙埋压，没有一条长期固定的道路，车辆每经过此处，只能"自找出路"。东胜通往鄂托克旗的公路，在阿门其日格乡和阿日斯楞图苏木间，20世纪60年代通车至今，因被沙埋压而改道数次。

杭锦旗境内车辆行驶速度一般在30～40公里/小时。速度慢，耗油大，载重量受到制约。机动车辆常常陷在沙中难以自拔，因此行驶于这里的机动车辆，小车以北京"212"等越野型为主，载重车则以拖拉机和"解放""东风"等越野能力强的汽车为主。一些沙区，根本无法行驶机动车辆，如位于库布其沙漠内的赛音乌素苏木，自中华人民共和国成立以来，从未驶入过一次班车，当地居民只能以骆驼作为主要运输工具。

（五）对人民生活的危害

风沙不仅危害农、牧、林生产，同时也直接影响着人民群众的物质生活和精神生活。有的村、嘎查，曾出现"人无粮食，畜无草，取暖做饭缺柴烧"的现象。由于"三无"，造成"吃粮靠国家，生产靠贷款，花钱靠救济"的被动局面。如沙化严重的四十里梁、胜利、阿门其日格乡，1970—1974年，吃供应粮782万千克，国家下拨救济款35万元，当时集体向国家贷款52万元，社员欠集体65万元，欠国家贷款31万元，3项债务达148万元，平均每人欠集体和国家59元。

沙化对环境的影响很大，土壤细尘粉被风吹扬，造成大气和环境的污染。春季刮大风时，沙尘暴遮天蔽日，严重时旷野10米内看不见人。群众说："风吹黄沙满天飞，白天点灯坐家里，肥料壮士全吹走。"图古日格、赛音乌素、阿日斯楞图和巴音补拉格苏木的一些村、嘎查，有50%的居民点处在流沙之中。有时刮一场风，牧民院内积沙有2尺多厚。20世纪六七十年代，阿门其日格乡打不素村流沙高出房顶是常有的事。仅这一村，每年被流沙埋压而被迫搬家的就有10多户。1974年春，该村1户社员家，一夜之间门窗全被风沙埋压，长夜难眠，发现自家房屋被流沙埋压后，掏洞脱身。

沙区居民，常患有沙眼、呼吸道、肠胃等方面的疾病。由于交通运输不便，有些人连汽车都没见过。他们没办法及时知道党的方针、政策，对有关治沙的经验和措施知道得更少，房子被沙埋压就搬家。

第四节　招户放垦与汉民进入

清朝初，杭锦旗有2.7万人，其中成丁5400人。清末放垦，内地移民大批涌入。中华民国时期，山西、陕西连年遭灾，大量饥民纷纷来杭锦旗租种土地，采挖甘草谋生。当时流传一首民谣"二缆麻绳捆铺盖，遭了年景走杭盖"。最初来这儿逃难的人一般是春来秋回，后来有不少人定居在此。

蒙古民族是个骁勇善骑的民族，驻牧鄂尔多斯以来过着悠然自得、自给自足的游牧生活，社会形态是封建领主制，但还留有奴隶制社会的痕迹。至额璘臣归顺清廷后100年时间正逢"康乾盛世"，鄂尔多斯地区未经战乱，植被得以恢复，人民得以休养生息，经济社会有了发展。草木繁盛，牛羊众多，湖泊环绕，鸟兽翔集。广阔的天穹下，白云浮动，清风徐来，旗民身着长袍、骑着骏马、挥动鞭子、唱着长调行进在高可及马的枳芨滩或红柳林里，蒙古包外炊烟袅袅、人语欢笑，牛羊星星点点地撒在无尽的草原上。真是一幅"天苍苍、野茫茫、风吹草低见牛羊"的人间乐图。

那时杭锦旗旗境广阔，包括今天巴彦淖尔市的一部分，威严的札萨克统领着恭顺的旗民们过着悠然自得的生活。但近代以来，随着外国势力的入侵，清室衰微，社会矛盾激化，人民不堪重负，加之灾害频繁，旗内常有诉讼纠纷发生。同治八年（1869年）的大年初一，回军几千骑入境，一把火烧了浩绕召庙（原浩绕柴达木苏木所在地西边），现在仍可看到瓦砾遍地的召庙旧址。旗衙门也被破坏，账本文书付之一炬，札萨克巴图芒乃携印避往当时乌兰察布盟（今巴彦淖尔境内）的乌拉特西公旗、中公旗一带，可见兵祸之苦烈。清光绪六年（1880年），巴图芒乃的侄儿阿拉宾巴雅尔承袭札萨克位，初封固山贝子爵。这位札萨克爷很有政治头脑，官运也一路亨通。光绪二十二年（1896年）任伊克昭盟副盟长，光绪二十八年（1902年）任盟长。他当政后期正处于清室将亡、民国肇始之际，矛盾更加尖锐，社会处于大动荡之中。河套地区爆发了以昌汗卜罗、旺丹尼玛领导的声势浩大的独贵龙运动，在清廷的直接介入下竟出动了银川总兵马福祥的军队，其施以诡计诱捕了昌汗卜罗、旺丹尼玛，才将燃起的熊熊大火扑灭。阿拉宾巴雅尔王爷身处中枢之位，时任伊克昭盟盟长，在那个新旧交替的多事之秋参与了当时伊克昭盟一系列的重大事件，其中以抵制贻谷放垦和通电拥护共和最为著名，影响也最大。

  贻谷放垦是伊克昭盟近代史上的一件大事，发生于光绪二十八年。义和团运动后，清廷被迫和列强签订了丧权辱国的《辛丑条约》，赔银4.5亿两。清王朝国库空虚哪能拿得出这笔银子，适逢山西巡抚岑春煊护驾慈禧太后和光绪皇帝西奔西安，归来时路过河套地区看到这里沃野千里、黄河绕流，想到如若开垦是解决清廷内外交困的一个办法，可得到一大笔压荒银子以济时急。岑春煊的上奏很快得到了清廷的批准。1902年清廷即任命能干的满洲大员、兵部左侍郎贻谷为督办蒙旗垦务大臣。贻谷雷厉风行地赴绥远成立了垦务总局，在各旗成立分局，但达拉特、杭锦旗因是开垦的重点，直辖于垦务总局。

  开垦蒙荒不啻动了蒙古民族的禁脔。贵族和旗民的利益都受到了侵害，草场变成了农田，沙化得以衍生。蒙古民族世世代代的生活、生产方式被迫要改变，放垦受到旗民们的一致反对。贻谷也知此事不会顺利进行，到任之后便给时任伊克昭盟盟长、杭锦旗札萨克贝子阿拉宾巴雅尔发了晓谕开垦的告示，同时又通知伊克昭盟七旗王公尽快到归化城（现呼和浩特市）面商放垦事宜，但王公们都不到会。贻谷将放垦后的一半压荒银及岁租许以蒙旗，但王公们仍不动心，贻谷只好通过理藩院谕令七旗王公同垦务大臣会商。理藩院是清廷专事处理边疆事务的机关，与"六部"同（衔），对蒙旗向来有权威。

怵于此，阿拉宾巴雅尔盟长召集七旗王公在苏布尔汗滩（今伊金霍洛旗境内）会盟，商定同意千顷以内规模的开垦。杭锦旗派出贡布梅林去归化城参加垦务大臣召集的会商开垦的会议。贡布或是越权或是受贻谷所诱竟报垦了杭锦旗的"杭盖地"，即后套地区的东、中、西3个巴格地。贻谷随即派官员到后套地区丈量土地，但在等待了40多天后无法勘验只好悻悻返回归化城复命。

阿拉宾巴雅尔盟长的态度很明确，他是迫于理藩院的压力采取虚与委蛇的权宜之计，贡布梅林的允垦根本不能算数。他不仅反对杭锦旗的放垦，还以盟长的身份禁止七旗报垦。这位王爷在光绪二十九年（1903年）六月写给贻谷的报告中说开垦蒙荒给台吉和旗民的生活带来很大影响，言外之意是放垦蒙荒实难从命。

阿拉宾巴雅尔盟长的态度使贻谷极为恼怒，谕令杭锦旗即刻派官员勘验已报垦土地，同时派垦务官员张文楷与色拉芬去杭锦旗会商。但阿拉宾巴雅尔盟长根本不承认贡布梅林的报垦，他的答复很机智，他说贡布梅林到归化城是给垦务大臣请安的，他没有让贡布去报垦土地，贡布没有经过商量擅自做主，应该被处置。阿拉宾巴雅尔王爷还免掉了贡布的梅林官职务，向贻谷示威。但来自贻谷的压力越来越大了，理藩院又来了谕令让阿拉宾巴雅尔盟长立即签署同意放垦的文件，但这位倔强的王爷仍没有签字。与此同时，垦务官员张文楷带着贡布梅林在包头垦务局总办姚学镜的支持下以武力为后盾开始勘验黄河北岸的巴格地。范围大致东西长300里，南北宽在十几里到近百里不等。

勘验遭到从台吉到平民的一致反对。他们手拿棍棒、土枪自发组织起来抗垦，气氛异常紧张。垦务官员张文楷求见阿拉宾巴雅尔盟长的请求也被婉拒。管旗章京还宣布，张文楷与贡布梅林勘验的放垦地一概无效。在王爷和旗官的默许和支持下，勘验引起的旗民反抗愈演愈烈，最后竟爆发了昌汗卜罗领导的独贵龙运动，矛头直指垦务当局，尤其是出卖土地、卖身求荣的贡布梅林。旗民骂他为叛徒，加之他是个秃顶，人们就叫他"明头"贡布。因他对放垦不遗余力，还将梁外旗民赖以生存的盐湖租给神木同知衙门意欲官营，贻谷对他大为赏识，恩宠有加，特将他的儿子仁庆赛比利封为台吉。贡布本人也野心勃勃，甚至想当王爷。

但旗民对贡布恨之入骨，独贵龙运动领头人昌汗卜罗带领民众抓住了从盐湖回到后套巴格地的贡布梅林父子，将贡布痛打一顿，摘掉了他的顶戴花翎，带到各地游斗，并将二人秘密囚禁起来。杭锦旗的武装抵抗掀起了轩然大波，使整个伊克昭盟的放垦无法进行，贻谷决定采取强硬措施平息抗垦风潮。此时的贻谷手握重权，清廷已加封他为理藩院尚书，还明确贻谷可节制山、陕、甘三省及乌、伊两盟相邻的各厅、州、县，同时授予他"绥远将军"衔。他成了举足轻重的封疆大吏。他派出军队弹压，并指名将反对放垦的京肯官员那顺卓克、那木林扎布、额勒哲巴图抓捕到垦务大臣行辕查办。同时上奏光绪皇帝，撤销了阿拉宾巴雅尔的盟长职务，任命乌审旗札萨克贝子察克都尔色楞为盟长，札萨克旗辅国公沙克都尔扎布为副盟长（即后来的沙王），并命绥远协领文哲珲陈兵于杭锦旗周边地区，要挟阿拉宾巴尔雅屈服，朝廷的霹雳手段使阿拉宾巴尔雅难以招架，他只好同意放垦了。光绪二十九年十二月他派协理台吉图门额日哲、管旗章京那木林扎布携带他签署的文件到包头会商放垦事宜。

就这样杭锦旗将后套的东中两段巴格地先行放垦，后来将西巴格地的一部分也放垦了。除了贡布梅林及两个随从的户口地，其他所有旗民的户口地、香火地、召庙地全部收回放垦。

阿拉宾巴雅尔贝子也是计穷力绌，世世代代居住在蒙地的旗民们失去了赖以生存的土地和牧场，被迫迁徙他乡，阿拉宾巴雅尔王爷也失去了他的盟长职位。光绪三十四年（1908年），贻谷在和归化城副都统文哲珲的互劾纷争中被清廷以误杀丹丕尔、败坏边政被褫职速京充边发落；同时清廷又恢复了阿拉宾巴雅尔王爷的盟长职务。综观百年前的杭锦旗抗垦风潮，阿拉宾巴雅尔王爷抵制在前，旗民组织的武装抗垦在后，二者虽无默契，但互起作用，使贻谷放垦几欲功败垂成。而且杭锦旗的抗垦在伊克昭盟七旗中是最早的，鼓励了其他旗的抗垦风潮。虽然后来在清廷强大的国家机器面前归于失败，但我们还是不得不对那位杭锦旗札萨克阿拉宾巴雅尔盟长在复杂的历史环境中的态度和举动表示仰怀。

1933年，杭锦旗有蒙古族8610人，汉族1.99万人，全旗总人口约2.86万人。1949年全旗总人口43667人，其中蒙古族10009人，汉族33658人。从清朝初至中华人民共和国成立的300多年间，全旗汉族人口逐年增加，蒙古族人口相对下降。

四十里梁是杭盖梁的组成部分，原本是一块极好的牧场，由杭锦旗王府直接管理。20世纪20年代中期，杭盖王爷大修召庙，举借巨债无力偿还，即将四十里梁的部分地方租给了边商吴三保柱，并准其实行招户放垦。吴从神木等地招来一百二三十户农民，实行转租开垦。所收租之三分之二交王府，三分之一归吴。

因杭锦旗王府财政拮据，无法解决，遂于1929年将现在的四十里梁全部，亚斯图、胜利、阿门其日格、塔然高勒乡及沿河广大地区同时招户放垦。于是，神木、府谷一带的汉族农民纷纷前来租地，进行开垦耕种。这就是蒙地汉人的来历。

那时候，陕北汉民管鄂尔多斯叫草地、后草地，也叫蒙地。由陕北到蒙地叫上草地。到了草地后，称陕北老家为口里，也叫老山、南老山。蒙地放垦了的叫明地，未开垦的叫黑地。

招来的汉民，开始不准落户定居，只能搞春来秋去的"跑青牛犋"。春天来了，他们赶上牲口，拉上二饼子车和犁耧等农具，来到租定的地方，就地挖个坑子，上面转圈拍起塄塄，架上几条椽子，搭上些柴草，抹上些草泥，就成了能够避风雨住人的"房子"了，起名为"茅庵"，即茅草庵子的意思。这就算安家落户了。秋天，将收获归己的粮食拉上回到口里受用。年年往返，循环不断，这就叫"跑青牛犋"。他们居住的地方，多以最初住户的姓名命名，后来逐渐固定下来，就成了村落的名称，如刘四茅庵、段家茅庵、郭家茅庵、李家茅庵等。

招户放垦，既解决了王府的经济来源，也改善了蒙汉人民的生活条件，使蒙汉两族人民得到互相了解、互相学习、互相团结、取长补短、发展生产、共同进步的机会，促进了蒙地经济的繁荣与发展。

独贵加汗村在四十里梁的东边。民国十七年（1928年），最初来这里开荒种地时，只有两三户"跑青牛犋"。到抗日战争开始时，已有了十好几家住户了，成了当时当地最大的村落。

1938年夏天，中共绥蒙工委（后改为中共伊克昭盟工委）和边区八路军骑兵团来到乌素加汗村（距独贵加汗约20里）时，这个村子也成了他们活动频繁的地方，发展了不少共产党员，组织了抗敌委员会，传播了革命的火种。共产党和八路军给这里的群众留下了深刻而良好的印象。

1941年春天，中共伊克昭盟工委和骑兵团被迫奉命撤回陕甘宁边区，之后国民党反动派实行白色恐怖，推行保甲制度，把村里凡与共产党有"勾结"、或有"嫌疑"的老百姓，统统抓去，进行集训，名为"脱红皮""倒红水"，直至完全"改邪归正"，方才放行，发给"良民证"。接着，国民党第三十军来村里建立了一个后勤补给站，名叫三十（军）仓库。还搞了一个粮台，派来一连军队驻守，对当地老百姓实行严格的监视。直到1950年春天向骑五师十三团缴械后，除连长李成文留住之外，其余人都各奔前程去了。

1950年，村里居民接近30户，在当地，这就算是最大的村落了。

第五节　走进怀仁堂

爱护草原植被是杭锦人历来就有的生态文明传统。

那时牧区周围有好多的沙蒿、猫头刺、冬青、柠条、杨柴、沙柳、红柳和芨芨草，他们一苗也舍不得动，都将牲畜赶到远处放牧，从较远的地方拣旱死的干柴和牛粪背回去做燃料。当时杭锦旗共有70多座寺庙，有庙就有树，喇嘛们为栽活一棵树，要从很远的地方挑水浇树。人们是"爱树如命、爱畜如子"。

中华人民共和国成立以来，每当国家号召种树、种草、种柠条，无论干部还是群众都拼上命地去参加。他们懂得没有自然植被就不会有生存的条件。1953年，在延安召开的、由胡耀邦主持的全国造林积极分子大会上，杭锦旗的闫四海、土布登喇嘛被选为造林植树模范。按杭锦人素有的生态文明理念，如果不是历史上封建统治者放垦移民，不是滥砍滥伐，沙化程度就不会有后来那么严重。

中华人民共和国成立初期，库布其沙漠不断侵袭着杭锦旗的四十里梁、胜利、阿门其日格乡等梁外地区，这里到处明沙滚滚。

苏栓雄，1929年出生，6岁时随父母从巴彦淖尔盟三道桥搬至杭锦旗四十里梁乡都根其日格村，11岁时给别人揽工放牛补贴家用，16岁时已经算是村里的壮劳力。他在这里一待就是一辈子。

1952年，苏栓雄等5户人家创办了互助组，这是杭锦旗出现的第一个农业生产互助合作组。苏栓雄被任命为都根其日格村互助组组长。

春风黄沙到处流，刮倒房子人搬走

"沙柳两行树一排，永远不受风的害，四十里梁要建成绿化带。"从这一年开始，苏栓雄和社员赶胶车从乌审召拉沙柳回来栽种；社员步行从盐海子穿过80里的库布其沙漠到巴音恩格尔、巴拉亥摘大白柠条籽，在四十里梁搞绿化，试验成功后到1954年大面积推行。大白柠条两三年结籽，这些柠条籽统一回收后，调往内蒙古和新疆各地，去绿化更多的荒漠。至今四十里梁还随处可见那一代老同志种植的防风林。

1954年，互助组起名盛丰农业生产合作社，苏栓雄被推选为社长，这是初级农业合作社。同年，苏栓雄光荣地加入了中国共产党。1955年，高级合作社成立了，生产资料归公。

苏栓雄带领社员轰轰烈烈地搞生产，派胶车从伊克乌素和鄂托克旗新召苏木拉回羊粪，用拌种机粉碎成颗粒肥料，搞科学施肥；合作社繁殖土豆、糜子、谷子的新品种，搞科学改良，合作社的粮食产量大大提高。

苏栓雄获"全盟种柠条先进个人称号"

左起：苏栓雄、李占荣、刘文明

1956年,风调雨顺,盛丰生产合作社获得大丰收。在那个解决温饱问题都很困难的年代,这是件破天荒的大事。当年冬天,苏栓雄被选为全国农业劳动模范。

1957年,我国的第一个五年计划超额完成了规定的任务,实现了国民经济的快速增长,并为工业化奠定了初步基础。第一个五年计划的制定与实施标志着系统建设社会主义的开始。

1957年2月18日至26日,全国首届农业劳动模范代表会议在北京召开。28岁的苏栓雄出席了会议。内蒙古农牧业厅为苏栓雄做了一套海潮蓝衣服。苏栓雄成为伊克昭盟仅有的两名代表之一,也是全国所有参会代表中最年轻的。农业部部长廖鲁言、水利部部长傅作义做了报告。会议期间,代表们听说可能见到伟大领袖毛主席都非常激动。那时还没有人民大会堂。直到有一天上午,代表们被大轿车统一带到中南海,才知道毛主席要接见大家。

1949年,中华人民共和国成立前夕,中国共产党在怀仁堂召开第一届中国人民政治协商会议。之后,怀仁堂成为中央政府的礼堂,经常举行各种政治

胶车队

1957年,苏栓雄出席自治区农、牧、林、水利劳动模范代表会议

倒土坯

会议或举办文艺晚会。在礼堂，1200名代表受到毛泽东、周恩来、陈云、邓小平、彭德怀、邓子恢等党和国家领导人的亲切接见。

代表们于3月份离开北京，苏栓雄也返回家乡，给塞外高原上的人民带回了光荣和喜悦。

在内蒙古自治区，苏栓雄曾三次见到乌兰夫。1957年秋，自治区农、牧、林、水利劳动模范代表会议召开，会后乌兰夫与苏栓雄等一起用餐；1958年2月，自治区召开了农牧林业座谈会，会上他第二次见到乌兰夫；1960年，苏栓雄在首府开会，第三次见到乌兰夫。

1958年，都根其日格人民公社成立后，苏栓雄任支部书记，一干就是38年，只在"文革"期间被免职18个月。

在生产工具极度缺乏的年代，公社有2辆汽车、1辆拖拉机、20多辆胶车。胶车是由3匹骡马拉的畜力车。而其他公社只有一两辆胶车或什么也没有。

1962年，正值全国人民都吃不饱饭的年代，苏栓雄在夏天担起了胶车队外出揽工的重任，和社里的骨干，带领大队的25辆胶车、28名劳力去往乌海搞副业，为集体挣工分谋出路。都根其日格的副业收入远远地超过了其他大队。到冬天，苏栓雄组织200户共1100个社员用汽车拉大炭取暖，而当时大部分地方还是烧柴火。

至今令他引以为豪的是，伊克昭盟委第一书记暴彦巴图从1954到1966年曾几度来四十里梁人民公社蹲点，一次大干20天，和社员同吃、同住、同劳动，铡草、锄地、喂牲口。暴彦巴图带着苏栓雄到伊旗、泊江海、东胜参加农业现

农业生产合作社大丰收

场会。

1963年，旗委书记奇治民到四十里梁公社一大队同苏栓雄一起调研梁外农区如何战胜灾害获丰收问题。经过反复调研，他们得出一个结论，一定要兴修小型水利，种植防风固沙林，增施肥料，实现良种化。

奇治民常说："我们这么大面积的旗，在这么穷、条件这么差的地方，要解决农村牧区广大群众的所有问题，全靠公社大小队干部。他们最了解下面的情况，最懂得群众的思想，最知道群众的疾苦，再加上他们本身也是农牧民，当然也最热心为农牧民办事。只要把公社大小队干部选拔好，我们的工作就有了坚实的基础和依靠的力量。"因此选用旗级、科级干部，他不一定都亲自过问，而公社主要领导、大队支书、大队长他都是亲自考核、亲自选拔、亲自培养。他常年在农牧区和基层干部直接打交道，所以基层干部尤其是公社领导和大队干部，他了如指掌。他选拔任用的乡、苏木主要领导和大队支书基本都是出类拔萃的干部，是农牧民的领头雁、农牧区工作的中坚力量，是能打硬仗的基本骨干。当时23个公社领导，132个大队支部书记，基本都是奇治民亲自选拔的，他们个个都是群众最拥护、工作最能干、最吃苦、办事最认真、党组织最放心的群众领袖，所以一直在基层岗位上干到老。有的大队干部想卸任，群众不答应，只好一辈子从事基层工作，有不少干部成了公社、旗级机关的领导骨干。

奇治民到四十里梁公社一大队蹲点时，和社员们一起劳动，一到冬天手上都是血裂子。公社杀了一口猪，社员去看望奇书记，带去10斤猪肉。奇书记骑上自行车又给社员送回来，让给受苦的社员们吃。

古稀之年的苏栓雄深有感触地说："我当过两次全国劳模，受到过毛主席、刘少奇、周总理、邓小平等伟人的接见。去过江南、华东、西北等地，当了40多年大队支部书记，什么都见过，就是没有见过奇治民这样的旗委书记和暴彦巴图这样的盟委书记。曾有一个领导来我们这里蹲点，没有几天就不见了。有人说奇治民是个大傻瓜。我听了气得手抖，眼冒火。"说到这里他沉默了，眼泪流了下来，再也说不下去了。

抚今追昔苏栓雄

　　苏栓雄先后从社员中推选出10名国家干部,而自己的7个子女全部务农。他始终发扬着大公无私的革命家风范。

　　苏栓雄是中华人民共和国成立后首届全国农业劳动模范,也是开始治理库布其荒漠的第一代人。

　　如今,他已近90岁高龄,仍精神矍铄,关心集体,热爱劳动,是杭锦旗党龄最久的老党员、老支书。

第六节　国营林场

　　中华人民共和国成立后,毛主席提出了绿化祖国的宏伟目标。

1956年，他在听取中共林业部党组副书记、林业部副部长李范五汇报林业工作时指出："林业真是一个大事业，每年为国家创造这么多的财富，你们可得好好办！"

1958年，他针对有关部门的同志在林业的作用和地位上存在的认识偏差，语重心长地告诫："要发展林业，林业是个很了不起的事业。同志们，你们不要看不起林业。"

1958年，中共中央、国务院下发了《关于在全国大规模造林的指示》，要求各地兴建国营林场。内蒙古自治区杭锦旗林业局根据指示精神和国家林业部的部署，在杭锦旗成立了浩绕柴登治沙站、沙日召治沙站、摩林河苗圃、阿鲁柴登治沙站、甘珠庙柠条林场、格更召治沙站，林场、治沙站、苗圃主要承担库布其沙漠边缘防风治沙、培植黄河护岸林的任务。

1961年，针对"大跃进"和"人民公社化"对森林资源造成的严重破坏，中央及时调整林业政策，加大对林业的经济扶持。

张栋，杭锦旗摩林河国营苗圃的林业治沙工人。从1963年开始，他从沙漠边缘到沙漠腹地，从沿河到梁外，在库布其造林防沙一辈子。

张栋，祖籍河北，为了谋生，20岁的他简备行囊从河北步行到内蒙古包头。1958年正值"大跃进"时期，包头石拐山煤矿招工，他成为一名煤矿工人。1963年，他响应国家号召，从包头石拐山煤矿调到杭锦旗格更召国营林场，正式成为一名林业工人。

在格更召林场期间，他与同事

旧房一角

们一起研究树木培植,两年后就成了植树的行家里手。不论是种树籽还是打树巷,不论是浇树苗还是修剪树枝,道道程序都精通。

1964年,国家林业政策是林业造林和社队造林相结合。根据这一政策,吉乡政府要求林场、社队、学校一起行动起来,在库布其边缘的民爱沙漠造林防沙。当时树苗的主要运输工具是骆驼,每个骆驼驮2～3捆树苗,近400斤,一天来回往返几十公里,但人们种树的热情依然高涨,一天种植下来也不觉得累。经过几年的奋战,张栋与同事们在民爱沙漠培植防护林4000多亩,既为国家提供森林资源,又防止了土地的荒漠化。他在格更召种植果树100亩,就是今天的吉乡果园。这一造林就是9年。

"文化大革命"给林业建设事业造成灾难。林业管理机构被撤销,专业干部和技术人员大量流失。由于集中砍伐,采育失调。邓小平主持国务院工作期间,进行了两次整顿和调整,给林业建设带来了转机,林业建设事业开始向前推进,用材林基地化建设得到恢复。与此同时,各地按照"基地办林场,林场管基地"的思路,大力发展社队集体林场。平原绿化有了新的进展,逐步从"四旁"发展到建设方田林网。

1972年,应治沙需求,他又被调到独贵塔拉的沙日召治沙站集中治理库布其沙漠。他们在独贵塔拉四方口村育好苗,用集体的拖拉机把树苗运到距离15里外的库布其沙漠边缘的治沙站。每天来回运送几趟杨树苗、沙枣树苗、沙柳,每人每天种植近百棵。几年下来,治沙站树木成林,防止了当地土地的荒漠化。当时国家提倡"农林兼种",在树木的空余地,种一些蔬菜和农作物,沙站的林业工人边造林防沙边种植蔬菜。有了"农林兼种"政策,沙站的家属们也加入了边林边农的行列,沙站工人的家庭经济生活也得到了改善。这一防沙又是7年。

改革开放以来,为遏制生态恶化的趋势,国家加快构建和完善林业生态体系的步伐,实施了天然林资源保护工程、退耕还林工程、野生动植物保护及自然保护区建设工程、湿地保护与恢复工程。

1979年,响应国家政策,张栋从独贵塔拉治沙站调到梁外摩林河国营苗

铲树枝

圃。苗圃的主要任务就是为社队造林提供树种。在苗圃工作期间，林业工人在生产队队长的带领下，每年分夏、秋两季培植树种，春季主要培植杨树苗和沙枣树苗，秋季主要培植榆树苗。苗圃把培植好的树苗，提供给当地的社队，社队用树苗为开垦好的荒地做防护林。现在伊克乌素土地边上的防护林就是那时培植的，树种是由苗圃提供的。1980年，摩林河国营苗圃开辟了300亩育苗基地。

1974年11月，杭锦旗农田草牧场建设防风固沙植树造林大会战指挥部成立后，全旗再次掀起植树造林的高潮。经过一段时间的人员调配，劳动力动员，财力、物力的准备之后，1975年春，大会战正式开始。杭锦旗采取国营造林、民营造林、全民义务植树造林三结合的模式。民营造林以集体造林和个体造林相结合。

从1975年开始,全旗每年完成10万亩树、8万亩草、5万亩防风固沙林种植的任务,出台了保护甘珠庙国营柠条林场、四十里梁公社、胜利公社、库布其沙漠的天然柠条林的政策和措施,如闭牧、收购柠条籽等。四十里梁公社、胜利公社每年采摘七八万斤柠条籽,既解决了种植灌木树籽的问题,又增加了农牧民社员的经济收入。同时,加强了摩林河苗圃、阿门其日格林场苗圃、浩绕柴登苗圃、锡尼镇苗圃的经营管理,改变了造林用树苗从外调进的状况,除了特殊树种外,树苗、树籽全部自给。

在植树造林大会战中,两大国营林场发挥了主导作用。1978年开始,沙日召林场(也叫治沙站)在陈吉仁太同志的领导下种植沙造林1万亩,阿鲁柴登林场,1978—1980年扩建林地1万亩。

1982年,伊克昭盟林业处在杭锦旗锡尼镇召开国营林业场、站、圃的经营管理会议。会议决定改革经营机制,场、站、圃实行家庭承包为基础的生产责任制。林场响应国家包干到户政策,分成互助组,分别承包育苗基地、果树

在路上

园、蔬菜地。政策的改变也提高了苗圃工人们的积极性。

从库布其沙漠到绿化干旱硬梁区，国营林业场、站、圃培植的林木在杭锦大地形成无数绿色丝带。

第七节　风沙围堵南干渠

1959年，在毛主席发出"一定要把黄河的事情办好"的号召下，国家黄河

奇治民书记（站立讲话者）在南干渠

治理委员会及自治区政府为加强过境黄河开发利用,在巴彦淖尔盟、伊克昭盟建设北干渠、南干渠(后称"三黄河")的引黄干渠水利工程。工程预计3年完工,可增加灌溉面积500多万亩,伊克昭盟可增加灌溉面积100多万亩,受益区为杭锦旗、达拉特旗、准格尔旗。

黄河南岸总干渠(简称"南干渠"),于1959年4月由自治区水利局设计院勘测设计。该工程得到盟委、公署及伊克昭盟各族群众的重视与支持。各旗以民兵团为组织形式,共组成1.2万人的浩大民兵团,分两期开赴黄河南干渠工

挖渠大会战

铁锹、扁担、箩筐，搬运土方完全靠人力

地。

盟委于1960年任命时任公署副秘书长的郭建勋为南干渠党委书记、工程总指挥。这位曾领导民工历经3年修成第一条包东公路的总指挥，又一次承担起这千斤重担。他决心不辜负党的重托，保质保量按时完成任务，为鄂尔多斯人民造福。像当年带领部队冲锋陷阵那样，他充满必胜的信心走马上任。一到工地，他便深入群众中了解情况，广集群众智慧，做出3项决定。（1）所有人员不准去黄河里游泳、洗澡，确保民工的人身安全；（2）严格按"三大纪律、八项注意"带领民兵团，强化政治工作；（3）开展比先进、放卫星竞赛活动，争取3年的工程提前1年完成。3项决定实施后，各施工团展开"比、学、赶、超"的火热局面。特别是达拉特旗施工团，许多人创下日挖15个土方的纪录。郭建勋除了处理工地上大大小小的事务外，一天最多还挖过1.2个土方。

当时的施工条件是很艰苦的。远离村子，在库布其沙漠的包围之中，地上无草，看不到兔子，刮风看不清对面的人。施工没有机械，只有铁锹、扁担、

上级检查南干渠

箩筐，搬运土方完全靠人力。伙食也很差，每人每天一斤半东北白高粱，没有蔬菜，各民兵团炊事班自己挖野菜解决困难。刚开始这里没有房子住，大伙借鉴延安建窑洞的方法，就地挖坑，用红柳拱顶，再加上草，抹泥压顶，洞内左右各盘两面炕，中间留两尺之距供人出入，前面栽两根木橡顶门框，再搞个窗子通风透光，洞外烧火烘炕，一间住人的简易房便建成了。

各民兵团就是在这样艰苦的条件下，苦干了一年。当重点工程段完工时，已接近年关了。外省的民兵每人发一套新衣，还有路费、粮票；盟内民兵每人发放大饼粮，结算了全程补助，于腊月十四陆续回家过年了。如此大规模的工程建设，却没有发生人员伤亡事故，不能不说是个奇迹。这完全得益于高明的指挥和严格的管理。

当工程进展到紧张激烈的时刻，原华北局张书记专程来检查黄河北南干渠的工程情况。这位领导来到工地，来到食堂，来到红柳洞，看得激动，听得感动，特别是对民兵居住的红柳洞特别感兴趣，并目睹了红柳洞的建造过程，几个人半天即建好这样的红柳洞，张书记动情地说："你们真伟大！你们继承延安精神，发扬延安精神，在这样艰苦的环境中勇于奋斗，创造了奇迹，真是太感人了。"有的民兵请张书记在工地吃饭。张书记说："好，我同你们一起吃饭。"华北局首长的表扬，极大地鼓舞了广大民兵火热的心。

500多里的黄河干渠，不到一年的时间，就完成工程量的五分之四还多。这是在全国人民节衣缩食的困难时期，各级政府和各族人民群众发扬自力更生、艰苦奋斗的延安精神所创造的伟大奇迹。郭建勋与留守人员在工地上过了春节。

随着春季沙尘暴的肆虐，那些已修好的渠道有的被南岸的库布其黄沙侵入，如果打不通这关键的几十公里的干渠工程，引不来黄河之水，那么上万人的辛勤劳动成果、几千万元的工程资金、几百万斤的粮食供给，都将付之东流。巨大的压力，使这位驰骋鄂尔多斯"战场"的总指挥心急如焚。他跑到离指挥部较近的巴拉亥乡黄乡长的办公室，说明利弊关系，恳请他组织300人的民兵队伍，完成最后的那段干渠工程，力争在5月放水通渠，浇灌小麦头遍水。黄乡长是支持黄河干渠的"铁杆",他深知南干渠对乡亲们增产致富、扩大牧场灌溉的重大意义,他向总指挥承诺,马上组织人员上工地。

巴拉亥乡300多位民兵随即开赴工地,采用分段挖洞,后裁冻土皮的办法,坚持苦干3个月,终于打通南干大渠工程。1961年5月28日实现放水成功,使巴拉亥、吉日格朗图5万亩小麦和10万多亩的牧场首次"喝"上黄河水。

1962年,巴拉亥林场至建设渠口一段遗留工程完工。1963年,南干渠接入卢团店附近的解放渠口。1964年,南干渠延至解放渠石连闸。1965年南干渠在解放渠石连闸接达拉特旗胜利渠和羊场渠。沿黄河干渠的老百姓都笑开了花。

南干渠的开挖,历时4年,全长274公里,贯通杭、达两旗沿河地区,灌田48万亩。该渠的建成,结束了杭锦旗多年来无坝引水的历史。

郭建勋完成组织上交给的黄河南干渠工程后,受到盟里主要领导暴彦巴图同志的夸赞:"老郭南干渠工程干得不错。"随后,自治区党委任命郭建勋为公署秘书长。自此,黄河南干渠成为杭锦旗群众性水利工程建设史上的一座丰碑。

南干渠支渠共有131条,设支渠口闸85座,斗渠277条,总长度为1392.7公里,渠分为干、支、斗、农4级配套。南干渠由于渠线长,管理不便,加之灌排不配套,灌区盐碱化逐年加剧;风沙侵袭南干渠,淤澄量大,养护困难;黄河南移,对南干渠造成直接威胁。

1980年后,该渠因自然因素所致,实际利用长度为230.6公里(达拉特旗只有中和西乡受益),流经杭锦旗总长214公里。至此,杭锦旗沿河成为伊克昭盟唯一引黄自流灌区。

1990年4月,全旗出动民工7000多人,各种机动车537辆(台),利用1个月时间,完成南干渠138公里上游段清淤任务,保证了南干渠的正常输水。

第二章

第一节　生态建设里程碑

"文革"时曾有一个口号"牧民不吃亏心粮",20世纪70年代初大规模的乱垦乱伐乱采的生态大破坏,致使在70年代中后期出现了前所未有的生态危机,沙化面积达到80%。为了改善生态环境、遏制沙化面积,盟委提出了改水治沙规划。

鄂尔多斯日报社原社长,现任鄂尔多斯学研究会专家委员会副主任委员齐凤元在《三种五小的倡导者吴占东》一文中写道:"曾经是树稀草萎、黄沙漫漫、满目荒凉的鄂尔多斯,进入21世纪以来,举目回望,青山绿谷,花黄草翠,树木成荫,一派生机盎然的景色。若问今天鄂尔多斯生态建设的成果如何得来的?没有前人栽树,后人无法乘凉。根据我在鄂尔多斯新闻战线几十年的亲身经历,这里所说的'前人'就是鄂尔多斯自中华人民共和国成立,半个多世纪历届领导。他们一任接一任地带领鄂尔多斯人民大搞植树造林,其中有三位领导更是名垂史册。"

"第一位是1960年代时任伊克昭盟委书记的暴彦巴图。他曾提出并实施'种树种草基本田'七字诀,这是暴彦巴图在伊克昭盟最大的基本建设——生态建设上的贡献,也是一个里程碑的转变。"

伊克昭盟东部和北部黄河环绕,西部和南部长城逶迤,自古以来就是边域绝塞,境内有在世界上数得上名的毛乌素沙地和库布其沙漠(两大沙漠面积分别为25164平方公里、16757平方公里,共41921平方公里,占全盟总面积的48%),中南部还有水土流失严重的丘陵沟壑地区,生态环境非常脆弱。由于人口稀少,再加上近300年来以游牧为主的蒙古族崇尚草原保护,植被基本保护完好。现在年龄在80岁以上的老人都记得中华人民共和国成立前后伊克昭盟植被的丰茂。梁外区除了放垦地外,其余地方都被黑魆魆的沙蒿及其他植物覆盖。当年从内地来傅作义部队当兵的军人见此丰饶富庶之地,顿生恋栈,遂脱离部队娶妻生子者大有人在。

1951年,现在的杭锦旗吉尔格朗图地区,包括羊场村、麻迷图、召圪旦、蔺羊馆地、苏卜盖、大保堂一带,沿途红柳林、芨芨草长得足有房高,风吹过后依依起伏,间或可见牛羊现身其间,农人日子也过得富庶,正像人们所说的是个"烧红柳吃白面的好地方,海海漫漫的米粮川"。

中华人民共和国成立后,由于人口增加(1949年伊克昭盟总人口411747人,其中蒙古族55936人)以及生产方针的失误,生态环境逐步退化、恶化。1956年是中华人民共和国成立后产粮最多的一年,达到4.2亿斤,之后一直到"文革"前再未达到这个数字。其间又经历过两次大开荒,一次是大跃进前的1955—1957年,一次是1960年后的一年间,当时主要是为了完成不断调高的粮

全旗青年先进集体、个人标兵合影

食生产指标任务以支援各地。

当年鄂托克旗白音淖尔公社乌素加汗村的青壮年劳力都到北面的"桃八区"（现在的公卡汉公社）远耕去了（也就是开荒去了）。秋收时，队里的大胶车拉着满满的糜子回来了。那些年开展"反瞒产、反私分"还伤害了不少基层干部。开始时还产了一两年粮食，其后土地马上就沙化了。两次开荒近400万亩（1957年约80万亩，1960年后296万亩），再加上气候变化、牲畜增多（牲畜由1949年的161.58万头只，增加到1965年6月30日619.8万头只），伊克昭盟生态环境的红灯很快就亮起来了，而且还引发了好些农牧矛盾。

1961年10月后，随着中央"调整、巩固、充实、提高"的八字方针的贯彻，盟委、行署认识到开荒地的严重性和后遗症，已开始认真地思考这个问题了。1962年底，盟委召开了为期10天的全委扩大会议，经过认真讨论研究，确定了全盟的生产方针，即"以牧为主、农牧林结合，因地制宜，发展多种经营"，并明确提出今后禁止开荒。

暴彦巴图是个善于思考、勤于调查的领导干部。如何落实这个生产方针，怎样恢复开荒造成的生态退化，用什么措施才能全面、稳定地发展伊克昭盟的农牧业生产，这是暴彦巴图日夜思考的问题。1962年的一次盟委常委会议上，盟委书记闫耀先（那时是第一书记）在谈到草原建设时说："人要吃饭，羊要吃草的道理，真懂得的人还不是太多……"这句极为平常的话提醒大家，也使暴彦巴图思索良久，认为寓意非常深刻。

1963年，暴彦巴图在《实践》杂志上发表一篇文章，题目是《平凡之中有哲理》，阐述了牲口要吃草的道理。他从历史上流传的《敕勒歌》中草原的丰饶美丽说起，讲到近代放垦以及20世纪五六十年代大开荒而造成的草原退化、恶化，说明有的人就是没有弄清牲口要吃草的道理，总以为草原是取之不尽、用之不竭的，不相信草原会过牧饱和，不相信草场会超载退化，哪儿草好牛羊就可以成群去啃食。自然的掠夺性的经营没有给草原喘息之机。

暴彦巴图总结：伊克昭盟当前的情况是"三多三少"，即地多粮少（1965年农作物总播面积711.2万亩，粮食总产2.8亿斤，平均亩产不足40斤），畜多草少，沙多树少。伊克昭盟必须要改变这种状况。

　　暴彦巴图在认真思索的同时，也千方百计地发现典型，培养典型，推广典型。下面就是3个典型事例。

　　一是1962年老盟长王悦丰在伊旗下乡期间，发现台吉召公社毛乌聂盖大队党支部书记倪佗羔带领社员在地里栽种沙柳防护林，并且在沙坡上也栽种了不少树木。这里的农田连续几年有好收成。毛乌聂盖大队的治沙经验非常典型。这个大队的四小队原有23户人家，因沙害肆虐好多人家已陆续迁移搬走，只留4户人家。粮食亩产不足20斤。从20世纪50年代后开始以集体为主，带领社员治理沙害，到1963年栽种了农田防护林带83条，还有大量沙蒿，保护了几千亩农田。社员有了用材林、薪炭林、经济林，生活也大为改善。

　　二是时任盟畜牧处处长的王玉真在准格尔旗海子塔公社柳树湾大队蹲点时，总结了这个大队粮草兼作、农牧共同发展的经验。柳树湾大队是个典型的沟壑土石山区，土地贫瘠，水土流失严重。1959年，盟委副书记郝文广在甘肃开会时带回来优良草种木樨种子，经过数年种植，不但发展了牧业，增加了牲畜头数，而且粮食产量也逐年增加，还向国家交售部分余粮。暴彦巴图对柳树湾大力种草的经验大加赞赏，走到哪里宣传到哪里。1964年8月30日，中共伊克昭盟委常委会议在这个大队召开，盟委第一书记暴彦巴图，书记闫耀先、金汉文、杨达赖、赵怀斌，常委刘雄仁悉数参加。会上，大家肯定了柳树湾大队大种草木樨的经验，并发了盟委常委会议纪要，在全盟范围内大提倡、大推广、大宣传。伊克昭盟生产建设史上的"种树种草基本田"里种草这个环节就是由暴彦巴图从柳树湾大队大种草木樨的实践中总结、提高、推广的。

　　三是总结推广达拉特旗树林召公社园子塔拉社办林场的治沙造林经验。这个林场的负责人徐治民是个劳动模范，他的可贵之处在于带领群众向沙漠开战，不与农民争地。他用5年时间在2万亩的沙地上种活了各种树木2700亩，种草育草1.4万多亩，还在沟里培育了部分水浇地，小麦亩产也大大提高，但总投入只有8000多元。这是个自力更生、奋发图强、矢志不移地改变面貌的好典型、好榜样，值得在全盟推广。暴彦巴图在这里住了一段时间，白天和徐治民等社员一起下地干活,收工回来和徐治民席地而坐,拉着家常,探讨着治沙种树的经验。1964年9月2日,盟委常委们又在这里现场开会、参观,也下发了盟委常委会议纪要,号召全盟各地学习园子塔拉林场向沙漠开战,向沙漠要树要草要粮要畜,大力种树种草,改造沙漠,搞多种经营的好经验。

暴彦巴图还和这些典型点的倪佗羔、徐治民、张三运(柳树湾大队支书)及一大批其他农民交了朋友,他们成为盟委第一书记的座上客,可以不经通报就进入暴彦巴图的办公室拉家常、谈工作,有时还要留下吃饭,甚至要加菜上酒,这样的礼遇是那些干部也不见得能得到的。徐治民在1964年底还被推选为第三届全国人民代表大会的代表,全盟只有两人(另一位代表为田万生)得此殊荣,实属不易,这是对这位造林治沙老模范的褒奖和肯定。

暴彦巴图和盟委、行署的一班人发现、培养、推广了毛乌盖聂、园子塔拉、柳树湾这三个典型,组织全盟各地开现场会、观摩会。

第二位是1980年代,时任伊克昭盟盟长,后任盟委书记的吴占东。他曾倡导并实施"三种五小"。1980年,吴占东任分管生态建设的盟委副书记,会同两位"柠条盟长"王玉珍、马丕峰,大力号召种植柠条。1981年3月16日至18日,伊克昭盟行署召开种树种草会议,新任盟长在认真总结前一段时期的植被建设情况后,第一次系统地提出了"三种五小"("三种"为种树、种草、种柠条,"五小"为小流域治理、小草库伦、小水利、小经济林、小农机具建设)战略构想,并树立了生态建设是伊克昭盟最大的基本建设这一理念。接着6月23日在准格尔旗召开了"三种五小"现场建设会,会上特邀自治区农委主任、原伊克昭盟委第一书记暴彦巴图做了"种树种草基本田的摸索与诞生"的专题讲话。随后在盟委常委扩大会议上学习中共十一届六中全会精神(即中央关于中华人民共和国成立以来首个历史问题的决议,标志着党在指导思想上拨乱反正任务的完成),吴占东提出应以盟委、行署名义发出文件,贯彻落实"三种五小"多种经营的方针,这样就有了《关于"三种"的意见》《关于"五小"的意见》《关于发展多种经营的意见》,这三个载入伊克昭盟史册的文件。

原自治区政协副主席，曾任伊克昭盟委副书记、行署盟长的夏日在《鄂尔多斯的好儿女》一文中记叙道："从此，在吴占东同志的领导下，在全盟范围内如此大规模地展开生态环境建设并一抓到底取得显著成效是第一次，史无前例，功不可没。"

"更重要的是他为我们做出了榜样，带了好头，走出了路子，打好了基础。十一届三中全会后，伊克昭盟农村改革最早起步，小范围包产到户比安徽凤阳县小岗村早，大范围全国联产承包责任制全国最早。特别是1981、1982年的伊克昭盟牧区草畜双承包改革全国独一无二。牧区草畜双承包带动了小草库伦建设，为家庭牧场的形成奠定了基础，也为防沙治沙建设和提高沙区农牧民生活水平创造了条件，这项工作是吴占东同志大力推进的。"

第三位是进入1990年代，时任伊克昭盟委书记的陈启厚。他提出实施"两翼一体"战略，建设"3153工程"，即以植被建设、水利水保为"两翼"，以农牧业经济为主体，通过建设"两翼"，促进"主体"腾飞，"3153工程"即人均建设3亩基本田，人均种10亩树，人均5只羊，户养3头猪。

就生态建设而言，鄂尔多斯今天之所以遍地绿色，上述3位领导功不可没。

第二节　大移民

在杭锦旗生产建设蓬勃发展之时，1965年发生了百年不遇的一场大旱灾、大风灾，也叫"大黑灾"。老百姓管风雪交加叫白灾，风沙漫天叫黑灾。这年的大旱灾，尤以西部区的鄂、杭两旗为甚，是中华人民共和国成立以来最为严重的大旱灾，其酷烈程度可比民国三十六年（1947年）大旱。这年冬天大风肆虐，常常刮散羊群。杭锦旗巴音恩格尔公社三大队和二队共1500只羊，竟被大风刮死773只,甚至有骆驼被风沙活埋。

7级大风连刮3个月,八旬老人都没见过这么大的风。能见度5米以下的沙尘暴最多达70多次,刮得天昏地暗,办公室里白天点上灯才能办公。风沙打得羊出不了圈,人出不了门。因无法起炉灶,孩子们吃不上饭,饿得大声哭喊。通年没有降过一场雨,旱田没撒粪堆、没动犁铧,水库、水井干枯。全旗除沿河地区和巴拉尔(沙漠中的绿洲)有旱芦草在生长外,整个梁外基本都是赤地千里、寸草未生。

到8月,看不到绿色,号称"旱不死"的柠条灌木草,也没有返青开花。巴音乌素三大队社员召那顺所牧骆驼群,被流沙活埋,到1973年才在流动沙丘后面发现。

梁外农区基本上颗粒无收,耕畜转移到伊金霍洛旗、乌审旗或沿河农区饲养以渡过难关。社员的生活,比起牧区更苦。因为梁外农区基本上都种的是旱田,广种薄收,大片土地濒于沙化。1966年春那一场沙尘暴,几乎使库布其沙漠和乌审旗毛乌素沙地连成一片。杭锦旗生态环境恶化严重,农牧民生存受到威胁。当年抗灾保畜的物质条件很差,饲草储存量严重不抵需求量、交通运输能力薄弱,抗灾保畜大会战的形势十分严峻。

12月13日,风力达10级以上。鄂托克旗白音淖尔公社16头牛被刮跑,寻无踪迹。该公社3辆从拉僧庙拉草的胶车行至风区竟被大风刮翻1辆。风灾过后,杭锦旗牲畜死亡40多万头(只),几乎逾半,井水干枯,草原荒芜,梁外农区几乎绝收,平均亩产只有11斤。

面对如此严峻的局面,也是为了落实"种树种草基本田"的生产措施,盟委做出鄂托克旗和杭锦旗从梁外农区整体移民到黄河沿岸自流灌区生产生活的决策,同时坚决闭掉梁外农区不宜耕种的农田,改为种树种草,恢复植被。这是一个极具眼光的战略举措,后来的事实证明其正确性、科学性。

当年面对百年不遇的大旱灾,以奇治民为首的杭锦旗党政领导迎难而上,成了抗灾保畜大会战的中流砥柱。

1953年,奇治民任杭锦旗副旗长,主持政府全面工作。1957年3月,他调任中共伊克昭盟委农牧部任副部长,时年26岁。到任后不到半年时间,他为推动农牧部工作做出了显著成绩。这时杭锦旗的党组织和广大干部群众纷纷以不同的方式向盟委请示将奇治民再调回杭锦旗任职。

盟委再三权衡认为,杭锦旗是一个自然条件极端恶劣、偏僻、贫困、落后的地方,尤其是库布其、毛乌素两大沙漠,从南北两面夹击,横贯全境,风沙狂暴肆虐,旱灾连绵不断。这里的广大蒙汉等各族人民过着相当困难的日子,有的已到无法生存的地步。一次次沙进人退使得处在两大沙漠腹地的农牧民被迫搬家。在这样一个自然环境极其恶劣的地方,没有一个战斗力强的领导班子去带领广大农牧民战天斗地,艰苦创业,奋力拼搏,要改变这里的贫穷落后的面貌,改善和提高人民生活水平是断然不可能的。所以盟委根据群众的要求决定让奇治民重返杭锦旗任职。1960年奇治民当选为杭锦旗委第一书记,时年34岁。

1953—1959年的杭锦旗委办公室,后为招待所

1959年修建落成的杭锦旗标志性建筑——大礼堂

面对大旱灾,旗委决定成立杭锦旗抗灾指挥部,由主要领导挂帅。指挥部下设抗灾保畜办公室,简称抗办。指挥部从全旗抽调得力干部组成抗灾保畜工作团,深入社队畜群,落实抗灾保畜的具体措施。

1965年秋,奇治民在杭锦旗大礼堂动员各族各界干部、工人、学生,以实际行动投身到全旗抗灾保畜工作中去。奇治民戴狐皮帽,穿着简朴,但讲话铿锵有力。他号召全旗各级干部和各行各业参加抗灾保畜大会战,"要像保护政权那样去保护牲畜","牲畜死光了,人都逃走了,政权也就不存在了"。

全旗党、政、事业单位及各行各业倾城出动,"抗灾到第一线,责任到畜群户",从领导到一般干部职工,每一个工作团成员都在牧民家中或畜群点上过年,大年初一和社员们同吃同住同劳动。过大年,每一名社员分得2斤白面,而工作团干部自带炒面。奇治民是在巴音恩格尔公社一大队社员吉斯塔家过的年,秘书项国臣陪同盟委书记暴彦巴图也赶去了,同奇治民一起在畜群点上过大年。

从正月初一开始，奇治民白天和牧民到山上搜集代饲草，晚上召开牧民座谈会，连续3天听取牧民对战胜这场天灾的意见。到正月初四，奇治民回到巴音恩格尔苏木，召开了全体干部会议，广泛听取了各方面的意见，在此基础上提出了鼓舞士气、克服悲观失望、团结一致、战胜自然灾害的号召。

经过反复调查研究，奇治民对如何认识、战胜这场百年不遇的大灾，提出了科学的对策。他说："灾害对杭锦旗来说并不奇怪，十年九旱、三年两次是常事，一般情况下我们有对付的准备和战胜的良策，群众都有备荒的经验和习惯，而我们也有一定的战胜旱灾本领，但是过去的抗灾是战役性的、对付性的、被动性大。看来今年这样大的灾用常规战是难以取胜的。要根据我们旗的实际，抗大灾要考虑战略，如何做到变被动抗灾为主动抗灾，变战役性抗灾为战略性抗灾，让广大群众逐步摆脱灾害困扰，是各级领导必须考虑的大问题。"奇治民在大家统一认识的基础上，提出了抗击大灾的战略战术方案，开始付诸实施。

战略方案之一，就是调整农牧布局，实行生态移民。梁外无法生存的一部分农民向沿河黄灌区、牧区有水的地方转移。塔拉沟、阿门其日格乡、四十里梁、胜利、亚斯图的人搬到杭锦淖尔、独贵塔拉、吉乡、呼和木独、巴拉亥、桥头，不到3个月就完成了7000多人的搬迁任务，搬迁的顺利程度出乎人们的预料。移民们说："奇书记指路肯定没错，人离活、树离死，不能待在这地方活受罪，现在应听奇书记的，他是我们的主心骨。"

战略方案之二，就是建立以黄河两岸及库布其沙漠芦草滩为抗灾保畜根据地，成为大旱之年牲畜的避风港。

为这两个根据地的建立，奇治民不仅付出了心血，而且几乎搭上了性命。在开始前奇治民为打有把握之仗，骑着骆驼背着锅灶，带着吃喝，二进三出地实地考察。这里到底能容纳多少头牛，生存把握到底有多大，根据群众反映和先遣人员的反映，他再进行实地考察，最后决定成立前线抗灾指挥部。当他把一切布置妥当后，返回大灾区发动牲畜倒场转移。因无向导，风沙又大，

奇治民（蒙古族）原中共杭锦旗委第一书记，武装部政委，行政13级

结果迷了方向。他冻僵了，不能动，生命垂危，幸遇寻找丢失牲畜的一位牧民，把他抬回家，并马上请来医生抢救，才保住了性命。

1966年3月，杭锦旗召开了旗级"四干"会议，参会人员包括旗、公社、大队、小队干部及抗旱工作团的全体干部和部分农牧民群众模范人物。会议指出，要建设库布其沙漠腹地战备草牧场。

在"四干"会议后，当年接着在巴音恩格尔地区召开旗委、旗政府联席农牧业现场工作会议。会议决定由巴拉登副旗长负责建立库布其沙漠腹地战备草牧场抗灾基地，之后又测量出锡尼镇—巴音乌素—赛音乌素—独贵塔拉—吉日嘎朗图一线抗灾保畜穿沙公路，并绘制了图纸。现在的穿沙公路就是在当年的设计基础上形成的。

这次参会的有沿河、梁外、牧区三方面的同志，因参会地点在巴音恩格尔公社所在地乌吉尔庙，故称巴音恩格尔工作会议。蒙古语中"乌吉"，是岔口的意思。京剧有个戏叫"三岔口"，"文革"中无限上纲把这次会议叫"三岔口"会议。这次会议是杭锦旗抗灾转折的"遵义会议"。会上所决定的事项对于合理调整全旗的农牧布局具有重大的现实意义！

奇治民总结出十大抗灾措施，即：

1. 大处理，1965年杀、卖牧畜55万头（只），占总数的42%；

2. 大转移，远近距离倒场30万头（只）；

3. 大调运，全旗调运饲草580万斤，饲料60万斤；

4. 大储草，全旗打储草包括代饲草5000万斤；

5. 大建设保暖棚圈；

6. 大打饮水井；

7. 大搞牲畜疾病防疫治疗；

8. 大调剂，把牧区牲畜调剂到农区饲养；

9. 大捐献，动员干部、工人及无灾区农牧民向灾区捐献抗灾物品；

10. 大分养，把牲畜多、劳动力少、饲养难度大的牧户的牲畜采取按比例分成的办法转让给牲畜少、劳动力多、饲草料充足的户子分养。

杭锦旗在当时极其困难的情况下，从梁外的四十里梁、阿门其日格、胜利三个公社分两批成建制、半建制地迁移2204户共10827人，到沿河昌汉白、补各退地区新成立一个公社。第一批963户共4718人，是在农闲期间于1966年5月底前完成的。第二批时间紧、任务大，要求三年任务一年完成，组织协调和思想动员工作又不到位，因此出现了方法简单、强制拆房、不留口粮、统一转户等现象，迁移中引发种种问题，群众怨气很大。

这些在后来的"文革"中被人利用成为暴彦巴图和奇治民的一个重要罪状，因此也就有了将二人拉到移民点批斗的事情。

反思此事，暴彦巴图和奇治民们的超前思维和战略眼光令人佩服。前几年鄂尔多斯市委提出的"收缩战略、转移人口"加快"三区"建设（优先开发区、限制开发区、禁止开发区）的方针，实际上也是一个人口转移和迁徙的过程。与近半个世纪前暴彦巴图和奇治民们提出的移民战略可谓是不谋而合、异曲同工，体现了对自然规律和社会发展战略的总体把握和正确抉择。当年的昌汉白、补各退地区，后来的建设公社，现在的巴拉贡镇及独贵塔拉等地经过40多年的建设，已由荒无人烟的地方变成了市井繁华的杭锦旗及鄂尔多斯市向北开放的窗口，人口已达3万多，110高速公路（京新高速）、铁路京兰线穿行而过，小镇建设新姿绽放，楼宇新居鳞次栉比。巴拉贡镇的农业种植水平在鄂尔多斯地区也是首屈一指的，经过套种间作，最大限度地利用土地光热能，亩产可达2000斤以上。当年的梁外移民,现在成了巴拉贡镇的新型居民。

1989年6月2日,已是自治区政协副主席的暴彦巴图由时任伊克昭盟政协副主席桌力克陪同,专程来到巴拉贡镇的昌汉白和补各退回访。看到改革开放后的巨大变化,旧地重游的暴彦巴图抚今思昔,感慨万分。暴彦巴图想起了1967年1月间他因移民问题被专门揪回移民点批斗的往事,当年和他一起被批斗的奇治民却在"文革"中含冤逝去,想来更让人追怀纪念,扼腕痛惜。

第三节 柠条盟长

1970年3月,旗委副书记道布登生格恢复工作以后到基层发现原来树起来的典型人物绝大多数在"文革"中被批斗了;原来种起来的草和树木,遭到了破坏;梁外农区沙化程度和牧区草场退化程度都比"文革"前严重得多。只有建设公社的移民情绪安定。拉话当中,社员们说,自移下来生活一年比一年好了,现在口粮分得足,不愁没饭吃,还能分红,多数社员正准备盖新房。在返回的路上,道布登生格思绪万千,想到在苏木当书记时牧区的生活、生产情景,想到1965年大灾后牧区抗灾和梁外移民的情景,想到被批斗的情景。联系现实,道布登生格认为"文革"前中共伊克昭盟委制定的"种草种树基本田"的方针是对的,1966年召开的"四干"会议和巴音恩格尔会议的决定是对的,从梁外移民到黄灌区农耕是对的,绝不能因为在这些问题上挨了斗就放弃正确的道路。1971年春天,杭锦旗第四次党代会开过以后,书记们分工让道布登生格管生产。当时上面还一个劲地批"唯生产力"论,"以生产压革命"的帽子满天飞,大家整天都提心吊胆地抓工作。因为学大寨是上面提倡的,是合理合法的,所以,道布登生格就扛起学大寨的旗帜在牧区大搞草库伦建设和饲草饲料基地建设,在梁外农区继续兴修水利和恢复自然植被。

1973年，邓小平同志恢复中央领导工作，1974年下半年开始抓"全面整顿"工作，道布登生格搭上"整顿"的顺风车，狠狠地抓了一把生态建设。

1974年11月，农田草牧场建设防风固沙植树造林大会战指挥部成立后，全旗再次掀起了植树造林的高潮。经过一段时间的人员调配、劳动力动员、财力、物力的准备之后，1975年春，大会战正式开始。杭锦旗采取国营造林、民营造林、全民义务植树造林三结合的模式。民营造林以集体造林和个体造林两结合。

"倒山种田开牧场，爷爷吃了孙子粮。""文革"结束后，杭锦旗的基本旗情仍然是十年九旱，生态环境恶化，严重威胁着蒙汉各族人民的生存空间。

中共杭锦旗委的第一要务，还是坚持奇治民的基本策略，即1966年春抗灾保畜大会战制定的"沙进人退、人进沙退"的战略规划，以退耕还林、退耕还牧、退牧还草、退牧还林为抓手不放，动员各方面的财力、物力，动员全旗蒙汉各族人民，投入改变杭锦面貌的生态大建设之中。

20世纪50至60年代，由于杭锦旗进行了两次错误的大开荒，加剧了土地的沙漠化。到20世纪70年代初，4万平方公里的毛乌素沙地，从古老的长城南边的陕北延伸过来，向北一直进入内蒙古伊克昭盟境内的杭锦旗，和总面积1.68万平方公里的库布其沙漠连在一起，在杭锦旗的阿门其日格和四十里梁等地出现了引人注目的"握手沙"。"握手沙"所带来的生态灾难是巨大的。1974年，共有65万亩土地的阿门其日格乡，沙化面积达57万亩，有的人家的房屋一夜之间就被黄沙埋掉了，有近千户农民因无法生存而迁徙他乡、另谋生计。

"握手沙"现象引起政府的重视和当地人的警醒，从20世纪70年代中期开始，杭锦旗展开了大规模的治沙活动。生活在"握手沙"里的人们，开始栽植乔木、灌木和草本植物相混合的生态防护体系，并力图使这一生态防护体系成网、成带、成片，在已被围封的沙地里种植饲草和沙柳，降服沙魔。

杭锦旗阿门其日格公社是库布其大沙漠和乌审旗毛乌素沙地的交汇处，是生态最脆弱的地方。20世纪60年代末至70年代初，杭锦旗东南部占全旗总面积32%的毛乌素沙地赤地千里，寸草难生，牛羊牲畜大量死亡，农牧民全凭国家返销粮度日，生活极度贫困。阿门其日格乡吐活鲁村全村只剩下1只公羊"骚胡"，因为"骚胡"肉有骚味不好吃，被留下来寄宿他乡；村里的树木全部砍下用来生火做饭，就留下庙跟前的一苗柠条，还是因为这苗柠条有"神"了；阿门其日格乡打不素村一户社员的房屋，一夜之间被风沙埋压，幸亏发现得早，才得以掏洞逃出。道布登生格等旗委领导来到村里，村里穷得没有碗筷，只能用沙柳棍棍当筷子。

阿门其日格乡曾经是一个水肥草美、风景秀丽的好地方。然而，现在却成了放牧不成群，种地没收成的"三靠乡"——生活靠救济、生产靠贷款、吃粮靠返销。人民生活每况愈下。沙茫茫，路漫漫，心慌慌。

几句顺口溜道出了人们的精神面貌："走得慢了穷撵上，走得快了撵上穷，不紧不慢走两步，扑通跌入穷人坑。"

"一年开草场，两年三年打点粮，四年五年变沙梁。"人们觉醒了，阿门其日格之所以变成沙海，其原因是滥砍、滥伐，倒山种田，得荫忘身。

1975—2000年，中共杭锦旗委原址

1974年11月，伊克昭盟林业处一名副处长到阿门其日格公社挂职指导该公社的植树造林。公社党委王占文书记亲自挂帅，公社党委委员郭巨才、冯耀华等领导走在最前列，全公社干部和社员一呼百应，打响了植树造林、治理沙漠的战役。

　　1975年，杭锦旗委和政府就以阿门其日格为突破口，以阿门其日格为重点，配备干劲足、能力强的领导。盟、旗两级派遣主要领导蹲点，政策上给予倾斜，资金上给予支持，并以阿门其日格为中心，向周围辐射。以点带面，向塔拉沟、巴音补拉格、胜利、四十里梁、夭斯图扩展，同时带动广大牧区和沿黄农区。阿门其日格植树造林的奠基人是王占文。他迈出了艰难的第一步。王占文调走之后是冯耀华，冯耀华退休之后是郭巨才，经过三任书记的奋斗才改变了这里的面貌。

　　郭巨才时任阿门其日格公社"革委会"副主任。面对严酷环境，他通过走访调查，制定了"一退（退耕还林），三种（种树、种草、种柠条），四禁（禁止掏沙蒿、禁止掏柠条、禁止掏草根、禁止搂灯香）"的方案，进行试点。群众没柴烧，他组织大家到牧区拉牛粪；种树没苗木，他组织配有60多头毛驴的运输队，从伊金霍洛旗、乌审旗一捆一捆驮回来。郭巨才的行动，赢得了群众的信任。到1979年，全乡共营造农田草牧场防护林带1450条，防护面积47万亩，沙害基本得到控制。十一届三中全会后，郭巨才推行林业生产管理责任制，将大集体时种植的12万亩林木全部作价承包到户，并颁发林权证，同时将宜林荒沙全部划拨到户，推行"谁治理，谁受益，长期不变，允许继承"的政策。群众植树造林积极性空前高涨，每年以三万亩的造林速度向前发展。为提高造林质量，他又主持提出了"三不准，一承包"措施，即无规划不准造林、种草，无保护措施不准造林、种草，苗条籽种不合格不准造林、种草，使造林成活率每年达到80%以上。为了保护造林成果，他还坚定地实行"以草定畜，科学养牧"。经过二十几年的努力，截至1990年，全乡有林面积达37.6万亩，人均有林64.8亩。森林覆盖率为57.8%，林草覆盖率在85%以上。

　　杭盖地区自然条件差，地理环境恶劣，通年干旱、少雨、风沙弥漫，沙化、碱化、植被退化。然而，这里有一种物种奇迹般地生存了下来，那就是柠条。柠条的生命力极强，号称"五不死"，即旱不死、牲畜啃不死、沙子压不死、狂风刮不死、刀斧砍不死，不管在什么环境下它都生长茂盛，每年春天早早就开花结果，促进着牛羊的生长，抵抗着风沙干旱的侵蚀。柠条凭借发达的根系，充分吸取地下充沛的水分，从而使自己翠绿茂盛。别的牧草因干旱而枯死的时候，它依然挺立着。每当这时，救牲畜命的就是柠条。

人要吃粮，畜要吃草。柠条还可以对其他牧草起保护作用，使一些低矮的牧草少受风沙的侵害。在柠条间播种牧草，就形成了牧场。

旗委书记王玉真于1976年10月至1979年12月间带领一班人蹲点阿门其日格乡。他发动干部群众种柠条。生活在这里的人们大都具有柠条的品格，粗犷、豪爽、憨厚、纯朴、忠诚、顽强，他们不惧风沙，一代一代地繁衍生息。种上柠条，种上草，就解决了牲畜的口粮问题。不论是牧区还是农区，种好柠条，长出草，就有了发展畜牧业的保障。

部分村社已经实现了农田林网化，甚至大地林网化，有的生产队高杆林带成片，实现了空中牧场的梦想。1976年10月20日至22日，旗政府在阿门其日格乡召开梁外地区治沙造林、农田牧场建设现场会议，将阿门其日格的模式推广到胜利、四十里梁、塔拉沟、夭斯图乃至全旗。阿门其日格被划为林牧乡。

胜利公社党委书记王治国在"文革"前就带领干部社员在硬梁地上种柠条，在这里一干就是14年，总结出了一套"保、管、禁、围、封、种、建、压"八字措施，带领当地农民营造以柠条、沙蒿为主的林木100万亩。王治国果断决策，实施"生态移民"，组织几个生产生活条件特别差的大队，搬迁到沿河地区从事农牧业生产，从根本上遏制了毛乌素沙地蔓延的局面。1978年，他担任了杭锦旗副旗长兼沿河地区工委书记。他任职5年，就为种植柠条和甘草苦干了5年，先后把150万亩柠条、10万亩梁外甘草留在杭锦大地上，"柠条旗长"由此得名。其间，在全国甘草工作会议上，他向全国推广了梁外甘草的种植经验，他防沙治沙的口诀被编入内蒙古地方志。王治国在杭锦旗工作的几十年，生态环境得以改善，在阻止库布其和毛乌素两大沙漠握手的工作中，王治国功不可没。

继任书记杨成森也热衷于植被建设，他在阿门其日格公社时，就是植树造林的组织者。他到胜利公社任职以后，坚持因地制宜地种树、种柠条。1983年夏、秋，当地雨水不错，他一年完成了三年的绿化任务，即柳树、柠条种植面积占全社土地面积的80%，剩余20%是林网化的农田。

从1975年开始，全旗每年完成10万亩树、8万亩草、5万亩防风固沙林种植的任务。杭锦旗出台了保护甘珠庙国营柠条林场、四十里梁公社、胜利公社、库布其沙漠的天然柠条林的政策和措施，如闭牧、收购柠条籽等。四十里梁公社、胜利公社能每年采摘七八万斤柠条籽，既解决了种植灌木树籽的问题，又增加了农牧民社员的经济收入。同时，加强了摩林河苗圃、阿门其日格林场苗圃、浩绕柴登苗圃、锡尼镇苗圃的经营管理，改变了造林用树苗从外调进的状况，除了特殊树种外，树苗、树籽全部自给。

王玉真——把耧者

20世纪80年代初期,伊克昭盟的植被建设得到国家的肯定。1989年获"全国绿化奖章"的时任盟行署副盟长王玉真,因大力号召种植柠条,也得了个"柠条盟长"的美称。

1982年夏天,雨水丰沛,全旗一年完成了三年的植树造林任务。时任旗委书记道布登生格向盟委请求支援,用4辆大卡车从准格尔旗调进10万斤柠条籽,除了农田外,在梁外原有农区全部种植柠条,共计种植了35~36万亩柠条。牧区飞播种植紫花苜蓿、苏丹草等各种牧草5万亩,人工造林20多万亩。

"沙进人退"是生态建设中的一种战术性策略,即将沙化严重的地方,闭耕还林、闭耕还牧、闭牧还草,将此地居民迁移到适合农耕和放牧的地方,留下少数人种草、种树。整个梁外地区,特别是农区,要动员所有劳动力,调动一切积极因素种草、种树、种柠条,先将流沙控制住,然后逐步扩大林草、柠条种植面积,减少沙化面积,这就叫"人进沙退",这是我们搞生态建设的根本目的。所以"沙进人退"和"人进沙退"并不矛盾,杭锦旗梁外地区就采取了"沙进人退"的战术性措施,最后实现了"人进沙退"这个战略性目的。

1983年秋,中共伊克昭盟委在胜利乡召开全盟现场会议,把"沙进人退""人进沙退"等因地制宜地搞植被建设的政策肯定下来,作为杭锦旗模式来推广。

经中共伊克昭盟委组织几套班子调查评估,肯定了杭锦旗的退耕还林、退耕还牧、退耕还草、植树造林、防风固沙、封滩育草等。阿门其日格荣获"全国造林绿化百佳乡"的殊荣,杭锦旗获得全盟"生态建设先进旗县"的称号。

牧民郝色登在这场家园生态保卫战中也是可圈可点的人物。1983年,他位于阿日色楞图苏木阿斯尔嘎查的房子被风沙掩埋。他没有就此离开,而是承包了周围的荒沙,向阿门其日格的乡亲们学习讨教,开始了自己漫长的治沙之路。他用7年时间种树2250亩,种柠条400亩,围封草库伦3000亩。内蒙古农委授予他"治沙造林先进分子"的光荣称号。

时任杭锦旗委书记道布登生格在全盟植树造林、种草绿化表彰大会上,被评为"模范旗委书记",获奖励200元,被誉为"柠条书记"。

2017年5月,已近93岁的道布登生格老人耳聪目明,精神矍铄,在康巴什见到家乡的亲人,往事历历在目。欣慰之余,老人不无遗憾地说:"'文革'动乱让杭锦旗的农牧业和生态建设耽误了10年!"

1991年全国绿化委员会、国家劳动人事部、国家林业部三家联合颁发了全国造林绿化模范的金质奖章,阿门其日格跻身全国造林先进行列,荣获"全国造林绿化百佳乡"的殊荣。书记郭巨才荣获"全国造林绿化模范"金质奖章。

现在的杭锦旗梁外地区胜利、四十里梁、阿门其日格、塔拉沟等地,已经和乌审旗、伊金霍洛旗、康巴什新区、东胜区的生态绿化带连成一片。

但是库布其沙漠还在疯狂地向南进犯,成了杭锦旗无法治理的源头。北面的"苦漠"、南面的"坏素",真把这里的人民害苦了。正如奇治民生前所说:"压在我们头上的两座大漠比推翻三座大山还要费时,至少需要几代人的努力。"

全旗广大干部群众踏着先辈们的足迹,一直致力于与沙漠做斗争。但是,囿于思想观念、经济发展等历史原因,面对库布其,杭锦旗的干部群众基本上

"柠条盟长"王玉真(左一)

束手无策，处于小打小闹阶段。

一、民歌里的阿门其日格

  杭锦旗阿门其日格乡位于库布其沙漠和毛乌素沙地的中间，即两大沙漠的握手地带，总面积438平方公里，辖9个行政村、53个社，4500多人。在20世纪六七十年代，肆虐的狂风、浩瀚的沙漠、闭塞的交通困扰着阿门其日格，无奈的农民生活在极度荒凉、贫困的环境之中。阿门其日格乡沙浪汹涌，白毛风遮天蔽日，白天屋里还要点灯，大风强劲地呼叫着，将硕大的沙粒卷起，无情地打在人们的脸庞，让人觉得疼痛、悲伤、无奈，这是何等的惨境啊。据统计，当时全乡65万亩土地，沙化面积达57万亩，占总土地面积约87.7%。人们缺粮食，更缺燃料，全乡彻底变成一个"三靠乡"——生活靠救济、生产靠贷款、吃粮靠返销。人们在忧伤中度过了一个个艰难的日子。生活在这里的人们虽然过得很艰难，但他们还是喜欢用淳朴生动的民歌来表达自己内心的喜怒哀乐和生活感受，用民歌来描绘当时的生存状态。他们把这种艰难困苦编成山曲唱出：

    君图梁高来索地沟长，
    无边没沿明沙梁。

    冷寒受冻人恓惶，
    谁叫咱住在穷沙梁？

    大风沙刮埋了吃水井，
    事情箍住不由人。

    胶车困在十里沙，

事情箍住我能咋?

大风刮起了大明沙,
哥哥到究流落在哪?

你在圪梁我在沟,
扬了一把明沙风刮走。

想哥哥就怕刮黄风,
光沙滩怎寻你的踪。

看见哥哥我没敢吼,
扬了一把沙子叫风刮走。

我们那地方靠沙畔,
妹妹就爱住个放羊汉。

沙地的糜子四指高,
新交的朋友握手梢。

沙梁梁上绕手避风湾湾来,
风湾湾咱俩谈恋爱。

大沙梁高来二沙梁低,
妹妹走路活水水。

盖不起房子买上两根椽,

搭上一个茅庵房房咱俩钻。

咱村村从前真可怜,
老鼠在凉房不打尖。

天刮黄风满地沙,
哥哥现在你在哪?

嘶噜噜西北风天天刮,
想你想得没法活。

白马披上黑褥子,
这一回走了没日子。

发一回山水澄一层泥,
出一回远门剥一层皮。

茅庵房房柳栅栅,
一个人走成灰塌塌。

明沙梁上不长草,
可怜的人们没柴烧。

有时到黑地掏沙蒿,
常让人家撵上跑。

秋风哨在明沙梁,

身不由己泪长淌。

　　大风刮起明沙流，
　　压倒房子人搬走。

　　民歌是劳动人民心声的自然流露，是社会历史、时代生活和风土人情的一面镜子，是时代的风雨表。它有着现实主义传统，是劳动人民在长期的自然斗争和社会斗争中，用汗水和血泪浇灌出来的艺术瑰宝，是劳动者感情与智慧结出来的硕果。

　　山曲作为民歌的一种，具有高亢、明快、豁达、质朴、幽默、热情的艺术特点，山曲情真意切、随意翻转、生动活泼、沁人心脾，以说唱男女之情居多，但也有喻理说事的。山曲的形式一般是上下句构成一段，上句采用比兴手法，下句点题说事。用最自然的语言、最自然的曲调，把最自然的情感抒发出来，不受时间、场地、环境的限制，歌手们根据彼时彼地的情况即兴编词进行演唱，既可直抒胸臆，也可借物寓情。

　　胡麻开花结果果，
　　山曲虽小意思多。

　　哥哥唱曲儿妹妹听，
　　十句有九句是爱情。

　　唱山曲儿夹荤又带素，
　　一阵阵就把你的魂迷住。

　　原乌兰敖包村村支书白三宝说，20世纪六七十年代的阿门其日格，狂风肆虐，大沙围困，老百姓无法生存，因此，杭锦旗政府决定让好多人家搬迁到沿河后大套。大批的村民被迫迁移，使有情人相隔两地，饱受相思之苦，有山曲佐证：

阿门其日格成了明沙梁，
政府决定咱到沿河找希望。

二细细麻绳捆铺盖，
风沙天逼得咱离梁外。

你在南梁外我在滩，
可叫大明沙堵了个端。

毛乌素库布其沙套沙，
人想人来没办法。

想亲亲想得见不上面，
我在龙王庙上许口愿。

许下的口愿还不起，
红丹丹领了个红公鸡。

麻阴阴天来倒钩钩云，
又想地方又想人。

后大套白面吃不见香，
不如南梁外喝米汤。

当年的阿门其日格乡党委秘书刘茂成在《沙原深处绿荫展》一文中写道："1971年，阿门其日格乡新组建的党委和政府一班人面对现实，发扬实事求是的精神，深入阿门其日格乡的9个行政村共53个社，与社员促膝谈心，讨论阿门其日格乡走向何方。寻找贫困的源头，找治理的办法。"

心里装着人民疾苦的乡党委和政府一班人最后总结道：

穷在沙上，害在风上，少在树上，差在干上。最后决定要大搞植树造林，让黄沙变绿洲。

"发扬艰苦奋斗、吃苦耐劳的精神，准备脱皮掉肉，准备迎接更大的困难，更大的风险，一定要带领阿门其日格人大搞植树造林、防风固沙……"这是刚刚从牛棚走出不多时的王占文书记的豪言壮语。"党委和政府的决策果断英明，不搞植树造林，防风固沙……八天王爷爷当书记也不行。"刚刚被批斗改造，又被平反任用，抬起头不多时的乡党委常委郭巨才和冯耀华等领导满腔热血地说道。

党委和政府的决策，是冲锋号。它在毛乌素沙地和库布其沙漠的握手地带，打破了亘古的沉寂。它是进军令，响彻云霄，一场前无古人的、向黄沙进军的战斗开始了。

这年秋天，阿门其日格乡的沟沟洼洼，明沙丘，迎风面，顺风壕……全是造林大军，全乡人民齐出动，挖树坑、栽树苗、浇树苗、护树林，声势浩大、颇为壮观。

第二年春，沙柳抽出了嫩条，阻止了飞扬跋扈、肆意妄为的黄沙，黄沙在人们的眼中"有抓拿"了。人们幸福地滴下了激动的热泪。大家决心把滴翠的春光注满阿门其日格的山山洼洼。紧接着一场打井修水利、平整土地、栽防护林三位一体的农田水利建设高潮掀起了。每两行沙柳中间是水道，汩汩的泉水既浇灌了林木又灌溉了粮田，一举两得。历经磨难的阿门其日格人终于喊话了："我们的农作物存入绿色的百宝箱了。"不几年，明沙梁不见了，整个阿门其日格变成了绿洲，只听见甜茵茵的山曲儿在柳林林绕。

那几年出门尽沙丘，
一颗颗都是"和尚头"。

如今沙梁柳成荫，
野鹊鹊唱成一哇声。

庄户人要改"和尚头"，
谁栽上树木归谁有。

茫茫沙海全是树，
家家全是林业专业户。

多养畜来多种树，
穷光蛋变成了万元户。

杨树高来柳树稠，
我们的前程有奔头。

绿树栽下一道沟，
好活的日子在后头。

  过去不搞植树造林，这里荒凉、贫穷、落后，人们为找对象发愁，女孩子全嫁到外地了，男孩子因家穷不好找对象。自从阿门其日格乡人大搞植树造林后，不仅生态植被发生了变化，人们的生活水平也有了很大的提高，就是找对象这件事都变得好像容易多了。过去找对象、谈恋爱全是在凄凉的沙湾湾，现在则是在风景优美的树林林。

沙圪梁梁种下了树,
支棱棱为下新朋友。

天上生起帽帽云,
寻妹妹寻在沙柳林。

多种树来少种瓜,
有了妹妹你就有了家。

青杨柳树长得稠,
再握合儿妹妹的绵手手。

大榆树圪溜二榆树弯,
放羊的哥哥心肠端。

一行行沙枣一行行柳,
咱二人相好并排排走。

果树林林长出一苗柳,
你不嫌哥哥长得丑。

你要想哥哥沙湾湾寻,
沙湾湾有一股沙柳林。

大沙地里马蹄蹄踪,
你在沙柳林林把我亲。

交朋友就交放羊娃,
沙柳林林由我们耍。

沙畔畔柳林盘住了根,
咱二人相爱心连心。

明沙畔上绿柳梢,
你看见妹妹哪搭儿好?

蓬头树落下十八根椽,
坐在哥哥跟前日子短。

沙梁上畅想未来

一出大门有大树，
你可把哥哥麻缠住。

树树不大有阴凉，
虽然我们女道人家也好心肠。

绿树上结下红果果，
死来活个跟哥哥。

相跟上来了相跟上走，
进了柳林林手拉手。

柳林林说来柳林林笑，
柳林林飞出爬山调。

柳林林说来柳林林唱，
咱二人死活相跟上。

树叶叶长在树枝上，
哥哥时刻在我心上。

树叶叶满枝丝丝长，
守住哥哥我不想娘。

明沙坡上栽沙柳，
虽然爱你张不开口。

栽上柳树结檩檩，
你是哥哥的命蛋蛋。

你家门前一排排树，
可把哥哥的心拦住。

想哥哥想得实在苦，
电线杆发芽长成树。

"电线杆发芽长成树"这句歌词并不是夸张，原来阿门其日格当地拉电话线、广播线栽的电线杆全是用的柳檩子，好多柳檩子是现砍现栽，栽上不久好多电线杆就发芽了，过两年就长成大树了。这句正好暗寓了人想人的力量是多么大。

野鹊鹊不离大柳树，
离不开妹妹胶粘住。

清风风摆动门前的柳，
看妹妹总有些心上抖。

植树造林不仅美化了阿门其日格的山山水水，更给阿门其日格人民带来了生财之道。乡村里办起了柳编厂，编簸箕、编菜篮、编箩筐、编柳笆，有的柳编产品走出了国门，出口创汇，成为杭锦旗的佳话。大家说，我们的绿色银行已正式挂牌向世人展示。

绿柳成荫树成行，

沙湾湾办起了柳编厂。

村村社社忙柳编，
坡坡洼洼全是钱。

甜茵茵的山曲儿柳林林绕，
阿门其日格的柳编上了报。

门前的柳笆子垒千层，
好比票子一圪塄。

柳橼子砍下一大洼，
再不愁咱穷得没钱花。

没明没夜咱二人干，
柳树条条把钱换。

  1975年，阿门其日格乡奋勇村已全面完成了农田林网化，开始向荒漠进军。更惊人的是，他们提出实现大地林网化，并付诸实施。那年秋天，村民们栽了13条大林带，用了3.2万多株高杆，树枝、树叶全是养畜的最好饲料，阿门其日格的空中牧场诞生了，一下子把奋勇村打扮得异常美观，楚楚动人，谁看了都心悦诚服。阿门其日格让黄沙变绿洲不再是梦。
  随着大规模的植树造林，人们也在自家的房前屋后栽起一行行沙柳，起早贪黑，担水浇灌。从当时的政策上来讲，这叫"资本主义尾巴"。干部只能佛眼相看，放任自流，因为这对群众是有益的。人心都是肉长的，谁无菩萨心肠，群众已苦到不堪设想的地步了。
  光阴荏苒，困苦日子一天天熬过，沙柳一天天长大，在"少吃、无燃料"

的时代，燃料的问题解决了，家家户户的门前沙柳堆成了垛。

闲散沙梁分到户，
绿茵茵栽起了歇凉凉树。

野鹊鹊垒窝野鹊鹊住，
谁家栽树谁家富。

沙坡坡上柳苗子成大树，
谁不夸咱村子正往起富。

房前房后栽沙柳，
阿门其日格女女找对象不外走。

别村村来把对象找，
木棍也把闺女赶不跑。

房背后沙柳不要掏，
那是咱二人的隐身草。

柳湾湾清泉哗哗流，
如今的沙窝窝有奔头。

早知道沙窝窝不受穷，
谁愿意投人搬进城。

阿门其日格乡北面与原阿日色楞图苏木四、五大队打交界。四、五大队是牧区，蒙古族居多，在以往的生产生活中，蒙汉人民早已结下了深厚的友谊。阿门其日格乡大兴植树造林，深深地感动和启发了这些蒙古族牧民。他们积极投入植树造林中，并且涌现出了像郝色登这样的杭锦旗的植树造林模范人物。在植树造林过程中，大家一如既往地共建美好家园。有人编山曲唱道：

  一排排杨树一排排柳，
  蒙汉团结朝前走。

  一湾湾柳树长成林，
  蒙汉兄弟是一家人。

  挨坡坡草场伙种树，
  一搭搭动弹一搭搭住。

  一排排大树根连根，
  蒙汉人民心连心。

  明沙湾湾栽沙柳，
  蒙汉人民交朋友。

  沙畔畔的柳树盘住根，
  蒙汉人民有交情。

  改革开放以来，阿门其日格积极发展地方经济，取得了物质文明建设和精神文明建设双丰收，先后获得了"全国造林绿化百佳乡""全国亿万农民健身活动先进乡镇""内蒙古自治区科普文明乡镇"等桂冠。
  现在的阿门其日格到处是山清水秀、绿树成荫。境内有丰富的林业资源，森林面积42万亩，覆盖率为64%，为编制、木材加工、建筑、造纸提供了取之不尽的原材料。这里是杭锦旗境内最大的木材生产基地，大量退耕弃耕土地种上了优质牧草，为畜牧业的发展奠定了基础。境内水资源较丰富，地表水、深层井水储量颇丰，潜力巨大。同时，分布广泛、大小不均的湖泊，也成为旅游开发的理想环境。境内储藏着丰富的天然气，有较大的开发价值。全境林木茂盛，水草丰美，瓜果飘香，风光秀丽，人民安居乐业。

阿门其日格栽柳树，
树林林把那沙压住。

阿门其日格人民真英雄，
明沙梁造成大树林。

再不要说我们沙湾湾穷，
沙湾湾栽下了富裕根。

全国造林绿化百佳乡，
神州大地美名扬。

阿门其日格尽树林，
在哪搭儿约会也看不见人。

阿门其日格沙梁被绿化，
咱二人就在这儿把根扎。

阿门其日格树林里山曲飞，
句句唱咱栽树的老前辈。

老书记道布登生格重返阿门其日格

阿门其日格山水绿茵茵，
子孙万代要继承。
……

二、绿色愚公郝王元

十一届三中全会后，农村土地实行了承包制。在黄河边上长大、深受沙碱害之苦的杭锦旗永胜乡乃玛岱村社员郝王元，主动承包了305亩沙丘。他要在这里种树，决心用生物工程加以治理，为子孙后代造福。

1982年春，大地刚刚解冻，郝王元就上了工地。他的第一步工程是平沙圪旦整地。工地离村子足足有10里，郝王元起初是早上出工，平一天地，晚上回家住宿。可是，他觉得这样既浪费时间，又耗精力。他就干脆拉了一领皮袄，住在地旁的破房里。白天干，晚上借着月光干、照着手电干，吃的是炒米、炒面、干烙饼，喝的是混浊冰凉的干渠水。一干就是20多天不回家。爱人刘二仙将两个吃奶的娃娃给60多岁的婆婆丢下，也和丈夫一起住进了破房，同吃同干。一张铁锹，两担笤头，四只肩膀和大自然展开殊死搏斗。村里人劝说："王元，快算了，自个儿寻罪难受，几百亩沙圪旦，就凭你们两口子人工平，甚时候能干完？"郝王元笑笑说："土工是大一些，可是今年平不完有明年，明年平不完还有后年，地不冻接着种，我就不信有干不完的活儿。"刘二仙也附和说："王元说得对着呢。"有一次，郝王元和刘二仙一连在外干了一个月没回家。郝王元的母亲挂念了，以为出了什么事。老人把孩子背了一个，抱了一个，费了好大劲才到了工地。到了工地上看着儿子赤着膀子，媳妇挽着裤筒，正干得热火朝天。老人流着泪心疼地说："娃娃，息上几天吧，累坏身子呀。"郝王元和刘二仙安慰道："妈，不碍事的，您先回去吧，我们一阵儿就回。"老人回去了，可郝王元和刘二仙一连干了6天才回了一趟家。就这样，他们从1982年干到1984年。他们磨破6张铁锹、23担红柳笤头，搬平34座大沙丘，共动用土方3000多立方米。

地平了，第二步工程就是种树。可是在干沙滩上栽树，水怎么解决？二人就地挖了一眼井，解决了水源。郝王元全家老小齐上阵，一场担水浇树的大会战拉开了序幕。郝王元因担水两只脚起满了泡，泡踩破后感染了，肿得穿不上鞋，他就用白布裹住，赤着脚继续担。刘二仙不分白天晚上担水浇树，由于劳累过度，晕倒在地，几个小时后方醒，醒来再干，她的小腿肿得就像柱子一样，疼得几乎换不了步子。丈夫劝她休息，她点点头，却偷偷吞下两片索米痛片继续干。郝王元的肩膀也被扁担搓破了，化了脓，但他全然不顾，仍埋头苦干。

功夫不负有心人。郝王元夫妇从1984年到1990年，累计挑水1万担，植树9万多株，合305亩，其中果树20亩，成活率99%。这些树已成材的有1万多株。

据林业技术人员测算，直接经济价值可达10万元。

郝王元造林的模范事迹，在鄂尔多斯高原上被传为佳话，人们尊敬地称他为"绿色愚公"。

第四节　先行部门先行者

1987年，旗委、旗政府在做了大量调查研究的基础上，找到了制约杭锦旗经济和社会发展的主要症结。旗委书记高峰云把主要症结和解决的办法概括为，"亏在水上，慢在路上，误在电上，穷在工上"，进而提出"水当家、路先行、电启动、工致富、科教兴旗"的工作思路。

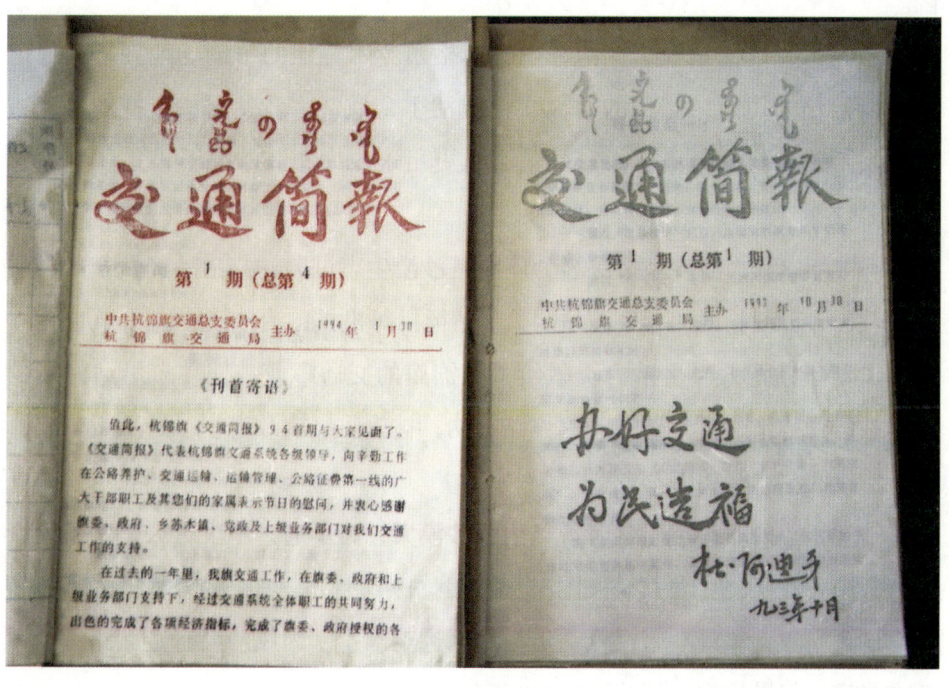

20世纪90年代初的交通小报

要想富先修路。穿沙公路对杭锦旗的发展、影响意义重大,但修筑穿沙公路却充满了艰难曲折,从酝酿、勘测、立项、资金、技术上来说对杭锦旗都是个重大考验。几任领导都在思索着如何打通这条"生命禁区"之路。1992年2月27日,副旗长苏雅达赖主持召开旗长办公会议,决定成立杭锦旗治沙综合开发公司,并安排铺底资金20万元。参加人达木林、魏爱民、德力格尔、郝银山、李振明、方在恒、王兆德等,记录员是付瑞。

这时旗委个别领导已经有了修建穿沙公路的想法,但因当初有一个传言,苏联专家曾说过,"库布其沙漠不可治理",成立治沙公司是为了试一试。

治沙公司成立的第一年,他们从外地聘请了刘寅夏等4名专家,制造了一部分治沙机具,在锡尼镇划出1000亩沙地进行试验,相当成功。

1993年2月,杭锦旗机构改革,治沙公司便将工作区选到了库布其。结合全旗的项目区管理建设,旗治沙综合开发公司、旗人民武装部及沙区的图古日格、巴音补拉格、巴音乌素等苏木分别在部分沙地搞了5000～10000亩沙柳苗圃。

1994年,杭锦旗干旱少雨,巴音恩格尔苏木等地的羊倒场地到了其他地方。但治沙公司前一年种的树大多已成活了,成活率竟达95%,打破了库布其沙漠不能种树的历史,大家的信心也更足了:库布其沙漠不再是"生命禁区"。

1997年8月,治沙公司更名为库布其沙漠生态试验站,治沙经费全部由财政拨款,人员编制增加,生态站购买了植树机等机具,治沙速度进一步加快。

白富华,把大半生精力贡献给了杭锦旗的交通事业。他在东沿河修成的路,被群众称作"富华路"。因修路有功,被旗委、旗政府授予特别贡献奖,是杭锦旗的"修路功臣"。

他在很小的时候就听老者说,由于沙漠大,路不通,不少行人常常饿死、渴死、冻死在半路。尤其是民国三十六年(1947年),塔拉沟等地遭受了百年不遇的大旱灾,梁外一带群众往沿河地区逃难求生,因风沙大行走无路不少人死在半道,仅塔拉沟一带就死了200多人。

20世纪80年代的锡盐公路

任职交通部门后,白富华为修路埋头苦干,具有常人没有的韧劲和缠劲。他为了让109国道改线,先后到市、自治区、中央跑了80多趟,向有关方面汇报改线的必要性、重要性以及百姓呼吁改线的迫切愿望,也向有关领导哭过鼻子、吵过架,据理力争,批评有关人员的官僚思想和不作为。跑了80多趟之后,白富华终于感动了上级领导,批准了他的请求。自治区交通厅、计委负责人被白富华为民请命的精神所感动,多次到杭锦旗精心指导公路建设,给予了大力支持。

白富华曾创下许多个"第一":

第一次冒着生命危险,带领技术人员徒步穿越库布其沙漠,对杭锦旗穿沙公路全线勘测设计,为修路做好规划。他是"穿沙公路"的总设计师和建设者。

第一次大胆提出让国道109西线改建油路途经杭锦旗的政治、经济、文化中心锡尼镇，为此他和自治区交通厅领导据理力争："杭锦旗是国贫旗，如果不特殊考虑，我这个旗交通局局长回去就辞职，你们作为上级部门都不支持，我回去没法给13万杭锦旗人民和旗委、旗政府交代。"白富华的率直、担当感动了自治区交通厅的领导，109西线重新调整规划，由原距锡尼镇22.5公里，调整到最终从锡尼镇穿过。

第一次对杭锦旗境内的旅游资源进行全面、详细地摸底调查，编制了《杭锦旗旅游发展总体规划》，为杭锦旗旅游事业的发展打下良好的基础。他开创了杭锦旗的旅游事业，为杭锦旗旅游事业填补了空白。

他是杭锦旗的大忙人之一，常常利用星期天下公路，利用上班时间跑盟、自治区甚至交通部列项目、要资金。多年的忙碌使他养成一种习惯，坐在车上安全带一系便进入梦乡，下车又精神抖擞地进入紧张的工作状态。

20世纪90年代初，杭锦旗东沿河地区和库布其南部沙区，由于交通和通信闭塞，使这些地区的经济发展严重滞后，3万多农牧民群众和干部深受其害。东沿河地区每年开、封河季节，由于黄河、毛布拉孔兑、库布其沙漠四周阻隔，电报和邮件得半个月才能收到，商品、货物、粮食拉不进来也运不出去。在那个年代，沙区没有见过黄瓜、西红柿、豆腐、葡萄等食品的牧民很多，有些老人还没见过汽车，个别人家是四五口人盖一床被子，三四个孩子穿一条裤子，谁出门谁穿。

当初，白富华是一名汽车驾驶员，开着大货车经常行进在这条路上，和同行们一样，经常受毛布拉孔兑洪水和冰窟窿及郭三梁沙阻之害。正如当时流行的一首民歌："梁外下雨沿河晴，毛补拉洪水活杀人；想把亲亲往梁外搬，就怕出不了孔兑川；摩托车上捎亲亲，没小心跌进冰窟窿……"

白富华一直有写日记的习惯。据他的日记记载，仅1988年7月13日这天就有4辆机动车在这条路上被洪水冲毁。

旗运输公司02752号东风大客车从独贵塔拉返回锡尼镇，途中在图古日格南7.5公里处突然遭遇洪水，车上17名乘客在司乘人员的救助下虽然脱了险，但乘客的衣物、包裹、现金却被洪水冲走，大客车被洪水冲毁，基本报废。

杭锦淖尔乌兰木独韩三的"55"型拖拉机从杭锦淖尔往锡尼镇途中，在红崖子遇洪水，车上的一车椽子和麦秸全部被冲走，拖拉机得全车大修。

旗运输公司02742号解放车，拉一车绵羊毛，从杭锦淖尔往旗里的途中，在红崖子遭遇洪水，明沙埋至半马槽，幸亏货没被冲走，但车得大修。

独贵塔拉乌兰淖尔村王三根驾驶01637号跃进牌面包客车，车上载17名乘客，拉18包绵羊毛，从独贵塔拉到杭锦旗，行至什拉巴尔洞（89公里处）遭遇洪水，客人在司乘人员的救助下脱险，18包绵羊毛全部被洪水冲走，车被洪水冲走200多米，全车报废。

在这条线路上不知发生了多少起类似事故，白富华和所有的行路人一样，盼望着有一条畅通无阻的公路从旗政府所在地锡尼镇通向东沿河，能安安全全、痛痛快快地到达目的地。

1986年，白富华从旗委办调到旗交通局任副局长，直至1992年，每年在沿

1999年以前的杭锦旗交通局

民工建勤一

民工建勤二

民工建勤三

河地区负责公路整修、公路测设、公路改建和黄河浮箱桥架设等各项工作。

1989年8月15日，白富华和时任独贵塔拉乡乡长的王树林共同探讨架设奎素浮箱桥的相关问题，通过测算东沿河地区的客货出入运量，发现一个问题：车流量远远达不到架桥的要求。

王树林，河北人。1969年加入内蒙古生产建设兵团23团。1979年从公安特派员被直选为建设乡乡长。1984年，因各乡镇一把手对调，王树林被调到独贵塔拉乡。他对工程建设很在行，1965年在河北当工程兵时就修过张家口、保定两个机场。

王树林突然提出了一个思路：毛布拉孔兑修路，大桥就要建12座，而且水势深不可测，不如从锡尼镇经盐海子、独贵塔拉到浮桥修一条穿沙公路。经他提示，白富华茅塞顿开。当时，两人非常高兴，并认真地测算了盐海子化工近、远期产量和运量以及修通公路后药材、畜产品、商品等各种物资的运量和客流量，结果发现能为浮桥增加80%的车流量，这不仅可以满足架桥要求，同

1992年11月,副旗长黄永春到东沿河修路工地(白富华摄)

时为修建锡尼镇至东沿河公路和沙区道路问题找到了答案。

通过多方努力,1990年12月奎素浮箱桥终于驾成通车,总投资260万元,全由内蒙古自治区交通厅承担。但要想修穿沙公路,对当时只有1000万元年收入的旗财政来说,谈何容易!再说,想象中的穿沙公路能否修成还是个未知数。

1992年8月22日,是孔兑大洪水过去的第二天,白富华和4名技术员回旗参加单位会议。刚到灶火塔河槽,"212"小车突然被洪水冲灭。水流湍急,小车困在河槽里迅速下沉,并有立刻翻车的危险。5人马上用绳子把车拽住,虽然车没被洪水冲走,但眨眼工夫,小车只露了个驾驶室顶子⋯⋯

接连几天,白富华的心情咋也平静不下来。多年来,毛布拉孔兑洪水给人们造成的损失数也数不清,耳闻目睹的,像电影一样一幕一幕地浮现在白富华的眼前。

1992年12月,自治区公路局负责人到杭锦旗检查验收以工代赈修路工程,听取旗委高峰云书记汇报

　　白富华明白,修路是自己义不容辞的职责。他决心要横穿库布其,对穿沙公路的路线进行一次详细、全面的勘测。如可行,就向旗委、旗政府汇报,向上级争取投资;如不可行,也要有一个明确的结论,告诉后人免遭风险。

　　1992年8月29日,已任独贵塔拉乡党委书记的王树林与下乡的旗长杜·阿迪雅一同回旗开会。因当天下雨,毛布拉孔兑必有洪水无法通行。1990年毛布拉孔兑洪水如猛兽,下游的杭锦淖乡隆茂营村变成一片泽国,万亩村庄夷为平地。王树林以前回旗开会时至少有3次曾被困在孔兑沟,在车上过夜,因此从孔兑沟无法按时回旗。

　　王树林和杜·阿迪雅旗长的车从图古日格到了巴音补拉格,从巴音补拉格途经10公里的大沙梁,司机不知不觉迷路了,车辆却意外穿越了一条便道到了赛音乌素。这次无心插柳的迷路经历,让王树林和杜·阿迪雅旗长确定了从锡尼镇经盐海子、独贵塔拉到浮桥修穿沙公路的大概路径。

　　当天,白富华把王树林和交通局另一位副局长杜连营叫到一起,三人认真地研究了穿沙公路的走向、路线、里程和必要性。通过地图上测量计算要比原线156公里缩短50多公里。如果该路修通，可彻底改写赛音乌素和巴音补拉格两个苏木不通公路的历史，直接带动沿线各乡苏木镇经济，改善本地区生产、生活条件，提高农牧民生活水平，加快贫困地区脱贫致富步伐。此外还使工业区的化工产品运距缩短100多公里，杭锦旗的药材、农副产品、商品及各种物资的运费都将大幅度降低，特别是对于杭锦旗经济的发展，将会起到巨大的推动作用。

民工建勤对现代人是陌生的。1954年4月27日，内蒙古自治区人民政府制定了《民工建勤修筑公路暂行办法》。办法规定，凡年满18周岁至50周岁，有全劳动力的农牧民及所有役畜与运输工具，均有建勤义务。

民工建勤是20世纪50年代以来重要的组织劳动生产方式，在抗灾抢险、工程施工中发挥着重要作用。就是这一传统方式，在20世纪90年代末期，在社会主义市场经济发展初期的杭锦旗继续发挥了不可替代的作用。

1992年11月19日，当时分管交通工作的副旗长黄永春到东沿河修路工地慰问施工人员。晚上白富华向他汇报了想法，黄旗长非常高兴地说："啊呀！这可是一件大好事。如果这条路能修通，咱们杭锦旗脱贫致富就有门儿啦。你一定给咱考察考察。"随后，白富华又向高峰云、杜·阿迪雅、李凤鸣、达木林等领导分别进行了汇报，得到了他们的积极支持和鼓励。

1992年12月16日至17日，自治区公路局局长陈耀中、副局长苏丰带领公路局、自治区计委和伊克昭盟交通处、计委、公路总段的领导和技术人员，到杭锦旗检查验收1992年以工代赈修路工程，在独贵塔拉和锡尼镇分别召开了汇报会和总结会议。会上，在听取了高峰云书记有关杭锦旗打算修建穿沙公路的汇报之后，陈局长明确指出："你们首先要做好前期工作，然后逐级上报。"

1993年5月6日，自治区计委交通能源处王处长一行，到杭锦旗检查工作，参加了在旗交通局召开的汇报会。

会上，高峰云书记、李凤鸣副书记、杨成森调研员分别汇报了修建穿沙公路的设想，王处长指出："你们修建穿沙公路要尽快进行测设，并及早上报，工作要做得扎实细致一些。"

第五节　谁敢横穿库布其

1993年5月13日，交通局乔有新局长主持召开了局务会议，研究确定由白富华任组长，吴有清任副组长（时任旗地方公路段副段长、工程师），抽调局里7名技术员组成穿沙公路可行性考察组，对穿沙公路全线进行一次实地考察。

按照公路建设前期工作要求，要完成这条公路的预可研、工可研和2个阶段初步设计3项工作。为了把工作做得细致、省时、省钱、切实可行，就公路走向拟定了3个方案：

勘测大漠

时间从1993年5月20日开始，9月25日结束，共计4个月零5天，分3个阶段。

第一阶段，主要由白富华、吴有清、杜连营3人负责，同时邀请有关乡苏木、旗治沙综合开发公司领导和熟悉情况的同志参加。经过20多天对3个方案线路分别反复进行实地探勘、调查、走访、比较和讨论，并经旗委、旗政府主要领导和分管领导同意后选定了第二个方案，即从锡尼镇—赛台—阿拉善—盐厂—东补龙—吴定补拉—木登苏—达克拉图—恩更沟—格格什拉—独贵塔拉。

因这一方案经过的地势比较平坦，不仅工程量小，构造物少，而且社会效益特别显著（主要是通过杭锦旗唯一的工业区）。

第二阶段，由白富华和吴有清带领包显英、刘建国、刘江、白永东、郝丽、浩斯、宋海波、王宝成、高原、呼吉图、刘喜前等从锡尼镇至奎素浮桥全线进行勘测设计。当时旗广播局的达赖同志自始至终跟随拍摄、报道。运送生活物资和出工收工时的交通工具是先用小车送（锡尼镇至盐海子），中间雇四轮车头拉（东补龙至恩更沟），最后穿越大沙段是雇两头毛驴驮。

下面是白富华的部分勘测日记：

1993年6月16日。多云。西北风。今天开始勘测穿沙公路，出工的共11位同志，我的任务是前面选线，吴有清操作仪器，其余的分别负责测绳、中桩、塔尺、花杆、记录等，今天完成0公里至5公里。

今天同志们信心十足、干劲很大，但这只是万里长征迈出了第一步，今后还要经过沙蒿林、沼泽滩、白刺林、沟壑，特别是要通过60多公里的大沙漠，任务更艰巨，所以第一要鼓励大家增强信心；第二要安排好食宿，保护好同志们的身体，防止因过度劳累而引起伤风感冒，决不能在进沙后出现人困马乏、未战先衰的情况。

1993年6月19日。晴。东风。今天快到甘草场南面的时候，因天热，带的水全喝光了，大家渴得要命。我到北边一户牧民家想烧点开水，没想到我刚进大门，一位30岁左右的牧民媳妇把房门上锁了。我当时渴得连舌头都动不了了，用沙哑的声音请求她给烧点开水。那媳妇很为难地开了门，并抱了一点柴

勘测选线

火。我一边急忙帮她烧火，一边说："我们是旗交通局测路的，准备在你们前面修一条公路，以后你们出门就方便啦。"

没想到那媳妇突然停止烧火，大声说："咳！她妈妈的，为啥要在我们这儿修路，我们要路干什么？我们祖祖辈辈没路照样活得很好，路来了贼都来了，糟蹋得我们连羊也放不成了……"我马上把火救着，并给她讲了好多修路的好处，举了好多实例说明只有修通了路，才能发展畜牧业、发展多种经济，提高牧民生活水平。最后那媳妇高兴地把开水灌在壶里，帮我装在车上。

通过这一事实，我对修穿沙公路的认识更加明确，信心更加坚定。由于交通落后、信息闭塞群众的思想愚昧、落后，生产方式陈旧，所以这条路是非修不行啦，并且要快修快进步，早修早发展。

1993年6月21日。晴。北风。今天，把宿营地定在东补龙巴音门肯家。由于进了库布其平沙地段，在往来搬家过程中，客货车在冲沙丘时因方向别劲儿、转向球脱落，差点造成翻车事故。武汉"213"从盐厂到驻地3公里的路走了3.5小时才到。看样子小车是无法使用了，只好雇了杜玉存的一辆四轮车头，用长椽前后绑成梯式架子，前后放工具仪器和坐人，中间司机驾车。晚上我给大家开了动员会,要求同志们做好迎战沙漠的思想准备,不要被沙漠吓倒,在艰苦的条件下决不能有半步退却。

1993年6月23日。大风。今天是进入沙漠的第三天,测到木登苏时,突然出现大风,我们停止测设,四轮车架子前后各坐5人。在往回返的途中,因冲高沙丘时前轮腾空,将最前端坐的浩斯从架子上摔出5米多远。

这名21岁的小伙子放声大哭,这下可把大家吓坏了,估计是哪个部位被摔坏了,所以大家马上拆掉架子,司机开着四轮,我抱着浩斯坐在车膀子上,快速往盐厂跑。赶到巴音乌素医院,经大夫细心检查后才松了一口气,骨头没有问题,只是肌肉受了点损伤。其他8名同志在大风里步行直到晚上10点多才回到住地。大家见到浩斯后劝他休息两天,浩斯说:"只要骨头不断,我一天也不休息。"

自从进入沙漠地段后,基本是天天有大风,有时候前一小时还是风平浪

光脚休憩

静，而后一小时突然刮得昏天黑地。

6月24日下午，在测到达克拉图时，突然狂风四起，刮得天昏地暗，能见度不到5米，一下把队伍刮乱了套。本来前后距离仅相隔二三十米远，可互相呼喊却无济于事，大家想快点聚到一起好互相关照关照，结果不但没有走到一起，反而有的竟然跑出十几里远。大风过后已是6点多钟，晚上8点多我们才好不容易走到了一起。谁敢横穿库布其？白富华率领的"九罗汉"南北徒步横穿大漠，被写入杭锦旗志。

第二天中午，一个50多岁的牧民骑着骆驼走过来奇怪地问我："你们是石油队的？"我说："不是，我们是测路的。"

牧民又问："啊？往哪测？"我回答说："往独贵塔拉测。"

"你别骗我啦，那沙上能修路？步行还不知死了多少人，你没听说，库布其啊库布其，进去丢不了命也得剥一层皮。"牧民说完，骑着骆驼扬长而去。

进入赛音乌素境内后，苏木党委书记巴特尔同志帮助我们选线。他骑着苏木唯一一辆沙地摩托车，经常给我们送水。曾经有几次把水壶放在我们前进的路线上，但我们测到那个位置时，水壶被沙埋得找不到踪影，就这样一共丢失二十几个水壶，直到1997年修路也没找到。人们说可能因沙子温度高把水壶融化了。

勘测一天一天地延伸，沙漠一天比一天大。由平沙段经过了中沙段，进入了大沙段，环境、地理条件一天比一天恶劣，气温一天比一天高，测设人员的皮肤一天比一天黑，但他们的信心很足，干劲丝毫没有减弱。

工程师吴有清一人操作两台仪器（水准仪和经纬仪），在高温下、在别人睁不开眼睛的大风里，他硬把眼睛瞅得眼底出了血，但没请过一天假。司机包显英既要开车采购生活物资，又要背着木桩一大捆一大捆地送到线路上。刘建国中暑上吐下泻，连站都站不稳，但没有误过一次出勤。王宝成一天往返步行60多公里到巴音乌素购买小车配件。

测到恩更沟时由于送饭车坏了，10名勘测人员一天没吃一口饭，晚上收工后又步行十几公里，10点多才回到住地……

一、摄像机热坏了

特别惊险的是进入特大沙段的勘测设计。

1993年6月30日,赛音乌素苏木的黄师傅,驾驶苏木的"212"小车,载着9名测设人员(包括旗广播局达赖),带了180颗煮熟的鸡蛋、30包方便面、30千克凉白开水。

大家凌晨3点半就从苏木出发了,仅8公里路,走了2个小时。到了格格什拉南面大沙丘已是五点半,正好提前约好的牧民松队赶着两头毛驴也到达会合的地方了。除了测设用的东西外,大家把鞋物全部驮在毛驴身上,把红旗插在最高的沙丘顶上,全体人员合影后6点钟开始向浩瀚的大漠进军。

吴有清、达赖、刘建国、浩斯、白永东、宋海波、呼吉图、刘喜前、松队、白富华10个人,按照各自的任务散布在一望无际的沙漠中,仿佛大海里漂着的几片树叶……

"烧坏"的摄像机

大家你追我赶，劲头十足，但由于地形落差大，视线受阻，得反复探勘，反复测量，沙丘上走一步往后溜半步，平均1小时才能前进1公里多。完成1公里的测设，大家得跑四五公里的路。

上午11点开始，温度急剧上升，烫得脚丫子无法行走，只好把鞋穿上，但沙里穿着鞋根本走不动。为了增加能量，我们迅速集中休息一会儿，吃了午餐，饮完水后继续前进。

中午12点，正测到大沙段中间，气温达到50℃以上，大家汗流浃背，气喘吁吁。突然达赖大声喊："白局长，我的摄像机坏啦，怎么办呀！"大家大吃一惊，因为旗广播局只有这么一台摄像机，坏了就会影响全旗的宣传报道。

白富华马上把自己的衬衫脱下，把摄像机包住，说："你赶快背上往出走吧。"达赖接过摄像机像自己的孩子一样紧紧地抱在怀里，一步一步艰难地往前走。受机子坏了的影响，加上度的劳累，他双腿发软，完全不听使唤。

二、水快喝完啦

松队赶着两头毛驴一会儿在前、一会儿在后，不断地给同志们送水、鸡蛋、方便面和木桩子。只有他能选择自己行走的路线，而大家当时将乌拉山上的一个V形豁子作为总目标，根据地形条件再设若干个分目标，上高沙、下深沟，都得照着目标前进。经过线路内有120多米高的沙丘，仪器、花杆和塔尺得反复调换位置，好多次才能得出准确数据。有时围绕一个点得用一个多小时才能完成。

阳光像电烤炉一样烤得大家头晕目眩，有的同志只穿短裤和背心，皮肤像被针刺一样疼痛，脚下的沙子，足以把鸡蛋烫熟，吴有清的双眼红得更可怕，好像马上就要出血。呼吉图、浩斯拉测绳每一个沙丘能锯进50厘米到1米深，虽然拉的是一根百米测绳，但分量足有几十斤重。宋海波扛塔尺累得掉下眼泪，刘喜前打木桩蹲下后站不起来，刘建国、白永东立花杆连滚带爬……

松队突然悄悄地对白富华说："白局长，水快喝完啦。"

白富华浑身像过电一样，麻木地蹲在地上。过了一会儿一看表，正好是下午2点钟，爬上一个高沙丘向北望去，隐隐约约能看见乌拉山电厂的高烟筒，但离沙畔还有多远？根本望不到头……

"哎呀！我的天呐！"白富华情不自禁地喊出了口。他马上找吴有清商量，决定让松队拉毛驴走在前面，万一走不动就将驮的东西丢掉；其他同志每人每次只能喝一口水，并鼓励大家坚持战斗，奋力拼搏，加快速度，一定要战胜沙魔，坚决完成任务。

吴有清一边操作仪器一边用沙哑的声音给大家讲起了上甘岭的故事。达赖突然高声喊道："下定决心，不怕牺牲，排除万难，去争取胜利……"

过了一会儿，白富华突然发现大部分同志的嗓子都哑了，有的同志的嘴唇裂了血口子。白富华一看水壶里的水还是那么多。原来大家发现水不多时，都舍不得喝，白富华掉下了眼泪。他提起水壶挨着过，命令每人必须喝下一口。

三、第一手资料

一个多小时过去了，突然不知是谁喊了一声："同志们，我们胜利啦！离沙畔不远啦。"大家都爬到高处，伸着脖子向北望去。大家就像好久好久没有看到绿地一样，望着那小南河边上的绿草滩，脸上终于露出了一丝笑容……

下午4点钟，大家走出了特大沙段，在一个小沙丘边儿上，和沙魔奋战了整整10个小时的同志们全都躺在了地上。半个小时过去了，没有一个人说话，没有一个人动弹。

白富华突然想起一件可怕的事儿，如果大家起不来怎么办？他猛地站起来命令："大家迅速起来，到独贵塔拉休息！"一会儿，一个、两个、三个……终于站起来了！但大家渴得说不出话来，只能拖着疲惫的双腿，拉拉溜溜地向前走着。

下午6点钟好不容易到了独贵塔拉。包显英、王宝成提前开车到那里给大家做好了晚饭，但当时没一个人吃，一进门都抢着喝水，有的同志一口气能喝下两大茶壶水，接着一个个全躺在床上睡着了。

更可怕的是，胡学成没带任何食物，自己扛着一杆红旗到沙里迎接大家，可谁也没见到，他本人也没回来。包显英、王宝成马上开两辆小车带了几个道班工人，到沙畔分头寻找。跑了一个多小时，终于找到了他，当时的胡学成已经渴得不会说话，累得不会走路……

第二天早上，白富华和达赖商量到哪里修摄像机。达赖抱着他心爱的机子擦了又擦，吹了又吹，突然说："哎呀！我的机器正常啦。"大家喜出望外地围成一圈。原来由于温度过高，机器停止了工作……

艰难险阻之后，换来的是喜悦和收获。大家信心百倍，决心更大了。特别令人高兴的是，被人们认为是死亡之海的库布其沙漠并非不可驯服，横穿大漠修路的设想是可行的！

考察组冒着生命危险完成了全线的勘测设计任务，获得了修建穿沙公路的第一手资料。

为了争时间、抢速度，根据线路名称、走向、里程、沿途控制点、线路与

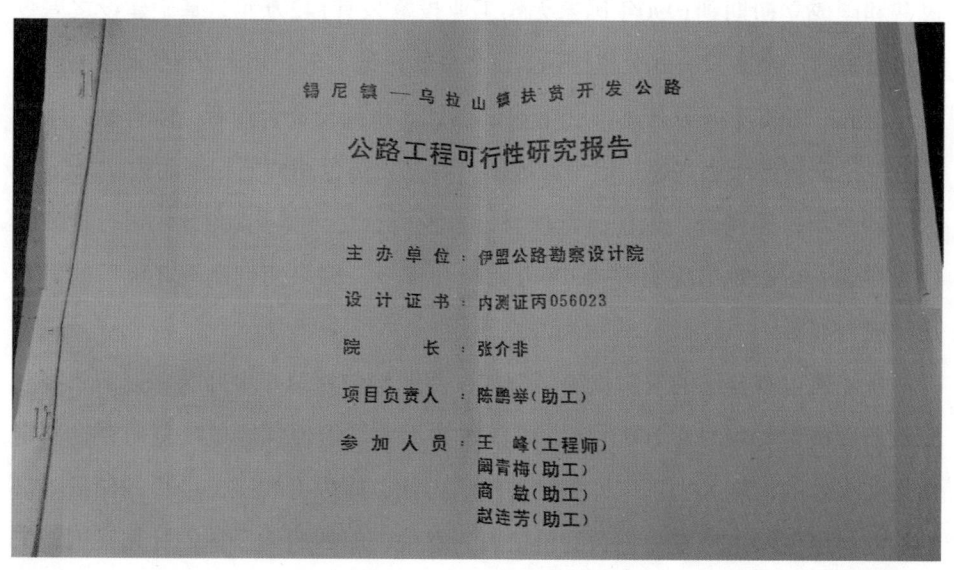

第一个《锡乌扶贫开发公路可行性研究报告》

邻近乡苏木镇的距离、建设目的和优越性及施工难易程度等情况，白富华及时地向旗委、旗政府做了专题汇报，并组织系统专业技术人员进行《锡乌扶贫开发公路可行性研究报告》的撰写和两阶段勘测设计等项工作。

1993年9月，旗委、旗政府决定，积极争取上级党委、政府和有关部门立项支持建设锡乌扶贫开发公路。

第六节　盟旗一体化

1993年，高峰云调任伊克昭盟副盟长，李凤鸣任杭锦旗委书记。

杭锦旗是全区有名的贫困旗之一。李凤鸣、杜·阿迪雅肩上的压力不啻于一座大山。

李书记感慨万千，地方经济实力薄弱，国家基础建设投资甚微，从中华人民共和国成立初期到1990年国家无偿工业投资只有142万元。基础建设之差令人难以置信。全旗只有20公里国道，4个乡的村通了电，仍有7个乡未通电话。

为此，常常千辛万苦选准一个建设项目，找到投资合作者，刚开始人家对可行性论证报告颇感兴趣，但一翻地图，看见无黑色路面便扫兴而去。

1991年，经调查、论证、跑项目、争投资，终于得到800万元银行贷款的建设机遇，可因地方无力筹措300万元配套资金，结果使创建刨花板厂的美好愿望成为泡影。

杭锦旗也有自己的资源优势。例如，西北沟的甘草举世闻名。以前旗委、旗政府曾决定种植甘草100万亩，可成效并不大。但他俩经过反复研究，制定出切实有效的措施大力推广、积极种植。再如，旗内有18平方公里的储量丰富的盐湖，可仅靠生产食盐创造的价值极为有限。早些时候，他们计划采用新工艺开采芒硝，因此积极与化工研究专家探讨联办开采方案。

1994年3月3日，旗长杜阿迪雅在全旗第十二届一次人代会上做政府工作报告，正式提出要修建穿沙公路。

1995年，改革大潮涌动，此时盟里正推行"盟旗一体化"经济战略。盟旗经济一体化是盟委扩大会议上提出的一条新思路，是为了巩固和发展盟级经济、强化旗市经济，进而提高全盟整体经济实力。

一、化工奠基人

杭锦旗面临着一次重大经济决策。

杭锦旗在传统上是一个以农牧业为主的旗县，当时无论农业或畜牧业生产，杭锦旗在全盟均占第二位，所以抓好农牧业生产始终是旗委、旗政府工作的重中之重。但由于当地条件差、经济基础薄弱、投入基础设施建设上的资金杯水车薪，因此农牧业生产受到严重制约。40多万亩耕地，粮食产量始终无法突破5000万千克；1000多万亩草场，养畜仅百万头（只）左右。沿黄灌区因投入不足，只能是引黄漫灌，导致土地盐渍化严重。梁外地区十年九旱，自然灾害频发，使农牧业生产的发展受到极大影响。

随着基础设施的建设和改善，旗委、旗政府立足于本地资源，迈出了发展工业、振兴全旗经济的第一步。杭锦旗有丰富的盐、碱、硝化工资源，但由于条件所限，只有盐海子搞原料生产，多年来基本上没有大的发展。

为了充分发挥资源优势，旗长白音森卜尔牵头，组团到山西运城化工集团参观考察。运城化工集团决定帮助杭锦旗建设元明粉生产线，最终建成杭锦旗第一化工厂。之后杭锦旗又建成了第二化工厂。杭锦旗的工业生产从无到有，对财政的贡献率也不断增加。财政收入由过去的几百万元增加到千万元左右。

1985年，在经济改革浪潮的推动下，杭锦旗开始大办工业。根据本旗硝碱资源丰富的优势，旗委书记刘玉祥手中的棋子落到了化工工业上。在人员安排上，倪志诚作为较合适的人选，被抽调去任硫化碱厂厂长。倪志诚曾在教育系统工作过，有阿拉善五七化工厂工作的经历，后又多年从事财会工作，有经济

1985年，旗委书记刘玉祥手中的棋子落到了化工工业上

头脑，而且事业心强、能吃苦。当他得知是在库布其沙漠上白手起家建工厂，有点儿为难。他找到刘玉祥书记，表达了力不从心的想法。

刘玉祥反问他："你我都是共产党员，是要组织服从个人，还是个人服从组织？"从此，他将大半生奉献给了化工工业的建设与发展上，成为杭锦旗工业建设的元勋。

临出发那阵，妻子忧心忡忡地说："40多岁的人了，找罪受。"他倒煞有介事地说："人活着酸甜苦辣都该尝尝。"

他带着一卷行李，一个小收音机，还有妻子特意为他准备的一袋炒米，与一行建设者们来到了距锡尼镇40多公里的不毛之地昌汗霍鸡安营扎寨，大有"壮士一去不复返"的气概。

昌汗霍鸡，举目远望茫茫无垠，天是白色的，地是白色的，漫天飞舞的风也是白色的。在这银白色的芒硝世界里，植被是最懦弱的，而风则是最强劲的。

倪志诚来到这里，不说别的，顿顿饭都有风沙光顾。"和气"时给他们的

杭锦旗化工厂

饭里掺点硝,一旦"发怒",天地白茫茫地连到一起,想吃顿饭只好钻到被窝筒里。

当时,分管工业的副旗长陈云和他住在一个帐篷里,俩人常谈起20世纪50年代大跃进时期大家披星戴月干活的场景,那种精神现在又发扬光大了。

他争强好胜,有一股认准的道就是天王老子也拉不转的犟劲。在杭锦旗硫化碱厂、一万吨元明粉厂、"8.5"硝厂刚刚建成时,由于厂址在远离公路17公里的草原深处,产品的出运困扰着这几个厂家。倪志诚提出修通公路的设想,但几个厂家相互推诿。也有人说:干几年走人,何必认真,再说修路这事旗里会考虑的。

倪志诚气愤的就是这种"临时工"的思想。"当一天和尚还撞一天钟呢,一个共产党员能守着钟等后人来撞吗?"他一气之下,领着本厂工人,亲自测量,亲自担土修路。几年来耗资30多万元,疏通了这17公里的要道。

1986年,为了便于资金集中使用,杭锦旗改变了化工布局,将建成的三个厂和筹建的一万吨元明粉厂、水电厂统管为杭锦旗化工总厂，倪志诚任总厂厂长。本书作者之一韩雄亮被任用为总厂秘书，参与并见证了倪志诚等一批先行者，为振兴杭锦工业吃住大漠的经历，倪厂长说，权力的增大不是享受却是吃苦的加码，年轻人，跟我一起干，不要怕吃苦。

到1987年，杭锦旗化工工业从建厂起由于严重的资金、技术、人才制约日积月累害了一场软骨病。群众怪怨，上级领导批评。一时间，悲观失望的情绪笼罩着杭锦旗的上上下下。

倪志诚带着厂里的一大堆问题向旗领导汇报，旗领导所能给他的也仅仅是精神上的安慰，两次批给他10万块钱，其余的只能让他自己"多想一想办法"，这使他心急如焚。

他思来想去，杭锦旗搞别的工业成功与否不敢说，搞化工工业有着得天独厚的资源优势，咋就搞不成呢？

倪志诚外出考察寻找出路。经过一番周折，与罕台化工厂搞起了联营，将硫化碱厂改建成年产2万吨的元明粉厂，由罕台化工厂投资百分之四十，杭锦旗出百分之六十。按照预算需要资金500万元，当时落实资金仅有100万元。资金成了一大问题，倪志诚四处奔波。

搞贷款，各家银行爱莫能助。倪志诚万般无奈地找到在杭锦旗农行当行长的武存兰。武行长是他的学生，倪志诚贷了300万元。武行长对倪志诚说："倪老师，你要还不了这笔贷款，学生只能跳黄河了。"

倪志诚精心筹划，用仅有的资金购回机器设备。随之，他的第一步棋是：建厂招工。首先，有选择地招了一帮子泥瓦工、修理工。招得漂亮，没等别人弄清他的招工意图，这些人已在工厂的土建工程、机器安装上派上了用场。

倪志诚的第二步棋：除技术性较强的压力容器部分请行家干，其余的化硝、澄清及厂房建设，全部自己干。白天头顶烈日，夜间星火陪伴，休息是三顿饭的工夫。

厂里分来几名大学生，倪志诚分配他们参加建厂，有人说他不重视大学生，状子告到了旗里。倪志诚知道了，火冒三丈地骂开了："谁也别想在这个节骨眼上讲照顾，要想照顾赶快走人……"

几百吨的钢材，30多吨的主体锅炉，没雇一台吊车，倪志诚发挥人海战术，一个个地解决了；40米高的蒸发罐、冷凝器的安装，既笨重又危险，倪志诚率先登高。于是，工人们迎难而上。

1988年8月1日，第二化工厂人永远难忘的一天，杭锦旗第二化工厂在阵痛中诞生了，试车一次成功，产品质量、产量达到设计标准。满打满算这项工程用了200万元，按设计预算节省300万元，省的比花的多。

1989年，第二化工厂正式投产，倪志诚推出了第三步棋：先生产，后生活。"爱厂如家，团结奋斗，自力更生，艰苦创业"，16个大字挂在厂房，挂在每个职工的心中。倪志诚把这16个字视为"二化"精神，是新工人进厂必修的第一课。

年底算总账，杭锦旗的"二化"一鸣惊人，全年完成税利102万元，是旗下达任务的2.5倍，是杭锦旗地方国有企业中第一家税利突破百万元大关的企业。

1989、1990两年，完成产值1182.5万元，实现税利260万元，人均创利税1.5万元，两年还清了全部建厂投资。杭锦旗大概由于它的贫穷、闭塞，通向工业化的路可谓荆棘林立，到处是断崖峭壁。曾经有人带命而行，也有人抱志闯险，却无一成功，于是"杭锦旗办不成工业"，一度成为人们的定论。当杭锦旗第二化工厂成功出现时，人们诧异惊喜，不禁追问它的建设者老倪是个什么样的人。其实，要说老，倪志诚是个老教育工作者，在教育界待了24年，搞工业是近6年的事，但这6年足以让他铭心刻骨了，付出的心血和汗水远比在教育岗位上的24年还多。

倪志诚没有让自己的学生跳河，更没有辜负全旗人民的嘱托。旗领导们激动地说："我们杭锦旗多有几个像老倪这样的实干家，还有什么过不去的'火焰山'！"

由于当时的条件所限，化工生产仍处于初级阶段，科技含量不高，资金筹集困难，产能低下，远不能为旗里的经济发展撑起一片蓝天。怎样才能发挥资源优势，求得更快发展，旗委和旗政府经过认真研究，认为只有把资源整合在

盐海子一角

一起,组建龙头企业,把企业做大做强,才能有竞争力,才能在市场上立足,取得效益。当时杭锦旗除有化工资源外,还有甘草、羊绒等优势资源,因此开始酝酿组建化工、甘草、羊绒集团。

二、圣湖盐海子

盐海子,是出产咸盐的一个海子。过去的内蒙古西部地区有两个比较大的产盐的地方,一个是位于阿拉善盟的吉兰泰,一个就是位于杭锦旗境内的盐海子。

盐是生活必需品,有这样的一种宝贵资源,盐海子这地方想不出名都不行,所以一直以来盐海子就远近闻名。在炎炎的烈日下,人们挽着裤腿,光着膀子,站在没小腿深的湖水里捞咸盐,全凭一双手把结晶出来的咸盐放到筐里,然后再担到湖岸边,一担盐,千滴汗。

盐海子是杭锦旗的圣海，在封建社会的几千年里，盐一直都是由国家统购统销的，历史上设有管理仕官，建有庙宇供奉。汉人和女人是不准进湖捞盐的，官府只准蒙古官员和牧民捞盐外运。为了养家糊口，不少人铤而走险去捞盐，出现了大批私盐贩子。贩盐全凭牲口，主要是骆驼和毛驴，因为这两种牲畜负重强、耐力大。

由于地处库布其沙漠腹地，向外无路可通，在盐贩子们一辈一辈的不懈努力和探索下，踩出了几条通往五湖四海的运盐专线。

从盐海子往东南方向，经塔拉沟和东胜再到准格尔旗，最终到达陕西府谷等地，当年沿途人民无不受到私盐贩子们的惠泽。此其一。

从盐海子往东，经达拉特旗大树湾，东渡黄河达包头固阳等地。小地方支持着大城市，私盐贩子们功不可没。此其二。

从盐海子往南，经锡尼镇继续向南，进入伊金霍洛旗、乌审旗进而从陕西进入榆林等地，一路走来，一路调剂着沿途人民的生活。此其三。

从盐海子往北，穿越茫茫的库布其沙漠到沙日召，进而北渡黄河进入河套平原。盐贩子们带去的是食盐，很可能带回来的不仅仅是粮食，还有先进的农耕文明和生产理念。此其四。

从盐海子往西北，经壕庆召到巴拉亥等沿河地区，这一路不仅有被称为"死亡之海"的库布其沙漠，更有荒无人烟的无人区，盐贩子们的艰辛由此可见一斑。此其五。

五条贩盐专线，让沙漠深处的盐海子与外界紧密联系了起来，通过这些通道也让外界知道了盐海子。盐海子一直是杭锦旗的一张名片。

1988年，在这片资源富集的湖泊——哈拉芒奈湖畔，盐海子的小盐场，这个由杭锦旗开办的小得不能再小的企业濒临倒闭。

为挽救这个小企业，旗政府破天荒地推举年轻的政府副科级秘书王文彪前往盐海子，担任厂长。当年只有28岁的王文彪穿过一望无际的沙漠，来到了偏僻的沙漠腹地——盐场所在地，开启了他与沙漠的不解之缘。此时的盐场，同全盟各地的化工厂大同小异，"四无三缺"，无路、无电、无水、无通讯，同时缺人才、缺技术、缺资金,特别是人员思想不统一,企业缺乏潜在的发展后劲。场子人困马乏,奄奄一息,在刚刚起步的市场竞争中已不堪一击。

历史似乎总是眷顾那些敢为人先、锲而不舍的拓荒者。

伊克昭盟行署做出了"盟旗经济一体化"的战略决策,这对于王文彪来说,既是一次难得的发展机遇,也是一次生死攸关的考验。

三、民企坐正席

1995年1月,云公民担任伊克昭盟盟委书记。云公民是伊克昭盟快速发展的标志性人物。此前,盟委的工作重心以抓农牧业为主,从云公民开始主抓工业。

云公民提出了"为企业全天候、24小时服务"的理念,营造了扶持企业发展的良好氛围,组建集团上市,国企民营化,倡导民企"坐正席、唱主角",使得鄂尔多斯工业驶入快车道。

1995年,云公民去杭锦旗检查指导工作,他正是"盟旗一体化"经济战略的主导者。

他知道杭锦旗有丰富的化工资源,也知道旗里化工企业基础较差。为了让化工生产为旗里带来更大利益,他对杭锦旗旗委书记李凤鸣说:"凤鸣,你们的化工资源很丰富,但现在效益不高,资金不足,技术落后,达不到很好的效益。你们能不能向乌审旗学习,把化工企业交给伊克昭盟化工集团李武经营,让他们把全盟的化工企业组建在一起。这样资金、技术好解决,发展也能更快一些。你们只管收税就行,将来属于杭锦旗这一块的税收如数上缴杭锦旗。你们也能从化工项目上腾出身来,集中精力再抓一些其他项目。"

这的确是摆在杭锦旗领导层的一个重大抉择。李凤鸣陷入了短暂的沉思。他对云公民说:"云书记,乌审旗的做法很好,但我们有好几个化工企业,特别是建第一化工厂时,我们交了很高的学费,光这一块投入从原来预计的60万元,不断攀升到90万元,最后投入了120万元才建成投产,历时数年。现在旗里也在酝酿组建几个龙头企业,其中化工这块条件最好。盟里能不能给我们一次机会,组建自己的集团公司呢?我们可以划一块资源给李武,让他们在杭锦旗建厂投产。这样两家企业可以相互学习、竞争,更能调动彼此的积极性。如果有一天我们竞争不过李武,那就全交给他。"云公民听后当时再没有说什么。

实际上,李凤鸣也清楚,盟里让旗里把化工这一块交由伊化集团李武经营,确实是一个好的决策。对企业讲,一是在资金筹集上容易了,二是在技术上可以得到保障,三是销售渠道广了。对旗里而言,可以腾出手来再搞一些其他项目,化工这一块完全可以不花力气。

但是李凤鸣作为旗里的主要领导,还需要考虑方方面面的因素,最主要的是凝聚人气,而不是一交了之。当然,官本位的思想也起了相当的作用。在其位谋其政,杭锦旗的工业就这么点家当,拱手交给伊化集团,杭锦人从感情上一下子难以接受。作为杭锦旗的当家人,李凤鸣相信,当时旗里多数领导的想法和他一样。

回到盟委,云公民向副盟长高峰云布置了一项任务,他说:"你在杭锦旗和李凤鸣一起搭过班子,相互好沟通,劝劝凤鸣把杭锦旗的化工企业交给伊化

化工产品

集团经营。"

果然高峰云在盟里召开一个会议的间隙，向李凤鸣讲了云公民的意见。李凤鸣听后笑了笑，反问道："高盟长，假如你还在杭锦旗当书记，你会不会把这点老底子都给伊化？"高峰云再没有坚持。盟里看杭锦旗领导们的积极性很高，就把组建化工集团的事交由旗里决定了。

四、亿利诞生

为了统一思想、统一认识，旗委和旗政府做了充分准备，专门就组建化工集团召开全委扩大会议，倾听各种意见。

在会上，就化工事业的发展提出了几种方案：一是维持现状，继续各自为政，分散经营；二是把化工企业全部交盟化工集团公司经营；三是组建旗里的化工集团，形成龙头企业，发展壮大。

经过充分酝酿讨论，大家一致同意组建化工集团。可由谁牵头组建化工集团，旗里不得不考虑。

当时第二化工厂厂长倪志诚的呼声很高，也是旗里多数领导看重的人选。但盐厂厂长王文彪的积极性也很高，如果处理不好，势必会影响到企业今后的发展。

化工企业的几位领导看到旗里领导有些犹豫，经过协商，倪志诚找到李凤鸣，同意推荐王文彪。李凤鸣问倪志诚："你怎么办？旗里多数领导的意见你也清楚。"

倪志诚毫不犹豫地说："我年纪大了，还是让年轻同志干，我做他的副手，全力支持他的工作。文彪年富力强，干事业的决心大，责任心强，我们保证把工作做好，绝不辜负旗里的重托。"

至此，组建化工集团的工作顺利完成，亿利集团诞生了。亿利集团的前身富水盐化工公司吸纳了杭锦旗三家企业，组建了总资产不超过5000万元的伊克昭盟亿利建材化工（集团）总公司。

当时的集团可以用四句话概括：规模小、实力弱、产品单一、竞争力低下。虽然集团"名不副实"，但还是踏上了集团化发展的征程，成为鄂尔多斯继鄂绒、伊泰、伊化之后的第四大支柱企业。

为了引进竞争机制，壮大旗工业经济力量，杭锦旗立即给伊克昭盟化工集团在盐海子划了3平方公里的原料基地，让伊化在杭锦旗建厂生产。这样，杭锦旗就有了两家化工企业。

就组建亿利集团一事，云公民能够倾听下级意见，尊重下级意愿，给下级创造发挥积极性的机会，实在难能可贵。李凤鸣庆幸遇到这样开明的领导，这也是地区发展之幸。而伊克昭盟的快速发展，也是从20世纪80年代末开始起步的，盟委、行署的领导开明开放，为伊克昭盟今后的快速发展奠定了基础。

杭锦旗委、政府组建集团公司的决定，对亿利集团后来的发展起到了决定性的作用。这次会议成为亿利集团发展史上的"遵义会议"。可以推断，没有集团的组建，杭锦旗的穿沙公路就不会紧锣密鼓地提上议事日程，不会受到盟、自治区党委和政府的极大关注，穿沙公路修与不修也许还要争论不休。

五、拱手相让求发展

杭锦旗拱手让出资源，在各界人士、各族群众中引起强烈震动。"爷爷不吃孙子粮"的古老话题再次成为议论的焦点。

不少人认为盐湖是大自然的馈赠，历代王室给牧主划地始终没有放弃盐湖的垄断权。中华人民共和国成立后，在苏木划界时，宁肯把湖周围的苏木变成狭长的扇面，也要让各苏木的"领土"伸向湖心。这就足见盐湖在杭锦人心目中的宝地地位有多么高。现在要拱手相让，"肥水外流"是不少人难以接受的。

这种传统观念具有很大的市场，且根深蒂固。可是，在这次大学习、大讨论活动中，杭锦人终于感到必须重新认识这一古老话题。

"爷爷不吃孙子粮"仅仅是为后代着想的一个方面，但爷爷若连其儿子也养活不了，又何谈"孙子吃粮"呢？他们开始感悟到留一个经济发展的雄厚基础远比留一点半饥不饱的资源更重要。引进资金、技术、人才，优化资源利用，带动、促进地方经济发展，会给子孙留下更加富裕和灿烂的前景。

随着伊化的进入，给杭锦旗化工企业也带来压力与动力。

盐湖这个聚宝盆长出了摇钱树，给杭锦人极大的启示。竞争是市场经济的根本机制之一，评价竞争力不仅要看投资利润率，更要看到利润潜在力。而利润潜在力的实现关键是高技术含量和高附加值的投入。日晒硝工艺的引入更打开了人们的思路，科技的投入真正实现了盐湖的经济价值和商业价值。单凭自己的实力，无论是人才、技术、资金，还是资源的科学开发、合理利用都将成为纸上谈兵，至少短期内无法实现。于是，他们义无反顾地把资源转让给伊化经营，走出抱着金饭碗讨饭吃的尴尬，给子孙留一个经济全面发展的新天地。

1996年8月，云公民在杭锦旗考察经济时，曾专程考察了杭锦旗的亿利集团公司。在察看及听取了公司总裁王文彪的工作汇报后，云公民评价，经过这一年的实践证明，杭锦旗委、政府的决策是正确的。

云公民说，亿利有两个创造：一是创造了旗市组建企业集团的成功先例，二是创造了贫困旗市加快发展的范例。

到1996年底，杭锦旗的财政收入在原先1000多万元的基础上，跨过了2000万元大关，达到了3000多万元，还为下年一季度留下了部分税款。工业生产对财政的贡献率达到了三分天下有其二，占了绝对多数。

化工企业的迅速发展，使得化工产品库存越来越多。杭锦旗，第一次出现化工产品堆积如山，盐场的盐运不出去，硝场的硝堆得像一座座小雪山。

第七节　路漫漫其修远兮

1995年秋，旗委书记李凤鸣指派旗委副书记达木林率有关部门及苏木负责人,第二次徒步深入库布其沙漠实地考察,经过分析论证,提出修建穿沙公路的意见雏形。

10月2日,旗委、旗政府在巴音乌素盐海子化工基地召开了穿沙公路建设现场调研会。达木林、苏瓦迪、白永学、宁布、倪志诚、杜连营、杨存良及沙区4个苏木负责人等参加了会议,会议对加快锡乌穿沙公路建设的必要性、意义和作用以及建设所需资金等有关方面的问题进行了研究探讨。

1995年12月,伊克昭盟交通局派公路勘测设计院工程师小陈带领技术人员进入大漠,实地进行施工图设计,第一次驱车横穿库布其沙漠,完善了可行性报告。

横穿库布其沙漠由扶贫办白永学主任的司机高军驾2020"沙漠王"带路。沙中行车,要有一定的经验,司机高军是第一次驶入,他摸索出在大沙中前进的三个要诀:一不能减速,只能加油;二不能停止,只许前进;三不能打弯,最好直行。

这次驱车穿越库布其的情景,工程师小陈记忆犹新:小车创下飞越8米的

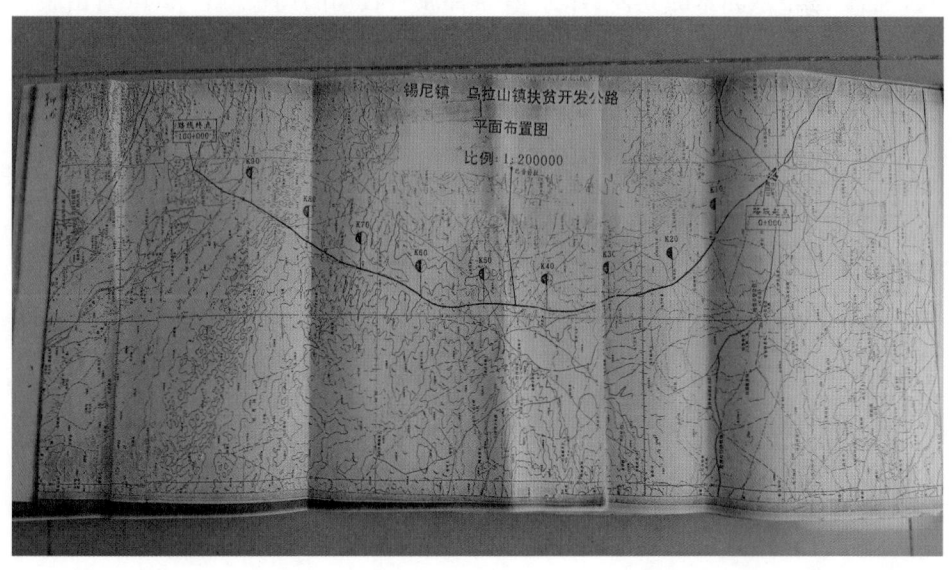

锡乌扶贫开发公路平面布置图

记录，荡气回肠的惊险场面似电影《007》中的特技回放。

连绵起伏的大漠里一辆孤独的小车迂回爬行，与沙丘进行游击战，与沙峰短兵相接。车头抬高冲上几十米的沙丘，突然向前一栽跃下几十米的沙坡。几次，车内的人闭上了眼睛，他们怎么也弄不清楚，车是怎样涌着巨大的沙流，在几乎要倒翻过来的情况下着地的。没有足够的胆略，没有超人的技术，走这样的路，尿在裤子里不是笑话。整整4个小时，他们终于穿过了13公里的特大沙丘。

经历了生与死的考验，收获的是征服者的自豪和喜悦。

小陈的《锡乌扶贫开发公路》论文荣获内蒙古自治区第八届优秀工程设计二等奖，并获地区优秀工程设计一等奖。

1995年底，旗扶贫办主任白永学领着伊克昭盟公路勘测设计院的6位工程师，连同旗林业、交通部门的负责人再次深入库布其，进一步考证在沙漠腹地建公路的可行性。

白永学，蒙古族，有丰富的牧区、沙区工作经历。他先后在赛音乌素、巴音补拉格、伊克乌素苏木工作，担任过图古日格苏木和巴音补拉格苏木的苏木长，巴音恩格尔苏木的党委书记，在杭锦旗畜牧局的局长，1995年6月由旗农委副主任调到扶贫办的主任。

白永学曾身兼5个职务，旗长助理、沿河工委副主任、扶贫办主任、生态办主任、移民办主任。这在杭锦旗干部使用上也是独一无二的。

因他丰富的牧区工作经验，对沙漠的熟悉和信心，旗委、旗政府在修穿沙公路时想到了白永学。他同时又兼任修路治沙团副团长。任扶贫办主任3年来，他把1/3的精力用在修穿沙公路和治沙建设上，2/3的精力用在扶贫业务上。

旗委、旗政府把修建穿沙公路列入了重要议事日程，迅速将《锡乌扶贫开发公路可行性研究报告》逐级上报。

高峰云、杜·阿迪雅、李凤鸣、王玉明等主要领导曾先后带领旗交通、计委部门领导自下而上汇报情况，争取立项，争取投资。

1995年黄永春副旗长调任盟广播电视局局长后，乔志荣接任了他所分管的交通工作。乔志荣带领旗交通部门领导奔波忙碌，多次向伊克昭盟、自治区交通厅、计委系统和交通部、国家计委、国务院扶贫办等上级部委汇报修建穿沙公路的重要意义和迫切性。

通过多方努力争取，1995年交通部、国家计委将杭锦旗穿沙公路锡尼镇至达克拉图65公里路段，正式列为国家重点投资和扶持项目。

但是，在当时的情况下，从不毛之地、浩瀚连绵的库布其沙漠腹地修筑一条公路在许多人看来是不可想象的，大家都缺乏信心。在领导层中也有疑惑，副旗长乔志荣内心也感到底气不足，主要是资金技术制约，风险系数太大。但是旗交通部门、亿利企业及广大人民群众积极性非常高。

也就是从这个时候起，能不能修建沙漠公路之争拉开了战幕，各方意见不一。

第一，在沙漠中修路非同一般，修了路，固不住沙，等于白修。而固沙花的钱可能比修路还要高上几倍，特别是库布其沙漠腹地，情况复杂，气候险恶，难以征服，万一失败了，把钱打了水漂，谁负得起这个责任？

第二，修一条100多公里的穿沙公路，所需资金是一笔大数字。杭锦旗是国贫旗县，还吃着国家的救济，1996年财政收入还不足2400万元，而修建穿沙公路需要上亿元的巨额投资。虽然65公里路段交通部和国家计委已经立项，但投资什么时候到位，确实还是个未知数。钱从哪里来？

第三，如果负债修路，以杭锦旗的财政状况，将给几代人留下巨大的包袱。

另外，在这么大的沙漠里修路，别说在伊克昭盟、内蒙古，就是在全国也罕见，既没有经验又缺技术，因此建议慎重考虑。

大大的问号横在人们心头。然而，"主战"者也有自己的理由，修建穿沙公路的确困难重重，风险很大，但是，不去干，就永远改变不了杭锦旗贫穷落后的面貌，就永远甩不掉国贫旗的帽子。干，有失败的危险，也有成功的机遇。

还有一方,既不反对也不支持,而且一直占据主导。

这场争论,漫长而痛苦。但是杭锦人没有放弃,穿沙事业始终在一步步地在摸索中前进。

1996年4月8日,旗委、旗政府决定沿着已测定的穿沙公路走向修建一条横越库布其沙漠的便道。他们专门成立了锡乌扶贫开发公路前期工程指挥部,由旗委副书记达木林担任总指挥,组织协调交通、林业、扶贫、治沙公司等部门的人力和物力。设立锡乌扶贫开发公路前期工程指挥部办公室,办公室设在扶贫办,由白永学兼主任。

指挥部决定在公路沿线开始以植树育苗为主的治沙试验。首先对植被建设进行规划,准备提供治沙所用沙柳苗条,探索建设保护锡乌扶贫开发公路的可行性。

这年春季,政协主席贾云亭和林业科长杨存良深入沿途的农牧民家进行调查研究,论证10多天,跑遍了所有的植被建设区,说服当地农牧民围封沙丘、种草植树。

第三章

第一节　思想解放天地宽

干着干着条件就成熟了，干着干着机遇就来了。

1996年4月13日，这是值得载入杭锦记忆的一刻。

中共内蒙古自治区党委书记刘明祖第一次到杭锦旗考察工作。

刘明祖，1994年8月任内蒙古自治区党委书记，是内蒙古自治区的第七任书记。

李凤鸣陪同刘明祖一行，从巴彦淖尔盟乌拉特前旗过黄河浮桥，沿孔兑在山沟里颠簸，车子一会儿在孔兑，一会儿在岸上，上下反复了四五十次，走了7个多小时。

刘明祖一行在独贵塔拉乡进行短暂休息。在乡政府灶上，乡党委书记王树林为第一次来独贵塔拉的刘明祖一行准备了一锅炖羊肉。

"我是标准的河北侉子，从65军4654部队机场工程兵转业到内蒙古自治区生产建设兵团23团，受到当地政府的特别栽培，走上领导岗位。我们用当地的特色炖羊肉招待自治区来的贵宾。"王树林军人气质，说话嗓门大，操着一口浓重的河北唐山口音。

果然，杭锦旗的羊肉以独特的口味赢得了各位客人的赞誉。在上饭间隙看到王树林在工作上有不少想法，刘明祖就给随行的秘书长韩茂华嘱咐，吃完饭专门安排时间听取独贵塔拉的工作汇报。

王树林抓住这难得的机会，汇报了3件事。

第一件，独贵塔拉是沿河的粮食主产区，今年开春种地化肥奇缺。

第二件，独贵塔拉的农副产品无法卖到杭锦旗，急需打通到杭锦旗的沙漠通途。

第三件,杭锦旗资源富集,东油西土、北粮南牧、中化工,中部的化工产品到乌拉山直线距离仅50公里,若修穿沙公路,独贵塔拉是必经之路,化工运输可带动当地餐饮住宿等第三产业。希望打通这条独贵塔拉的致富路,杭锦旗的腾飞路。

刘明祖听得津津有味,对王树林提出的第一件事当场答复,由韩茂华协调自治区计委特批独贵塔拉1000吨化肥,并决定要到化工基地巴音乌素去看看。

又是一路风尘,到了巴音乌素。

在亿利集团办公室,李凤鸣代表旗委向刘明祖一行汇报了要修建100多公里穿沙公路的设想,并提出了方案。

李凤鸣说,在沙漠里修路这个提议很早就提出了,这是杭锦旗各族人民梦寐以求的事业,可就是谁也不敢修,也没人修。

刘明祖书记(左二)听取工作汇报

亿利集团总经理王文彪就穿沙公路将给公司带来的经济效益为刘明祖一行算了一笔账。王文彪说，每年绕道花掉的运费，就相当于10个普通企业1年的纯利润。

听了李凤鸣和王文彪的汇报后，刘明祖勉励道："你们先干，干起来会得到支持的。"刘明祖希望尽早开工，尽早修通，为民造福。

会后刘明祖欣然题词：思想解放天地宽。

杭锦旗的当家人心里亮堂了，决定先搞工程的前期工作，争取在当年实现部分路段简易通车。

刘明祖回到首府，王树林紧随其后，独贵塔拉的化肥当即有了着落。

穿沙公路是杭锦旗的一件大事，刘明祖把这件事牢牢地记在了心上。他多次向伊克昭盟的领导询问穿沙公路的前期工作做得如何，何时能开工，多次打电话询问公路的进展情况。

1996年5月5日，伊克昭盟交通局局长陪同内蒙古自治区交通厅主要负责人到杭锦旗调研穿沙公路。

1996年5月23日至29日、1996年6月16日至27日，旗委书记李凤鸣两次带领副旗长乔志荣、交通局局长白富华、计划委员会主任王兴荣到内蒙古自治区交通厅、内蒙古自治区计划委员会和交通部、国家计划委员会、中国建设银行争取穿沙公路立项和建设资金。

第二节　全面动员

1996年5月底，旗委副书记、锡乌扶贫开发公路前期工程指挥部总指挥达木林主持召开了修建锡乌扶贫开发公路第二次会议，指挥部副总指挥贾云亭、乔志荣以及指挥部的有关人员参加了会议。

鉴于锡乌扶贫开发公路总投资难以一次到位，整体工程不能全部同时施工，为了争取国家立项，吸引投资，会议决定先自筹资金修建穿沙便道，由交通局筹集10万元，指挥部筹集6万元，即投资16万元用于便道建设，便道从1996年8月1日施工，1997年1月1日竣工，达到小车全线贯通。

这年的酷夏，白永学、杨存良、曹栓成3人作为首批"精兵强将"，冲沙陷阵。

在沙漠腹地施工，没有住的地方，大家就挤在老乡家里，有时干脆身子一曲，在沙窝里将就一夜。

早晨6点30分准时出工，中午不回家，大家吃着白皮饼，喝着白开水，奋战在茫茫的沙海中。晚上7点收工，大伙儿嘴巴里、耳朵里、身上到处是沙土，累得筋疲力尽，一躺下便进入梦乡。

由于水质不好很多人都拉肚子了，但上至领导下至司机，没有一个因病停工、请假。大家心往一处想、劲往一处使，各负其责、各尽其力。

徒步进入大漠腹地

曹栓成，41岁的红脸大汉，为了确定路线方向，4次徒步深入库布其沙漠。他领着一帮工人没日没夜地干，完全是个"拼命三郎"。

杨存良这个知识分子，此时的官衔是"后勤部长"。他负责每天中午按时把饭送到工地上，条件不好，他也尽可能地让大家吃得舒服点。照顾病人，安排住宿，全权负责接待来访。

白永学被大家叫作"外交部长"，他负责跑外协调，在资金严重不足且不能及时到位的情况下，他到处"求情"跑关系，连赊带借，保证了推土机的油料供应和其他工作的顺利开展。有时逼急了，他说服本单位的干部职工，挪用扶贫办的工资经费解燃眉之急。

1996年10月的最后一天，穿沙便道施工完毕，锡乌扶贫开发公路工程取得阶段性成果，完成了临时通车任务。穿沙便道利用民工建勤及厂矿企业集资，以实际到位6万元的微弱资金，用80天时间，完成色拉格—台台湾段67公里的穿沙便道。

67公里的穿沙便道通车，但这只是一场大戏的序幕，是杭锦旗跨世纪的

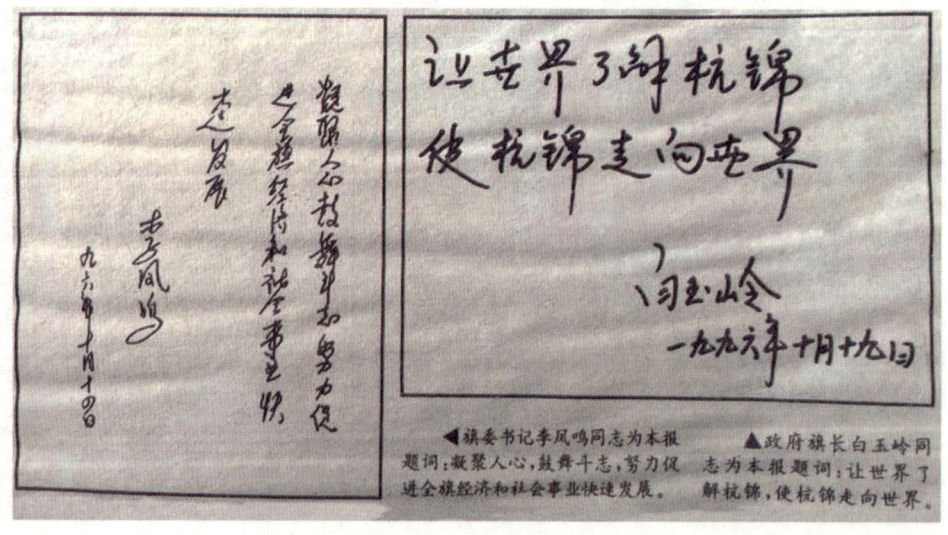

1996年10月，旗委书记李凤鸣、旗长白玉岭为《杭锦报》题词

"三峡"工程的前期工程，还只是万里长征走完的第一步。以后的工作更艰巨。

但这种"精卫填海、夸父追日"的气概，这种"为有牺牲多壮志，敢叫日月换新天"的斗志，惊天地、泣鬼神！杭锦"愚公"要尽早搬掉横亘在自己面前的太行、王屋"大山"！

秦直道是中国两千多年前的"高速公路"。这条"高速公路"，北起内蒙古包头西九原郡的阴山脚下，就在达拉特旗昭君坟附近的古城，由此一直南行，过东胜西南，再由伊旗红庆河西南到陕西府谷县。这项2000多年前的工程，是劳动人民在鄂尔多斯高原上创造的一个奇迹。白玉岭为家乡达拉特旗的这一历史遗存倍感骄傲。白玉岭来到杭锦旗，目睹库布其，触动了他要让大漠变通途的豪情壮志。

1996年11月的第一天，旗委决定组织干部实地考察67公里的穿沙便道。

达木林总指挥之前曾打过两次电话向白永学核实。白永学确切地回答可以通车了。在考察的当天，达木林第三次向白永学核实车辆能否进去。

白永学莫名其妙，有些生气，说："我的车能进去了，不知道领导们的车能不能进去！"

其实此时，领导层对于这次考察的线路，对于穿沙公路修与不修，仍不置可否。

这一天，白玉岭旗长带领全旗所有苏木乡镇一把手、旗直部门负责人共70多位党政领导，乘车横穿库布其大沙漠，实地考察库布其。库布其神秘的面纱被揭开：沙海中有稀疏的植被，库布其有生命存在。

此行对统一全旗各级领导干部修建穿沙公路的认识、进一步坚定他们的信心起了关键作用，成为一次建设穿沙公路的战前动员。

就在这一天，1996年11月1日，《杭锦报》创刊发行，成为杭锦新闻宣传标志性事件。自治区党委书记刘明祖题写报头。旗委书记李凤鸣、旗长白玉岭分别为《杭锦报》题词。

第三节　杭锦富不富关键在干部

1996年岁末，旗长白玉岭在全旗农村牧区经济暨科技工作会议上强调，领导干部特别是基层领导干部要具备6种意识。

人类社会是在不断创新中发展进步的，领导干部的工作也一样，每年要有新意，每年都要总结和创造适应国内新形势和本地新情况的新思路、新办法。因此要有创新意识。

科技是第一生产力，是推动经济社会发展的重要因素，领导干部只有具备科技意识，自觉学习掌握科技知识，才能指导科技工作，理顺科技为经济建设服务的思路，为社会创造出更多财富。因此要有科技意识。

发展是硬道理，有增量才算有发展。只有善于发现新的经济增长点，雪球才能越滚越大，蛋糕才能越做越多。因此要有增量意识。

领导干部应该比群众聪慧，群众没有想到的，领导干部应该想到。做此事，想彼事，做今年，想明年，今年的工作为明年铺路打基础，才能彻底解决思想滞后、行动迟缓的问题。因此要有超前意识。

市场体制首先是公平竞争和优胜劣汰的机制，没有竞争拼抢意识，工作就缺乏朝气、没有活力。因此，一定要不安于现状，自加压力，奋勇拼搏，争创一流。

做工作，干事业，要不等不靠、自力更生，不骄不馁、埋头苦干，咬定青山不放松，不达目的不罢休，全心全意为人民办实事、办大事、办好事，因此要有奋斗意识。

这是白玉岭与杭锦旗干部的一次思想交流与碰撞。与其说这是一次会议，不如说这是早到的春潮。

群情激荡硕果累累辞旧岁，

众星闪烁鲜花朵朵迎新春。

新年伊始，杭锦旗13万各族人民正在为1996年财政税收突破3000万元感到自豪和骄傲时，又一曲催人奋进的迎春曲拉开了不同寻常的九七序幕——旗委九届二次全委（扩大）会议暨全旗经济工作会议于1997年1月中旬召开了。

唯有奋发多壮志，敢叫杭锦换新天。来自黄河冲积平原的拓荒者，库布其沙漠腹地的致富状元，紫砂陶土盛地的创业者，南梁外109道畔的牧羊人，化工、建材、畜产等行业的老能人新能人，从四面八方云集锡尼镇。

他们肩负父老乡亲的重托、人民群众的期望，满怀豪情、齐聚一堂，共商大事，共绘九七宏图，他们就是兴旗富民战略目标的设计师，增收创益的实干家，早到春天的使者。

白玉岭在会议上做了主题为"负重奋进，再展宏图"的工作报告。在对1996年主要工作进行回顾，对1997年主要工作任务和措施进行部署后，白玉岭对于领导干部如何更新观念、转变作风、加大工作力度谈了自己的看法。

他说，杭锦旗的经济有了长足的进步，令人振奋，令人欣慰。他由衷地感谢大家，感谢全旗十三万人民群众。然而，杭锦旗落后的客观现实，也是不容置疑的。要改变，要迎头赶上，任务和使命不仅落在了领导干部身上，更重要的是对他们提出了更高的要求。因而，负重奋进、再展宏图就是他们唯一的选择。

（一）思想要活，思路要宽。因为没钱，杭锦旗才落后。为老百姓赚钱、赚大钱，理应成为领导干部实实在在的第一需要。要赚钱，就得发展地方经济。要实现经济的快速发展，各级干部尤其是各级领导干部，就应有心怀五湖四海，眼观四面八方，耳听东西南北的本领，只有这样才能做到点子多、手段多、措施多、办法多，才能做到技高一筹。思想不活，思路不宽，墨守成规，永远不会有所作为。

（二）胆子要大，机遇要抢。机会是均等的，但别人发展了，杭锦旗却落后了。究其原因，很大程度上就在于杭锦人没有大胆地想、大胆地抢抓机遇、大胆地干。大胆干大事，小胆干小事，无胆不成事。每个苏木乡镇、每个部门、每个单位每年都要上一个新台阶，如果不放开手脚地干，如果没有敢丢乌纱帽的勇气和胆识，到头来只能是坐而论道，空谈误民。原地踏步或走小步，应为现代领导干部所不齿。讲发展，安贫乐道、畏首畏尾不行；求实效，四平八稳、不冒风险不行。

（三）办法要多，措施要硬。从总体上看，与过去相比，各级领导干部的紧迫感、责任感明显增强了，不动真的、不抓实的，松松垮垮过日子的思想行不通了。但同样一件事，有的地方做出了成效，有的地方至今都没有行动，除了思想方面的原因外，恐怕更多地要从方法上找答案、措施力度上找差距。去年的方法今年用，是缺乏创新意识、超前意识、奋斗意识的表现。旗委、旗政府要求各地各部门每年要有新东西、新创造，从本质上讲，就是要求大家多开动脑筋，多想些办法，多出台些好的措施。一般地讲，经济增量大的地区，领导的方法就多、措施就硬。1997年经济建设任务很重，如果仍然死念一本经、固守一台戏，发展经济就没有指望。必须拿出超常规的办法，以超常规的力度，实现超常规的发展。

（四）目标要高，作风要实。杭锦旗的落后，是历史的积淀，走太平步，固然自得其乐，但其结果只能是与发达地区的差距越拉越大，既愧于前人，又愧于来者。实现经济快速发展，已刻不容缓。杭锦旗必须要有自加压力、负重奋斗、敢为人先的精神，变差距为压力，变压力为动力，变动力为活力，想尽一切办法，提高经济发展速度，增加经济效益。这就决定了在经济建设中领导干部需要以超常规的眼光、超常规的思路、超常规的胆识来安排自己的工作，做到目标要高、起点要高、定位要高。只有这样，才能走出低谷，摆脱贫困，缩小与发达地区的经济差距。切实可行的盘子，要有扎实有效的措施，缩小与发达地区的经济差距。切实可行的盘子，要有切实有效的措施、求真务实的作风。首先要倡导良好的风气，要求领导干部无论做什么事情，都要做到说了就算，定了就干，干得像样，干出成效。无论布置什么工作，都要讲标准和时限,有检查、有考核、有结果,促使各级干部养成事必求成的习惯。其次要加快工作节奏,时间紧迫的立即办,能今天办的事情决不拖到明天。第三是领导干部要率先垂范,要求群众做到的,领导干部首先要做到,要一级带着一级干,一级做给一级看。第四是领导干部必须从事务中解脱出来,集中精力抓大事、办实事,勇于到最困难的地方排忧解难,真抓实干。

(五)步子要快,位子要升。市场经济是比才能、比实绩、比财富的经济,哪个地方经济建设步子迈得大、经济效益提高得快、经济实力座次排得高,哪个地方的领导就是有能耐的领导、政绩斐然的领导、应该受到重奖的领导。为此,必须树立5种意识。一是强烈的发展意识,坚持发展是硬道理,有路快步走,无路修路走,能快就不慢。坚信小发展大困难,大发展小困难,不发展最困难,有实力才能有地位。二是强烈的机遇意识,敢于抢先一步,超前一拍。三是强烈的竞争意识,团结拼搏,自定目标,奋勇争先,争创一流。四是强烈的风险意识。敢闯敢干,敢冒风险。五是强烈的荣誉意识,争名升位,就是要争、要抢、当仁不让。位次下降,还心安理得,还要领导干什么。

最后,白玉岭鼓励大家,从总体上看,1997年全旗经济工作任务艰巨,困难和问题不少,但是只要以高昂的斗志、饱满的精神状态,勤于工作,勇于探索,相信经过全旗13万人民的共同努力,杭锦旗的经济工作一定会再上新台阶、再创新水平。

他的报告使全旗领导干部产生了强烈的共鸣。

第四节 占位子就要挣票子

在1997年2月召开的政府第一次全体会议上,白玉岭在分析面临的形势和任务时指出,要实现今年农牧民人均收入、城镇居民人均收入、财政收入任务,现在看来困难非常大,但是要知难而进,迎难而上,克服困难,创造性地开展各项工作。

他指出,一些部门领导和工作人员,创造性地开展工作的能力差,墨守成规,因循守旧,不能够结合本部门、本地区的实际情况,大胆地开展各项工作。视野小、思路窄,工作目标不明确,主动不足,被动有余,缺乏发展意识、争抢意识,既做不好本职工作,又当不好参谋助手。特别是有不少部门作风漂浮,工作不实,随意性大,工作任务完不成,目标实现不了。布置工作多,检查落实少,官僚主义现象严重,浮夸风现象严重。服务意识差,不是为企业、基层、群众实实在在做贡献,而是议论别人,说三道四,全局观念淡薄,只在一个部门或小团体里面打主意、做文章,不顾大局。还有根本的一条是既不学习领会上面的精神实质,又不去深入实际调查研究,脑子里一片空白。

绿色中国梦

为此，白玉岭提出了几点具体要求。

要进一步解放思想。为什么老是要讲这个问题，就因为解放思想没有止境，更新观念未有穷期。在工作中领导干部要去掉一个"怕"字，换成一个"敢"字，鼓励一股"闯"劲。"怕"字一破思路宽，"敢"字一立无困难，"闯"劲有了就得到了主动权。发展经济，没有现成的路可走，必须敢闯、敢试、敢争第一、敢抢第一、敢当第一。"敢"字当头，敢想别人不敢想的，敢干别人不敢干的，敢想别人没有想过的，敢干别人没有干过的。干错了，不要紧，改正就是了。要以经济建设为中心，坚持"发展才是硬道理"的原则，不要争论，干起来再说。

要转变作风，做好服务。领导干部要到一线去，到基层去，真抓实干，艰苦创业，谋大的，抓大的，干大的，不要钻在小圈子里面。要责权利到位，责任明确。要为基层、为企业、为群众服务，这是机关工作的根本出发点。特别强调的是，落实工作加大力度、深度、广度，认定的目标，抓住不放，一抓到底。

要千方百计引资开发。杭锦旗作为偏远落后地区，等着人家送钱上门，是不可能的事，要跑、要要、要引、要联，各部门各单位，都要寻找财源，引进资金，形式不限，越多越好，越快越好。占着位子挣票子，不挣票子让位子。

对照旗委、旗政府的任务目标，对照白玉岭的讲话，杭锦旗的干部们感到责任与压力、差距与不足。

第五节　决战前夕

在杭锦旗第12届人民代表大会第四次会议上，李凤鸣书记向与会代表们通报了亿利集团成为盟旗集团的消息。

李凤鸣说，成为盟旗集团，亿利的知名度提高了，知名度也是生产力。他去张家港考察，人家不知道伊克昭盟这个地方，他说就是鄂尔多斯，人家马上说："你们了不起，能生产世界上一流的羊绒衫。"他们知道"鄂尔多斯羊绒衫温暖全世界"。成为盟旗集团还将使亿利在融资、吸引人才技术、转换机制等方面面临前所未有的机遇。亿利走向世界之日，就是杭锦旗经济腾飞之时。

白玉岭认为，如何认识亿利成为盟旗集团，归根结底是个思想解放问题。亿利集团于1995年6月成立时，领导干部们的意见也不统一。亿利仅用20多个月的时间完成销售收入6125万元，完成利税1000万元，争议自然就没有了。亿利总部设在东胜也有争议，结果连跨三大步，整个形势大为改观，这个决策是正确的。伊化集团想兼并亿利，杭锦旗领导从旗情出发没有答应，实践证明这步棋走对了。在杭锦旗这样一个落后地区搞经济建设，最大的困难是资金短缺，如何在这种情形之下尽快把资源优势转化为经济优势？必须进一步改革开放。如果亿利成为国务院直属企业，总部设在纽约，杭锦旗的光景完全是另一番样子，这何乐而不为呢？

大漠如诗，大漠如画。

然而亿利的创业之旅依然充满坎坷。深处库布其腹地的伊化集团和亿利集团公司的重要原料产地，每年要有50万吨化工产品需要外运。这些化工产品先要运到西部地区巴彦淖尔盟的磴口县，再装火车运走。如果有一条穿越沙漠的公路，从产地到沿河地区只有50多公里的路程。而现在由于库布其沙漠的阻挡，运送化工产品的汽车要绕着沙漠转上一大圈，需绕道330公里，运费几乎抵消了企业的利润，使效益大受影响。

有人算了一笔账，每年跑这么多冤枉路花去的路费有2000万元。如果这2000万元节省下来，每年能给企业和旗财政增加一笔多大的收入啊！此外，还有农产品、畜产品的外运，外部产品的运入，以及人们出行往来，其节省的运费更是一笔可观的数字。

交通运输成为企业和当地经济社会发展的"瓶颈"，亿利集团和伊化集团首当其冲面临生存抉择。这一笔笔大账冲击着人们那根深蒂固的库布其沙漠不可征服的思想禁区。

夜幕之下

此时,旗委、旗政府主要领导大脑里在反复思考,穿沙公路修不通,沿途7个特贫乡苏木脱贫无望,个别地区甚至连解决温饱的标准也很难达到。伊克昭盟已经决定杭锦旗于1996年整体脱贫,如果路不通这些计划都无法实施;路不通亿利集团等企业飞速发展的势头,也将因交通这个"瓶颈"的制约而受到影响;路不通征服库布其、治服库布其、绿化库布其的宏伟计划更无法实施。真可谓一马挡道万马难行。

但是修这条路风险又极大,仅一期工程就要花费4500万元左右,一旦修不成,半途而废,自己负责任是小事,更重要的是给贫困的杭锦人民又背上了一大笔债务,无异于雪上加霜,决策者定将背负千古骂名!

1997年3月3日,旗委副书记达木林主持召开了第五次书记旗长联席会议,政府副旗长白音斯林、乔志荣,政协主席贾云亭,锡乌扶贫开发公路前期工程建设指挥部的部分成员参加了会议。会议专题研究了锡乌扶贫开发公路前期建设情况，认真总结了近年来，特别是1996年的工作，分析了存在的问题，对今后锡乌扶贫开发公路前期工程建设工作进行了反复研究，提出了存在的问题和解决方法。

一是1997年继续采取有关单位、企业、苏木乡镇和农牧民群众出资出力的办法进行锡乌扶贫开发公路的建设。

执行《杭党发〔1996〕1号会议纪要》精神，即1996—1998年，扶贫办每年从扶贫资金中切出8万元，农委每年从造林种草和防灾基地建设资金中切出2万元，交通局每年从民工建勤中拿出10万元，伊化和亿利两大集团每年分别拿出10万元。

上述单位和部门每年共筹措40万元。凡没有完成上述年度筹资任务的单位和企业，在1997年3月底前将尾欠筹资金额全部交清。到期交不清的，由财政、税务部门协调指挥部办公室在单位资金和企业退税金额中予以扣除。

二是明确1997年锡乌扶贫开发公路建设的重点：集中力量建设甘草场到赛音乌素、图古日格苏木的交叉路段，以使锡尼镇尽快与赛音乌素、巴音补拉格、图古日格苏木顺利通车；部门筹集的资金重点用于公路两侧的植被建设和简易路整修。

三是鉴于目前毛布拉孔兑冰消水大路难行的情况，为了不影响沿河防凌防汛、春耕备耕工作，交通部门设法及早对锡乌扶贫开发公路进行整修，确保小车畅通。交通部门的整路费用抵顶1997年该路筹资的相应资金。

四是扩大开放引进。要大力宣传锡乌扶贫开发公路建设的重大意义和作用，引进国内外大的企业、财团和集团来投资建设该项工程。特别是计委、交通、扶贫、农委等有关部门应继续抓紧多渠道向上争取立项工作，使国家早日投资建设。

第六节　不脱贫困帽，就摘乌纱帽

一个穷字，几乎可以概括杭锦旗1.8万平方公里土地之现状，这里是伊克昭盟八个旗市中最贫困的一个旗。

时任自治区政府主席布赫曾多次来到这块土地上考察、研究，与地方党政领导共商脱贫致富上策。自治区党委书记王群、副书记乌力吉（后任自治区政府主席）先后踏上这块被毛乌素和库布其两大沙漠夹攻的土地检查、指导、落实、鼓劲。

1991年3月，自治区16个厅局的领导、学者、专家在时任自治区政府副主席伊钧华的率领下，带着温暖，带着财力，带着三十六计来到杭锦旗，为了一个共同的目标：脱贫致富。

如今，杭锦旗扶贫的接力棒又传到了白玉岭一班人手中。

杭锦旗1996年提出要在1998年整体脱贫的奋斗目标。杭锦旗借助区盟旗三级包扶工作和1000多名科级以上干部帮扶贫困户的机遇，依照人均发展1亩水浇地、1亩覆膜玉米，户均1个科技明白人、1只小尾寒羊的扶贫方略，加强对扶贫工作的引导，立足扶本扶智，发展扎根性的脱贫工程建设，把脱贫与达小康结合起来。

结合本旗的实际情况，杭锦旗制定了"三扶一"制度，即旗、苏木乡镇、嘎查村（包括能人、富裕户）组成包扶小组共同包扶一个贫困嘎查村的所有贫困户，实现电增户、地增水、粮增产、畜增量、禽增效、林增利、库增收的脱贫目标。

在扶贫工作培训会上，白玉岭慷慨陈词，不脱贫困帽，就摘乌纱帽。任务是明确的，责任、奖罚也是无情的。不讲条件，不摆困难，必须如期完成。干好了重奖重用，干不好就黄牌警告，甚至红牌罚下，包扶组只要有饭吃，贫困户就必须有饭吃。

白玉岭强调,在扶贫攻坚工作中,绝不允许领导干部身在贫困而不知耻的麻木不仁心态存在,绝不允许面对紧迫任务而四平八稳的消极怠慢行为存在,也绝不允许身负重任而怕苦怕累的畏难情绪存在。

白玉岭也同其他部门一样,走进了他的包扶户阿门其日格乡奋勇村边奋学家,这是一家老少三代五口人的贫困户家。

边奋学40多岁了,上有父母,下有孩子,父亲体弱多病,母亲已不能干重体力活儿了,由于家居的自然条件差及给老人治病、供孩子上学等原因,生活水平一直处于贫困之中。白玉岭详细询问并查看了家里门外的情况,在乡长张保平的陪同下,与他们共同寻找脱贫之道,致富之本。

白玉岭语重心长地对边奋学一家人说:"贫穷十分可怕,贫穷又不能怕。穷了要想变,想办法,找出路。就是说志气不能穷,有信心,有决心,必须让贫穷走开,富裕到来。"白玉岭的一席话说得主人喜笑颜开,急忙问白玉岭:"你说,像我这样的人家,怎么个脱贫法?"

白玉岭说:"我刚才看过你种的土地和将要成材的杨柳树,你只要抓住种植、养殖这两项,就可以脱贫了。"说完又详细地向主人了解旱地、水地的种植亩数及饲养情况。他又做了具体的计划和安排:"地膜玉米种10亩,葵花种5亩,山药种5亩,糜黍要种得够吃,还要养5只小尾寒羊、2头猪,这样有地、有水、有肥、有劳力脱贫是没有问题的。"

夫妇俩听得认真,记得也清楚,迟疑了一会儿,不好意思地说:"计划和安排这么好,就是手里没有钱,种子、地膜、化肥、小尾寒羊不用说,就连一头小猪子我们也买不起。"

白玉岭接过话茬:"先不说钱,既然你们认为这样安排合理,那么你们有没有苦干实干精神?"夫妇俩连声说:"有!有!"

"好了!我借给你们钱,没有利息,富了还本,先解决温饱问题,温饱是生存的第一需要。"

白玉岭慷慨解囊,主人全家感激不尽。出了门白玉岭与主人又一次走进地里，具体规划了每一块土地种植的品种。

是年4月6日，白玉岭用自己的钱，亲自买了40斤玉米种子，1吨碳铵，5袋三维肥，20千克地膜，5只小尾寒羊，1头小猪，出资3000多元。他委派农牧科技人员送到贫困户的家里，并进行饲养、种植的技术指导，给主人吃了一颗脱贫致富的定心丸。

第七节　干他个天翻地覆

好雨知时节，杭锦逢甘露。

1997年，进入3月份以来，杭锦大地连降春雨，甘露滋润，到处是生机盎然、万马奔腾的喜人局面，一个以经济建设为中心，大干快上的新高潮蓬勃兴起。

行署盟长等相继到杭锦旗检查指导工作，并结合杭锦旗的旗情给予了政策上的倾斜、资金上的帮助、工作上的指导，使杭锦旗这块沃土如虎添翼。

1997年5月15日，盟委书记率交通、财政、金融、计划、扶贫及有关部门领导，深入杭锦旗8个乡、苏木、镇和5个工厂，行程500多公里，进行为期3天的考察指导，并召集盟、旗有关领导，就锡乌扶贫开发公路召开专题会议，研究确定落实线路、资金等重大问题，解决生产实践中存在的矛盾和困难，恰如又一场及时雨，滋润杭锦大地。

解放思想的落脚点是要发展经济。在杭锦旗考察期间，盟委书记就进一步解放思想，大胆地想，大胆地干，实现经济可持续快速发展等方面的工作发表了意见。

下午2点30分，盟委书记一行深入胜利乡、四十里梁乡考察了经济园的建设。他一边看，一边了解情况，详细询问干旱硬梁区打300多米深的机井，是如何取得成功的，农牧业生产、脱贫扶贫工作是怎样展开的……

下午4点半，杭锦旗委会议室。

盟委书记一行在听取了旗党政主要领导的工作汇报后，邢书记高度评价了杭锦旗1997年工作的战略重点。他说："你们的汇报很实在，去年财政收入突破3000万，这很了不起，今年要保证达到4500万，力争5000万，目标远大，思路清晰。特别是念好'三字经'，抓好'三个五'，办好'十件'大事，既突出了精髓，又与伊克昭盟发展的步伐相适应，这说明你们的工作抓在了点子上，通过目睹耳闻，很受鼓舞。这些都是解放思想的具体体现，今后还要进一步解放思想。解放思想没有止境，更新观念未有穷期，一定要团结一致、聚精会神地抓经济建设，坚持发展是硬道理，能快就不要慢，增强发展意识，要争、要抢、要赶、要超。"

他还结合国内外、区内外及杭锦旗的具体变化，深入浅出地讲看法。他以四十里梁从300多米深抽出地下水为例，用大家亲眼见到的铁一般的事实证明，实践才是检验真理的唯一标准，认识事物既要遵循矛盾的普遍性，又要认识它的特殊性，只要有一分的希望，就要有万分的努力。

他说，不要去争论，要看结论。干成功了好，干不成功敢去干、敢去比画比画也好，这中间有成功的，也有失败的。失败并不可怕，牺牲了，燃烧了，起码有个教训，有个"黑匣子"水平，为后来的人操作打个基础。因此，大家必须解放思想，团结拼搏，赴汤蹈火，干他个天翻地覆。因此，必须变"怕"字为"敢"字，增强改革开放的意识。愈是落后的地区，愈需要改革开放；而愈是落后的地区，愈怕改革开放。唯恐新路比老路难走，唯恐对外开放肥水流入外人田，唯恐资源开发爷爷吃了孙子的粮，唯恐发展民营经济走了资本主义的路，什么都怕，唯独不怕经济搞不上去，人民生活不富裕。所以，不把"怕"字换成"敢"字，什么改革开放，抓住机遇求发展，兴旗富民达小康等都是一句空话。

盟委书记讲道，伊克昭盟三大集团的产品闻名中外，鄂尔多斯的名字响彻全世界，杭锦旗亿利集团是进入自治区三十六强的大型企业，公安局被评为全国优秀公安局，被判死刑的干旱硬梁区吐出一股又一股的清泉……这一件件振奋人心的大事，都是靠政策，靠实干，靠一股奋力拼搏、敢于争先的精神取得的，来之不易。

1997年5月16日，对杭锦旗13万人民来说，又是一个值得庆幸的日子，一个难忘的日子，一个"我"要顺的日子。就在这一天，一个震惊鄂尔多斯的举措敲定了。

当天下午，盟委书记带领交通、财政、计划、中行、建行等盟直有关单位的负责人在盐海子的亿利集团盐厂会议室召开了1997年第十二次书记现场办公会议，专题研究穿沙公路尽快开工事宜。

杭锦旗委书记李凤鸣，旗长白玉岭，副旗长王永诚、乔志荣，交通局局长白富华和计划、财政、林业、银行等旗直有关部门负责人及亿利集团总裁王文彪等参加了会议。会议认为锡乌扶贫开发公路是沟通杭锦旗南北部经济联系的重要通道，修成后将会对杭锦旗的经济发展和沿线农牧民脱贫致富达小康起到极其重要的作用。

会议吹响了修筑穿沙公路的号角。

在详细听取了旗委、旗政府关于穿沙公路建设的准备情况汇报后，盟委书记当场拍板敲定：穿沙公路前期调研工作基本结束，盐海子至独贵塔拉镇的公路立即全线开工，封冻前结束。路基路面都必须达到三级砂石路标准，为将来上沥青路面做好基础。他还强调，盐海子至独贵塔拉镇这50公里公路是整个工程的重点和难点，必须集中优势兵力，打好这一歼灭战，取得穿沙公路首战胜利，并当场为穿沙公路落实600万元建设资金。

他说，这条路直接关系到伊化、亿利、伊煤三个集团的经济效益，牵着三个集团的切身利益，事关杭锦旗乃至伊克昭盟经济发展，因此意义十分重大。自治区党委、政府对这件事十分关注，刘明祖书记几次督促要尽快实施。这条路不仅要修，还得快点修，任务只能提前完成，不能推延，越快越要省钱，越快才越有劲头。修路也要解放思想，就要"敢"字当头，敢想别人不敢想的，敢干别人不敢干的，敢为天下先而先受益。

光伏发电

他明确表态，盟委、行署把这项工程列入重点项目，要通过上上下下、方方面面争取资金，保证明年全线贯通。锡乌扶贫开发公路的修通，首先对杭锦旗化工基地昌汗霍吉日工业区——巴音乌素盐海子的发展产生明显的经济效益。亿利、伊化的几个分公司运送货物从盐海子直接到乌拉特前旗火车站或投入110国道只有65公里，每年节约运费就达1000多万元。

其次，该线沿途不仅是少数民族聚集区，也是强沙地区，更是十年九旱的重灾区。锡乌扶贫开发公路建成，对改变沙进人退、减灾防灾、物资运送、解决农牧民脱贫致富达小康、乡乡通班车及少数民族地区经济发展等重大问题，都将发挥重大作用。特别是将杭锦旗梁外畜牧业基地与沿河商品粮基地连为一体，每年节约旅客货物在途中的时间，价值效益100多万元，带动全旗9个苏木乡镇的经济文化发展繁荣。

再次，有利于环境保护，促进生态平衡，使交通与农牧林水综合治理沙漠有效地结合起来。

会议同意盟交通局局长包建设讲的关于锡乌扶贫开发公路建设的总体方案，除了治沙绿化外，公路工程投资为2688万元，工程采取边设计边施工的办法，立即开工建设，当年10月先通巴音乌素至独贵塔拉段，1998年10月1日全线通车。

会议决定，伊煤、伊化、亿利三个集团公司各出资100万元，盟财政投资100万元，中行、建行各给企业贷款100万元，其余建设资金由计委、交通部门通过各种途径向上级争取。

杭锦旗地方政府在财政紧缺的情况下，承担该工程的全部征地、拆迁建筑物、电力、电讯等费用，并号召全民总动员，出动劳力、物力，采用以工代赈、民工建勤等方法完成路基土方工程量和自采材料的开采加工，完成前期防风固沙工程。其余所需费用申请中央有关部门及内蒙古自治区各部门给予解决。

修建这条线路的一个难点主要是途经库布其沙漠腹地50公里，其中有13公里特大沙段，因此防风治沙工程量特别大，预算所需资金1000多万元。这项工程全部由杭锦旗委、政府承担，主要是调动千家万户，向沙漠进军。

副盟长特别指出，要把公路两侧的治沙工程搞成高标准的沙漠植被示范工程，要有专家参与规划指导，全民齐参战，分解任务，把人类顽强的自然敌人沙漠征服。

盟委书记要求伊克昭盟公路勘测设计院负责路线测试，杭锦旗地方政府负责征地、拆迁、土建工作，盟交通、计委、三大集团、杭锦旗地方财政负责资金落实，务必于当年10月以前使巴音乌素至独贵塔拉奎素浮桥段建成通车；锡尼镇至巴音乌素段今年完成施工图设计，争取明年建成通车。整条公路的建设等级为三级简易沥青路。初步预算在4000万～5000万元。

他在落实了全部任务后又说："锡乌线全线开通后，必将成为杭锦旗的一大奇观，也将震惊鄂尔多斯。"

盟委书记的鼓舞与希望给杭锦人增添了智慧和勇气,更加坚定了杭锦人的信心和决心。这次会议把杭锦人与穿沙公路捆在一起,炼在一块了。

杭锦旗委、政府紧紧抓住了这次机遇,下决心修好困扰了几代人的路。一个成熟的理论和政治理念在杭锦大地上开始实践,这是民族的雄心和历经痛苦之后的一种超然的风范。

第四章

第一节　要当功臣不当罪人

1997年5月18日，旗交通局局长白富华向旗委、旗政府上报了《修建穿沙公路的实施方案》，同时白富华开始联系施工机械、组建施工队伍、调查施工场地、筹集建设资金，各项工作有条不紊地展开。

方案指出，穿沙公路1992年开始设想，已引起自治区、盟的高度重视，锡乌扶贫开发公路经过9个苏木乡镇，意义重大。

一是伊化、亿利等大集团生产规模增大，原料目前从桥头、东胜运出去，线路150多公里，穿沙公路到独贵塔拉90公里，巴音乌素到乌拉山60公里。按建设计算，光运费可节约500万～1000万元。

二是伊盟有杭锦旗的赛音乌素、巴音补拉格、图古日格3个乡苏木未通公路。穿沙公路修通后，可解决2个苏木的通路问题。

三是途经9个苏木乡镇，对这些地区改变交通条件、保护植被、调整产业结构、推动经济发展和脱贫步伐具有重要意义。

四是连通了国道109、110、包兰铁路等3条骨干线路。

五是从南北方向贯通伊克昭盟、巴彦淖尔盟两个盟，有利于互相交流。

六是有利于发展、开发杭锦旗的药材资源。

七是有利于开发杭锦旗的旅游事业。如道图海、响沙湾探险旅游。

八是缩短梁外和沿河的道路里程，避开了毛布拉孔兑洪水的威胁，解决了东沿河春秋汛季的不通车问题。

九是杭锦旗扶贫开发的一件大事、实事。

十是修建穿沙公路的困难很大，是伊克昭盟历史上从未有过的，将为沙漠地区交通建设和绿化提供宝贵的经验和可贵的第一手材料。

1997年5月19日，旗委召开党政联席会议，决定成立穿沙公路建设工程指挥部，由主要领导挂帅，李凤鸣为修筑穿沙公路的政委，白玉岭为总指挥，乔志荣任常务副总指挥，旗人大常委会副主任宝音、旗政协副主席倪志诚（倪还任前线指挥、施工团团长）、沿河工委的9名县级领导为副总指挥。

鉴于以前的教训，决定修路与植被恢复同步进行。锡乌扶贫开发公路总指挥部下设办公室、公路建设施工团和绿化治沙施工团。

指挥部办公室主任由白富华担任。修路施工团由团长倪志诚和副团长白富华、杜连营组成。绿化治沙团由团长宝音和副团长白永学、杨存良组成。成员由交通、计划、财政、林业、公安等相关部门主要领导和锡乌扶贫开发公路沿线9个苏木乡镇党委书记组成，并成立了施工、勘测、后勤等几个办事组。5月下旬，经过一番准备后指挥部开进了现场，设在巴音乌素苏木。

总指挥白玉岭在会上做重要讲话。

"前两天书记在盐海子开了现场会，确定穿沙公路今年开工，封冻前竣工，总投资估计得3000万元，资金由3个企业落实300万元，盟交通局落实100万元，杭锦旗落实200万元并负责土方工程。杭锦旗的200万元资金，向建设银行贷款100万元、中国银行贷款100万元，保证今年贯通，明年通车。区、盟领导很重视，但资金有着落的只有600万元，今天要解决的问题：一要统一认识；二要商量筹资办法，想别人不敢想、不敢干的事；三是组建组织机构。要一帮人专门负责办这件事，从今天下午开始着手工作。"

白玉岭集思广益，就资金筹措这个最核心的问题，从扶贫、以工代赈资金、农业小经费等几块入手。从1997年开始，3年内每年集中150万元，县级150元、科级100元、干部职工（包括工人、私营企业）50元、群众每人10元；农牧民和市民主要是提供草籽、材料，大约能集资80万～90万元。民工建勤，沿线9个苏木乡3年内全部用于这条路的修建。每年保证250万～300万元的资金投入。今年的资金200万元用于治沙，400万元用于路面工程。集资、车辆、民工建勤3块大约能筹150万～200万元，毗邻旗县在基础设施建设方面的集资力度都很大。

"从下午开始,工作组全部进入角色,6月份必须开工,边设计边施工,要搞到黏土封闭的状态。治沙工作要在雨季来临之前必须展开。今年封冻前这条路一定要通车。"

白玉岭为1997年的修路工程建设制定了时间表、路线图。

1997年6月1日在旗长办公会议室,白玉岭主持召开旗委、旗政府及六大班子领导工作会议,专题研究部署穿沙公路建设事宜。

白玉岭说:"穿沙公路已得到内蒙古自治区党委、政府和伊克昭盟盟委、行署的认可与支持,我们也搞了近两年的科学论证及前期测试工作。我认为穿沙公路建设势在必行,这是我们沿途7个贫困地区的致富之路,是我们向库布其沙漠进军的第一步计划,是杭锦旗经济发展的'纲',这个'纲'不举,所有'目'就难以展开。建设穿沙公路有风险,建成了我们是千古功臣,建不成是千古罪人。我们当然是要当功臣不当罪人!

"一些领导干部也提出来,杭锦旗负债较大,处于困难时期,而且沿路有13公里的特大沙段,而郭山梁才有2公里的明沙,就成了拦路虎,植被建设是关键,技术问题要分析,怎么修、用料哪里取、用上保住保不住,还有群众的集资承受能力有限,对集资持怀疑态度等。总之,困难很大,风险很大,因此压力也很大,建议慎重考虑。这些都是信心不足的表现,也说明一些干部认识还不到位。今天请大家来,只谈穿沙公路如何建,不谈建不建的问题,叫作统一认识、加快进度,不达目的誓不罢休。"

白玉岭一字一句、掷地有声。

旗委副书记王玉明说:"穿沙公路得到区、盟领导高度重视,又得到友邻地区巴彦淖尔盟乌拉特前旗的支持和全旗老百姓的支持,是一个千载难逢的好机遇,机不可失,失不再来,我们一定要千方百计地克服困难,把工程抓上去。"

旗委副书记达木林说:"穿沙公路必须下决心干成,没有退路。没有钱我们要省吃俭用,勒紧裤带搞集资。即使群众有意见下次不选我们(当领导),只要路能修通(我们)也心甘情愿。"

副旗长王永诚说:"修通穿沙公路是前无古人的事,我们一定要把这个造福子孙后代的好事实事办好。"

旗政协主席贾云亭说:"事是好事,建设要慎重,要把植被建设与公路建设结合起来,才能保证公路永远畅通。"

旗人大常委会副主任张荣华说:"对杭锦旗来说,穿沙公路是一件最大的大事,同时也是件最好的好事,更是一件最难的难事。既然是最大的好事,我们就应该千方百计地克服困难办成它。"

王树林作为穿沙公路的积极倡导者,是唯一受邀参加这次会议的乡镇书记,他就如何修建穿沙公路提出了自己的看法。

他建议,工程施工按照"植被先行,两头开工,先易后难,全线贯通"的原则组织实施;资金问题从交通系统、林业系统、三大集团、战备(战备浮桥)、扶贫开发、浮箱桥、社会集资7个渠道解决,千斤重担众人挑,人人头上摸一把。

王树林的发言得到与会同志们的认同。后来的实践证明,这些办法和举措派上了用场。

王树林在独贵塔拉镇自家的果园(摄于2016年8月)

第二节　把乌纱帽押上去

1997年6月2、4日，副旗长乔志荣分别主持召开了有六大班子参加的旗直机关负责人会议和各乡苏木党政一把手参加的工作会议，具体落实穿沙公路的各项事宜，专题研究了《修建穿沙公路的实施方案》。鉴于资金筹措暂无着落，议定全旗人民集资修路，县级干部每人500元，科级干部每人150元，一般干部每人50元，全旗农牧民及市民每人10元（可用柴草抵顶），这比原来拟定的干部集资额有了提高。

1997年6月2日下午2点30分。政府西会议室。

白玉岭出席会议，直奔主题。

"书记来过之后，我们召开过一次会议，大致研究了一下扶贫公路事宜，现在六大班子领导有必要坐下来重新议一下这件事。线路勘测今天下午就可完成，公路建设也在积极进行，有些事情需重新议一下。不是讨论修不修路的问题了，现在的问题是如何进一步统一思想，下决心怎么修的问题，认识要统一，认定目标后就要下定决心。宣传工作要加强，具体事情要安排一下。修路目前是一个很好的机遇，区盟两级领导现在很支持我们，所以必须下决心。穿沙公路从工业产品外运上意义很大，可节约100公里路程。直接经济效益在1500万元以上，修通后的效益可以说光明灿烂。"

白玉岭讲了一个"挂壁公路"的故事。在河南省辉县的太行山深处，有个郭亮村住着83户人家，石砌的房屋就建在海拔1752米的悬崖边上。600多年来，上山下山靠穿行仅容一人的720个台阶的"天梯"小路，与世隔绝。1972年，在村党支部书记的倡议下，村民们自发地卖掉家里的牛羊和猪、土特产山货，也卖掉了山上的树木，集资购买了铁锤、钢杵，用土办法自行测绘，在村内挑选了13名能工巧匠组成施工队，在没有外力借助的情况下，只靠手工和血汗历时5年，在绝壁上凿出了一条长1250米、宽6米、高4米的通往山外的通道。这条绝壁长廊，是"世界第九大奇迹"。

听了郭亮村人的事迹，大家不由得佩服这些顶天立地、凿山开路的太行人。

白玉岭回顾杭锦旗的历史，杭锦人不乏勇士和闯将，不乏敢想敢干创大业、不屈不挠永向前的英雄壮举。

早在20世纪60年代初，杭锦旗沿河地区组织群众兴修水利，开渠打坝，开通了解放渠、三黄河（南干），伊克昭盟全境的劳动人民也参加了这项浩大的工程。这个工程与"红旗渠"相媲美，"红旗渠"所在的河南林县有60万人，而这时伊克昭盟的农牧民才40万人，杭锦旗仅有3万多人。尤其是开挖南干，又是在最困难的1960年，开挖是常人想都不敢想的，杭锦旗在全盟人民的支援下，组成1.2万人的民工团，用铁锹、筹头、扁担，挖通了西起巴拉贡镇、东至达拉特旗中和西乡274公里的总干渠，终于在1961年完成了，结束了杭锦旗无渠引水的历史，灌溉农田48万亩，发挥出巨大的经济效益与社会效益。36年过去了，南干路仍然是杭锦旗沿河地区农牧业生产的生命路。真可谓功在当代、造福子孙的辉煌大业。杭锦人不伟大能干成这样大的事业吗？

"郭亮村的83户社员能在悬崖峭壁的石头上开路，25年后的今天，我们举全旗之力就不能在沙漠上也开一条路？无论困难多大都要干，哪怕因为修路，下届选举没有我们的位置了，把头顶的官帽押上去，也是值得的！

"有些领导干部一汇报就说没钱，做不成。有钱谁不会做？有钱还要我们这些干部干什么？我们这些同志就是为解决困难而存在的。在杭锦旗这样的地方，最需要勇于迎难而上的实干家，正因为穷，才要思变。如果条件成熟了，谁都可以干；正因为没有条件，我们才通过实干来创造条件。我相信，世界上只有想不到的事，没有干不成的事。只要我们齐心协力，团结带领13万人民，艰苦奋斗，顽强拼搏，再大的困难也会克服，再大的风险我们也敢承担，穿沙公路我们修定了！"坚定的誓言，如重锤砸地。

"今天的会议，一是统一认识，二是布置任务。大家要认清形势，看清困难，鼓足信心，破釜沉舟地把事情办成。压力大，但也是一个很好的机遇，干成了，功在千秋，干不成就是千古罪人，就把杭锦旗这个牌子彻底砸了。所以我们要树立信心，一定要干，一定要干成。干成了将是一件破天荒的大事，甚至会在世界上引起轰动。要充分估计到困难，最大的困难是治沙的困难，路基能推起来，关键是明年能否保持住。"

白玉岭强调，要四面出击争取资金。自己出资的力度与上级扶持的力度很有关系，现在集资有一定困难，但必须把握这次机遇，省吃俭用也要坚持集资，完成任务。旗级领导集资从每人200元提高到500元，通过这种办法，旗帜鲜明地表明领导干部的决心，树立姿态，带动群众。1997、1998两年的民工建勤经费全部用在这条路上。由苏木乡镇负责的征地拆迁任务，6月底前完成，保证修路时不出问题，绝不能影响施工；苏木乡镇负责筹齐5万斤草籽，6月底前完成；苏木乡镇负责治理线路两侧的沙漠，大沙段除外。

"还要加大宣传工作力度，认真策划，拿出妥善的宣传计划，调动全社会的积极性。要千斤重担众人挑，人人头上有指标。干好的发补助，干不好的追究责任。旗治沙团发给相应补贴。要尽快落实，时间宝贵说干就干，能到位就马上到位，尤其是治沙有季节，必须抢抓时机，在雨季要抢种抢播。要提高认识，服从大局，与旗委、旗政府统一步调，积极支持两个施工团的工作，坚决完成任务，不能讨价还价！"

白玉岭把任务一项一项部署到位。最后，他要求在工作组安排一名大夫，随大部队工作。

几番认真地思考，几经激烈地讨论，这项震惊世人的浩大工程终于在全旗上上下下达成共识：修通穿沙公路，保住穿沙公路！

"天下事或激或逼而成者，居其半。"这句话无疑也是说给穿沙公路的。厄运固然能够摧残和毁灭弱者的肉体和灵魂，但也能如同火山喷涌一般，激发出强者的巨大潜能，成为创造人生辉煌的催化剂。老天爷不给杭锦人活路，祖祖辈辈饱受风沙折磨与危害，贫穷落后的杭锦人再也不愿苦熬下去了！苦难激励着杭锦人民向命运挑战，杭锦人要把潜伏于内心深处渴望改变逆境的梦想化成重新安排杭锦旗山河、争取美好生活的伟大行动！

1997年6月3日,旗委、旗政府联合下发《关于修建锡乌扶贫开发公路的决定》。

与此同时,盟交通局的支持持续给力。伊克昭盟公路勘测设计院的技术人员来到巴音乌素苏木,成功地测完了包括6公里大沙段在内的40公里路段。测设点推进到距独贵塔拉镇11公里。

第三节 老师发火了

江海所以能为百谷王者,以其善下之。

旗人大常委会副主任、穿沙公路治沙团团长宝音德力格尔,是20世纪七八十年代从基层选拔上来的优秀村干部,从浩绕柴登嘎查支部书记提拔到巴音补拉格副苏木长再到苏木长,1983年到旗政府当副旗长,1986年起任旗人大常委会副主任,他对农牧工作十分热衷,是农田水利、饲草料基地方面的一把好手,在农牧民中威信很高。

宝音团长从春到冬一直奋战在库布其沙漠中。老伴病危,他只是抽空回家看望。1997年老伴去世,在料理完后事的第二天,他强忍着内心巨大的伤痛,又来到了穿沙公路前线指挥部。他用繁忙辛劳的工作转移对老伴的思念。

指挥部副总指挥、前线筑路团团长倪志诚在搞化工的十来年,成了"老寒腿",落下了严重的风湿性关节炎。一直到1996年底扶持组建亿利集团后才从大漠回到旗政府所在地工作,担任旗政协副主席。

本来他要坐享清福,却正值旗委、旗政府决定修建穿沙公路。1997年5月,倪志诚正在盟党校学习,盟委组织部和党校通知他不用上课了。杭锦旗成立了穿沙公路建设工程指挥部,经研究决定任命倪志诚为穿沙公路建设工程指挥部副总指挥,兼前线筑路团团长。

这一次，倪志诚恼了，说："放下那么多年轻人不让去，刚刚才从沙漠回来还不到半年，就不能休息了？"各位旗委常委、副旗长们看到倪老师生气了，不敢接话，但示意他，旗委常委会已经定了。

旗委书记白玉岭就此与倪志诚有过一次谈话：家贫思贤妻，国难思良相，年轻干部吃不了这种苦，还得老汉上阵！

"救火"队长倪志诚再一次出山了！他挂上拐又一次走进他不离不弃的大漠，在盐海子一间简单的办公室一蹲就是几个月。

倪志诚还患有多种慢性病，但他没有因病请假误工作。病情严重他就在房间挂输液瓶，病情一好转立即乘车进沙漠。有时是上午输液下午进沙漠，有时是晚上输液白天下工地。司机成了他的护士，按时提醒他吃药，甚至下工地时，司机都为他备好了药品。今年修建的这段公路全长50多公里，倪志诚在正常情况下每天都要往返一趟。起初司机们还记得走了多少趟，后来谁也数不清了。

要让马儿跑，得给马儿吃上草。倪志诚常常为资金焦头烂额。施工遇到前所未有的困难，建设资金又严重不足。有的施工队没钱买不回粮食，有的施工队推土机坏了，没钱买配件，只好停工待料。

倪志诚跑回旗里，跟旗长王玉明赌气撂担子，说："机器和工人罢工，我这个团长干不下去了！"王玉明安慰他："倪老师，钱我们来想办法，再坚持坚持。"王玉明批了10万块钱救急。倪志诚敢给大旗长"发火"的故事传开了，后来大家才知道原来王玉明是倪志诚的学生，老师才敢"以下犯上"。

对于比自己年龄大的白富华，白玉岭从不让秘书通知他到自己的办公室汇报工作。白玉岭有什么想法，自己直接去交通局找白富华。这份尊重与对交通事业的共同追求，把二人紧紧联系在一起。

1997年6月初，倪志诚、白富华等人代表旗委、旗政府对伊克昭盟公路勘测设计院的技术人员表示了亲切慰问，并研究决定，全体人员徒步进入沙区，顺路测完剩余的几十公里，直达独贵塔拉。

1997年6月3日，沙尘暴又起，给公路测设带来了很大难度。指挥部临时决定：绕道图古日格、杭锦淖尔，到达独贵塔拉地区后，从那里向沙漠腹地探测，与以前的探测点接轨。

1997年6月4日早晨6：30，倪志诚、白富华、王树林带2名随行记者与设计院选线组的技术人员一同深入号称"死亡之海"的库布其沙漠腹地。50多岁的白富华已经是第三次穿越沙漠了，他充当了大家的开路先锋；倪志诚患有关节炎，但他谢绝了大伙几次让他休息的好意，仍一拐一拐地走完了全程，还风趣地说风沙可以治腿病。走走停停，选线的红旗已经用得差不多了，下午一点半左右，大家终于看见了以前测设的红旗了。

白富华带领一班人马，顶烈日战酷暑徒步往来于库布其沙漠腹地，勘测穿沙公路。外出旅行爬山的人有一句口头语：上山容易下山难。爬沙恰恰相反，下沙容易上沙难。

白富华一行在一座沙上测设完后，顺沙从最陡处下滑时，奇迹出现了，沙漠发出了巨大的轰鸣声。他们用脚蹬沙，脚下发出轰轰的声音；用手刨沙，沙漠发出咕咕的声音。几个人同时顺坡下滑，轰鸣之声犹如天空传来巨大的马达轰鸣声。百米之内清晰可辨。

受"老寒腿"困扰的倪志诚（摄于2016年8月）

他们完全被这突如其来的发现惊呆了，完全忘却了饥饿干渴，向周围其他大沙丘攀上去，结果其他沙丘也一样发出巨大的轰鸣声。他们用了几乎一天的时间，对周围的沙丘进行探测，发现这个响沙带竟有200多米宽，其走向，顺库布其沙漠主导沙丘链由西北向东南延伸。他们从横穿库布其沙漠的穿沙公路两侧，向西向东各探2公里，都没有找到响沙带的尽头。

早在前几年就已经发现的杭锦旗图古日格红崖响沙，以及早就被开辟为旅游热线的达拉特旗库布其响沙约在100公里之外，穿沙公路响沙距库布其沙漠最西头约在140公里之外，可见这个响沙带在200米宽、200公里长以上。

有资料记载，我国甘肃的敦煌附近有一处响沙，不过仅仅是一个沙丘。而库布其大沙漠的响沙却是一个巨大的沙带。这是一个举世罕见的发现，库布其大沙漠浩瀚无垠的壮观景色展示在世人的面前。大漠腹地潜藏着无限风光，等待后人开发。

1997年6月5日至6日，剩余的几个勘测组沿选线组定下的线路测完了剩下的路段，并顺便测完了独贵塔拉镇至奎素浮桥段的勘测工作。

1997年6月7日，伊克昭盟公路勘查设计院的技术人员加班加点拿出了巴音乌素段10公里的全套施工图纸，拉开了整个锡乌扶贫开发公路修建工程的序幕。

1997年6月8日，公路建设施工团副团长杜连营带领4位施工队队长和技术人员利用1周时间徒步深入库布其沙漠，恢复定线、分配施工段落、联系施工队驻地等，为开工做好战前准备。

第四节　开天辟地

1997年6月16日，穿沙公路建设里程碑式的日子。

工程指挥部在穿沙公路施工现场的最南段55公里处举行开工仪式，穿沙公路北段，盐海子至独贵塔拉镇52公里路基工程破土动工。

锡乌扶贫开发公路全线长115公里，其中修通巴音乌素盐海子—独贵塔拉段的51.4公里是整个工程中最重要也是最艰难的路段。因为独贵塔拉镇至110国道已有三级砂石公路，巴音乌素盐海子—锡尼镇已有简易公路可通车，巴音乌素盐海子—锡磴线已修成三级砂石公路，不列入锡乌扶贫开发公路建设范围。因此在一定意义上讲，巴音乌素盐海子—独贵塔拉段51.4公里路修通，就等于锡乌扶贫开发公路，即穿沙公路修通。

施工团的4个施工队，带着真"枪"实"弹"，满怀信心，驾着"铁牛"浩浩荡荡，开进了自己的承包地段，每隔15里，就有一个施工队，每个施工队出动20台推土机，并有队长、技术人员、筑路工人配合作战。"大本营"就是指挥部，设在施工现场。旗委、旗政府的领导提前一天赶赴现场，指挥部、施工团的领导及其他工作人员，也早已抑制不住内心的激奋严阵以待。

一、人与自然敌人的较量

上午8点，四路大军，由南向北，依次到达指定位置。这段穿沙路25公里长，其中极强沙漠地段13.3公里，是整个锡乌穿沙公路中最难施工的地段，是要啃硬骨头攻破的据点。

穿沙公路指挥部一行行进在天高地远、苍苍茫茫的大漠，一个个心中沉甸甸的。车子开一路，大家议一路。没有鲜花与彩绸的剪彩仪式，没有锣鼓喧闹的热烈场面，这一天，有的只是一张张沉默而严峻的脸庞，一个个沉重而坚实的脚印。

开工现场突然刮起大风，天昏地暗，施工队旗飘扬在"战场"上，阴霾的天空忽又下了一阵小雨，苍天为之动容。

"看到了吧，气候、环境、条件，加上严重的资金短缺，经验又不足，困难比想象的多得多。开弓没有回头箭，从现在起，指挥部一班人要攥成一个拳头，心往工程上想，劲往公路上使，要过紧日子、苦日子，同广大施工人员一

沙海

道,创造大漠奇迹。"大家暗下决心,互相鼓劲。

白玉岭当天从沿河地区的独贵塔拉专程赶回来参加开工典礼。场面简单而庄重。现场视察后,白玉岭下达了动员令:

"这是一场人与自然的较量和搏斗,在这场战役中,各种预想不到的困难随时可能出现,我们要在战略上藐视敌人,战术上重视敌人,战胜一切困难,夺取全面胜利,完成好这一光荣而艰巨的任务。一定要将这项前无古人、堪称奇迹的事情办成、办好,为杭锦人民树立一座丰碑。"

乔志荣副旗长、宝音副主任和倪志诚副主席剪了彩。乔志荣发表了简短的致辞并郑重宣布:开工!

鞭炮、麻雷齐鸣,回荡在大漠深处,几台推土机破土动工,马达轰鸣,机声隆隆,似炮火连天,摧枯拉朽,所向披靡。

从这一天起,沉寂了千百年的库布其就再也没有平静过。穿沙线上彩旗猎猎,人如穿梭,车水马龙。杭锦旗从此进入大开发、大建设、大发展的新时代。

盛夏的库布其并没有收敛它肆虐的本性,黄沙漫天,酷热难熬,平均气温

简易屋舍

在40℃左右,沙是烫人的,风是烧人的,光是烤人的,气是燎人的。如此恶劣的环境,不要说工作,就是站在这里也让人难以忍受。

乔志荣进驻大本营,现场协调指挥工作,与指挥部的同志们同吃同住同劳动。大本营设在施工现场。施工队住在本队施工地段。

施工队勇敢地开拔到大漠的最深处,把红旗插到了沙漠的最高峰。交通局、交通开发公司、国道管理工区三个施工队在库布其大沙南面,从巴音乌素开始,往北修;地方段施工队在大沙北面,从独贵塔拉开始往南修。按照施工方案要求,路基工程和治沙工程同步进行。治沙是由地方公路段和治沙公司组织150多名民工首先从50K、80K两处开始。

穿沙公路按施工的难易程度分为4类,即平沙段、中沙段、大沙段和特大沙段,特大沙段约20公里。在特大沙漠里,丘高窝深,沙丘峰顶与沙窝底部的高差平均在180米左右。站在峰顶望去,沙窝中行动的小车似玩具车般大小,人像电动娃娃一样在沙漠中移动。大漠中巨大的沙窝里,沙尘在风力的作用下回环旋转,形成涡流,涡流由窝底浮旋而上,直冲沙丘顶端,变幻成沙流飞扬升空,日日夜夜轮回不息。沙丘的沙脊似刀削斧劈,优美的弧线令人叹服。登高望远,群峰奇秀,沙窝毗邻,雄浑博大,绵延不绝,在这样的沙漠里修筑公路,谈何容易!

施工人员的食宿在一处因风沙吞噬而早在5年前就迁走的牧户旧居,土打茅庵,而且年久失修,就连风雨也挡不住。经过一番收拾,大家把行李放进去,一个除了炉台不到15平方米的房子要住20多个人,连地下都睡人。大家想了个好办法,睡觉时喊一、二、三大家一齐往下躺,不然后来的人就挤不进去了,后来一些年轻人就在推土机驾驶室蜷缩而眠。

其他3个施工队分段在有水源的地方用推土机在低沙窝推一个1米多深的沟,上面搭一块防雨布,就是他们的地铺,搭个土茅庵来安营扎寨。一部分同志干脆就住在沙丘上,"天当被子地当床,星星点灯望月光"。

茫茫库布其沙漠,历来被人们称为"死亡之海"的大漠深处冒出了缕缕炊烟。

二、大风起兮云飞扬

看到有施工队走进沙漠,住在沙畔的老牧民告诫:"你们懂不懂沙漠的脾气,当心把你们活埋了。"

他们并没有把老牧民的忠告放在心上,十几台推土机隆隆作响,一字摆开,按序作业,沙丘铲低了,沙窝填平了。可是没过几天,接连而至的大风过后,沙丘又起来了,沙窝又出现了,沙漠硬是又复原了它的形态。沙漠的自我修复能力真是令人敬畏,即使在它身上留下的几行脚印,它也要马上将其熨平。

特大沙段中的沙几乎没有含水量,全部是干明沙,流动性大,不易堆积,修筑路基很难成形。面对这样的流沙,只得两三台推土机并排作业,才能将沙聚拢到一块儿,然后再从远距离的沙窝中把湿沙推送到路基上覆盖干沙,接着纵横碾压十几遍,路基的形状才能保持一段时间。这是当时的条件下唯一的施工作业方法。

治沙团的同志们为使成型的路基路面不被风沙掩埋，密切配合施工团，不等路面工程全面完工就肩背人扛地用沙柳筑起了沙障。

在烈日的炙烤和狂风的肆虐下，同志们把沙柳砍成1米左右的分枝，再插进沙中20厘米左右，然后用铁丝固定死。按照迎风面平均350米、背风面平均50米的标准，做成2米×2米的方块沙障锁住沙丘，以待来年种草植树。

"一年一场风，从春刮到冬。"刮风是沙漠气候的最大特点，平时的风力都在四五级以上，无风的天气少之又少。风是沙漠气候的常态，也是沙漠修路的天敌，再加上高温蒸发，过两天碾压好的湿沙也变成干沙了。今天推好的路基，整得平平整整的，晚上一场大风刮过后面目全非，要不路基全部刮走，要不变成原来的沙丘，只好第二天重干，但第三天又是如此。这样无数次返工，使施工人员非常烦恼，使工程总量无限制地增加。

基干民兵显身手

沙漠中的沙尘暴和龙卷风有时会不期而至,对路基的摧残更是毁灭性的。当沙漠中所有沙丘峰脊上的沙尘飘浮、升腾、漫延、扩展开来,风力在逐渐加大时,这就预示着沙尘暴要来临了。顷刻间,整个沙漠倾其全力将沙尘奋力上扬,风怪异地尖叫着,沙尘在空中翻卷、涌动,天空浑浊、大地昏暗,狂风肆虐地扫荡着大地。阴云有时也会助纣为虐,空中几声响雷滚过,豆大的雨点夹杂着冰雹倾泻而下,风雨交加的情景就这样在大漠深处上演。

龙卷风,是沙漠中一种强烈的风暴,旋风积聚的强大风力将沙尘卷起,沙雾像一个巨大的漏斗,旋转、上浮、急驰,扫荡、撕扯着它所掠过的一切,破坏力奇大无比,成形的路基被夷为平地,沙障被连根拔起。

施工队不止一次领教过沙尘暴和龙卷风的威力。躲到驾驶室中的施工人员和民工恐惧地看着路基被无情地荡平,栽植成形的沙障、沙柳被风卷跑,远处的工棚被掀翻,衣物、行李被抛向万丈高空……

在沙丘上睡觉的队员们,一晚上得换几个地方,不然就会被沙子埋掉,早上起来都像兵马俑似的,一块儿住的人谁也认不清谁。他们说:"我们一天得

生火做饭

吃二两土，白天不够晚上补。"

工地上的水桶和锅盖晚上经常被大风刮出五六百米远，第二天再去找回来。做饭都是在低沙窝较平整的地方挖一个灶坑，坐一口铁锅，二三十人一锅饭，锅底糊了而上面还是生米，一揭锅盖，哗，沙子进锅里了。大家每天都吃的是生一半熟一半，沙一半米一半的饭，喝的全是凉水。工人们风趣地说，大家吃的是"风味"食品，喝的是"深井大曲"。

指挥部的领导们深入工地看望施工人员时，一名乌审旗的推土机司机冲着他们严厉地训斥："你们这些当官的没事寻事，杭锦旗穷得连工资也发不开，还能吃住你们这些人折腾？这地方能修成路？今天修好明天就连影儿都没有了，你们简直是胡闹！"

指挥部的领导们没敢自报家门，便灰溜溜地躲出帐篷。他们又能说什么呢，他们也不敢打保票，这路就一定能修成！

三、给多少钱也不去那里玩命

七八月的库布其沙漠高温酷热，这是沙漠修路面临的又一大考验。烈日之下，沙漠与天际间，晃动的气浪一波一波侵袭而来，眼前的景物变形、模糊、起伏，热浪像裹挟着烈火，烧烤着大漠，置身其中的人，就像在一个大的火笼里。沙漠的地表温度高达60℃以上，火辣辣的太阳下，放下一颗鸡蛋，一会儿就烤熟了。

头顶烈日，脚踩热沙，施工人员每一个人首先得脱一层皮，之后将被晒红再烤黑，肤色与非洲黑人相差无几。头晕目眩、唇裂口燥、上火中暑、脱水腹泻……是沙漠中每一个人必经的磨难，人们历经几番考验，才能适应，才能生存。地方公路段副段长刘永军，因劳累过度，严重中暑，突然昏倒在工地上，但当时既没有手机又无法走出去，只好吃几片药，喝点藿香正气水。

高温环境中，施工机械每天到10点多就开始爆锅。白天施工效率低，机械故障不断，只得停工。在大漠的高温季节里，整个工程60%的土方量都是在夜

1997年9月12日,交通开发公司施工队集中力量完成特大沙段路基工程

冬季施工

间完成的。沙漠气候是大风多,温差大,"早穿棉袄午穿纱,晚上抱着火炉吃西瓜",这是沙漠中人们的主要生活特征。

沙漠修路,后勤保障困难。刚开始,唯一的交通工具是推土机,特别是油料供应和机械维修得不到有效的保障。柴油是推土机一桶一桶运进沙漠的,有时两三台推土机才能分到一桶油；机械出现故障，零配件要肩挑人扛送进来，好几天才能修复。

施工人员的粮食是进驻时推土机带进去的，快吃完的时候，和外界联系不上，大家3天只吃一顿饭。在这种恶劣的环境下，旗地方段施工队租用的推土机由工程高峰期的16台减少到5台，人们一提到是进沙漠修路都连连摆手，说"给多少钱也不去那里玩命！"

四、魔高一尺，道高一丈

困难没有吓倒施工人员。大家吃苦耐劳，挑战极限，一直坚持到最后，没有一个掉队的。交通局副局长、施工团副团长杜连营和监理总工程师徐士礼两位技术权威，每天穿梭在各个工地上；质量检查，技术指导，调整施工方案，解决疑难问题，脸晒得像非洲黑人，胳膊像蛇蜕皮，眼睛像疯子一样布满了一道道血丝，但无论如何也解决不了风蚀这一大难题。有的工地水源不足，只能供给人员饮食和机车使用水，施工人员两三个月不能洗衣服，一个星期洗不上一次脸，再加上太阳灼晒，脸又黑又脏；而因为每天赤脚走路，脚被沙子洗得干干净净，脚比脸白。

指挥部负责人不时深入民工居住的帐篷、牧民家慰问前线施工的工作人员、民工和牧民，查看公路工程和治沙工程的建设进度和质量。

用黏土封闭成形路基，是确保沙漠公路建设的又一大保障措施。沙漠公路成形后，路基及边坡同步用黏土封闭，成形一段封闭一段，这样就免遭风灾、雨水冲毁。

但沙漠中黏土奇缺，只能到沙漠外去找。黏土找到后，便道和运输又是难题。运输黏土的便道全部途经沙漠，便道的修建与维护是旗地方段公路施工队的又一大工程，其工程量约为主体工程的1/4。12公里的主体工程，运输便道就有15公里，并且还得修建10处会车台，全部得用黏土封闭后才能投入使用，不仅增加了工程成本，同时影响了主体工程的工期。

黏土封闭工程遇到另一大难题是运力不足。高温环境中，翻斗车爆胎、开锅，故障频发，黏土的封闭只得在夜间施工，每天的进度不足200米。到后期，翻斗车由刚开始的15辆仅剩下5辆，翻斗车已租赁不到了，工期由计划的3个月拖延到4个多月。黏土的施工到后期更加艰难，旗地方公路段副段长力格登率领的拉泥车队，历经4个月的时间硬是啃下了这块硬骨头，咬牙坚持到完工。

路基成形后被沙掩埋，沙埋了再修，反复多少次完成的土方量岂止是眼前路基实体中凝固的那些！实际动用的工程量，是它的好几倍。

路基用黏土封闭后，边坡、路拱形成一个流线体，流沙在成形的路基上平滑地通过，风蚀、沙埋、雨水冲刷等问题迎刃而解，再加上两边的网格沙障，成形的路基就能保住了。

公路修成后，正是流线体的设计施工和两旁的沙障，确保其安然无恙。当人们站在通畅的穿沙公路上，有谁能猜到脚下的这条公路是在人们与沙魔的无数次搏击中修成的。

第五节　为有源头活水来

穿沙公路的决策者们在67公里简易通车的基础上，把沿线的水源问题提到重要议事日程。公路前期工程指挥部提出两个大胆的设想：一是引黄入沙，一是就地探水。

1996年，水利科技人员横穿库布其沙漠勘查引水，但引黄投资方案要耗资几百万元，不可取。

1997年，锡乌扶贫开发公路建设指挥部成立后，指挥部决定由白永学带领一个探水队在库布其大沙漠中试打流沙井。

1997年6月15日，白永学、杨存良和流沙井技术人员等一行9人深入库布其沙漠进行水源探测。大家克服烧灼、饥渴、迷路等困难，用1周时间，开着1台链轨车，车上装着水罐，根据当地牧民提供的找水线索，从76公里到89.3公里路段的大漠深处进行探水打井。

一个振奋人心的消息传遍库布其：在77、79、82、82.4公里处全部探水成功。经测试，水质水量良好，可供人畜饮水灌溉，用15根一寸管组合、12马力柴油机、3寸泵，昼夜不间断抽水。

紧接着，其他打井工地也传来了同样的喜讯，在公路两侧打了32眼流沙组合井。

探水发现，锡乌公路是生态建设最难的地段，然而地下却有水，还可以打流沙组合井，可供人畜饮用，灌溉植物。工程建设和植被用水的难题被攻克。

这个奇迹的发现，使杭锦人对库布其沙漠有了新的认识：有水就能使库布其沙漠变绿。从这一天起，他们调整了治沙的思路，由栽死的变成种活的，要把穿沙公路两侧变成绿色防沙帐。

流沙组合井喷灌

喷灌

1997年7月,喷灌配套成功,为公路治沙和施工提供了最重要的水源保障。

1997年9月16日,库布其沙漠水井喷灌试喷成功,解决了沙丘高低不同、灌溉困难的问题。

第六节 说农话牧在沿河

黄河流经杭锦旗242公里,杭锦旗的沿河地区是自治区的重要产粮区。

1997年6月下旬,白玉岭从西到东检查了沿河地区10个乡苏木镇的农业和农区畜牧业工作。

每到一处,白玉岭都按"三部曲"开展工作:先召集乡村干部听取汇报,

水车

了解情况；然后亲自深入田间地头，看庄稼的长势，算计收成，去养殖户家里询问棚圈建设、饲草料、疫病防治情况；中午或晚上再召集乡村干部开会，总结不足，提出自己的意见。时间安排得很紧，早上7点准时出发，中午甚至不吃午休，晚饭一般是在1点以后才能吃。

白玉岭仔细看了沿途乡苏木的庄稼生长情况，发现除西沿河的巴拉贡镇以外，其余地区都不同程度地存在小麦籽种不纯、混杂种的问题，其中中沿河混杂率20%，东沿河30%。

白玉岭明确指示，小麦良种化与否，是直接影响小麦收成的关键一环，各地要切实做好小麦籽种良种化工作。对小麦严重混杂的种植区，除批评教育外，还要罚款，并采取强制手段。今年小麦入仓前让这些农户更换籽种，对小麦混杂率较高的地区，要让每户都自觉地留一块地作为籽种地，或以村、社为单位，建立小麦纯种繁育基地。

在看了中沿河永胜乡的4000亩G101系列油葵长势后，白玉岭要求各地以此为榜样，实行油葵种植良种化的同时，逐步推广精量点播技术。

白玉岭指出，沿河三个地区发展农业的情况不同，要"一区一品，发扬优势"。西、东沿河地区人多地少，要套种引种新品种，增加科技含量；沿河地区盐碱化程度高，要逐步加大排干力度，力争早日形成"河、渠、路、井、电"五配套的农业体系。

在实地察看了沿河地区小尾寒羊、秦川牛养殖情况后，白玉岭提出了"羊发展、牛起步"的思路，并希望沿河地区用2年时间完成草原畜牧业向舍饲畜牧业的过渡。

他说，小尾寒羊繁殖快、疾病少、产肉量高，是沿河地区最适宜喂养的羊品种。沿河地区要尽快利用丰富的秸秆饲料形成养殖小尾寒羊"小规模、大群体"的格局。每家每户投资2500元就可以养5只母小尾寒羊，每胎产4只，每

羊发展、牛起步

年就能出栏20只,每只卖300元,四口之家就有1500元的人均收入。如果沿河地区1万多户人都养小尾寒羊,每年能出肉羊20万只,就能形成很大的肉羊市场,可以办大型肉联厂了。当前最大的问题是淘汰本地种公羊,实现绵羊种公羊的小尾寒羊化。用纯种纯育或小尾寒羊种公羊与本地母绵羊杂交的方式,争取在1998年下半年实现沿河地区绵羊的小尾寒羊化,使80%的农户都能拥有3~5只纯种小尾寒羊。各地要从现在起,逐步配套小尾寒羊种公羊的人工授精站,加大人工授精的辐射范围。

他还认为,牛的生长周期长、成本高,但肉牛市场稳中有升。现在沿河地区有的已经引进了秦川牛种,可以让有条件的农户先搞起来,别的农户依靠养羊积累资金,再逐步发展养牛业。各地要切实把发展农区养殖业作为增加农牧民收入、增加乡级财政收入的主要措施来抓。

第七节 书记问鼎库布其

1997年6月,盟委调整了杭锦旗的领导班子,李凤鸣调到盟中级人民法院任副院长(不久即任院长),由原旗长白玉岭任旗委书记,原旗委副书记王玉明任旗长。

1997年7月初,正值香港回归祖国的神圣时刻,盟委副书记柳秀代表盟委来到杭锦旗宣布旗委、旗政府的新领导班子成员。会后记者采访了新上任的旗委书记白玉岭,就群众感兴趣的几个问题,交换了意见。

记者:刚才在表态发言时,您谈到"人民的利益高于一切",请问为什么要强调这个问题?

白玉岭:全心全意为人民服务是中国共产党的根本宗旨,每一个共产党员都必须以这一宗旨严格要求自己,不仅是我强调,大家都要这么强调。我们常把人民群众比作"衣食父母",那么还有什么利益比"父母"的利益更重要呢?

记者:您本人是怎样坚持这一原则的?

白玉岭:人民需要我们,是让我们帮助他们办实事、办好事,我们每一位共产党的领导干部,决不能辜负人民群众的厚望,要全心全意为人民服务,带领群众建设家乡,集中精力把经济建设搞上去。邓小平同志指出"领导就是服务",我首先愿意成为这一理论的实践者。

记者:具体地说,从哪些方面去实践呢?

白玉岭:牢固树立群众观点,摆正自己同群众的关系,一心一意做群众的公仆。像张家港人那样:为事业敢于争先,不留后路;干工作,勇于拼搏,不讲困难;用干部,任人唯贤,不论亲疏;论是非,旗帜鲜明,不计恩怨;对民情,时刻挂心间,决不怠慢。邓小平同志把"人民拥护不拥护,人民赞成不赞成,人民高兴不高兴,人民答应不答应"作为干一切事业的出发点和归宿,作为衡量一切工作的标准。因为人民群众是历史的创造者,是发展生产的主力军,我们必须把人民群众的利益看得高于一切,才能使各项事业取得更大的成就。

记者:您能否谈一谈"公仆"的形象?

白玉岭:"公仆"是对为人民服务的"老黄牛"的一种尊称,他的形象是平凡而又伟大的。刚才讲到这个问题,形象化一点,可以概括为:廉洁奉公,恪尽职守,脚踏实地,勤劳吃苦,光明磊落,一心为民。同时我告诉大家,我们要在干部队伍中塑造"公仆"形象,启动"形象工程"建设,以实绩论英雄,谋远的,想大的,做没的,干实的,动真的,碰硬的。

刚刚履新的白玉岭书记来不及休整,就立即投入即将于1997年7月10日首次在杭锦旗现场召开的伊克昭盟委读书会的各项准备工作中。新班子、新起点、新思路、新目标、新措施、新局面,杭锦旗要以全新的面貌,迎接全盟上下的检阅。

历史进入20世纪90年代后,通路问题仍如同悬在杭锦人头上的一把刀。天降大任于斯人，年轻的白玉岭被推上了历史舞台。

1995年6月，时任达拉特旗人大常委会主任的白玉岭，受命奔赴毗邻的杭锦旗当旗长。

盟委书记云公民此前曾征求李凤鸣的意见，要为他配一位搭档。听说是达拉特旗的白玉岭，李凤鸣十分高兴，两人以前开会时见过。

白玉岭出生于达拉特旗。1968年10月在达拉特旗白泥井公社插队下乡；1971年5月在内蒙古军区独立师四团服役，任六连班长；1974年11月加入中国共产党；1975年4月在达拉特旗敖包梁公社任武装干事；1976年9月任达拉特旗蓿亥图公社副主任兼武装部部长；1983年9月至1985年8月在内蒙古林学院脱产学习。

1986年8月，白玉岭任达拉特旗政府副旗长。1994年3月任达拉特旗人大常委会主任。在任达拉特旗副旗长期间，他先后分管社会事业、城镇建设、政府常务等工作，为推进达拉特旗经济社会发展，深化财政、住房体制及综合配套改革，促进小城镇建设，做出了重要贡献。

达拉特旗的住房体制及综合配套改革工作经验被政务内参登载，获得自治区高度评价，在全区的丰镇现场会作为典型学习。

白玉岭是个土生土长的蒙古族汉子。下乡、当兵、任乡长、任副旗长，这一连串的个人经历，使白玉岭的人生经历了千锤百炼。他不是一个贪图安逸的人，更不是那种争名夺利、投机取巧的人。

41岁的白玉岭，是全盟最年轻的人大常委会主任。在达拉特旗任职人大常委会主任的15个月期间，他深入农村牧区、煤田矿区搞调查研究，亲自上手撰写调查报告，对农村经济和工业经济的发展做了积极的探索，最终形成有价值、有分量的调研成果。

从梁外到沿河，从农户到场矿，从种植到养殖，白玉岭与乡村社、供销社、兽医站干部分别进行座谈，对养殖场、个体养殖大户做重点调查，了解了饲料生产经营情况，对收购、销售环节的食品公司和个体肉贩也进行了考察，与旗畜牧科技人员进行了座谈。

彩旗猎猎

为全面了解情况，在有些车辆开不进去的偏僻村社，白玉岭就带上秘书韩文亮步行10多里地进行走访。有时为了一个专题要连续下乡两三个月。有些调查研究成果在当地的《达拉特报》发表后，又被《鄂尔多斯日报》陆续刊发，对全盟各地农牧区工作发挥了借鉴作用。

在白玉岭任达拉特旗人大常委会主任期间，人大常委会的职能作用被充分发挥出来，对"一府两院"监督到"骨头缝"上。人大干部的积极性被充分调动起来，精神风貌焕然一新。

一次，盟委书记云公民问白玉岭："有人说你去人大以后，什么也不做？"

白玉岭把调研报告递到云公民手里，说："你看，我没做？"

盟委办公室通知白玉岭到云公民书记办公室。白玉岭到了盟委办公楼却找不到北，在走廊乱转。好不容易碰到一位到达拉特旗下过乡的领导，白玉岭才打听到云公民的办公室。"你连盟委书记的办公室也不知道?"这位领导感到诧异。

"你去杭锦旗吧!"云公民一见面就给白玉岭说。

杭锦旗是内蒙古自治区伊克昭盟国家级贫困旗之一,底子薄、基础差、潜力大。风大沙多、干旱少雨的气候,使这一地区的农牧业经济长期处于停滞状态,广大农牧民生活水平无法提高。再加上这一地区与盟内其他旗市比,人口少,矿产资源不太丰富,所以长期以来国家对这一地区的基础设施建设投入很少。

1988年以前,旗政府所在地锡尼镇还没有通长途电话,靠柴油机发电照明,没有稳定的电力,致使工业企业发展缓慢。1993年以前,还未上程控电话,用的是手摇电话,通信设施落后,还要靠书信、电报与外界联系。1997年以前境内没有一条上等级公路,受雨雪等天气影响,交通条件恶劣,外来投资微乎其微,许多人认为这一地区毫无希望。于是,不要说外地干部不愿意来,就连当地干部也不想继续干下去,都想方设法调往外地工作;连一些原本在这里投资的本地企业和外地客商也将投资转往外地。在这种情况下,地方财政的增长就无从谈起,财政收入也就徘徊不前。

面对在贫穷与落后中苦苦煎熬的13万杭锦儿女,白玉岭的心在颤抖。这是大自然对人类千百年来无度滥垦的报复,是贫穷与落后的延续。改革开放20年来,杭锦人民在党的富民政策的春风吹拂下,解放思想,艰苦奋斗,付出了艰辛代价,然而换来的仅仅是生存与温饱。要想改变这贫困与落后的面貌,真是太难了。

"要想富先修路,要想富必种树。"这是白玉岭初到杭锦旗40多天考查调研得出的沉重而深刻的结论。面对杭锦旗贫困交加的艰难境况,白玉岭忧心如焚,寝食不安,责任和道义驱使着他下定决心,要于绝境之中率领杭锦人民"重新安排山河",打一场改变世世代代受风沙围困的翻身仗。

在全旗人民代表大会上,白玉岭推心置腹地说:"走生态建设的路,开大漠修路的先河,这不是我的发明,这是13万杭锦人民在几十年甚至几百年苦苦的煎熬中,寻到的一条富民强旗的道路,只不过是过去的条件不成熟。那么现在是不是就有了这样的条件呢？十几年来的改革开放使我们已经拥有了一定的经济基础，而且让我们这一届班子再也不甘沉默的是，我们拥有13万朴实憨厚、勇于吃苦耐劳、渴望早日脱贫致富的人民群众。我们决不能愧对杭锦人民的重托，我们要抓住这改革开放千载难逢的发展机遇，再造一个山川秀美的绿色家园！"

白玉岭用实际行动践行了对杭锦人民的承诺。

第五章

第一节　盟委读书会

1997年7月14日下午，历时5天的中共伊克昭盟委读书会，在旗委会议室落下帷幕。这是一次大学习、大讨论、大交流的盛会，是一次研讨发展伊克昭盟经济、绘制伊克昭盟美好蓝图的峰会，是一次认识形势、统一思想、鼓舞干劲、催人奋进的会议。

会议期间与会领导先后参观了四十里梁乡深机井节水喷灌工程、盐海子化工工业区、亿利集团硫化碱厂和穿沙公路。

根据本次盟委读书会的要求，白玉岭以"资源+产业化+集团化+开放=发展"为题就杭锦旗今后一个时期的发展方向与发展思路做了详细说明，为杭锦旗寻找新的经济增长点，发表建设性意见。

白玉岭认为，依托丰富的农牧业资源，以加工销售企业为龙头，发展农牧业产业化；以自然及特色资源产业为依托，以工商企业集团化为主要方向，快速发展工业经济；以扩大开放、多方引进为主要措施，促进经济腾飞。

这三大设想中，有18个大项目的建设，而每一项建设又面临着数不尽的困难。设想是美好的，但现实是无情的，没有资金、技术、人才、市场管理，没有艰苦奋斗的精神，再好的设想也将是泡影。杭锦旗地处偏远，交通不便，寻找到了新的经济增长点，就要盯住目标，抓住机遇，坚定信心，真抓实干，努力使希望变成现实。要借读书会的东风，把盟领导的鼓励，作为全旗战胜困难的强大动力，建设一个祥和、文明而富裕的杭锦旗，使老百姓真正活得"潇洒"，过得"轻松"，感动得"流泪"。这正是读书会的本来意义。

白玉岭说，在今后的建设中，杭锦人民随时要有流血流汗的思想准备。面对自然环境差，又有资金、技术、人才、市场极度匮乏的不利因素困扰，如果不流血不流汗是难以取得成效的。

近年来杭锦人的其他几件大事不说，单就1997年，杭锦人万人以上的大会战连干3次。第一次会战是8月，杭锦旗沿河地区12小时内降雨117毫米，局部地区达130毫米，巴拉贡镇的南山上一股洪水犹如脱缰之马，横扫巴拉贡镇后冲入杭锦旗沿河地区水利大动脉南干渠。南干渠被冲毁16处，淤积泥沙达17万立方米。为了不影响沿河地区30万亩农田的秋灌，旗委、旗政府组织沿河地区农牧民、干部职工万余人用30天的时间疏通渠道，保证了秋季农田的及时浇灌。

第二次会战是疏挖排干万人大会战。在杭锦旗中西沿河区，南干渠运行38年来，一直因为有灌无排，盐碱化程度日益严重，农业生产面临严峻挑战。为了改变困境，发挥土地最大优势，旗委、旗政府决定秋天在沿河地区，搞一次疏挖排干万人大会战。

第三次会战是建穿沙公路。穿沙公路是杭锦旗建设的许多工程中的一项，只不过穿沙公路条件艰苦，施工难度大、风险大、投资多、关注的人多。杭锦十三万人，只要团结奋斗，一定能够战胜库布其沙漠。

白玉岭熟悉旗情，发言潇洒。他说，杭锦旗有了一定的发展，这是从纵向看自身的变化很大，但从横向看，与兄弟旗相比，杭锦旗仍然很落后，正因为落后，所以必须要加快发展。大量事实证明，杭锦旗已经具备了加快发展的条件：其一，初具规模的水电路讯、正在发展的市镇建设，使投资环境有了明显改善；其二，正在崛起的工业经济，为下一步发展奠定了扎实的基础；其三，日益完善的农牧业基础建设，为走产业化的道路创造了条件；其四，得天独厚的资源，为开放开发准备了资源优势；其五，随着经济发展的加快，人们的观念正在发生巨大的变化。

白玉岭的发言让人感动得流泪。他说杭锦旗取得的成绩之中，充满了艰辛，走过了一段艰苦的历程，特别是修建穿沙公路的过程中，来自各方面的压力、阻力、风险、痛苦，让每一个有知觉的人都能深切同情，甚至听得泪水淹心。

白玉岭的发言大有排山倒海之势，雷霆万钧之力，把读书会的气氛又一次推向高潮。大家从这声音中听到了盟委、行署对杭锦旗工作的巨大鼓舞，对13万人民的无比厚爱，对这块充满希望的土地的殷切期望。

白玉岭的发言切准了读书会的主题，符合本地区的实际，角度得体，措施实惠，思路新颖。语言如涓涓细流，慢慢浸入听众的心田，让人听得丝毫没有多余之音，恰到好处。

读书会给同志们留下了美好的印象。特别是盟委书记、盟长在读书会上讲话时，慷慨激昂，盛赞杭锦旗的发展变化、穿沙精神和寻找新的经济增长点的发展思路。

在杭锦旗，与会者谈得最多的是"转变观念"。杭锦旗正是借助转变观念而获得突破性发展。只要真正转变了观念，负担能变成财富，劣势会转化为优势，后进也一定能赶上先进。

与会领导高度评价杭锦旗为读书会的成功召开做出突出的成绩：整体形象，全新精神；接待食宿，热情舒适；安全保卫，文明有序；会场服务，细腻周全；文化娱乐，高雅开心；宣传报道，及时深广。

第二节　以读书会统一思想

夏末秋初，杭锦旗大雨连绵，杭锦草原更加生机盎然，如果再没有特大的自然灾害，农牧业生产获得大面积丰收，已成定局。继盟委读书会后，杭锦旗党委借东风，抓契机，组织旗委6套班子、沿河工委、各企业主要负责人、各乡镇苏木的党委书记、旗直各部门主要负责人召开旗委读书会。

1997年8月6日，旗委读书会在穿沙公路建设施工现场召开。读书会成为全旗加快发展、进一步解放思想、更新观念、开阔视野、真抓实干的一次大检阅。现场读书会再次点燃了杭锦儿女创新创业的壮志豪情！

　　读书会及时全面贯彻了全盟读书会议精神，进一步推动全旗大学习、大讨论的深入开展，对全旗1998年及今后一个时期的工作提出总体构想：想大的、谋远的、做没的、干实的，即想别人不敢想的，做别人没有做过的，一切工作起点要高，目标要大，动作要快。敢想敢干敢争第一，敢闯敢试敢创一流，把实事办好，把好事办实，推动经济、社会大发展，将一个祥和、文明、富裕的杭锦旗带入21世纪。

　　读书会规模大、范围广、层次高、主题明、分量重、时间紧。与会人员紧紧围绕"解放思想，加快发展，实事求是，真抓实干"的主题，结合本部门、本单位、本行业的具体实际情况，深入浅出，畅所欲言，从不同角度、不同高度阐述解放思想的重要性和紧迫性。

　　大家通过亲眼看、亲耳听、亲口说的形式，先后参观了四十里梁乡打深井的世纪性突破，参观了亿利集团化工工业区的生产规模，听汇报，听报告，研

1997年8月6日，中共杭锦旗委读书会与会者参观穿沙公路（白富华摄）

1997年8月6日,中共杭锦旗委读书会与会者参观穿沙公路

究交流,进一步认识了解放思想、实事求是的深刻含义及相互关系。

怎样才能做到既解放思想又实事求是呢?与会人员一致认为:首先要加强学习,增强理论意识,武装自己。要不断学习中国特色社会主义理论、市场经济学、现代经济管理学、现代科学技术。不仅要学,而且要学精,更主要的是要运用。

其次是真正身体力行,深入实际调查研究,提高知情度。解放思想与实事求是都是为了使我们的主观认识与客观实际相统一。客观事物是不断变化的,深入实际调查研究,就是要了解客观事物的内在联系,使我们的思想适应形势的变化,符合客观实际。调查与研究要紧密结合。客观事物是纷繁复杂的,要确定正确的标准,分清真、善、美与假、恶、丑,分析现象与本质、局部与整体的关系,必须进行调查研究。

再次要发扬勇于实践、真抓实干的精神。解放思想、实事求是都是以实践为出发点和归宿的。实践出真知,人们观念的更新、思想的提高,必须经过实践、认识、再实践、再认识这样一个循环往复的过程,在实践中增长才干,实践是检验真理的唯一标准。思想是否解放,是不是真正做到实事求是,要用实践来检验,也就是一切都要落实在真抓实干上,体现在加快发展上。

白玉岭认为,杭锦人民观念更新之时,就是致富之日。思想解放到什么程度,经济就能发展到什么程度。现在杭锦人民迫切需要加大解放思想的力度,增强解放思想的紧迫感,要认识到解放思想未有穷期,更新观念没有止境。

回想1995年,在伊克昭盟化工集团扩张规模、四处寻求合作对象的重要时期,杭锦旗主要领导抢抓机遇,在杭锦旗历史上第一次划出3.5平方公里的盐海子有偿转让给伊化集团。人们骂这是"割让"行为。第二年,人们终于看出了门道。伊化的加工厂,每年为杭锦旗贡献近千万元的税收,这还是小头。伊化的引进,激发杭锦旗几家小化工厂联合组建成自己的企业集团取名为"亿利"。经过多次技术改造和兼并购买、扩大规模,短短2年的时间,亿利集团已发展成为拥有17个成员的现代企业集团。他们还积极运作,力争使亿利集团的股票在1998年上市。这才是大头。

杭锦旗还有一项地上资源,就是著名的药材——"梁外甘草"。过去靠自身积累一直成不了规模。1996年,杭锦旗又做出惊人之举:以每亩1元的价格,把梁外区3万亩优良草场承包给伊克昭盟煤炭公司。人们又气得骂娘,说这是"卖地"行为。很快人们又看明白了——煤炭公司在这里建成3万亩喷灌高产甘草基地。他们改良品种,推广新技术,打品牌、拓市场。每年可为财政新增税收20多万元。这还是小头。煤炭公司高投入、高科技、高效益的建设刺激了牧民开发建设的积极性,群众纷纷筹资金、上项目、引科技、搞建设,走规模化、集约化经营的路子,加速了产业化建设步伐。杭锦旗依托种植基地,也将上马深加工企业,组建甘草集团,公司加农户的产业化格局正在形成。甘草加工企业一旦全部投产,每年可为杭锦旗带来1000万元的税收。这才是大头。

借助外部力量,短短几年时间,杭锦旗就形成了"北农南牧西陶东油中化工,外加玻璃和药材"等七大集团的工业体系框架。按照每年投入1个亿以上的速度计算，三四年时间，七大集团每年可提供上亿元税收。到那时候，杭锦旗讨论的早已不再是脱贫的问题了。

外来投资者的确从杭锦旗赚走了不少钱，但是借助他们的资金、技术、开拓市场的能力，杭锦旗自己也获得了快速发展。如果单靠自己的积累，杭锦旗的工业基础恐怕还是个零。

解放思想首先要求一把手要走在前头，这次读书会，本身就是领导的一次思想大解放的盛会。无论是对当前形势的分析、今后目标的确定，还是对存在问题的剖析、措施的制定，都体现了一个"敢"字，都表现出那么一股劲，那么一股气。

虽说"读书会"是务虚工作，但解决的都是实实在在的问题，都突出了一个"实"字。大家都把思想统一到"全党抓经济，重点抓工业，突出抓效益"上，统一到"团结奋进，争名升位"上，统一到"改革、引资、以工致富"上。

第三节　好雨知时节

7月进入雨季，为解决公路一线工人的衣食住行等大难题，7月17日，白玉岭指示中国人民解放军杭锦人民武装部务必于7月20日前想办法解决5顶军用帐篷、50张行军床。

武装部政委王中强、部长闫加利当天坐上大卡车披星戴月赶往呼和浩特市。内蒙古自治区成立50周年大庆期间不允许卡车进入市内。政委命令把车停在郊区，大家徒步来到军区所在地。按规定，县级武装部只供给1顶帐篷，行军床、野战炊具只有在战争或演习时供给。为了穿沙公路，军区首长特批了这批物资。

7月18日，物资如数转运到郊区。7月19日，一辆载着5顶军用帐篷、20张行军床、30套床板、5套野战炊具的八吨大卡车风尘仆仆地驶进旗武装部院内。这批物资中，每顶帐篷可供12人休息，并且可以随时搬迁转移，搭建只需10分钟。每套炊具可供80～120人的主副食制作。这些装备被立即投送到各施工现场。

7月20日，进入施工现场的4个施工队（北面1个队，南面3个队），共开工路基工程30公里，完工21公里，其中大漠以南开工21公里，完工15公里，大漠以北开工9公里，完工6公里，北面施工队即将进入大沙施工。

参与现场施工的人员在330人以上，其中县级领导4人，普通干部和技术人员30人，民工300多人，参与筑路的链轨车96台，运输防风固沙物资的大车12辆。

8月2日，完成路基工程25公里，完成沙障工程5公里，部分路面已铺上了泥土。

在风暴、酷热的恶劣环境中修建穿沙公路，施工队不仅要有科学的施工组织管理方法，还要有英勇无畏的献身精神，这种献身精神体现在沙漠修路中的每一个人身上。

后来最终在沙漠中坚持下来的人，无不自豪地说："沙漠的炙热都能顶得住的人，能上刀山，敢下火海！"工程完工后，大家又黑又壮地走出了大漠。大漠不仅增强了他们的体魄，更重要的是锻炼了他们的意志。

进入8月，天公作美，杭锦旗降了一场普雨，施工队的施工进度加快了。10月1日前完成路面工程已稳操胜券。关键的问题是抓住时机做好剩余几十公里的沙障。为此，指挥部的同志们决定现场办公，搞"沙障工程"大会战的动员工作。

"黑色"在"绿色"中延伸，从锡尼镇至盐海子化工工业区，从化工工业区再到奎素浮桥，一台台高大的挖掘机在轻松地伸展着有力的臂膀，啃咬坚硬的泥土；巨大的推土机，把影响柏油路基础的土质送在两旁；100公里的改造地段，推土机、挖掘机、碾压机、拉运车辆组成一支庞大的交响乐团，演奏出雄浑的穿沙公路改造交响曲。看者动容，听者悦耳，和谐激越，排山倒海。

毛布拉孔兑的砂石从几十里外抬举到穿沙公路，乌拉山上的油石砾被高薪聘请到穿沙公路，白灰、水泥、沥青从四面八方运到穿沙公路，技术指导、质量检查、安全保卫各负其责，各尽其职，密切配合，通力合作，形成以"穿沙精神"为动力的强劲东风，吹拂着茫茫沙海。

筑路工人惊叹这惊世之作。一位修了30多年路的老人说："比这高级的柏油路我修过，但是那是由国家投资的，那环境比这好多了。我们再苦也没有当初修通穿沙公路的人苦。"

1997年8月28日，白玉岭去满洲里开会回来时从包头下了飞机，连家都没回就连夜赶到工地上召开现场办公会议，慰问干部群众，解决工程中出现的具体问题。白书记每到一处都激动地说："大家辛苦了，我代表旗委、旗政府感谢你们，历史将永远记住你们，参加治沙大会战的功臣们！"

第四节　变大灾之年为大干之年

穿沙公路就是脱贫路，致富路。白玉岭书记渴望通过建设穿沙公路来解决沿线农牧民的致富问题。

入秋以来，杭锦旗各地遭受不同程度的暴雨、洪水、霜冻、干旱等多种自然灾害的侵袭，人民群众的生产生活受到了严重的损失，农牧业基础设施受到严重破坏。

9月7日，旗委书记白玉岭深入全旗各地查看灾情，慰问受灾群众，实地检查了秋季农牧业生产建设情况，鼓励各级领导干部和群众增强信心，鼓足干劲，圆满完成全年各项工作任务。

白玉岭来到清淤大会战现场对大会战指挥部的全体成员及所有民工的工作

进度、质量和施工积极性给予了肯定和表扬。他指出，南干渠是中西沿河灌溉农田的主动脉，无论条件多么艰苦，施工难度多大，必须在规定时间内完成清淤任务，保证畅通。指挥部成员要分工负责，明确职责，认真做好思想动员工作，调动群众的积极性，克服困难，保证秋季农田的灌溉。

白玉岭强调，这次沿河地区受灾非常严重，必须抓紧时间，迅速采取补救措施，将灾情损失降到最低限度，变大灾之年为大干之年。杭锦旗是易灾区，十年九旱一大灾。有灾就有损失，有灾就要抗灾。抗灾就要有减灾的设施和条件，而杭锦旗的现状是，农牧业基础设施仍然薄弱，主动抗御自然灾害的能力仍很低下。杭锦人民需要痛定思痛，认真反思，既要做到立足当前、有灾减灾，更要着眼长远、无灾防灾。防灾上，重点发动群众以大会战形式，巩固基础设施。沿河区遭受水灾比较严重，要调动群众的积极性，大规模集体性地疏通排干，做到有灌有排，减少损失，变水灾为水利。梁外秋季要掀起大规模植树造林活动，改善生态环境；要加快水资源开发利用步伐，增强抗御自然灾害的能力。力争用2～3年时间，使全旗农牧业基础设施得到较大改善，抗大灾防大灾的能力得到较大的提高。

9月中旬，白玉岭带病冒雨第三次来到包扶户边奋学家中，对当年的收入做了合理评估，并安排了具体扶助措施。

边奋学种植玉米10亩，葵花8亩，山药9亩，糜黍8亩。由于受干旱、洪涝等自然灾害的影响，粮食产量有所减少，各项收入均按最低限度计算共可收入9300元，另外卖羊绒收入2695元，总计收入11995元。纯收入按60%计算人均可得2000多元，看来在秋收之前如果没有大的自然灾害，脱贫是没有问题的。

接着，白书记就秋后帮扶工作做了具体安排，按社会价格帮助出售山药1万斤；牲畜饲养要向科学化、合理化方向发展，近期保障提供浓缩猪饲料和小尾寒羊；排洪渠改造要尽快完成，抓紧上电和井的配套工作，积极寻找副业门路，增加经济收入。

临别，白玉岭语重心长地说，今年脱贫并不意味着永远脱贫！收入要厉行节约，合理安排用于生产和生活，多立足长远，滚动发展。

白玉岭此行既是对边奋学一家的深切关怀与期望，也是对全旗参与扶贫攻坚的人们的一大启示。

第五节　南北合龙

　　7月上旬，旗人民政府印发了《关于集资修建锡乌扶贫开发公路的通知》，要求各苏木、乡镇人民政府，旗直各委、局，各企事业单位必须遵照执行。

　　7月中下旬，指挥部副总指挥、旗委副书记李凤奇率旗委办副主任杨仲新、指挥部办公室副主任闫世明等同志深入旗直机关和全旗23个苏木乡镇全面展开公路建设期内资金的筹集工作。广泛宣传公路建设的意义和作用；认真做

路基施工现场

南北两条路基胜利合龙

了职工干部、企业工人、农牧民捐资的思想动员工作；与机关单位、苏木乡镇领导研究了具体筹资的收缴工作。

沙漠公路土基工程原计划2个月完工，由于风灾、高温、机械租赁困难等原因，土基施工的工期推后了2个多月。

2个多月的时间里，无论领导还是普通职工，大家都憋足了一股劲，就是把人填进去，也要把路修通，公路不通誓不还。

旗政府分管交通的副旗长跑完资金下工地，事必躬亲，嘴角急出了一串串的火泡；50多岁的倪志诚团长，2个多月往返工地60余次，本来患风湿病的双腿更加蹒跚了；白富华局长的姐姐不幸病故，为了不影响工作，他含泪托付外甥们处理后事，自己及时赶到了工地；施工四队的小王在施工时拼命推进，直至黄昏才发现自己已超出营地2.5公里，为了不影响第二天工作，他挨饿在车上住了一夜，第二天继续干，中午时饿昏在机车旁；伊克昭盟公路勘测设计院的徐工程师为不耽误工作，派人从乌海把老婆孩子接来"体验生活"，忙完工作再辅导孩子功课。

8月14日至16日，指挥部的领导率领施工团、治沙团以及交通和林业等部门的负责人，从巴音乌素镇起一个点一个点地落实工作，开现场办公会。

连绵不断的阴雨和时断时续的道路使同志们喜忧参半。喜的是天扶杭锦

旗,施工难度大大减轻了;难的是雨水冲毁了不少已成形的路面,增加了额外的施工任务

正逢传统的节日——农历七月十五即将来临,尽管有限的资金已到了拉不开"栓"的地步,指挥部的领导们仍咬紧牙挤出了一笔钱,一个点一个点地送到工人们手中,让疲惫不堪的工人们节日能保证每人吃到1千克肉。每到一处,指挥部领导们的第一句话总是,"弟兄们辛苦了,再坚持一下吧。旗委、旗政府在等着我们的好消息呢!这点钱一定要吃肉,身体第一"。工人们坚定地表示,就是拼上命也要把路修通。

穿沙公路指挥部领导李凤奇一面忙于筹措资金,确保工程施工进度,一面深入施工第一线与工人同吃同住同劳动,保证工程的施工质量。穿沙公路建设第一战役终于取得了全面胜利。

9月4日,穿沙公路巴音乌素镇盐海子村至独贵塔拉镇部分路段改线勘测设计工作全部结束。

9月15日中午,在84公里极强蜂窝状沙丘地段,50多台推土机将南北两条路基合龙,至此,穿沙公路盐海子村至独贵塔拉镇段路基主体工程全部完工。

路面黏土封闭

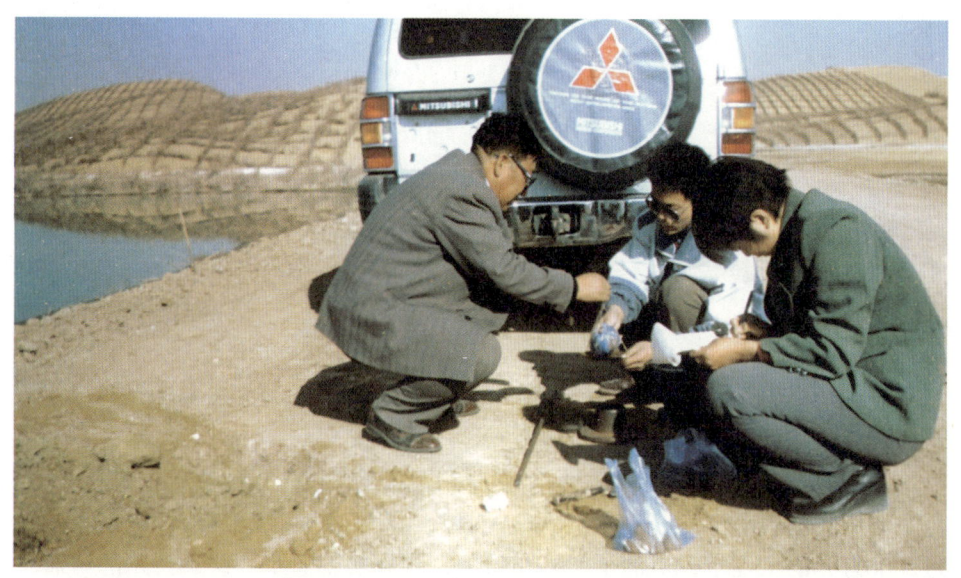

公路工程质量检测

李凤奇、倪志诚、白富华、白永学参加了合龙大会战。

时任内蒙古自治区扶贫办主任的郝益东,他的家乡就在杭锦旗永胜乡碱柜村,儿时的求学路被库布其沙漠阻隔,听到家乡在修穿沙公路,感到十分意外。当车辆穿越在这亘古未通的大漠中时,他喃喃自语:"奇迹,奇迹,真是奇迹!"

10月,锡乌扶贫开发公路被自治区计委批准立项。全部项目总投资16200万元(含防护治沙工程),1998年底前完成;二期工程投资12000万元,2000年全部完成。

10月中旬,锡乌扶贫开发公路巴音乌素盐海子—独贵塔拉段的黏土覆盖任务基本完成。11月初,由内蒙古伊克昭盟公路工程质量监理站站长田云带领工程技术人员9名,对锡乌扶贫开发公路巴音乌素盐海子—独贵塔拉段51.4公里的工程质量进行检查验收,公路合格率达到100%。

截至11月下旬,在资金仅到位541万元,占总投资1/9的情况下,旗委、旗政府顶着资金缺、任务紧、施工难度大的压力,完成了200万立方米土方,

通车了

近2000万元的工程量，贯通了梁外与沿河，顺利实现通车。这条公路的修通，对杭锦旗的资源开发、振兴经济、改革开放等将起不可估量的作用。区内外新闻界高度重视，从中央到地方报纸、电视、广播电台进行了广泛的宣传报道。

中国交通报1997年10月21日第2版发表了通讯《高路入云端》、人民日报10月31日第4版发表了通讯《百里沙漠筑路忙》、中国青年报11月27日第2版发表了通讯《沙漠让路》、农民日报12月4日第2版发表了通讯《奋起沙漠中》等。许多新闻单位钦佩穿沙精神，纷纷派记者深入杭锦旗穿沙公路进行采访报道。

第六节 一战库布其：跟我上

穿沙公路建设是一个宏大的筑路工程、社会工程。同时面临的另一场硬仗是护路工程。护路工程和筑路基相比更难、更复杂，这是这条公路被规划了几十年，历任书记、旗长却不敢轻易动工的原因，也是这条公路的最显著特点之一。筑路工程条件虽然艰苦，工程量很大，但可以使用机械化设备，用大批推土机把沙丘推平，再把两边的沙子推在路基上，反复辗压即可成功。而护路工程必须完全用人工来构筑。护路工程和筑路工程相比较，护路工程显得尤其重要。没有护路工程，筑路工程就成了无源之水，无本之木。在沙漠中修路容易，护路难。正因为如此，旗委、旗政府始终把护路沙障工程看作是穿沙公路成败的关键所在，明确提出护路工程是穿沙公路建设的生命线，在人力、财力上给予倾斜和保证。

修路必须治沙。这一点，虽说在施工前就已经意识到了，但碰了钉子以后，杭锦旗的领导们体会就更深了。开始，他们还是局部治沙，哪里的路被沙埋了就在哪里栽植沙柳。随着工程的进展，他们越来越深刻地认识到，必须要在公路两侧建起永久性的防沙长廊。但是，大面积治沙要有资金，现在修路的资金就已捉襟见肘，治沙的钱哪里来？思来想去，指挥部还是不得不求助于自己的父老乡亲。

修筑穿沙公路有困难，群众会不会袖手旁观？动员全旗人民义务投工投劳，他们会不会响应？

这条路已经牵动了所有杭锦人的心。在独贵塔拉镇开现场会时，独贵塔拉镇、杭锦淖尔乡、沙日召嘎查等3地领导表示："锡乌扶贫开发公路对东沿河受益很大，我们就是倾家荡产也要完成沙障任务，能用的材料全用上，保证东沿河人民每人0.3亩的做沙障任务按时完成，绝不拉工程的后腿。"他们还主动请求利用现在的农闲时间先干起来，待秋收后继续干。

与会同志们都被感动了，经过商量，大家决定剩余的部分由旗直机关干部职工们全包下来，每人3亩。"不能给乡、苏木压过重的担子了。"

在巴音乌素镇开现场会时，与会的盐海子化工区内各化工厂的经理们更是毫不推辞。"集资款我们出，我们所属的道路我们自己修，有什么困难尽管提，我们再困难也比你们容易些。"巴音乌素镇、图古日格苏木、巴音补拉格村等沿线的领导也纷纷表态："要钱给钱，要人给人，要物给物，只要能修通路，我们什么都舍得！"

1997年，穿沙公路治沙绿化大会战动员大会

　　1997年9月20日，指挥部在巴音乌素镇主持召开了总指挥部会议。为了鼓舞士气，增强信心，确保路基工程成果，鉴于穿沙公路治沙任务重，时间紧迫和公路建设资金、劳力严重短缺的实际，经研究决定，动员全旗机关单位干部职工和公路沿线巴音乌素镇、巴音补拉格村、赛音乌素嘎查、图古日格苏木、沙日召嘎查、独贵塔拉镇、杭锦淖尔乡等7个苏木乡镇的全部劳力（包括乡党政工作人员），集中时间、人力搞一次全旗性的穿沙公路治沙大会战。会战任务为：旗直机关干部职工每人突击设置沙障3亩，沿线苏木乡镇农牧民每人0.3亩。会战时间从10月6日开始，到10月20日结束。

　　现场会结束后，9月的栽沙障大会战的准备工作基本就绪，如果顺利的话，锡乌扶贫开发公路两侧将穿上厚厚的铠甲，一条巨龙将从库布其沙漠中横穿，几代杭锦人民梦寐以求的愿望将成为现实。可以肯定，9月的大会战将是一幅壮观的历史画卷，英雄的杭锦人民将用汗水和智慧在这里留下永恒的丰碑；9月的大会战将是一场人尽其力、人尽其职、规模空前的全民大会战，13万人民将为最后的胜利背水一战！

9月23日，旗委、旗政府联合印发了《关于动员全旗力量开展锡乌扶贫开发公路两侧治沙绿化大会战的决定》。《决定》指出，锡乌扶贫开发公路建设不仅是一项经济任务，而且是一项政治任务，各地区、各部门领导要高度重视锡乌扶贫开发公路的治沙造林工作，不论会战对本地区、本单位直接利益影响大小，都要把这次会战当作当前最紧迫、最重要的任务，全力以赴予以组织实施，不讲条件，不提困难，有计划、有组织、保质保量地完成会战任务。《决定》还明确了具体要求及奖惩办法。此《决定》得到了全旗广大人民群众的积极响应。

随后，旗委、旗政府又联合印发了《关于穿沙公路（锡乌扶贫开发公路）治沙绿化大会战决定的补充通知》，成立大会战指挥部，白玉岭任政委，王玉明任总指挥。

9月29日，指挥部召开了全旗穿沙公路治沙绿化大会战动员大会。会上，白玉岭发表了激情洋溢的讲话。

他说："修路难，保路、护路更难。修通道路不护路，必将前功尽弃。要把实事办好，好事办实。否则就成为千古罪人。为了确保穿沙公路不被沙埋，为了争取时间、抢速度，完成突击制作万亩沙障的任务，同志们，奉献人生的时刻到了！在将来的某一天，我们可以自豪地向杭锦人民说，我曾为穿沙公路做出过一份贡献！国民党曾与共产党对抗。国民党下令：'弟兄们给我上！'共产党也下令：'弟兄们跟我上！''给'和'跟'一字之差，共产党胜利了，国民党失败了。明天，你们就跟我上！"

话音刚落，会场上响起了雷鸣般的掌声。政令畅通，一呼百应。这是发自肺腑的响应，这是杭锦旗13万人民的真诚拥护。

20世纪90年代，对大漠中的杭锦旗来说是一个张扬理想主义的年代。一声令下，万民响应。盼路心切的杭锦人热血沸腾，欲与天公试比高！

磨刀不误砍柴工，各个单位迅速准备治沙工具。动员大会当晚，锡尼镇仅

1997年，动员大会上白玉岭发表激情洋溢的讲话

有的几家铁匠铺就开始天天灯火通明。治沙带动了古老的传统产业，受苦人开始赚钱了。多少年来生意冷清的老师傅们拾掇出犄角旮旯里的那些吃铁咬钢的家具为治沙贡献余热。各单位制作工具还得订制，按先来后到，秩序井然。师傅们挥锤、打铡刀、做砍刀，火光四溅，热火朝天。五金土产的铁锹也卖了个精光。

根据伊克昭盟林业调查设计队的规划设计，结合公路两侧沙害轻重的具体情况，1997年主要采取工程治沙措施，首先把流沙控制住，采取高低结合，乔灌结合，挡风墙和网格结合的办法，设置不同规格和不同宽度的沙障防护带。

一、埋头苦干，拼命硬干

中国自古就有埋头苦干的人，有拼命硬干的人，有舍身求法的人，有为

康胜利的铁匠铺

民请命的人,他们是中国的脊梁。库布其既有埋头苦干的人,更有敢干硬干的人。他们的血性,他们的勇敢,他们的不屈不挠,有巍巍库布其和滔滔黄河水作证!

　　车辚辚,马啸啸,近4万修路治沙大军从各个乡村奔涌而来,他们自带干粮、行李,赶着牛车、马车,推着小推车,拉着粮食、炊具和锹、镢、铁锤和钢钎等劳动工具,浩浩荡荡地开向了位于黄河岸边的修路第一线,拉开了"千军万马战大漠"的序幕。他们凭着钢铁般的意志,凭着钢筋铁骨的一双手,不分寒暑,披星戴月,奋战在库布其。这里不是战场胜似战场;这里虽然没有人与人之间的肉搏,却有人与自然之间的较量。

　　由旗地方公路段和旗治沙综合开发公司组织的350多辆大货车,将沙柳从各个地方马不停蹄地运送到穿沙公路两侧。

修路治沙大军从各个乡村奔涌而来

满山遍野红旗招展、彩旗飘扬

  指挥部的宣传车每天不停地巡回在穿沙公路上,用高音喇叭宣传工程进展情况、涌现出的好人好事和交通安全注意事项等。

  10月6日上午,参与治沙大会战的先头军——杭锦淖尔乡5000多位农民、干部职工和360多台四轮车拉着自个儿的沙障材料、劳动工具、灶具和行李在

负重跋涉

书记、乡长的带领下准时到达。

　　接着,独贵塔拉镇、沙日召嘎查、赛音乌素嘎查、图古日格苏木、巴音补拉格村、巴音乌素镇、阿日斯楞图、浩绕柴达木嘎查等地的数万名农牧民群众,学校学生和旗直机关的113个单位的2000多名干部职工也陆续进入了现场。

　　农牧民坐着三轮车、四轮车,骑着马、赶着车,有的携家带口全家出动,从四面八方赶来,他们在沙漠中安家落户,天当被,地当床。

　　霎时,公路两侧的沙丘上布满了忙碌的人群。人在前进,沙障在增加,一块块沙障像一张张大网封住了座座沙丘,人们在工程技术人员的指导下紧张而有序地认真作业。整个工程按照计划,克服种种困难,向着预期目的奋进。

　　站在高沙丘上望着一眼看不到边的宏大壮观场面:满山遍野红旗招展、彩旗飘扬,机车声、喇叭声在上空回荡,铡刀声、斧头声无处不响。人山人海,车水马龙。人们把运来的麦秸、葵花秆、沙蒿、沙柳等材料一撮撮、一根根地按照不同规格,用双手栽植在公路两侧的无数个沙丘上,就像给每一个沙丘穿了黄色的、绿色的、褐色的花格儿网状衣服,又像给公路两边的沙漠铺上了五颜六色的地毯。

汽车拉来的沙柳只能卸在公路两边,而栽沙障的地方由近向远扩展,最远处离公路有500多米,所用的材料全靠人背。沙丘近百米高,就是不背任何东西走着也得气喘吁吁,而治沙大会战的男男女女、老老少少,都得背着沙柳上去。

有的一次能背两捆沙柳,至少也有二三十千克重,翻越四五百米远的沙海,还要爬几个大沙丘;有的已经上去了,遇大风一刮又下来了,接着再上;有的前拉后推,有的连跪带爬。特别是小学生,好不容易爬在半坡上,大风一吹,只要前面跌倒一个,连人带沙柳向下一滚,后面的全被"扫"倒了,一滚一大群,孩子们的脸上、嘴里全是沙子,但他们不等站稳脚跟,又继续往上爬……

很多人从小长这么大,从来没受过这种苦。"累不累,看看革命老前辈;苦不苦,想想长征两万五。"这句社会主义建设初期的口号,被杭锦人应用到了穿沙公路上。

从10月6日至20日半个月期间,每天上万人和近千辆机动车忙碌在巴音乌

指挥部干部职工参加治沙会战

素至独贵塔拉的45公里治沙路段上。

这是在实行生产责任制以后，难得一见的场景。一位60多岁的老人回忆，这种场面他在50年代见过，这是第二次。这是集体的力量！

二、只当"领头狮"，不做"领头羊"

一头狮子领着一群羊与一只羊领着一群狮子开战，哪方会胜？

杭锦旗的"领头狮"们，用行动给出了答案。

六大班子的领导都亲自参加一线劳动，他们和老百姓同吃同住同劳动，在工地上谁能认出他们都是杭锦旗的"王爷"们呢？领导们自己动手在工地完成自己的治沙任务，身先士卒，起到了表率和模范带头作用，极大地鼓舞了广大干部群众的劳动积极性。

会战进入关键时期后，指挥部人员经常一顿早饭顶到晚。经常到晚上10点多钟，指挥车仍在穿沙公路上行进。晚上，借住在巴音乌素镇的牧民家中，自己动手做饭吃，乐在其中。

一天，白玉岭被几个农民拦住，要求和他们"一起坐上半天，住上一夜"。白玉岭说："什么事都能答应，就这个事我答应不成，我还有我的任务呢！"

有个牧民家里人病了，就花钱雇上人到沙漠来完成任务，这位牧民说："旗委书记都上去了，我们哪能落下了？"

指挥部的领导们，一头扎在穿沙公路的施工现场，每天早上5点出工，在工地上检查指导各个施工单位的工作，解决工地上出现的各种问题，晚上12点以后才能休息。他们还要经常跑东胜、呼和浩特、北京等地，争取上级投资，催要各支持单位未到位的资金，联系招商引资；在工地上，经常和大家一样吃"风味"、睡"地铺"，共同参加劳动。1997年施工现场问题最多，大家几乎没有时间回家。

刮着8级大风，指挥部的同志们却紧急驱车穿行在大风中，仔细观察风力、风向、风势的变化，预判风对沙障和公路的不同影响，动态调整穿沙公路的治沙绿化方案。通过观察发现，75 km+367 m至76 km+917 m段是公路目前最薄弱的环节，他们马上做出集中剩余沙障材料做防风墙加固薄弱地带的决策。

大家总结出，穿沙公路上有流沙上路现象的发生，多数是由于迎风坡沙障做得过高、过于靠近路基，因此提出了沙障制作应本着远挡近放、远高近低，因风向、沙势而随机变化的科学方法，并推而广之。

旗纪检委书记魏凤英的丈夫刚刚做了阑尾切除手术，女儿也因扁桃体发炎而输液。治沙大会战打响后，她丢下两个正在输液的亲人亲自带领职工来到治沙第一线。她说，带职工下来，细算账还不如雇几个人划算。但是白书记在动员大会上不是说要考验和锻炼干部职工吗？我们党政干部更应该带个好头，更应该接受锻炼和考验。

旗人事劳动局的杨局长已是四十几岁的中年人，可说起背沙柳，小伙子们望尘莫及。早上8点刚过，满头大汗的杨局长已经以每次5捆的量，第三次从工地上返回来了。

旗体改委的李文斌主任刚刚做完胆总管和肝总管结石手术，14针长的刀口子还没有完全复原。医生嘱咐他要多休息，不能过度劳累；职工们也劝他，今年掏点钱承包出去算了。可他硬是要带头完成任务，而且他是全单位年龄最大、干得最多的一个。他说："我总觉得穿沙公路是一项伟大的工程，我做梦也没想到能够成功，但是，被杭锦人干成了。有些没来过穿沙路的人一见到报纸、电台的宣传就认为是在吹牛。我就是要让职工们亲自来看一看、干一干，到底什么是穿沙公路，什么是'穿沙精神'。3次大会战，我们全部参加过，以后的第四次、第五次我们也一定要参加！"

旗交通局局长、指挥部办公室主任白富华，上跑资金下跑工地，岳母病重直至病故都没能回去看一眼。

旗人民银行副行长白永生带领20人一天就把500多捆沙柳背到了工地上，而他一人就背了35捆。

旗计生委于10月15日到达工地，刚到工地的史介云主任就因内蒙古年底验

农牧民赤手战沙魔

收而赶赴巴彦淖尔盟，剩下的14人要完成22亩的治沙任务。任务重、困难多，而且有7个人是女同志，她们戏称自己是"七仙女"下凡。一听"仙女"二字就认为她们是娇滴滴的小姐，那可就大错特错了。在困难面前，她们不但不退缩，而且还暗憋着一口气，一定要与男儿们比个高低，一次背两捆沙柳上路，怎么也不能让整个团队因为女的多而落在其他单位后面。职工赵玉梅患了甲亢，一天下来，眼睛肿得连眼镜都戴不上，就这也不休息，硬撑着要完成自己的治沙任务。

旗林业局局长刘永茂，一套被子拉在破旧的"212"小车里，走到哪里，住在哪里，有时夜深赶不回住地，就睡在沙窝里。

统计局局长敖雅丽在电视台记者采访时，怎么也不肯对着镜头。谁能想到眼前这位"农妇"是局长呢。所有的领导都在带头干，所有的职工都在抢着

库布其沙漠披上厚厚的"铠甲"

干。手背、胳膊伤痕累累,嘴唇干裂,上火流鼻血,食宿条件差,劳动强度大,却很少有人叫苦叫累。

在一座沙丘上,独贵塔拉镇党委书记王树林双眼熬得通红,还精神焕发地指挥着治沙。为了做好这次会战的组织动员工作,他凌晨2点才睡觉,6点就起床来到治沙工地。全镇出动5000多人、500多辆机动车来到库布其沙漠,3公里长的治沙任务,3天就要全部完成。

图古日格苏木党委书记、苏木长从一开始就和牧民一起,晨饮清风,夜宿凉地,奋战在第一线。他们胳膊上划出了一道道血痕,手掌上磨起了一串串血泡。赛音乌素苏木牧民居住分散,不易集中参战。苏木里40多名干部便毅然承担了700多名牧民的任务,一肩挑起了对牧民们的爱护。

赛音乌素苏木党委书记高兴地算着苏木牧民们的幸福账。修通穿沙公路,为广大牧民办了一件大好事,从此以后,牧民们买粮购货、走亲串友再也不用骑骆驼了。过去没路时,买一车炭需1300元,修通路后顶多花上700元,同时学生娃娃上学也方便了,原来苏木小学只有40名学生,路通后一下增加到67名。全苏木牧民无不感谢党和政府为他们办的好事,142户牧民自觉自愿每户为公路指挥部捐献一只大羊。一些农牧民也感慨地说,过去沙漠里无路可走,他们去一趟旗上，比去北京还难，现在有了公路，一个多小时就可到达，真是做梦也没有想到的事，眼下变成了现实。

开工以来，战斗在现场的县级领导，每天不下10多人，科级干部在100人以上。领导身先士卒，专挑重担，为职工带了好头。领导同志不是指挥劳动，而是带头劳动。在他们的带动下，全体职工斗志昂扬，士气高涨，工程进度快、质量好。

三、八仙过海手缚"黄龙"

从10月6日起，旗直机关的1000多名干部职工和沿途乡镇苏木的数千农牧民八仙过海，各显神通，以平均每天完成800亩沙障，耗用近百车沙柳的进度，以"战天斗地泣鬼神，敢叫沙漠换新颜"的气概，逐步使库布其沙漠披上厚厚的"铠甲"。锡乌穿沙公路将在它的庇护下把库布其南北拦腰斩断，使天堑永变通途。

在同库布其沙漠较量过程中，英勇无畏的杭锦人民克服种种难以想象的困难，抱着"人定胜天"的信念，发扬不怕苦、不喊累、敢打硬仗、敢啃硬骨头的精神，取得第一次治沙大会战的最后胜利。

1997年10月，参加穿沙公路第一次治沙大会战的农牧民风餐露宿

（一）风餐露宿

参加治沙会战的万名大军从10月6日陆续进驻库布其沙漠，在极其艰苦的条件下与黄沙展开了一场恶斗。

会战期间近二分之一的干部和民工分散在巴音乌素、赛音乌素、独贵塔拉等3个苏木镇所在地和农牧民家中，由于人多，大多数的人只能席地而卧；还有部分民工住在沙漠中临时搭起的帐篷里，星星点灯，大地作床，刺骨的夜风与无孔不入的沙尘成为他们躲不开的伴侣，"一天进嘴二两土，白天不够黑夜补"是他们真实的生活写照。

为了赶进度，大家每天要干11个小时，午饭几乎都是沙海野炊，就着凉水啃几口饼子、吃几口方便面，能喝上用柳梢烧开的黄褐色开水也是一种奢侈。住在巴音乌素苏木的同志们，由于淡水供应紧张，几天洗不上一次脸，节省下的水用来洗菜和带进沙漠干活儿饮用。在沙漠中口渴比饥饿更可怕。指挥部的同志们每天两顿饭，早上稀粥馒头，晚上烩菜米饭，大家都想把万分紧缺的资金用在工程建设的刀刃上。

（二）"黑车红起来"

会战开始后沙柳的需求量与日俱增，10月8日就供不应求。种柳户要现钱，没有三证的司机又不敢跑。指挥部了解到这一紧急情况立刻筹资100万元兑付柳条和拉运费，同时发文规定，大会战期间稽查部门要服从大局，不得拦截无证车辆，大会战结束规定废止。

这两招真灵。许多"黑车"堂而皇之地投入运柳大战之中，最高峰时每天120多辆车沙柳运进会战场地，使会战进度得以加快。

副总指挥倪志诚笑着说："这是特殊时期采取的特殊作法。"

（三）沙柳成了"抢手货"

为了满足沙柳原料的需求，为各施工单位免除原料不足的"后顾之忧"，穿沙公路指挥部紧急调集了几百辆机动车，昼夜不停地从全旗各地源源不断地运送沙柳。所有的沙柳一运到工地即现款结算。一时间，沙柳成了"抢手货"，购销两旺。据不完全统计，每天卸在工地的沙柳平均有100多带挂车，

风餐露宿

车水马龙

进入沙漠

治沙女工，铿锵玫瑰

300多万千克。仅10月6日这天就有30多辆拉沙柳车为70公里至87公里处卸下沙柳90多万千克。当天黑夜从赛音乌素苏木赶回巴音乌素苏木时，这一段仍有7辆满载沙柳的大卡车等待第二天被卸下"瓜分"。

各施工单位也出现了抢要、抢占、抢分沙柳的热潮。每一车沙柳进入工段，总会被许多人围住。经调配沙柳的同志统一协调，才会被卸在指定的地点。当然，免不了有"捷足先登者"和"近水楼台先得月者"。

图古日格苏木李占元的两带挂沙柳刚运进工段，就被几家单位围住了，争着要往自己的地段卸。拿到16000斤沙柳款2400元后，李占元喜滋滋地对大家说："不要争，不要抢，我今天就是连明昼夜也要多拉几车，让你们都不误事。"最终他的沙柳被国税局的小伙子们自己卸下了。

（四）会写、会说、会干活

旗委、旗政府的"文人们"是最早下去参战的单位成员之一。任务是按人头核定的，可因为部门的特殊性，下来的干部职工只占总人数的近三分之二，也就是说他们是三人干五人的活儿。但从旗长、主任到一般工作人员都是每天早上7点出工，午饭在工段上吃，超负荷地保质保量加大进度地干着。插在醒目处的红旗总是飒爽英姿。

有的秘书从第一天起就带着感冒，每天吃药硬撑着，家里妻儿同时病倒。同事给他捎话，他抑制住内心的焦虑，装着没事似的没向组织上提一点要求，继续默默地干着。

事实证明，领导干部不仅会写文章、发表讲话而且还会当治沙工、会干农牧民干的活。

（五）后勤保障有力

负责沿线沙柳供应的蒋有则、李秉亮两位施工队队长，在大会战人员猛增、工程进度加快、沙柳一度紧张之时，披星戴月地将沙柳运到工地，常常已是早上5点钟，工地上到处是他俩忙碌的身影、焦急的步履。他们不是在走，而是在一溜儿小跑。

林业局全局30多人一直坚守在岗位上。每2.5公里分配1人负责沿线沙障设置技术指导和质量把关工作，技术人员每天步行往返十几公里，认真负责，尽心尽力。几位女职工因连日来的风吹日晒，嘴上干裂起泡，皮肤黝黑，常因劳累过度，回到工棚，倒头便睡。有人和她们开玩笑说："瞧你们现在的模样，回到家丈夫一定认不出来了。"她们笑着说："他们认不出我们，我们也认不出他们了，因为他们也在参加大会战。"当工程进展到一定程度，刘永茂局长看着两边一望无际的沙障，堆堆干沙柳、沙蒿和麦秸，看在眼里，急在心上。他说，马上做好防火宣传工作。随即与办公室主任姬永旺连夜定做了永久性宣传标志8个，于第二天一早在全部沿线路段设置完毕。工作及时，措施得力，为人们敲响了警钟。他们的工作有目共睹，受到了领导和同志们的赞许。

（六）治沙工人乐开怀

沙日召嘎查治沙站老职工周长顺、候富华、何成连表示："为了治沙修路，我们就是把这把老骨头葬在这里也要坚持到底。"支部委员郝兰俊因患偏瘫行动不便，但为了治沙护路，硬是把在二中念书的儿子找回来替他完成任务。

这些具有几十年治沙经验的老同志深有感触地说："治沙修路是造福子孙

后代的大事,我们林业治沙工人一定要尽职尽责,发挥自己的特长,为治沙大会战的人们做出表率。"

(七)争当"三连冠"

旗国税局是盟局直属单位,响应旗委、旗政府的号召,10月6日25名职工进入库布其奋战10天完成沙障78亩,女同志留守岗位抓税收入库工作。25名职工白天干活,晚上照常坚持业务学习近2小时。带队的杨有为副局长把穿沙公路的建设意义融入学习内容中。大家认识到,修通这条路,工农业生产上去了,税收也有了保障。

这活儿也真有点单调,大伙出主意,午休时间进行蒙古式摔跤和扑克比赛。干活儿比进度、比质量,一股争夺"三连冠"的干劲一直持续到全线完工。

工程验收时副总指挥说,旗国税局干得最好、最扎实,为全旗树立了一个榜样。大家都很受鼓舞,谈论着回去领摔跤、扑克比赛的奖品。

(八)我们要带头干

穿沙公路修通后,盐海子工业园区仅运费一项每年就可节省1500万元。亿利集团公司接到治沙150亩的任务后有人说生产正忙,不如大家交钱吧。副总

分段包工

经理和部门经理却认为,这条路公司受益最大,再忙再累也要带头干。

6日至14日,亿利集团公司600多名员工进入治沙地段,大家像开展生产竞赛一般搞治沙竞赛,高质量地完成治沙任务。

指挥部验收后发现,亿利集团公司实际治沙面积比任务多出十几亩。

(九)老汉和后生较劲

几天干下来大家对栽沙障这活儿掌握了不少技巧:站着干,腰困且速度慢;蹲着干,大腿受不了;穿着鞋装沙又难受。而跪下来、脱掉鞋袜、猫着腰,既舒服又高效。这样一来,年轻人跪地的功夫还真赶不上老革命,于是老汉撵着后生干。旗法院59岁的宝音庭长和妻子其其格分工协作与年轻人搞竞赛,老两口配合默契,靠缠劲超过了后生,宝音庭长谈到"秘诀"时笑着说:

老汉撵着后生干

"不怕慢就怕站。"

不过，跪一会儿，蹲一会儿，裤裆就容易撕裂，晚上回去累成一摊泥还得补裆。

（十）给我们自己修路

在库布其沙漠中，老人妇女摆麦秸，青年男女搞运输，连孩童也在嬉戏中帮着大人干活，机车轰鸣你追我赶。

60岁的农民周套山凌晨3点钟起床，4点钟赶车上路，30里路开了5个小时，9点才到这里。一些不住在穿沙公路沿线的农牧民，也积极为修筑穿沙公路做贡献。他们拿上自家的鸡蛋换回树苗，送到治沙工地。有的个体户用自家的车给工地拉树苗。沙日召苏木牧民魏五十三、妻子蒙根，背着仅9个月的孩子，从距离工地50多公里的家每天往返上路治沙。图古日格苏木一大队牧民巴音吉日嘎拉70多岁，不顾儿女劝阻，完成自己的治沙任务后，还要求多做贡献。

独贵塔拉镇农民赵银祥，是二级残疾病人，刚刚做过手术后就投入到治沙大会战中。年逾70岁的图古日格苏木牧民那仁巴特尔自己带着干粮、背着行李从50多公里处来到治沙工地参加大会战，整整干了5天，直到任务完成。赛音乌素苏木牧民门肯巴特尔，把自己70多岁的老母亲送到亲戚家，他和妻子住在羊圈里，把房子腾出来让施工队的同志们住。一些没有治沙任务的外地人，也悄悄地加入干活的队伍。

沿河地区正值秋收大忙季节，东沿河3个苏木乡镇的农牧民舍小家、顾大家，丢下地里的庄稼农活，带着干粮上路治沙，有的农牧民带着行李、粮食、火炉，吃、住、干活全在工地。晚上男女老少都睡在沙丘上，天气太冷时，拿出自己带的白酒喝两口或点燃火堆取暖照明。

老百姓说："修桥补路是积德行善的好事。"也许正因为这是件好事善事，感动了苍天。

沙日召苏木红星嘎查四队58岁的吉仁其木格大妈一边仔细栽着沙障一边高兴地说："好嘛！修这条路为我们办了一件大好事，我们牧民举双手拥护。"

同队的托娅一家，带着刚会走路的女儿参加了会战，老人离她们太远，女儿来不及送去就急着赶来了。家里还有部分庄稼没有收完，他们觉得这件事比自己家里的事重要。

农民高永泉兴奋地说："全旗人都参加了这场大会战，我们农民就是把庄稼丢了也要修好公路，以后我们每年保证参战，直到公路完全畅通。"

农民杨三兴致勃勃地对大家说："以前由于交通不方便，我活了这么大半辈子，还没有去过锡尼镇。前几年娃娃回旗上学常常坐车叫苦连天，现在好了，有这条穿沙公路，方便多了。"

一位农民不小心让葵花秆刺破了手指，但为了不落在别人后面，包扎后戴上皮手套继续干。从十几岁的孩子到60多岁的老人，个个士气十足，干劲冲天，整个劳动场面热火朝天。

（十一）"老婆儿我愿意"

为了按时完成治沙任务，不影响整个工程的进度，杭锦淖儿乡党委、政府号召本乡全体农牧民暂停秋灌和别的活儿，全力以赴先参加治沙大会战。广大农牧民识大体、明轻重、知缓急，响应党委、政府号召，紧急动员4000多人的队伍，浩浩荡荡地赶到了施工现场。

在川流不息、忙忙碌碌的施工大军中，一位60岁左右的老婆儿特别引人注目：她半蹲在地上，一丝不苟地插着柳枝，并不时把不坚实的地方用粗棒敲一敲，紧一紧，像在给自家人干活那么细心。

有人开玩笑似的问她："老婆儿，这么远来干这活儿你愿不愿意，你忍心放下自家的活儿？"老婆儿憨憨一笑，说："我家里活儿是不少，我先不管了。来这儿干活，是在给我们自己的路出力，这个活儿不等人，老婆儿我愿意先干这个。"

（十二）烈火验真金

工商银行是全旗金融系统中唯一一家没有雇人自己参战的单位。

贺振清、李占胜两位行长各领一班人在公路两旁摽着劲地干着，开展劳动竞赛，并互相鼓着劲加着油。剁沙柳的使劲一刀接着一刀剁着，有的干脆整捆

这个活儿不等人，老婆儿我愿意先干这个

整捆地剁。一刀就顶几刀，以不影响工程进度。卸沙柳的地方离工段较远，年轻、劲儿大的小伙子们用绳拉，用"担架"抬，忙得满头大汗；姑娘媳妇们平时数惯票子的手此时正细心地一枝一枝地插着柳枝，并不时检验是否够1×2米的标准，做成的沙障不仅牢固而且美观，像一件工艺品似的。

两位行长坦言，之所以不掏钱雇人而自己动手来完成，是想在艰苦的条件下考验一下职工的集体观念和思想觉悟。五六天过去了，尽管大家的皮肤吹黑了，体力已近极限，病号增加，但没有一人喊苦喊累。两位行长为自己的员工感到骄傲和自豪。大家嚼着馒头就着开水咸菜，觉得是在干一件造福子孙后代的事儿，苦点累点值！

（十三）公安金盾映日辉

有的单位用沙柳在高沙丘上编植成单位名称。旗交通局和公安局的职工把本行业的标志编植在沙丘上。旗公安局的工地上还植起了一段"万里长城"。

杭锦旗公安局的91名参战队员是以特别紧凑的节奏进入会战的。10月7日凌晨4点，刚从西安参观学习返回的54名干将没来得及抹一把脸、安顿一下妻小或带件衣服，就紧急赶到单位集合。5名去北京办案的工作人员也昼夜兼程地赶回来。早晨7点30分，参战队员已经深入会战第一线准备施工了。

交通标志

"全国优秀公安局"风采

公安局将273亩的总任务按股、室、队分开,再将任务分解到每个人,并专门划出一块长35米的地带,留给3名局领导。他们响亮地喊出"振兴杭锦旗,挥汗库布其"的口号,每天出工最早收工最迟,规定完不成当天任务的不准回宿地。10月12日早上,局党委又开了个会,再一次强调要用优秀的施工质量、完美的施工标准、一流的施工进度向13万人民交一份满意的答卷,显示"全国优秀公安局"的风采。派出所辛辛苦苦插了一下午的沙障晚上被骆驼破坏了,干警们毫无怨言,又重新返工干起来。邬敏两口子都在公安局工作,为了会战,忍痛将发烧的儿子托付给父母,一直没请假回去看一眼他们的"心肝"。一位身体非常壮实的小伙子提着锄刀将一捆沙柳一锄两段,被称为"包一刀"——包乐德,在工地上锄了3天,竟然把锄刀把压断了。

公安局在会战中表现出色超常:一是集资之外每人再捐款100元;二是5年沙障任务一次完成;三是基层警力调回来参战,组成突击队。沙漠中工作,环境差,强度难度大,但他们依然从早上7点干到晚上8点。男干警你追我赶,求速度抓质量;女干警毫不示弱,再显巾帼风采。干警们苦中作乐,说每天喝的是"深井大曲",吃的是"砂锅饭菜",过的是"神仙日子"。站在公安系统1725米长的任务地段上,一眼望去沙障绵延相连,质量上乘,人见人夸。通过两场大风检验,治沙护路效果理想。一份荣誉的取得往往意味着要付出10倍的努力和辛劳。

武警鄂尔多斯支队杭锦旗中队(以下简称旗武警中队)2名战士将生活补贴525元捐给会战指挥部,其中6名战士还义务帮助旗公安局栽植沙障。这些来自后方的支援,是奋战在穿沙路上的"前方将士"的强大后盾。

(十四)司法机关不示弱

法院、检察院的执法官们办起案子来雷厉风行,干起治沙工作来也毫不示弱,也有一股子风风火火的劲头。

执法官们以前只是听报告、看报纸来了解穿沙公路的情况,现在亲临现场,看到要在荒无人烟的大沙漠中横穿一条公路并要彻底让它通畅,就觉得自己是在干一件非常伟大的事儿,浑身也就有了使不完的劲。

法院的甄富城、宝音,检察院的朝鲁巴根都是五十几岁的人了,干起活来像年轻人一样有劲。别人休息了,他们却在细心地收拢柳条,烧开水熬茶给大伙儿喝。

"法网恢恢"

（十五）男人抹口红

在教育局工段，有一件趣事：男人抹口红。教育局38人承包的114沙段，属流沙大沙区，需在原来的基础上加宽。任务量加大了，原本已超负荷的体力渐渐不支，很多同志感冒上火、跑肚子虚脱，更为严重的是几乎所有人嘴唇都裂皮起泡，吃泻火药不顶事，涂牙膏也不顶事。可大伙憋着劲差不多快把任务完成了，如果这个问题得不到解决，嘴唇干裂，吃不成，喝不成，将严重影响工程的进度。怎么办？有人建议用女同志的唇膏试试。一试还真灵，嘴唇马上不疼了，还有一种冰凉凉的感觉。

于是教育局的干部职工们不仅女同志抹着口红干活，男同志也抢着抹涂。大家看着彼此的滑稽样儿，哈哈大笑起来，与自然敌人斗，其乐无穷。

（十六）大漠玫瑰

狂风卷地，黄沙漫天。平时坐在清静幽雅的办公室打算盘和按计算机的女同志，此时的脸像非洲黑人，手上满是老茧血泡。一根又一根，一把又一把制作防风障。饿了吃点干粮，渴了喝几口凉水，用真情和汗水，编织绿色的希望，充分展示出不怕困难、艰苦奋斗、顽强拼搏、敢于胜利的过硬素质。

在赛音乌素苏木附近的几座高大沙丘间，几位女同志正顶着风沙栽植固沙网格。这几位面色黝黑、农妇装束的女同志，竟是杭锦旗文化局的干部，旗文化局干部几十个人已干了快半个月了，不光栽了120多亩网格，还种了好几车的树苗。

旗乌兰牧骑这支文艺轻骑兵，做起沙障来也是生力军。演员们在完成自己的任务后，还随旗里的慰问团进行慰问演出。这些爱美的女孩子不仅爱美丽的容貌，更爱家乡，为了家乡的富饶美丽，她们情愿娇颜在风中摇曳！

（十七）第二课堂

10月15日下午，8级大风在沙漠中肆虐，人在平路上都站不稳。

大风中，旗民族中学的师生80多人继续栽植沙障。老师们说，来一趟，花费大，不容易，天气恶劣也得干。看着他们被吹冻的乌紫的脸，会战总指挥深情地拉着校长的手，交给他200元钱，说："给孩子们买点吃的东西吧，我们

"第二课堂"欢乐多

的老师和孩子永远是最可爱的人呀。"并且连连督促他们尽快返回。总指挥伫立在大风中,目送师生们远去。

(十八)我们也住帐篷

10月11日下午4时许,从塔然高勒乡来的48名民工被旗运输公司的班车送到81公里工段处。食宿还没有着落,工作人员正在紧张有序地为他们张罗着。

在全线来回穿梭协调指挥整个会战的穿沙公路指挥部副总指挥听说此事后,并没有将这件不同于筹款、跑料、监工、验收的小事推给别人,而是亲自赶到48名民工聚集地,指挥搭帐篷,安排伙食,给民工们讲施工要求、验收标准。

副总指挥亲切地对民工们说:"这里条件艰苦,只能委屈你们先住帐篷了。你们要注意身体,不要着凉了。"当时有个豪爽的小伙子问袁旗长:"你住的地方比这里好吧?"副总指挥爽朗一笑,说"我和你们隔邻居",他随即

医疗队为穿沙公路治沙建设者服务

用手指了指不远处的一间帐篷："我以后准备和工作人员住那儿，我们也住帐篷。"

（十九）医疗慰问送真情

由于整天在沙漠中施工，长时间过度疲劳和恶劣条件的损害，各施工单位的干部职工中病号与日俱增，感冒、上火、跑肚、胃疼、外伤病症屡有发作。

为了保证施工进度不受影响，也为了更好地照顾和体贴同志们，旗委、旗政府及时派出由卫生局李寿庆副局长带队的"医疗慰问组"。带着价值7000多元的常备药品，带着旗委、旗政府和全旗人民的真情，从10月9日起，医疗慰问组深入施工第一线，巡回发放药品，检查治疗。李寿庆这位医术精湛、医德高尚的中年医生，身着白大褂，头戴手术帽，不辞辛苦，整日奔波于整个工段。他不以局长自居，倒以普通服务人员的身份，恪尽职守地为病人们现场查病，发送药品，甚至进行简单的手术治疗。

锡尼镇个体大夫白娥，自费租车带着药品来到会战现场，无偿将价值3000

多元的药品发放到每个施工队的病号手中。所有病号都是轻者吃几片药,不耽误出工,重者在宿营地或小车里吊个瓶子,输完液一拔针头就上"战场",从没有一个因病请假影响治沙的。

(二十)向治沙功臣致敬

治沙会战期间,旗委、旗政府6套班子部分领导亲自参战,与大家同吃同住同劳动。

旗委书记白玉岭10月14日刚从包头参观学习结束便与6套班子领导赶赴治沙现场,带着党委和政府对参战人员的深切关怀和崇高敬意,慰问了一线的治沙大军,并发放慰问金1万元。慰问组从独贵塔拉镇起沿线一个工段一个工段地慰问了参战的1000多名干部职工和几千名农牧民,每到一处都要细心询问工程进度、参战人员的生活情况和存在的困难等。

白玉岭每到一处都激动地说:"大家辛苦了,我代表旗委、旗政府感谢你们,历史将永远记住你们,参加治沙大会战的功臣们。"

白玉岭指出,干部在穿沙大会战中的表现,完全可以当作综合评价干部的主要依据。结果表明,我们的干部经受住了考验,通过了检阅,他们那种战天斗地、不怕苦不怕累的精神,再一次证明我们的干部的确是好样的!

双膝跪地栽沙障

10月15日，穿沙公路巴音乌素盐海子至独贵塔拉段的黏土覆盖任务基本完成。

当会战进入扫尾阶段时，仍然有亿利集团公司、旗畜牧局、旗水利水保局、旗水产经营公司、旗农综办、旗农委、旗农机局等7个单位奋战在工地上……林技人员、质检人员从始至终奔波在烈日酷暑下……

农牧民们从田间地头走来，自发地送米送肉，表达对亲人的感激之情。指挥部的干部职工发扬优良传统，坚持党的群众路线，在施工的空闲时间，帮助农民打秋粮。在沙日召苏木施工时，他们仅用一天半的空闲时间就帮助牧民巴特尔收回玉米3亩多。10月底施工完毕后，当地牧民朋友宰羊、宰牛，用蒙古族最高的礼节款待他们。

英勇的杭锦旗儿女在工程到位7.3%的资金的情况下，不等不靠，艰苦创业，在4个月的时间内完成路基土方110多万立方米，路面硬化11万立方米，治沙控制面积2万亩。

10月20日，第一次治沙大会战结束。第一次治沙大会战全旗累计出动大小车辆8700台次，出动干部群众81000人次，栽设沙障1.2万亩，节约资金600万元，初步控制了风沙侵蚀。11月20日，全旗完成沙漠治理面积1.3万亩。

参战人员利用秸秆设置沙障

　　截至1997年底,在库布其沙漠南、北缘条件好的地方,按照适地适树的原则,营造了乔、灌、草相结合的锁边林带11000多亩,以防治流沙南侵北扩。同时,重点实施了绿色工程,在锡乌扶贫开发公路营造防风固沙林9000多亩。

　　此后,他们在库布其沙漠流动沙丘迎风坡2/3或者1/3坡面上,用葵花秆和沙柳布设格状或者行列式沙障,在障间凹面栽植沙柳、白柴、柠条等旱生灌木,起到永久性防沙固沙作用。对固定沙地直接进行生物治理,乔、灌、草相结合,封、飞、造并举。利用大坑深栽、顶林造林、APT生根粉、容器盛水造林、冷藏苗反季节造林等科技含量较高的抗旱造林技术,造林成活率达到70%。全旗每年以治理沙漠23万亩的速度向前推进。

　　第一次治沙大会战成功后,旗委、旗政府决定以后在每年春秋两季搞2次万人治沙大会战,截至1999年底全旗共开展了5次治沙大会战。规模一次比一次大,任务一次比一次重,质量一次比一次高,成效一次比一次好,经验一次比一次多。

　　一辆娶亲车顺利通过穿沙公路,不知新娘何人,嫁到谁家,这条路已在开

横成行、顺成方的沙障

始为人民服务。这条路的另一端连接着杭锦人民富裕幸福的生活。

四、"死障"吞活沙

明沙,受风驱使,能够"走动"谓之"活沙";"死障",没有生机,却能明火执仗地同"活沙"对着干,占据沙场。

明沙,光头秃脑,什么植物都不长,常常在大风的"唆使"下,逞凶放狂,侵犯人类利益,破坏生态平衡,导致水土流失,阻碍交通,威胁生产。

智慧的杭锦人民,在同大自然的较量中,逐步总结出战胜明沙危害的有效方法。办法之一,就是利用"死障",一块一块地去吃掉"活沙"。枯死的乔灌木枝干,根据防风固沙的要求,以一定的形式,插埋在明沙上,防止沙子流动,或是以保护沙生植物生长为目的,人工设置的沙障,都有吞食活沙的本领。

沙障材料,就地取材,价廉耐用,防风固沙效果好,具有浓厚的乡土气息。沙柳、沙蒿、柠条、梭梭枝干、麦草、稻秆以及黏土、砾石都行。

沙障间距、高度、设置类型，是根据风沙侵蚀规律和危害程度，科学地进行安排的。科学工作者为了识别主风方向（害风），常把沙丘形态当作"风向仪"进行观测，以便科学地提出治理措施：巍峨沙丘，平缓的一面为迎风坡；粗大沙粒形成的沙纹，多与主风方向垂直；沙粒堆积，向前延伸的部分叫沙辫，沙辫指向的前方，就是主风方向。

乘车穿行沙漠，放眼公路两旁，就会看到"死障"吞食"活沙"的搏斗场面。只见黄沙虎虎威威地摆开了战斗架势；大批大批的，身穿黄褐色、黑色、绿色外衣的沙障，雄赳赳、气昂昂地开进沙漠腹地，夺取了那里的大片领土，布下难以攻克的天罗地网。害风风向单一，沙障的排列，呈一行一行；害风风向多变，主风、侧风较强，沙障的排列则成网格形或长方状；主风风势凶猛，并易造成集风的地区，沙障位置前后错开成"品"字状，还有"一"字形、"人"字形、"非"字形、鱼刺形……

人人绞尽脑汁，把"死障"摆弄成千姿百态，以图制伏流沙。大漠中的沙障，正绽开笑脸，迎接前去探宝的情侣。你看，横成行、顺成方的沙障，正传诵着胜利的捷报；"脚"插沙中，高高站立的沙障，在向人们"招手"；平铺在沙面上的沙障，是埋下的伏兵；土埂沙障，正在向你"诉说"大漠的猖獗。

第六章

第一节　落后就开除地球村球籍

1997年10月初,旗委组织六大班子及沿河工委领导,利用双休日,集中时间,认真学习讨论了十五大工作报告。白玉岭紧密联系杭锦旗的实际情况,发表了自己的意见,并形成了领导层的共识。

一、杭锦旗是初级阶段中最贫困的地区

我们国家处于社会主义的初级阶段,南方沿海的发达地区自然也处于初级阶段,杭锦旗与沿海地区相比,只能是初级阶段的初级阶段,与内地一些发达地区相比,就成了初级阶段的初级阶段中最贫困的地区。杭锦旗的旗情是:基础差,底子薄,财政收入与人民群众的需求不相适应。杭锦人们必须面对这个现实、正视这个现实,不能躲躲闪闪,打肿脸来充胖子。但是,杭锦旗又不能甘于落后,落后了人民不答应,落后了就要挨打,落后了就要受气,谁落后,就要被开除地球村球籍。

杭锦旗必须知难而进,迎难而上,不能被落后所吓倒。这就要求杭锦人民必须沿着旗帜所指引的方向,进一步深化改革,解放思想,真抓实干,加快发展。

二、解放思想未有穷期,更新观念没有止境

在某种意义上讲,杭锦人民的思想解放有多大,经济发展就有多快。解放思想,通俗地讲,就是认准一个目标,寻找实现的道路,千方百计达到追求的

目标。思路要活，办法要多，东方不亮西方亮，走不通南方走北方，天无绝人之路。

解放思想，首先要树立一个"敢"字，突出一个"闯"字，"敢"字一立无困难，"闯"字有了天地宽。要敢想敢干敢争第一，敢闯敢试敢创一流。

如果杭锦旗的经济发展了，就证明杭锦旗把十五大的精神结合本地区的实际贯彻好了，发展得越快，说明贯彻得越好。

要树立不争论的观点，大胆地干。有些目标的确定、认识不尽一致，这是正常的，如果停下来争论，很可能就丧失了机遇，事情就办不成了。所以要大胆地干，不争论；允许试、允许干、允许失败，但不允许光看不干、光评不干、光争不干。

三、发展是硬道理，能快就不要慢

解放思想是前提，加快发展是目的。发展是硬道理、大道理，小道理必须服从大道理。如何才能加快杭锦旗的经济发展，要抢抓机遇，不可丧失机遇。机遇存在于风险之中。风险、机遇、成功往往成正比例，风险越大，成功后效益也越大。敢冒风险的人才善于抓住机遇，有机遇却看不到是愚人，看见不去抢是罪人，抢不到是庸人。现在我们面临的机遇有很多。

——政策机遇。十五大报告中指出："国家要加大对中西部地区的支持力度，优先安排基础设施和资源开发项目，逐步实行规范的财政转移支付制度，鼓励国内外投资者到中西部投资"，要"更加重视和积极帮助少数民族地区发展经济。从多方面努力，逐步缩小地区发展差距"，"国家从多方面采取措施，加大扶贫攻坚力度"。

——资源开发机遇。现在有许多大企业、大老板，正在由城市的工业化大生产向农村牧区的种植、养殖、加工、土地开发转移，近几年已经形成一种气候。杭锦旗有土地，有盐碱硝、石膏、石英砂、泥灰岩、陶土、泥炭、石油、天然气等丰富的自然资源，特别是"梁外甘草"和杭锦人民自己培育的绒山羊，已形成一种特色，这些都为杭锦旗开发资源优势提供了争取机遇的先天条件。

——引进机遇。近年来杭锦旗在引进资金、人才、技术、设备等方面确实做了大量的工作。国家在杭锦旗的农业土地开发、伊克昭盟"三大集团"在杭锦旗的辐射带动都为杭锦旗的经济发展注入了新的活力，杭锦旗正在创造更宽松的投资环境，进一步扩大对外开放的政策。

——精神机遇。在近几年的大改革、大开放、大建设、大发展中，杭锦人形成了一种"自我加压，临难不屈，合力同心，拼抢直追"的创业精神，"南干清淤大会战""穿沙公路治沙工程大会战""植树造林大会战"都显示出这种强大的精神力量。

要继续发扬只争朝夕、艰苦奋斗的精神。杭锦旗的经济要发展，就要有玩命干的精神、连轴转的勇气、拼命三郎的作风。不是超负荷运转的干部不是好干部；四平八稳、一杯茶、一支烟、一张报纸看半天的干部不能用。贫困地区想翻身就得玩命干，占着位子挣票子，不挣票子让位子。要倡导见了黄河心不死，见了棺材不掉泪，不达目的不罢休，硬骨铮铮的风格与气势。要分清艰苦朴素与文明进步的真正含义。

四、视野投向大目标

各级领导干部和群众，要谋远的、想大的、干实的；要树立共同的理想，统一认识，形成合力，人人想事业，人人议事业，人人干事业。让干事业的众口皆碑，混事业的无地自容，坏事业的人人喊打。要发扬杭锦精神，塑造杭锦形象。要把目标紧紧盯在本世纪末国内生产总值达到10亿元以上、财政收入过亿元、农牧民人均收入超出2500元。一切工作都要围绕实现这个目标服务，不允许任何部门和个人设置障碍、另搞一套，谁砸杭锦旗的牌子，就砸谁的饭碗。

政治路线确定之后，干部就是决定因素。要把各级党组织和各级领导干部真正建设、锻炼成带领群众敢打硬仗、能打硬仗的战斗堡垒和坚强队伍。

大家都要有一种危机感、使命感、责任感、紧迫感。要靠自己的智慧和劳动改变面貌，创造更大更多的物质财富和精神财富，同时要明白不等不靠不等于不跑不要。要以实绩论干部，能者上、庸者让、劣者下。不以民族、地区、私人、上下划线，以实绩用干部。谁的事业发展了，经济建设发展了，就重用谁，不拘一格用人才，给德才兼备的真正人才寻找广泛的用武之地。

第二节　全委扩大会议

1997年的岁末年初，中共杭锦旗委九届三次全委扩大会议暨全旗经济工作会议，总结了1997年的工作，探讨和制定出1998年的工作思路和具体措施，确定了今后一个时期的奋斗目标，全旗上下达成了共识。实事求是地讲，这次会议是一次鼓舞人心的大会，是一次催人奋进的大会，是一次成功的大会。白玉岭的讲话总是如春风拂面，令人耳目一新。

一、敢、争、抢、拼

白玉岭分析，杭锦旗的落后是实实在在的，差距是客观存在的，造成杭锦旗落后的原因是多方面的，但最根本的一条是思想解放程度的落后。

在思想解放问题上，杭锦旗恰好慢了最关键的几拍，所以落后了，拉大了与其他地方的差距。因此，在这个意义上说，杭锦旗的落后不仅仅是总量和增量的落后，更重要的是思想解放程度的落后。像杭锦旗这样的落后地区，思想解放程度有多大，经济发展就有多快。

近年来，全旗上下通过社会主义市场经济理论大学习、大讨论以及走出去考察学习吸收外界的新信息、新经验等，杭锦人民的思想观念较以前有了很大转变，看问题、办事情从思维方式到行为实践有了很大变化。杭锦旗从思想解放中受益匪浅，伊化、伊煤的引进，穿沙公路的开通，四十里梁打深井的实践等，无不得益于思想解放。但实实在在地讲，在小圈子内比，杭锦人民的思想观念有了很大的转变，但与别人相比，杭锦人民的思想观念仍然很落后，主要表现在以下几个方面：

一是因循守旧，循规蹈矩，不敢越雷池一步。想问题、办事情习惯于原来的方式，拘泥于旧的体制，别人做的跟着做，别人不做的坚决不做。政策用得不活，工作呆板，只会规规矩矩办事，不会创造性地工作。

二是小富即安，小成即满，无雄心壮志。说得形象一点就是有饭吃、有酒喝就满足了，不思谋开拓进取，争创第一。

三是四平八稳，行动迟缓，抓不住机遇。干工作不是抢先行动，而是慢慢腾腾，总想赶在后面享现成。干开了，又瞻前顾后，左顾右盼，犹豫不决，不敢大踏步前进。结果是机遇擦肩而过、浑然不觉，别人争到了才后悔叹息。

四是信心不足，精神不振，遇难而退。工作缺乏必胜信念，没有高昂斗志，畏首畏尾，遇到困难就叫苦不迭，赶紧撤兵。

针对这种情况，第一，解放思想特别要提倡"敢、争、抢、拼"四字精神。

"敢"就是敢想、敢干、敢闯、敢走前人和别人没有走过的路。不怕担风险，不怕丢帽子，不怕别人说三道四。大胆试、大胆闯、敢冒风险，干成了好，干不成敢去干、敢去比试比试也好，失败了并不可怕，就是先败了，起码有个教训，为后人操作打个基础。

"争"就是争当第一、争创一流。目标要高，向一流奋进，跳起来摘桃子。就因为落后，才要赶超先进，争当一流；就因为落后，才要横下一条心来去争当第一。

"抢"就是抢抓机遇。机遇对每一个人、每一个地区来说都是平等的，但不是每一个人都能得到的。机遇不会自动找上门来，需要自己去抓，但机遇又是稍纵即逝的,慢慢腾腾不行,四平八稳、一杯茶、一支烟、一张报纸看半天的工作效率不行,必须树立"抢"的意识,要争分夺秒、雷厉风行。现在杭锦旗面临那么良好的发展机遇,别人都在"抢",杭锦人民无动于衷,错过机遇,就会成为历史的罪人。杭锦人民必须抢在别人前头。

"拼"就是要有拼命干的精神,忘我干的精神,玩命干的精神。就是要有连轴转的耐力,拼命三郎的作风,认准的事就要拼命干到底,不管困难有多少,风险有多大,阻力有多大,不达目的不罢休。现在各级喊得最多的是没钱办不成事。但是干部要树立这样一种信念:没钱能把事办成,才是人民最需要的好干部,否则要这些干部干什么?

二、一个行动抵一千个口号

列宁说过:"一打纲领不如一个行动。"不管在这个会上讲得有多么漂亮,不管豪言壮语有多么激动人心,但最终能够解决实际问题的,能够带来实实在在的效益的,能够给全旗13万人民做了交代的,是把语言落实到行动上,最终变成实实在在的经济成果,这才是这次会议的最终目的。所以,今后在落实问题上要加大力度,要做到说了就办,定了就干,要干就要干成功。

会上对1998年的奋斗目标已取得了一定共识,大家认为旗委、旗政府提出的总体思路和总的目标是正确的,是符合实际的;各主要企业、苏木乡镇表态发言是实事求是的,指标是切实可行的,措施是得力的。问题的关键在于落实,在于怎样去工作。白玉岭希望各级领导干部能够把确定下来的目标和措施一项一项落实下去,能够一项一项做成,如果真的能够达到这个目的,杭锦旗的翻身和致富应该说是指日可待的。

三、领导的责任义务就是解决困难

在讨论中不少同志讲到困难,而且像杭锦旗这类地区,要想取得比较大的发展，困难是客观存在的，在某种程度上讲困难是巨大的，在这种情况下怎样去看待困难，建议各领导干部要树立一个比较正确的认识。

首先，要认识到现在是有困难的。旗直机关工资才发到10月份，有的乡苏木已快1年没有发工资了，发展态势较好的亿利集团，目前也存在着资金短缺的巨大困难。因此，困难是客观存在的，有困难而说没有困难是不现实的。

其次，要正确看待困难。如何看待困难，能真正显示出领导者水平的高低，能显示出领导者的素质和胆略。杭锦旗面临的困难是前进中的困难，通过大家的努力是完全可以克服的，也一定能够克服。正因为世界上有困难，才设立起这么庞大的行政机构，搞出这么多的企业，才需要这些领导同志存在。从这点上讲，政府的职责就是为人民群众排忧解难的，领导者的义务就是解决困难、克服困难。如果不是这样，领导者也就没有用了，当然人民群众也就更不需要这些领导者了。这一届领导就是为解决困难而来的！政府就是为解决困难而设立的！

最后，牢固树立起一种信念，即办法比困难多。所谓大发展小困难，小发展大困难，不发展最困难，而杭锦旗现在的困难是发展中的困难，是前进中的困难。要相信这些困难一定能够克服，要有克服困难的雄心壮志，要解放思想、开阔思路，要千方百计改变贫困落后的面貌。钱从哪里来，钱从领导者的头脑中来，从人民群众的双手中创造出来，从外商的腰包中来，如果杭锦人民能够树立起这样的信心，并付诸实施，可以说遍地是财源，到处是黄金，杭锦旗发展中的困难就一定能够克服。世上没有解决不了的困难，穿沙公路的成功修建就是明证！

四、都应该有几手新招

讨论给人一种扑面而来的新气息，领导的思想在实实在在地解放着，思路在实实在在地拓宽着，办法在实实在在地想着，但是白玉岭依然强调，工作上一定要有创造性。众所周知，每一个地区和部门都有自己的特殊性，按照矛盾论的观点来讲，只有具有自己的特殊性才能区别于别人。旗委、旗政府从整体的角度上提出的思路、目标和措施，各地区、各部门落实时绝对不能照搬照抄，也就是工作上要有创造性，每个地区和部门都应该有几手新招，做成几件不同于别人的、值得自豪的事情，这样才符合世界的多样性，也才能真正符合自己的实际，从而更快地发展。总之，工作上要有创造性，只有这样才能把事业推向前进，否则就证明思想还没有解放，领导就是不称职的领导。

应该说明的一点是：这次会议上确定的各项指标中，乡镇苏木财政收入和农牧民人均纯收入是主要指标，企业上缴财政税收是主要指标，其他一些指标是指导性指标，在某种意义上讲是次要的。还应该明确，各项指标下达的都是下限，也就是最低限度的指标，这个指标只许超，不允许完不成，当然超了要重奖，奖励力度要比去年更大。

五、白明昼夜来了就办

介于杭锦旗目前发展的任务这么繁重，介于杭锦旗目前正处在发展的关键时刻，介于杭锦旗还需抓住机遇，我们的机关部门要牢固树立起为企业、为乡镇苏木服务的思想，在这点上要求各位领导不能有丝毫的含糊和动摇。白天来了白天办，黑夜来了黑夜办，24小时全天候服务，特别是对企业，尤其是对民营企业更应如此，要把这项工作作为一项纪律。白玉岭郑重宣布，如果哪个部门有意地为难和阻碍乡镇苏木及企业的工作，旗委、旗政府将采取严厉的措施进行制裁。同时，要改变"浮"的工作作风。从旗委、旗政府六大班子领导、部门领导到乡镇苏木领导，都要沉下去，沉到企业、沉到基层，到第一线去调查、去研究、去解决实际问题。只要把真正的情况掌握了，解决问题的办法就自然而然地有了。如果领导不到第一线去了解情况、掌握情况，处理问题就纯粹是胡说八道，更谈不上有正确的决策，说得小点是领导的工作作风不实际，说得大一点是在害人。所以白玉岭建议，今后从上到下要掀起一个"下乡潮"，呼吁领导同志到第一线去，到基层去，到最需要领导干部的地方去。

六、众人拾柴火焰高

工作方法上目前存在着不少问题,领导干部有很好的工作目标,明确的工作措施,良好的工作愿望,但最后的结果总是不尽如人意,没有达到预期的目标。回过头来看这些问题,发现领导者的工作方法起着重要的作用。因此白玉岭建议,六大班子领导、部门领导及乡镇苏木领导一定要注意工作方法。

第一,要注意抓重点,即抓住对全局有决定意义的工作,要善于在千头万绪中找出重点。其他工作在某种意义上讲完全可以放手不管,千万不可大事小事一揽子管,陷入事务圈子里面。

第二,要找到工作的切入点,目前杭锦旗面临着百业待兴的局面。人民群众有着良好的愿望,期望在这一代领导手上把事干成,事实上不可能在一天之内就把所有的事情干好干完,有的事情根本做不成,有的事情不好去做,只有少部分事情能够做成。在这种情况下,尤其要注意找到工作的切入点。所谓领导水平、领导艺术就在于此。要清楚能做和不能做的,确定好目标,下大决心去完成。因此找到问题的切入点至关重要,至于怎么找,还需要领导干部不断学习,不断提高自身素质。

第三,要注意调动干部群众的积极性。众人拾柴火焰高,团结起来才有力量,只有步调一致、齐心协力才能把事情办好,单枪匹马打天下古往今来从来没有。如何调动干部群众的积极性,白玉岭建议一要靠政策的威力去调动,二要靠领导者的素质,包括用个人的品质、魅力去调动,领导者的素质是团结带领群众积极向上的重要因素。

七、要与私营企业家共商发展大计

十五大在所有制和分配方式问题上为杭锦旗指明了方向,像杭锦旗这类地区,个体私营经济的发展是刻不容缓的事情,要通过3~5年的努力,使杭锦旗的个体私营经济占到杭锦旗国内生产总值的半壁江山。

这次特邀了部分私营企业家参加了会议，与领导干部共商今后的发展大计。白玉岭希望明年的今天，杭锦旗个体私营经济有较大的发展，要有几户企业挤进百万元利税行列。旗委、旗政府和各部门、乡镇苏木领导要全心全意、不遗余力地予以支持。

总的说来，杭锦旗开了一个成功的大会，开了一个奋发向上、催人奋进的大会。杭锦旗正处在发展的关键时期，正面临着前所未有的良好机遇，如果全旗上下能够按照这次会议的总体部署，抢抓机遇，把事情干好，向全旗13万人民交一个漂亮的答卷，领导干部就完全有希望实现目标，把一个初步繁荣昌盛的杭锦旗带入21世纪！

第三节　走进前列不是梦

1998年1月19日下午，在伊克昭盟妇联会议室里，70多人热烈地讨论着一个话题：如何加快杭锦旗的经济发展。曾在杭锦旗工作和生活过的盟府各界人士应邀参加杭锦旗委、政府和亿利集团公司联合举办的"加快杭锦旗经济发展座谈会"。晚上，东道主在盟宾馆举办了答谢酒会。

座谈会上，当大家听完白玉岭介绍杭锦旗1997年的发展情况和今后的发展思路，亿利集团副总经理杜美厚介绍亿利的发展前景后，全场报以热烈的掌声，大家为杭锦旗的发展变化喝彩。

与会者高度评价杭锦旗近年的发展变化：1997年财政收入突破5000万元，农牧民生活水平进一步提高，基础设施建设跃上新台阶。其中，特别令大家鼓舞的是穿沙公路的贯通。

曾任杭锦旗副旗长的盟政协民族宗教、祖国统一委员会主任黄凤鸣激动地说:"这些变化让人惊喜,典型的例证是穿沙路的修通。过去唱'你住在梁外我住在滩,可叫库布其沙遮了个安'。现在一个多小时就下了滩,我做梦也没想到杭锦人能在库布其沙上开辟出一条公路,我们为杭锦旗的发展感到光荣和自豪。"黄主任还风趣地说:"今儿个我激动得说汉语舌头也不卷了。"

曾任杭锦旗旗长的盟粮食局杜·阿迪牙局长说,前几天他来到杭锦旗,看到市政建设变化很大,更重要的是人的精神面貌也发生很大改变,到处都在谈发展、谋发展、求发展。大家对杭锦旗的明天充满信心,这是给他感受最深的一点。穿沙精神是最宝贵的精神财富,他说有机会他要亲自去穿沙公路上走一回,感受一下穿沙精神。

在总结评价杭锦旗近年发展原因时,大家认为,一支恪职奉献的好班子、一条适合旗情的好路子和一个调动各方面积极性的好机制是杭锦旗经济腾飞的关键因素。

杭锦儿女坚信,走进前列不是梦。

座谈中,大家对杭锦旗今后的发展思路和奋斗目标给予充分肯定,认为思路清、目标大、措施硬、干劲实,是符合旗情的。

盟委委员、军分区杨向前司令员兴奋地说,开这样的座谈会是旗领导解放思想的具体体现,可以增进了解、互相学习,促进内联外引,团结调动一切力量,群策群力加快杭锦旗经济的发展。杨司令员表示要通过人武系统为杭锦旗发展做贡献。

盟委副秘书长诚恳地提出两点建议:一是要统一思想认识,全旗支持亿利集团发展,为亿利壮大创造良好的外部环境;二是要做好减人增效工作,防止支出负担反弹。

曾任杭锦旗旗委书记的盟法院副院长李凤鸣诚挚地希望杭锦旗依靠自己,推进发展;争取上级,促进发展;强化引进,加快发展。

曾任杭锦旗旗委书记的行署副盟长高峰云在致酒词中倡议杭锦儿女团结起来,艰苦创业,让家乡的父老乡亲早日过上幸福的日子。

杜·阿迪牙局长深情地说,看到报刊上报道杭锦旗,他就把它介绍给周围的同志。

盟环保局局长石忠勤说，穿沙路的修建也是杭锦旗生态建设的大行动，要协助从环保的渠道申报项目。

盟国税局郭万召局长建议加快培育多极财源，并通过改善投资环境吸引投资，增强发展的紧迫感，尽快形成强劲的发展势态。

来自金融、财税、煤炭、文教卫生、民政等部门的同志也纷纷表示，要各自发挥行业优势，尽心尽力为杭锦旗经济发展办实事。

旗委书记白玉岭在致谢词中表示，对各位领导关心家乡人民生活水平的提高，关注支持杭锦旗经济的快速发展表示崇高的敬意。他说，杭锦旗自前还很穷，发展有许多实际困难，需要各界朋友们的支持帮助。杭锦旗也面临前所未有的发展机遇，这一届领导集体有能力、有信心、有责任带领全旗13万人民把杭锦旗的事情办好，实现20世纪末走进全盟前列的奋斗目标。

穿沙建设 群英会之一

穿沙建设 群英会之二

穿沙建设 群英会之三

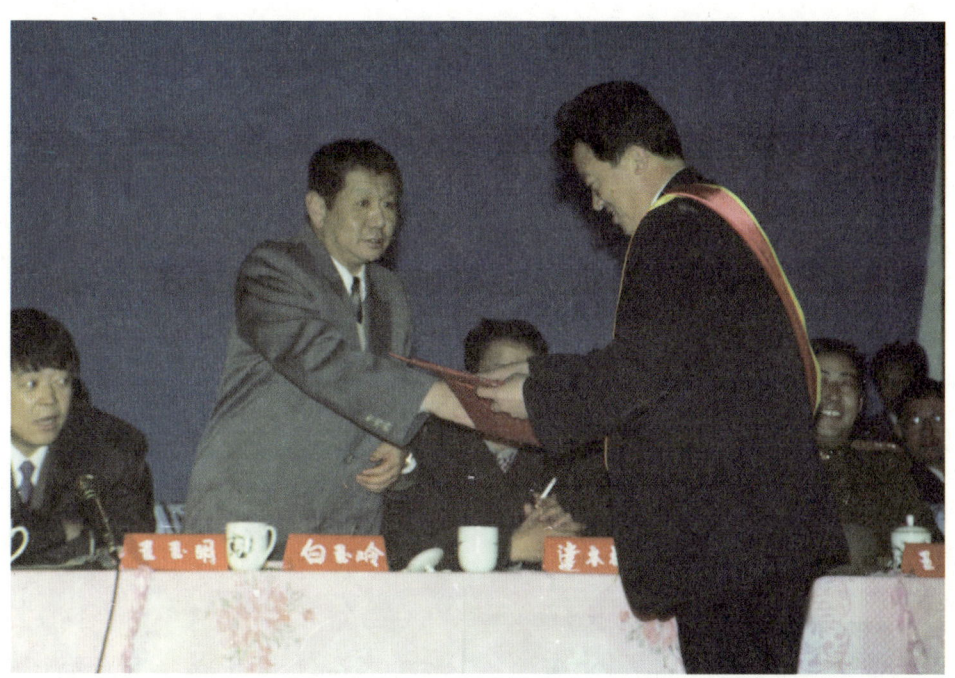

穿沙建设 群英会之四

穿沙建设 群英会之五

穿沙建设 群英会之六

1998年2月28日,中共杭锦旗委隆重召开表彰大会

第四节 只有干好的义务 没有干坏的权利

1998年，是杭锦旗各项事业突飞猛进的一年，是杭锦旗有史以来遇到困难最多、经济发展最快、基础设施建设力度最大的一年。在全旗上下艰苦奋斗的一年中，涌现出不少成绩突出、勇于奉献的先进集体和个人，为此旗委、旗政府于2月28日隆重召开表彰大会予以奖励。

此次表彰共设11个奖项，分别由17个苏木乡镇、40多个旗直机关、9个企业、140多人获得。一些苏木乡镇、旗直机关、个人分别获得"农田水利建设""光缆工程建设""扶贫先进集体和个人"等奖励。

白玉岭回顾了1998年的工作，并向获奖的单位、个人表示祝贺，对他们所做的贡献表示感谢。他说，1998年杭锦旗各项事业飞速发展，农田水利建设、生态建设、市镇建设都受到上级部门的表彰，扶贫攻坚、光缆工程都打了个漂亮仗，这是13万杭锦人民艰苦创业、奋力拼搏的结果，是人民用血汗换来的。

针对全旗存在的问题，他直言不讳地指出4点不足：

一是出现了浮夸虚报的现象。一些苏木乡镇、部门为了夸大政绩，向上虚报浮夸，玩数字游戏。有几个苏木乡镇没有完成财政收入目标，就用"空转"等手段企图瞒天过海。现已责成主要领导做检查。今后要坚决杜绝类似现象。

二是"谋人不谋事"的现象有所抬头，有些同志放着自己的事业不做，专门搞背后的把戏。这有悖杭锦人敦厚淳朴的传统，有悖杭锦人团结一致的一贯作风，是杭锦旗"发展进行曲"中的"杂音"，应坚决纠正。

三是工作作风不实。个别地区、部门中存在这种现象，应提出严厉批评。领导干部是联系中央与人民的纽带，工作一定要实，一定要把每件事情抓好、落实好。如果落实不到户、不到人，落实不到地头、班组，就是领导干部的失误。

四是思想解放不到位。没有思想解放就没有亿利的发展，就没有穿沙公路的贯通，也没有四十里梁的深井涌泉。对于发展的问题，领导干部应把胆子放得再大一些、脑子再灵活一些。

在谈到1999年的工作时，他说，1999年是20世纪最后一年，领导干部只有干好的义务，没有干坏的权利。相信，再过280天，杭锦旗将以崭新的姿态进入21世纪。

第五节　西线防凌战事紧

凌汛提前近半个月。

1997年冬天封河气温忽高忽低，流经杭锦旗境内242公里的黄河两次封冻，凌块阻塞河道、拥冰结坝。1998年黄河出现了中华人民共和国成立之后40多年未见的高水位。

杭锦人民从3月起，就正式与桀骜不驯的黄河凌汛展开搏斗。这条被誉为中华民族的母亲河，也许是因为儿女对她的关心与爱戴不够，索取得太多，或因为她本身就有着变化万千的暴力性格，此刻，居然对她的亲生骨肉摆出了一副冷酷的面孔，怒气大作，大有故意报复之势……

1998年春，黄河凌汛的流量为每秒960立方米，比往年高出3倍多，而且1997年冬的冰层普遍厚，汛期提前，杭锦旗西沿河一带不同程度受灾。

3月1日，自治区人民政府副主席傅守正、旗委书记白玉岭一同赶往特险地段道图嘎查，实地指导堤防工程建设。当日，在独贵塔拉镇召开现场办公会，研究部署春防工作，制定具体措施，明确具体任务，落实防汛资金50万元，发出防汛指挥部的第一道命令，有12名县级领导组织指挥防凌工作。

白玉岭特别强调，凌汛期间，防凌防汛前线指挥人员有权对不听指挥、影响防凌工作的人员进行严厉处置,领导不干摘帽子,群众不干掏票子,指挥不动戴铐子。公安、司法部门给予密切配合。

旗委办公室的工作人员,在随白玉岭防凌的日子里,真实记录了他们的所见所闻所感。

(一)3月2日,险出西沿河

叫人心悸的报汛电话、凌汛传真从杭锦旗西、中、东沿河地区相继传来:黄河解冻,水量之大,属历史罕见,站在堤坝望黄河不像河流,倒像是大海。黄汛滚滚,冰凌逐浪,冲毁民堤,淹没河头,百姓望河兴叹。

从下午6时起,河水漫出河槽,涌向位于不设防洪堤高台地段的巴拉贡镇昌汉白村,6户村民被围困。晚上9时,办公室副主任王水云通知说白书记从东胜打电话,让通知旗里抽调的所有防凌干部连夜到位。

凌汛开始考验吃着黄河水长大的沿河人。

民兵爆冰除凌

（二）3月3日，紧急命令

凌晨3时，黄河三盛公段流量960立方米／秒，杭锦旗不设防洪堤高台地段的巴拉贡镇昌汉白村、巴拉亥乡河水出岸，有146户村民，626人被围困。

一位50多岁的老乡说："我在这个村子出生，一直到现在，没有见过这么大的水。"

晚上9时，白玉岭一赶到巴拉亥，就主持召开了防凌紧急会议，分析险情，部署抢险。会议决定形成两个材料，一是向上的凌汛通报，二是向下的防凌命令。散会以后，旗委办公室的工作人员赶紧凑在一起，执笔草拟。

约莫过了一个小时左右，白玉岭进来问好了没有，他们说马上就好。他看完他们写的稿子，没有做声，找了几张纸，低头疾书，洋洋洒洒，一气呵成。写完后又看了一遍，稍作改动，就成了《关于防凌防汛抢工抢险的紧急命令》。这是杭锦旗防汛指挥部发布的第二号命令。书记亲自写命令，稿子的分量何其重！

发完传真，已是凌晨2点多了，往回走的路上，他们想起一句歌词："大河向东流，天上的星星参北斗。"

就是这一天，东红柳的村民第一次体会到凌汛的无情，看到了黄河是怎样在不设防洪堤高台地段放纵奔流，逼迫全村人连物带财转移到更高的地段。他们被事实惊醒，明白了一个道理：今天的黄河已不像过去，村应该快点设堤，快点做好防汛工作。

就是这一天，人大常委会副主任贺志忠火速赶往南套子村会同负责本村防汛工作的领导，组织指挥护村坝的加高加固工作，水涨1寸，堤增1尺，整整干了25个小时，当坚持到水势平稳的时候，他们才舒了一口气。

这天夜晚，福茂西、倒扬口、沙海子、红泥圪台600多名抢险人员、6台推土机、100多辆三轮车、四轮车，一直干到第二天下午2时。晚上防汛，夜黑天冷，他们用摩托车的灯光、点燃柴草的火焰照明，硬是一锹一锹、一车一车、一寸一寸与凌汛展开了较量。水要漫过坝顶，人要堵住凌汛，他们不相信凌汛的力量比人强大，憋着一口气，摽着一股劲，直至征服了凌汛，保住了堤坝。

旗长科技助理李清义，带病参战，沿河工委副主任黄六斤与乡镇苏木领导一起在堤坝上奋战到最后。

（三）3月4日，巾帼显风流

今天距国际劳动妇女节只有4天了。河开至呼和木独苏木境内。

下午，在马头湾验完工去往红泥圪台途中，旗委办公室的工作人员远远地看见一股河水翻卷着浪花，从国堤内流出，堤坝上20多名妇女正在紧张地堵塞穿堤。

这是一处穿堤口界，本来昨天已经堵好了，可夜里又开始漏水，3米多宽的大堤，外围不断被水淘去，仅剩1米多宽。男人们都到情况更为危急的红泥圪台去了，她们早上9点多就上来了。人群中有为数不多的几名男性，除了几个开四轮车的小后生外，还有一名副苏木长，正穿着水裤在河水里搬动沙袋。望着一张张疲惫而又焦急的面孔，报社的王华副社长放下相机，拿起铁锹，跳上四轮车奋力挥锹，帮助卸车，一位老乡说："这是个好人。"

白玉岭焦急万分，用手机指挥调动汽车、推土机上坝。时间就是速度。他从远处望车还没有到，而穿堤还没堵住，干脆坐车回去调派。

下午6时，口界被堵上。那些妇女用劳动为她们自己的节日献上了一份厚礼——劳动着的人永远是美丽的。

（四）3月5日，两个村子两番景象

今天，永胜乡的光前村和乃玛岱村两个村子，给人留下了两个截然不同的印象。

下午3时30分左右，旗委办公室的工作人员到了光前村负责防守的堤防段落。当时水势涨速迅猛，国堤上还有不少亟待加固加高的险段。远远望去，堤坝上站着一大帮人，到跟前，发现持锹者只有两三个，问："你们做甚？"答："防凌。"

白玉岭生气地说："我还拿着部手机，你们都赤手空拳。"乡里领导介绍说，这是全乡最穷的村子。

下午4时30分左右，旗委办公室的工作人员又到了位于光前下游的乃玛岱

村,但见堤坝上不远不近有三三两两的村民,或铲土,或装袋,或踩压,男的女的老的少的都有,一派忙碌景象,他们死守阵地,第一道民堤失守,守第二道,第二道失守,守第三道,只要有一线希望,就要拼命保住河头地。民堤全部失守,就加固国堤。所加固的堤坝厚实扎壮。乡里的领导介绍说,这是全乡最富的村子。

大家都说:"穷一定有穷的原因,富一定有富的道理。"穷也好富也罢,由此可见一斑。

(五)3月6日,深夜派援兵

凌晨4点多,值班的水利局局长王德义推门进来报告:吉乡三苗树王大圪旦水位上涨迅速,现距堤顶不足1尺。还没有从沉睡中缓过劲来的旗委办公室的工作人员茫然不知所云。只听白玉岭说,马上让南干局的牛宝局长赶到那儿。王局长出去了,随即传来吉普车呜呜的轰鸣声。白玉岭又说,通知乡里,

黄河流凌抵下游,杭锦旗段险过关

抽上20名机关干部上去抢险。

几天来，白玉岭日夜关注着各地的防凌情况和凌汛的每一动向，不断发出指示，领导着防凌工作。每天的休息时间不足5小时，有5个晚上，不脱衣服，随便躺一会儿，没有睡一晚踏实觉。而今眼里隐含着血丝，满脸显露着疲惫。

王局长感慨地说，白书记来了大家就有了主心骨。

白玉岭像一个指挥若定的大将军。

（六）3月7日，志愿者在行动

今天下午独贵塔拉镇堤防所，又见到了郭宽。

郭宽是东胜人，3月3日那天他来旗委办事，听说沿河凌汛形势严峻后，当即表示愿意为杭锦旗的安全度汛做点贡献。于是，他和他的司机以及另外一位朋友，开着他的中巴急急忙忙上路了。当赶到巴拉亥附近时，河水已漫过了公路，隔水相闻人声，却帮不上忙，只能望水兴叹。

他不服气，便绕行。而再三绕行的结果是，他在前不着村后不着店的沼泽地里过了一夜。之后，又绕伊克乌素苏木到盐海子走穿沙公路，来独贵塔拉镇向负责东沿河防凌前线指挥的沿河工委副主任王树林报到，说愿随时听候调遣，不取分文。

这件事反映出人们在认识上存在的巨大的差距。其实，不单单是防凌，对待所有的工作，又何尝不是这样呢？有积极进取的，必然有消极怠慢的；有大公无私的，必然有自私自利的。郭宽的举动，足以让所有落伍者无地自容。

（七）3月8日，长治才能久安

今天，黄河流凌抵下游，杭锦旗段险过关。沿河人再次经受了考验，堤防再次经受了考验。现在，人们已经意识到年年抢险年年险总不是办法，开始觉醒，加强堤防建设，防患于未然才是上策。然而，意识归意识，觉醒归觉醒，要真的付诸行动，特别是改变以往习惯成自然的靠国家投资建设的思维定式，谈何容易！

历时8天，凌汛造成108户房屋倒塌，摧毁桥涵闸153座，413人受灾，淹没土地、三级砂石路、乡村公路、高压线路、低压线路、变压器，直接经济损失

759.497万元。

第六节 书记扶贫又先行

1998年3月中旬。

下午4时，在紧张了一个星期的防汛抢险工作后，刚刚从前线回到旗委的白玉岭，从手背上拔掉输液的针头，来到阿门其日格乡奋勇村看他的包扶户。

走进小尾寒羊圈，查看了小尾寒羊的养殖情况，白玉岭问主人："怎么只有一只母羊领着羔子，这两只的羔子呢？"主人说："不知什么原因，总是不怀羔。"

白玉岭当场对乡政府赵天昌乡长说："你派一名技术员，负责完成这项工作。"

他随即询问了户子今年的生产生活情况，帮助制定生产计划，解决春耕春播中存在的困难，保证种覆膜玉米10亩、油葵8亩、土豆5亩，再种些杂田，边头地畔试种大洋葱；还要在养好小尾寒羊的同时再养3口猪，自食1口，卖2口；将现有的3头牛育肥，卖了以后，购买一台小四轮车，解决生产运输困难。

所有的农用资料及家畜购买，如种子、化肥、地膜、猪仔等资金，采取自己拿一点、向别人借一点、信用社贷一点、赊欠一点等方式，保证不误农时、不误饲养。

时隔一夜，3月13日，白玉岭由扶贫办主任白永学带路，又深入到他的新包扶户，图古日格苏木苏达尔嘎查阿日和巴特尔家。

白玉岭在等候主人回家的两个小时中，查看了巴特尔家的草场、羊群、耕地、住房、库房、场面等，发现草场沙化严重，部分梁地也是光秃秃的，羊圈

沙海明珠

里的粪少且薄,场面没有一根草,住房破旧,耕地不足5亩,而且零散不平,虽有一台配套的柴油机抽水设备,看样子也是没有充分利用。白玉岭叹了一口气说:"怎么能把日子过成这个样子?"

苏木领导介绍说,这个户子3口人。可耕地能发展到8亩,有1400亩草场。因给别人揽工放羊,草场一直不能恢复,自己只有16只羊。

白永学补充道,按照贫困户调查定级得分,这个户子是高质量贫困户,只打了48分,他们是特意安排给白玉岭书记的。

说话间苏木领导从亲戚家找回了主人,白玉岭向主人说明了来意,接着说:"穷确实可怕,穷又不能怕,怕的是只说不做,只吃不干。今年我负责包扶你们家,咱们要好好干,互相配合,照你们的打算,我谈几点安排意见:

"一是重新平整好8亩地,把黑土头推平,利用好地边河水,用柴油机抽水,配套喷灌,保证种好8亩覆膜玉米,还可以利用地头渠畔种些山药、瓜菜。

"二是停止揽工放羊，围封草场，尽快发展牧业，控制在80只羊左右。再喂一口猪。

"如果确实能坚持下去，你就不仅能脱贫，而且会过上富日子，购买小猪、籽种、化肥、地膜、农药和推土机平地钱、500斤拉网钢丝钱我今年用我的工资借给你们，一至两年的时间给我还清，具体劳动就要靠你们两口子了，我会不定期来看你们，帮助你们想办法，保证年底脱贫。"

第七章

第一节　二战库布其：栽死的、种活的、养绿的

从1998年春天第二次治沙大会战开始，会战的主要目的是拓宽公路两边的沙障控制带，在宜林地种树种草，给飞播等治理措施创造条件，为最终建成绿色长廊做准备。

以内蒙古农业大学胡春元老师为首的库布其沙漠穿沙公路两侧防治研究课题组，对锡乌扶贫开发公路两侧沙害防治体系通过深入调查后，完成了《库布其沙漠穿沙公路综合防治技术研究》等具有重要参考价值的技术报告，1998年相继在《内蒙古林业》《干旱区资源与环境》等刊物上发表。

3月9日，盟、旗林业局抽调工程技术人员，自带行李、食物奔赴库布其沙漠生态试验站基地，开始了艰苦的勘测、规划工作，拉开了锡乌扶贫开发公路植被建设的序幕。公路两侧的防沙林带，西侧设计宽度是200米，东侧，就是背风面设计宽度是50米。设计方案讨论后，大家都觉得林带有点窄。

此事非同小可。旗委书记白玉岭发表意见："你们这样弄起来后，必须把

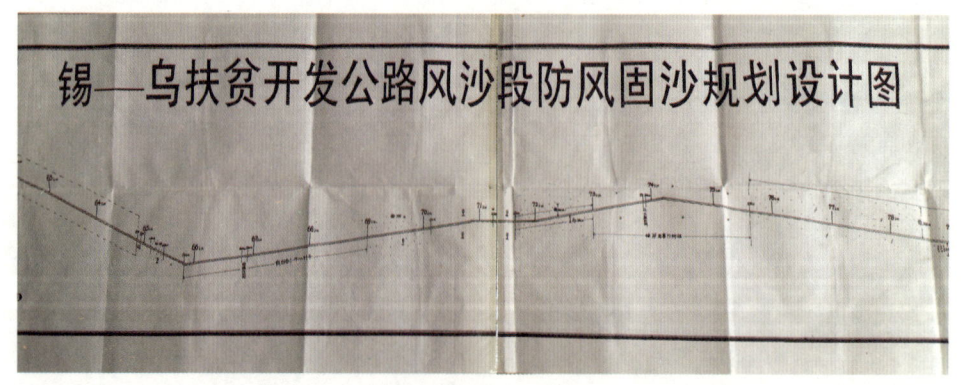

锡乌扶贫开发公路风沙段防风固沙规划设计图

沙固住了，要不然我这个旗委书记就当不成了！"为了保险起见，最后定成公路的西侧林带宽度是500米，东侧林带宽度是200米。这些年，杭锦人都让风沙刮怕了。

3月20日，旗人民政府印发了《关于锡乌扶贫开发公路两侧植被建设集资的通知》，集资由干部职工所在单位从工资中统一扣缴。农牧民、城镇居民、个体工商业主及私营企业主、机动车辆均承担相应集资任务。

3月30日下午，治沙绿化大会战动员暨文艺义演大会在锡尼镇礼堂举行。会上宣读了《关于动员全旗力量开展穿沙公路两侧春季治沙绿化大会战的决定》，白玉岭在会上做了动员报告。

白玉岭简要地回顾了穿沙公路的建设历程。穿沙公路在全旗人民的共同努力下，盐海子至独贵塔拉段现已初步建成三级砂石路；1.3万亩沙障经数十场大风考验取得初步成功；修路治沙在资金到位700万元的情况下，完成2000万元的工程量，创造了杭锦旗发展史上的奇迹。穿沙公路开始发挥其不可估量的经济、社会、生态效益。

但是穿沙公路建设仅仅迈出了第一步。锡尼镇至盐海子段还是天然路，沙害治理还需艰苦努力。50多座桥涵还没有建成，今年还有2000万元的工程量需要完成，即锡尼镇至盐海子段建成三级砂石路并同四十里梁形成南北大通道、完善治沙工程达到700米的控制带，并用3—5年的时间建成绿色走廊，沿线50多座桥涵今年建成。如果可能，今年把盐海子至独贵塔拉段修成三级油路，直至全线三级油路贯通。

白玉岭指出，穿沙公路已经成为外界了解杭锦旗的窗口，穿沙精神是杭锦旗的象征。鉴于修路筹资的困难，旗委号召全旗上下为穿沙路修建再次捐资投劳。白玉岭表示，要从自己做起，在三月份工资中完成捐资任务。他希望全旗人民积极投身大会战，为建设富饶美丽的杭锦旗共同奋斗。

会后，旗乌兰牧骑为大家表演了精彩的文艺节目。演员们以优雅的舞姿、激昂的旋律、嘹亮的歌声为即将参加会战的人们饯行。

大会战从4月6日开始至4月下旬结束，会战采取因地制宜的方法，在公路两边种草、种树、栽设沙障，叫作"栽死的、种活的、养绿的"。

从3月下旬起，每天近百车沙柳、树苗分散到各个地段。盟草原站提供的300万苗杨柴已全部到位。离穿沙公路两侧绿化大会战尚有3天，沿线络绎不绝的车辆满载沙柳、树苗、沙蒿在穿行，各单位、各部门找住地、看治理段，整个穿沙路上已是一派忙碌的景象，紧张备战唯恐贻误战机。

4月的巴音乌素镇，所有店铺均客满。赛音乌素苏木能住的地方也一抢而空，中心小学不得不放假一周，腾出所有教室让参加会战的同志们居住。沿线散居的牧民也抓住时机，纷纷廉价出租住房，有的还提供伙食、运输服务。部分单位为了争抢会战时间，干脆在治理地段搭起帐篷，就地安营扎寨。今春治沙会战以资代劳的单位很少，许多单位全员出动，一边治沙，一边磨炼队伍。兵马未动，粮草先行，无怪乎住地如此紧张。

本次大会战资金预算为500万元，实际到位仅有23万元。自动员大会后，旗直机关、企事业单位职工纷纷交纳集资款踊跃报名参战，农牧民自备治沙材

栽沙障会战

料，走上穿沙公路治沙前线。去年有20多个单位以资代劳，今年只有5个单位因特殊情况不能参战，从领导到群众人人以亲手在穿沙公路治沙为骄傲。

4月9日，穿沙公路的治沙绿化大会战进入高潮，50多公里的战线，1万多名建设者按照指挥部的部署，紧张有序地进行着栽设沙障、种树种草的作业。沙柳、苗条供应充足，医疗卫生保障有力，整个会战现场忙而不乱。

东沿河的农民们正值春播的大忙季节，当他们接到参加大会战的通知后，连日赶着把小麦种好，为参加会战做好准备工作。这次会战，东沿河独贵塔拉镇、杭锦淖尔乡、沙日召苏木对各村社农民按人进行了任务分配，他们的任务在特大沙丘地段。普通的沙丘也有几十米高，个别高达百米以上。有的地方需设沙障，有的地方需栽树，人们挖坑的挖坑，插柳的插柳。70多岁的喇嘛狄旺老人收拾起念经做佛事的东西，骑着毛驴来栽沙障，还对旁人宣传："吃了这么多年共产党的饭，也该为党做些事了。"

从首府呼和浩特来的参观者络绎不绝，望着炎热的沙丘上挥汗的孩子们，他们把所带的饮料全部留给了孩子们，并和孩子们照相留念。他们含着热泪说："如果让城里的那些娇子们来看看这里的情景，真是一种启发，一种反思。我们要把这一切告诉家里的孩子们。"

很多记者和外地来的客人来到穿沙公路上，问总指挥，这路以前是不是自然路？沙障是不是以前就有？他们怎么也想象不出来去年6月以前这里还是一座座连绵起伏的巨大沙丘，是荒无人烟的死亡禁区，交通工具只是骆驼，更不能想象风会刮到伸手不见五指的地步。

第二节　大漠劲旅

1998年春植树季节来临，9公里特强沙段能否治理成为指挥部关注的难

穿沙公路大沙段

穿沙公路大沙段治理区域Ⅰ

穿沙公路大沙段治理区域Ⅱ

穿沙公路大沙段治理区域Ⅲ

穿沙公路大沙段治理区域Ⅳ

穿沙公路大沙段治理区域Ⅴ

题。旗武装部政委王中强、部长闫加利主动请缨，在春季治沙绿化大会战中拿下7.3公里极强沙段的治理任务。

来自全旗10个苏木乡镇的90名基干民兵和旗武装部20多名官兵组成10个治沙班。

王政委对官兵们下达了动员令："旗委、旗政府委以我们重任，是对我们这支队伍敢不敢打硬仗、能不能打胜仗的严峻考验，我们一定要高质量、高速度地完成治沙任务，再铸大漠军魂。"

120多名官兵分布在7.3公里的特大沙段，每日以1公里的速度向前推进。他们从早晨6点起床训练，6点30分进入大漠分班作业，10面军旗从两侧遥相辉映，各班展开了竞赛作业。官兵们穿着统一的迷彩服，奋战在三四十米高的沙丘上，大漠黄沙、猎猎军旗、沙柳屏障与橄榄绿构成一幅大漠军魂图。他们要用一个多星期的时间完成7.3公里的治沙任务。

一、慰藉亡灵

"古录都嘎社……其哈……那白？必萨……那……吉。"（老三，你在哪里？我想你。）一位蒙古族老人怀着强烈的愿望在呻吟，呼叫了40多个日夜后，弥留之际，老人终于不能完整地再一次呼唤远方他深爱的三弟。这一天是1998年4月11日，5天前穿沙公路绿化治沙大会战拉开序幕。

老人呼唤的老三叫布仁，是杭锦旗人民武装部副部长，这时他正在被称为黄金通道的穿沙公路上指挥官兵和100名基干民兵应急分队挥汗奋战……

40多天以前，布仁就收到了从准格尔旗魏家峁乡井子沟发来的第一封电报。考虑到部里事多繁忙，一咬牙他没回；10天前，他又收到第二封催回的加急电报，当时穿沙植树大会战进入实施阶段，部里只剩下他和政委，人手吃紧，他只能在片刻的"偷闲"中一次次对天发誓："亲爱的大哥，只要忙完穿沙路，我一定挤时间回去看你。一定！"而现在，第三封电报出现在他面前，兄长已经永远地走了。

哥哥含辛茹苦地供他上学，送他参军，帮他娶妻，而哥哥却形影相吊，孑然一身，一盏油灯，一顿淡饭，清苦无依的日子像快镜头一样倏然而过。患病几年来，从未开口向他要求过什么。布仁知道，相依为命、手足情深的哥哥理解他，支持他的事业。而今，哥哥在病重的日子里一直念叨着他，一直渴望能再见一次深爱的弟弟，毕竟是最后一次，而他却最终让哥哥失望，含泪而去……泪水浸透片纸，洒落公路……

不知过了多久，布仁听到一声沉沉的叹息：

"你必须马上回去慰藉亡灵！"语气斩钉截铁，不留丝毫余地。

"可是……"

"没有可是！"政委王中强重重地捏了一下布仁的肩，悲伤地离开了。

当他日夜兼程租车赶回400公里外的哥哥家时，遗体在左邻右舍的料理下已经入殓，他哭倒在哥哥的亡灵前。邻家老人泣不成声地说："布仁回来了，布仁回来了。"像对哥哥，像对蓝天，更像对大山说！

第二天，将哥哥入土为安后，布仁没有吃一口饭，揣了两个馒头，又日夜兼程地返回穿沙公路，继续指挥会战。

二、光头"和尚"队大战库布其

王中强是传奇式的人物，来自草根，上过6年学，没读过军校，在部队复员时是士兵，转业后到杭锦旗的一个小修理厂当工人。后来调到旗委办公室，不久被提为办公室副主任，32岁那年出任旗委督查办主任。33岁时旗委换届他当选为旗委常委、办公室主任，旗县人民武装部划归地方，34岁时任旗委常委、旗人民武装部政委。

在此期间，王中强独辟蹊径，在治沙造林工作中做出突出成绩。人民武装部重新划归军队后升格正县级。赶上西部大开发部队参与地方建设的需要，王中强被树为全军学习的典型。王政委思路清晰、语言表达能力强，讲话很有逻辑，富有鼓动性。其后历任鄂尔多斯军分区后勤部部长、杭锦旗人民武装部部

沙漠绿洲万亩林

长、军分区副司令,直至军分区政委(正师级,大校)。

1992年3月,王中强调任杭锦旗委常委、人民武装部政委。面对相对稳定的国际环境和安定发展的国内环境,旗县武装工作如何搞一直是王政委思考的问题。杭锦旗武装部之前是一个一穷二白的烂摊子,训练基地设备陈旧、运作经费捉襟见肘,职能发挥从何谈起?

要改变现状必须两个文明一起抓。结合地区特点,王政委果断提出"保卫祖国,建设家乡"的口号,挑起攻克地区经济发展的急难险重任务,探索人民武装部工作训用结合两条腿走路的新路。

1993年在乌海办焦化厂小试锋芒之后,1994年挥师北进库布其,掀起营造万亩林的建设高潮。王政委说,这是由炼黑的向种活的转变。

号称"死亡之海"的库布其占去全旗面积的40%,曾经多次探索绿化改造均以失败而告终。王政委独具慧眼,看到沙区产业开发的巨大潜力,他要在库布其辟出一片绿洲。

1994年4月,由21名官兵组成的队伍开进了风沙弥漫的库布其,军旗插到哪里,他们就把树种到哪里。

在沙漠中栽树,树苗的运输就是一大难题。大车没法儿进去,又没有牲口,就只好靠人背,走在最前面的是政委和部长,所有的干部战士紧紧跟上。在漫漫的风沙中,每走一步都很困难,何况每人都背负着近百斤重的树苗。风沙阻挡不住人民武装部官兵前进的步伐,啃咸菜、吃冷饭、喝凉水、睡荒野,都是家常便饭;汗水渗透衣衫,沙子结满了头顶,嘴唇裂开了口子,沙子装满了鞋子,大家不约而同地脱掉了上衣,剃成了光头,光着脚板干活。

大漠中,军旗下,21个光膀子,21颗和尚头,21双赤脚板,21张红嘴唇,这21个"非洲人"构成了大漠中一道特有的风景线,周围的牧民给了他们这支治沙大军一个雅称:"和尚队"。

头一天种下去的树苗,有时一夜狂风,就将树苗吹得无影无踪,但人民武装部的官兵们绝不向沙漠低头。树苗刮走了,再植,再刮走,再植,他们要誓与沙魔顽敌斗争到底。

植树季节过后,为了保护苗木不被牲畜侵食,按规划,他们又打响了网围栏围封万亩林的战斗。一天下来,浑身像散了架似的,躺下就再也不想起来。一副帆布手套,一天就磨破了,买不起那么多的手套,干脆就不戴了。人人手掌上打起了血泡,拉钢丝、握锹把时钻心地痛,但却没有一个人叫苦叫累。政委王中强,吃苦受累走在前;原部长王玉玺身患风湿性关节炎仍坚持干;老职工朱仁格,一把铁锹儿舞到底,牧民们竖起了大拇指,称他是一台"推土机"。

这一年,就种树和围封,人民武装部的官兵在大沙漠中连续干了40天。40天,栽种沙柳4000亩,围封网围栏10公里,围封面积1万亩,当年成活率达60%。

数年拓荒,万亩林绿染沙海,一个动植物互相依赖、良性发展的"世外桃源"在沙海中建成了。

距离"万亩林"最近的老牧民敖特根巴特,是个出了名的"救济大户"。

这天，王中强敲开了他家的门，说："穷是没根的，咱沙窝窝里长大的人，就得靠沙吃沙。只要你愿意种树，我们帮你。"老牧民点点头。

王中强招呼部里的干部、职工，一起动手，把30千克草籽种在了他家承包的沙地上，接着又从"万亩林"里砍了30捆沙柳，帮他种了3天。3年过去了，敖特根巴特的林场面积增加到了2400多亩，牛羊总数也发展到了240多头。

他们用这样的方法，带动周围牧民种树致富，也让绿色以更快的速度向沙漠中蔓延。一时间，全盟出现了一个个"政府林""学生林""老兵林""企业林"。

伊克昭盟军分区总结了杭锦旗人民武装部营造"万亩林"的经验，启动了全分区7个旗（市）人民武装部和乡、苏木武装部植树造林"115"工程，即旗（市）人民武装部治沙绿化10000亩；乡、苏木人民武装部治沙绿化1000亩；村、嘎查民兵连治沙绿化500亩，三级共完成30万亩治沙绿化任务。成规模、上档次、大面积的治沙绿化，受到有关部门的高度评价：1998年4月，伊克昭盟军分区被总后勤部评为"全军绿化先进单位"。

2000年7月中旬，全区102个武装部在通辽召开会议，会议的主题是——民兵预备役怎样参与西部大开发。会上，王中强做了典型发言。内蒙古军区司令员彭翠峰在总结时说，在没有战争的和平年代，民兵预备役部队干什么？种树种草。怎么干？杭锦旗武装部怎么干，大家就怎么干！

人民武装部的这一壮举引起上上下下的普遍关注，由此成为全盟、全区乃至全国以劳养武绿化建设的一面旗帜。旗人民武装部1996、1997、1998连续三年被自治区评为先进武装部，1998年北京军区授予武装部集体二等功（428个旗县只有2个旗县获此殊荣），王中强先后被记二等功、获全国首届"母亲河奖"、全国十大治沙标兵、全国绿化劳动模范、三北防护林体系建设先进工作者、奥运会火炬手。

时任军委副主席迟浩田上将视察内蒙古，在闻知王中强的事迹后，这位共和国的国防部长请治沙的人民武装部部长吃饭。迟副主席幽默地说："在这里防沙就是防住大自然的侵略，你功劳不小哇。"

在中央电视台第一套节目《新闻联播》中以第四条的重要位置进行了报道，播出时间2分40秒。中央电视台同时在其十三套节目中向世界各国做出了对外报道，并配了大量画面。

中央电视台以王中强为题制作播出了8集电视剧《沙海军魂》、90分钟电影《大漠军魂》和专题片《征服大漠的人》。

三、后勤部部长

旗委书记白玉岭，兼人民武装部党委第一书记。人民武装部的同志们亲切地给他起了个雅号，名曰"后勤部长"。这位相貌酷似"老佛爷"的白书记，在对待武装工作上，有着菩萨般的心肠。

"第一书记不是把位子摆在第一上，而是要实实在在地负起第一位的责任来。"他在旗里有关会议上经常这样讲。那是他刚刚上任后的第二天，听说人民武装部在库布其沙漠折腾起个"万亩林"，"耳听为虚，眼见为实"，于是他一个电话拨到了人民武装部，要部领导带他去看一看"万亩林"。

查看中他对围封护林、育苗育种、药材栽培、恢复植被等具体事宜一一进行仔细询问，并与部领导现场规划了发展远景。当了解到人民武装部在围沙造林过程中的一些具体设想和困难时，他真正体现了曾经是一个优秀士兵的果断和利落，及时召集"万亩林"周围乡村领导、牧户和林业部门的同志，要求方方面面要为人民武装部建设"万亩林"打开绿灯。一把手动真情，一切问题迎刃而解。于是，原来与有关方面签订的"万亩林"征地25年的使用合同改为长期归属人民武装部所有了，10万元专项资金陆续投入了，10万米围栏钢丝、13万千克树苗无偿解决了。

这年秋天，他再次踏上了"万亩林"现场，当看到这个"死亡之海"已被片片绿洲点缀时，他激动不已。于是他召集全旗大大小小百十来个单位开了个植树造林治理沙漠现场会。

"武装部的同志能干的事，我们其他任何一个单位没有任何理由干不成，全旗人民都要向武装部学习。"第一书记特别褒奖了人民武装部,而人民武装部的官兵们也特争气,在这块"试验田"上为在全国有名的库布其沙漠中如何植树种草提供了宝贵的经验。

白玉岭深知,修穿沙公路遇到了巨大困难,特别是公路要穿过50多公里的大沙区,一场大风就可能将道路埋没,可以说,杭锦旗决定修穿沙公路,就治沙方面而言,在很大程度上得益于人民武装部"万亩林"治沙的成功经验。近年来,杭锦旗人民武装部为全旗的各项工作做出了表率作用。

1997年深秋,白玉岭又一次"沉"到了武装部。除主动找机关干部谈心谈话外,他还注意了解家属、职工的工作生活情况。看到人民武装部搞民兵训练,是在机关后边一块仅100多平方米的空地上进行时,他的表情严肃了。"养兵千日,用兵一时。人民武装部不能没有一个像样的民兵训练场!"

回到旗委,他把情况向其他领导做了通报,并安排专人尽快拿出帮助解决的办法。不出10天,有关部门就把面积6900多平方米的旗人民医院旧房无偿转让给了人民武装部,旗政府又加拨专款4.7万元为人民武装部新装了暖气设备。以后,人民武装部集中全旗民兵搞训练,再也不用为吃、住、训、用的问题担忧了。

地方干部和群众说,白书记对人民武装系统,似乎多长了一个"偏心眼儿"!

在旗委当书记,白玉岭的工作千头万绪,常常要加班工作到深夜。但涉及人民武装系统组织开展教育、训练等重大活动,他都随叫随到、准时参加。地方党政干部每年2次的军事日活动,都是在他的牵头带动下进行的。

1998年,部队调整精简,新交流到人民武装部的6名干部在家属随迁就业、子女入学等问题上遇到了困难。白玉岭闻讯后,专门召集这几位干部到旗委开了个"交心会"。他郑重地说:"杭锦旗是个艰苦地区,咱一家人也不说两头的话,只要家属们愿意在这里居住生活,房子、工作还有小孩入托、上学的问题,地方党委、政府帮助解决。"时隔不久,6位家属全都来队了。白玉岭积极协调,为他们安排住处,联系工作。几位新来干部的后顾之忧很快消除了，工作的劲头更足了。

1999年3月，杭锦旗六大班子领导在人民武装部召开议军会议。在谈到资助人民武装部兴建办公楼的问题时，有人以旗财政紧缺为由，提议建楼一事暂缓一步，白玉岭就是不答应。他说："人民武装部是全旗13万人民的子弟兵，杭锦旗再穷也不能穷武装部！如果旗委、旗政府不买这个账，老百姓谁还买我们的账？组织开展武装工作，我们不能纸上谈兵！"他的一席话掷地有声，深深地触动了与会者的心弦，最后大家一致同意将该项议题"特事特办"。

在市场经济条件下，如何解决民兵预备役工作中的难点、重点问题，是白玉岭始终惦记在心的一件大事。对基层民兵预备役的组织建设，他倾注了大量心血。

1995年以来，在他的主持下，全旗统一规范了专武干部的任免程序、管理方法、奖惩制度和职级待遇，规定武装部部长必须进入同级党委班子。全旗共有11名专武干部转为国家正式干部，其中有7人走上了乡镇苏木主要领导的岗位。这些政策规定的出台，极大地调动了基层专武干部工作的积极性，促进了民兵预备役工作的全面落实。

第三节　大检阅

3月底，全区公路沙害治理研讨会在杭锦旗召开。内蒙古交通厅科技专家会同阿拉善盟、通辽等5个盟市的专家实地考察了杭锦旗公路沙害治理情况，并决定在穿沙公路两侧搞2000亩公路沙害治理防护林体系建设项目试点。

专家们深入大漠，参观了穿沙公路两侧设置的沙障结构和布局，了解研究后分析了公路建设沙害治理情况和穿沙公路治沙方案，制定科学治理沙害的措施。杭锦旗以路治沙实践得到研讨会的充分肯定，为全区治理沙害提供有益借鉴。

1998年全盟交通工作会议选择在穿沙公路现场召开，当时正是春季治沙大会战拉开战幕的日子。杭锦草原群情激奋、万马奔腾，迎来了尊敬的客人，给治沙大会战增添了无穷的力量和巨大的鼓舞。

4月5日下午，杭锦旗一场毛毛细雨把草原滋润得更加春意盎然，内蒙古自治区交通厅厅长郝继业来杭锦旗检查指导工作，沿途查看了阿门其日格乡、胜利乡、四十里梁乡、阿日色楞图苏木的部分乡村道路建设情况。在遇到正在修路的农民时，郝厅长一行主动停下车，走上前去，向农民朋友详细询问修路情况。郝厅长问："让你们自己修路，你们愿意吗？任务重吗？"

"愿意，非常愿意。"一位老乡回答。

"为什么说非常愿意？"

"这几年我们种粮少了，种经济作物多了，路修不好，车进不来，东西就卖不出去，我们还是受穷。按人均任务治沙，没说的，任务再重也得完成。"

郝厅长高兴地说："谢谢老乡，你们辛苦了，要想富，就得先修路。"

次日早晨7点30分，从锡尼镇出发，他们沿途又查看了伊煤集团浩绕柴达木甘草基地、杭锦旗盐海子化工工业区，然后进入穿沙公路。

这一天，15000多名农牧民、机关干部、职工、解放军、民兵、学生等参与治沙。他们中有78岁的老人，也有正在读小学的学生，在穿沙公路的两侧摆开了声势浩大的会战阵容，大有人民战争的气派，把库布其打扮得更加神奇壮观。拉运沙柳的车一辆接着一辆，四轮车、三轮农运车、大小汽车、摩托车川流不息，彩旗上的誓词，横幅上的宣言，一面面、一幅幅映入人们的眼帘，召唤着人们的力量。

从小沙走进大沙，又从大沙走进强沙，到场的所有人无不为之感动。

当看到极强沙化地段的沙丘深处有一眼配套的喷灌正在喷洒时，郝继业厅长激动地说："这是治沙的强有力武器，有了这种武器，沙漠这个最顽强的自然敌人就一定能被我们征服。"

陪同的盟委书记兴奋地说："沙漠中吐出清泉，就是吐出绿洲、吐出生命、吐出希望。"朝鲁副盟长补充说："他们为了找水付出了很大代价。"

当穿过大沙,清楚地看到独贵塔拉镇,看到乌拉山的全貌,各位领导的脸上洋溢着一种胜利的喜悦。他们感慨地说了一声："杭锦人民你们太伟大了!真是一路南北横穿,沙海变通途呀。"

在返回的途中,白玉岭又给领导增加了一段小插曲。他指着通往赛音乌素苏木的公路说："如果没有穿沙公路,这个苏木就难以开通班车,现在他们修了支线,交通很方便。有的牧民说,他们杀一口猪的工夫,就骑摩托车往返一趟独贵塔拉镇,猪肉烩菜快好了,正好能买回豆腐来。"几位领导立刻表示,要去赛音乌素看一看,10分钟后就到达苏木政府所在地。

下午3点,旗委常委会议室,大家不顾疲劳,继续展开研讨"穿沙"工作。盟委书记主持召开了现场办公会议,白玉岭详细地介绍了修建穿沙公路的意义、过程、存在的困难及未来的设想。旗委副书记、人大常委会主任达木林,副书记王永诚及党政六大班子的领导和有关部门负责人参加了现场办公会议。白玉岭书记特别指出,没有上级党政领导和有关部门的大力支持,没有人民群众的艰苦奋斗,穿沙公路是修不成的。

与会的各级领导,在看了现场、听了介绍后,倍受感动,纷纷献计献策,为穿沙公路全线贯通鼓劲加油,排忧解难。

郝继业厅长高度称赞说："穿沙公路的建设,证明了人类与自然的抗争是一个永恒的话题,治沙大会战取得的初步成果,证明了库布其沙漠是完全可以治理的。我看后感受很深,受到的教育也很深,内蒙古交通厅将一如既往地支持这条道路的修建,今年上半年保证再投入100万元,帮助解决燃眉之急。"他特别夸赞"栽死的,种活的,养绿的"这种综合治沙的措施是科学合理的,符合现实的。

包建设副厅长表示要继续支持穿沙公路的建设,并对今后的交通工作提出了具体的指导性意见。

盟委书记说："穿沙公路的建设拉动了杭锦旗各项事业的大变化、大发展,党政一把手亲自抓,六大班子领导同心协力齐抓共管,给伊克昭盟的经济发展做出了贡献，我表示深深地谢意。"他还强调，要把道路建设与治沙建设紧密结合起来，促进生态效益良性循环。

上级领导对杭锦旗工作的关心与支持，犹如一股春风，给杭锦大地带来勃勃生机；又像是发射火箭时用的助推器，为杭锦旗的事业点燃了强大的爆发力。

第四节　北京人要来赛音乌素了

"北京人要来咱赛音乌素了！"

"北京人长得啥模样？"

"用心把院子扫干净，不要让人家北京人笑话咱。"

4月10日的前几天，"北京人"三个字成了杭锦旗赛音乌素苏木牧民们议论的中心话题。

赛音乌素苏木是杭锦旗最贫困的乡苏木之一。全苏木在册人口800人，现在实际生活在这片土地上的只有557人，其他人因为穷而奔走他乡。

赛音乌素苏木是典型的四无苏木，无电、无路、无讯、无办公室。1996年，苏木多方集资盖办公室。前面链轨拖拉机推沙开路，后面用汽车拉砖。一块砖在产地1角7分钱，拉回苏木成本竟达到5角2分钱。

赛音乌素苏木穷就穷在没有路上，这里唯一的交通工具是骆驼。牧民盖房用砖，全部是从百里外用骆驼往回驮，每峰骆驼每次驮72块，3～5年，甚至更长时间才能备够盖房所用的材料。

没有路，使本来可以挽救的生命而早逝。1990年，宝日温都尔嘎查牧民娜仁高娃，因难产，终因无法送往医院，怀双胞胎的母子三条性命含恨死在了茫茫大沙里。赛音补拉嘎查来了一个串亲戚的女青年因失血过多而将命丢在大漠中。

没有路，赛音乌素苏木几乎成了一块被人遗忘的角落。一次，苏木召开党代会，旗委派组织部1名副部长去参加。开了半天会，住了8天，无奈雇了3辆摩托车，走了一天一夜，跌得浑身是伤，才爬出了大漠。

在这里有的牧民活了半辈子，没有吃过新鲜蔬菜；有的牧民没有见过电视机，更不知道"北京人"长得啥模样。

4月10日，杭锦旗穿沙公路现场新闻发布会在这里举行。旗委、旗政府的领导都坐在了赛音乌素苏木的会议室里。来自新华社、中央电视台、盟委宣传部、鄂尔多斯广播电台、鄂尔多斯电视台、鄂尔多斯日报社的十几名记者，聆听了杭锦旗领导讲述的一个又一个修路治沙的动人故事，牧民们目睹了"北京人"的风采。

新闻单位的领导、总编、记者30多人从四面八方，一路风尘赶到大会战的现场，抢拍这一规模盛大、气势雄宏得几乎震撼世人的会战场面，从而奏响了一曲新闻采写大会战的交响乐，拉开了"杭锦旗锡乌扶贫穿沙公路新闻发布会"的序幕。

沙漠中召开新闻发布会，形式自然独特，先看后问再听，用旗委副书记李凤奇的话说："走马观花看全貌，下马赏花知内涵。"让所有的采编人员从盐海子出发沿穿沙公路横穿库布其，从总体上观看浩瀚的库布其沙漠，看这个曾被喻为死亡之海的大漠是怎样的，然后再去感觉道路修建及治沙的艰难，领略治沙取得的初步成果、治沙大会战的动人场面，使"战场"自然成为"会场"的一个重要组成部分。

其实在"走马观花"的途中，记者早已开始"下马赏花"了，他们被壮观的景象吸引，他们被万人大会战的场面感动。走一段停下车来看一段，揣摩着沙障，倾听群众的心声。拍摄不停，询问不止。摄像机的镜头在人群中、沙障中时高时低，照相机的灯光闪烁不断，有仔细观察的，有了解细节的，有寻找感觉的，有做好记录的，掀起了一次又一次的新闻采访会战高潮。

尚一波、全秉荣两位伊克昭盟新闻"巨头"从早上8点吃过早点出发，到下午2点20分，没有吃饭，没有喝水，忘记了疲劳，和其他记者一样忙个不停。当看到用沙柳精心设计制作的"法院"两个字的沙障时,全秉荣触景生情,感慨地说:"这是法网,是杭锦人民为强大的自然敌人之一的沙漠,布下的天罗地网,'法网恢恢,疏而不漏'。"

尚一波遗憾自己的照相机太小,不能拍摄到更大的场面,他一个劲儿地记录,采访本上翻过一页又一页,他看到会战现场的许多标语,激动地说:"治沙治穷致富,开放开路开发。再造山川秀美大西北。为了振兴杭锦旗,挥洒汗水库布其……这是多么感人肺腑的召唤呀!这是力量的源泉,这是人民的心声!"

脸被晒得黑黢黢的白玉岭在接受记者采访时,特别强调:"多拍一拍我们的治沙大军,多听一听他们的呼声。"

战场就是会场,会场在沙海,在帐篷,在牧民家,在穿沙公路,在刚刚修通穿沙公路才通了班车的赛音乌素苏木。白玉岭、达木林、李凤奇、任生明、雷特木尔、谢生华、张荣华等党政领导及交通、林业等有关部门领导,从不同角度向记者们介绍了修建穿沙公路的全过程,叙述了许许多多催人泪下的真实故事。

白玉岭介绍说,看这路,经去冬今春十几场大风沙的考验,畅通无阻。今春的防风固沙大会战,前两天刚开工。旗直100多个单位的机关干部职工,加上沿线的农牧民一下子上来,几百辆拉运沙柳树苗的大卡车、拖拉机、毛驴车,上万人的大会战,场面真是感人。图古日格苏木1500多人就有430多人上来了。最老的70多岁,小的才十几岁,饿了喝几口凉水、吃几口干饼。晚上不少人铺张皮褥子,就睡在沙滩上。巴音乌素的300多名小学生也来了。看着这些老人娃娃们,被风吹沙打日晒,心里真不是滋味。

说到这里,人们看到,这位看上去十分憨实的40多岁的汉子,眼睛湿润得说不出话了,口中喃喃地说,"凡能拿动锹的人都上来了"。

停了一会儿,他手指着穿沙公路,提高了嗓音说:"我们打算用10年的时间,在公路两旁植起宽1公里的防风固沙林草带,然后向公路两旁辐射扩展,搞一个百万亩的治沙绿化工程,最终治理库布其大沙漠。我坚信沿线3万多沙区的贫困牧民，一定能尽快富裕起来。只要有这种不怕困难、艰苦奋斗的穿沙精神，我们就没有办不成的事情。

听着白玉岭的叙述，在场的许多人都掉泪了。

"120多里路，赶着小驴车，拉着行李、吃喝来治沙的老人，晚上睡在沙地上，坚持了5天。"

"路边的牧民让治沙的干部睡炕，自己睡在地上。"

"男人抹口红，女人光着脚。"

"背上背着8个月的孩子，全家三口人都来做沙障。"

"一种精神、两个丰收、三个效益、四个结合、五个步骤、六种关系。"

……

层出不穷的事迹，举不胜举的故事，把记者又从室内引向室外，使原计划一天的会议内容，又延长了一天，这恐怕是形式最独特、时间最长的新闻发布会了。

第五节　南北对话

1998年4月11日，穿沙公路南段锡尼镇至盐海子段工程动工。公路管理工区的工人们将10多台推土机开进了锡乌扶贫开发公路锡尼镇—巴音乌素盐海子段。随后，旗交通局和地方公路段施工队也相继进入工地。这段工程分别由旗交通局、地方公路段和公路管理工区从3个不同路段同时开工，共同担负着锡盐段50.4公里的公路建设任务。

4月中旬，旗党政6套班子领导达木林、王永诚、贾云亭、王中强等领导深入锡乌扶贫开发公路治沙会战现场慰问参战干部群众。旗乌兰牧骑的演员们为大家表演了文艺节目。

正当又一次掀起穿沙公路治沙绿化大会战之际,全盟交通工作会议的全体与会代表,一行200多人兴致勃勃地观看了穿沙公路治沙会战实战现场。

代表们从3个维度看穿沙:一是从治沙看穿沙,看到的是一种治沙技术;二是从旗情看穿沙,看到的是一种建设精神;三是从外旗看穿沙,看到的是一种启迪。他们的思维总是在三个维度来回"跳跃",既进行纵比又进行横比。

第二次治沙大会战前夕,适逢阿日斯楞图苏木召开人代会。这次会议别出心裁,除了例行的程序外,特意安排了一次"南北对话"。苏木领导亲自率领全苏木人民代表走穿沙路到杭锦淖尔三期农业开发基地参观学习。让从未见过黄河的梁外人亲眼看看母亲河和她养育的一方儿女,让生活在巴拉尔地区(蒙古语,沙漠)的牧民们亲自感受一下沿河地区的农业文明,亲耳听听沿河人对建设家园的规划,并与他们交流看法,互通有无。

"南北对话"受益于穿沙公路的贯通,当人民代表们走在穿沙路上,看到两边密密实实的沙障时,有人感叹:"咱们牧民一人捐10元钱花在这里,值

库布其沙漠穿沙公路大会战一角

得！"苏木黄书记把代表们集中在路边，将穿沙精神用最朴实明白的语言加以解释，鼓舞代表们说："办法总比困难多，只要我们发扬穿沙精神，人均年收入增加300元一定能实现，希望代表回去将穿沙精神广为宣传，成为阿日斯楞图经济发展的精神动力。"

当代表们来到三期农业开发基地，看到规划整齐合理的农田时，不禁仔细询问各种细节：几百米一条乡村小道？多远有一眼机井？喷灌怎么上？等等。暗暗在心中为自己的草牧场也做了相应的规划。代表们对枸杞种植户每亩年收入上万元颇感兴趣，小尾寒羊养殖经验也成了热点话题。

沿河、梁外，农民、牧民，一南一北，从前因库布其沙漠阻隔，了解甚少，沟通更谈不上，如今却如一家人，热热乎乎地拉家常、谈想法、做计划，尤其是沿河人的精明能干、吃苦耐劳给牧民们留下深刻印象。这次"南北对话"给牧民的生产注入新的活力，为苏木狠抓农田草牧场建设、念"水"字诀、提高牧民人均年收入打下了良好的思想基础。

第六节　风景这边独好

河套平原上，与杭锦旗毗邻的达拉特旗人民自筹资金修建的乡村公路纵横交错，宽展的乡道和一部分黑色的旗乡公路充满勃勃生机。由于地理环境的优势，一眼望去，给人一种富庶的感觉。

同一天看到两家相邻旗县的风格迥异的路，就会对穿沙路产生近乎膜拜的心情。

穿沙公路，穿越死亡禁地，在荒凉贫瘠的大漠里行走，既像一首亘古不绝的绝唱，又有另外一种雄奇壮美。它是自然环境恶劣、经济落后的国贫旗人民修出的一条大漠通途。万人治沙绿化大会战不会在达拉特旗的平原上出现，路两边500米宽的厚实的沙障不会在达拉特旗的平原上出现，达拉特旗人也不会品尝到烈日炎炎、严重缺水的沙海中"栽死的、种活的、养绿的"的滋味，更不会知道杭锦人对绿色长廊的强烈渴望。可这却是穿沙路上的寻常景象，寻常心情。

治沙绿化大会战吸引了四面八方的客人，区、盟、旗县领导群众都来看今春这场万人大会战，不只是为了看场面，更重要的是为了真切地感受杭锦人的穿沙精神。贫瘠土地上的一条看似寻常的路能引来各方不同寻常的客人，除了它是一条穿越沙漠的路外，最吸引人的是修路人并不寻常的胸怀、抱负和弥足珍贵的毅力。

一队队三轮车满载着意气风发的人们奔向工地，各路段面向黄沙背朝烈日的辛勤劳作的机关干部、军人、学生、工人、农民、牧民融为一体并肩作战，成为穿沙路上一道特有的风景。在这里你无法想象，这是被贫困困扰的地方，这里充满着奋发向上的氛围，充满着背水一战的慷慨与雄心，这里有着强大的凝聚力，这种凝聚力正是我们各项工作中最需要的。

有人说过，在未来的挑战中，谁最能耐得住艰苦的生存条件，谁就最富有战斗力，成功也就会属于谁。杭锦旗的艰苦、落后是人所共知的，在如此条件下，不失斗志，为建设家园咬牙奋斗，是不是已具备了未来成功者的素质？

"霜重方知松高洁"，困难、压力越大，反弹力度也越大。不论别人的家园如何美丽富裕，穿沙公路，风景这边独好！

本土草根诗人王永雄，"北漂十年后，忽起故园情"，落叶归根，目睹家乡沧桑巨变，激情赋《穿沙大道》。

通天大道问如何，
快意行来胜景多。
万道霞光腾旭日，
千年瀚海涌金波。
世外深深藏秀丽，

路旁久久观神秘。
于纳闷时望远沙,
于欢欣处叹奇迹。
鸟音千百唱新家,
草树连绵看眼花。
缺水地方常冒水,
穿沙路面不沾沙。
寻幽访胜朝前瞭,
海自风流人自俏。
包里飞来祝酒歌,
杯中注满爬山调。
……
大战忘晨昏,
风沙畏铁军。
出征得胜利,
归去洗沙尘。
五岁孩儿乐,
打量新父亲,
从头看到脚,
如见陌生人。
久别音信无,
娇妻探丈夫。
对面端详久,
居然认不出。
兵心在战场,
苦累太寻常。
骨折入医院,

自言是轻伤。
心急人难劝,
伤愈干无妨!
不惜鲜血流,
重上手术床。
……
百战艰难未必难,
甘霖降处苦犹甘。
沙丘上下送清爽,
远处又来慰问团。
良医良药多珍贵,
治病疗伤全免费。
满面风尘献爱心,
沙中奔走医疗队。
脚窝汗水写风流,
鬼斧神工造绿洲。
篝火神光新大漠,
"砂锅饭菜"度中秋。
千军荒野排"八阵",
百里凯歌动四周。
笑看通途如意客,
往来消尽万年愁。
支援前线默然忙,
老弱病残战后方。
春种秋收连昼夜,
遥与青壮比坚强。
风里雨里,

同舟共济。
治穷致富,
为人为己。
如火如荼,
群策群力。
舍生忘死,
感天动地。
绿色长廊,
大漠奇迹。
宜诗宜画,
可歌可泣。
心胸藐视万千关,
王屋太行只一般。
说与峰峦休挡路,
愚公随处可移山。
英雄自古多慷慨,
大气磅礴天地改。
望见鲲鹏又击天,
飞来精卫重填海。
……

第七节　鸿雁传书

穿沙公路已引起社会各界的广泛关注。一位年仅10岁,来自东胜的奇凌小朋友和一位年已68岁，来自伊旗的魏伯老人给白玉岭写信了。魏伯老人还随信寄来了他即兴写下的《穿沙精神颂歌》一首，奇凌小同学寄来她准备用于买自行车的200元压岁钱。他们对穿沙公路建设的殷殷深情，令杭锦儿女感动。他们以特殊的方式激励着杭锦人民加倍努力，做好工作！

信件一

白玉岭叔叔：

您好！

我从电视里看到您在杭锦旗穿沙公路带领大家劳动被记者采访的画面时，知道您是杭锦旗的书记。

我叫奇凌（女），今年10岁了，是东胜市实验小学三年级五班的学生，从去年至今，我多次从电视、收音机里看到、听到杭锦旗建设穿沙公路的消息，特别是今年三、四月份报道最多。我从电视里看到很多很多的年老的爷爷、奶奶和机关里的叔叔阿姨在穿沙公路大会战的壮观场面，他们在六七级的大风天，吃住在沙漠中，还在沙土上修灶做饭、切面条，肯定在饭里掺进了沙粒。晚上气候寒冷，他们住在野外，这种吃苦耐劳的精神感动了我。

我的爷爷、奶奶还有3个叔叔住在杭锦旗阿日斯楞图苏木阿斯尔嘎查。我的爸爸曾在杭锦旗长大，在杭一中读过书，后来走上了工作岗位。因此，我也是杭锦人的后代，我也要建设我的家乡。

我把自己平时节省下的压岁钱和零花钱共计200元钱寄给您，请您转交给穿沙公路建设指挥部，献上我一个小小杭锦人对穿沙公路的爱心和贡献。

妈妈和我说过，让我把压岁钱和零花钱节省下，给我买一辆学生自行车。可是，我看到杭锦旗正在建设穿沙公路，需要很多很多的钱，我就不买自行车了。我把自己的想法告诉了爸爸妈妈之后，他俩支持我的行动，还说，这是一件很有意义的事情。

听爸爸妈妈说，库布其沙漠是鄂尔多斯的两大沙漠之一，在中国来说，也是大沙漠。在世界上最难的就是在海底和大沙漠上建造公路。我长这么大还没有见过大沙漠，但是，我能想象得出，在一望无际的沙漠中建造一条公路，是多么困难呀。

白叔叔，您带领杭锦人民做了一件前人不敢想、后人难忘记的事，穿沙精神会永远鼓舞着我们这一代人。杭锦旗的穿沙公路肯定是中国公路建设史上的创举。这是一条致富的路。有了这一条穿沙路，那些住在沙海深处的和我同龄的小朋友上学就不用愁了，他们再也不用骑着骆驼在沙漠中走上几天去读书了……

穿沙公路通了，我衷心地希望在白叔叔的带领下把穿沙公路建设好保护好，使她变成一条真正的致富路，让杭锦人民的子子孙孙沿着这条致富路永远走下去……

此致！
向您敬少先队礼

东胜市实验小学三年级五班　奇凌
1998年5月16日（星期六）于家中

信件二

白书记：

您好！杭锦人民好！

我原名叫魏占元，写作笔名魏伯，我今年68岁，当过兵，参加过抗美援朝战争，当过干部和教师，写过书，现在随儿子居住在伊旗精煤矿区——马家塔露天矿。

您调杭锦旗后，注意看报的我，很快就发现您给杭锦旗带来了新的活力和生机。特别是我从报上看到了您带领全旗人民修穿沙公路的喜讯，我不知道出于什么原因，在远方为您高兴、祝贺、企盼！

看了报纸和电视，我的心与杭锦人民同艰辛同欢乐！高兴振奋之余，欣

穿沙公路首次飞播

然挥笔写了这首歌词，为您和全旗人民助威鼓劲。我之所以决定把歌词先寄给您，目的是通过您这位实干家的完善，使歌词更加完美无缺，并在全旗和全盟传唱开来。这也算我为杭锦人民的伟大创造精神，献上了一点心意和祝愿！在不久的将来，我相信会听到杭锦人民更多的胜利消息！

顺祝大安！

魏 伯

1998年5月10日于马家塔寒舍草

首次飞播

1998年6月2日到11日，穿沙公路迎来了首次飞播。

这次飞播，南起巴音乌素苏木，北至沙日召苏木的大沙头，全长48公里，

呼伦贝尔盟林牧农航空服务中心8043机组

沿穿沙公路两侧，总宽度为700米，总播种面积为4.5万亩；飞播籽种以杨柴、籽蒿和沙打旺为主。据伊克昭盟飞播站有关技术人员实地查看，这次飞播非常成功，落种量符合国家有关标准。

穿沙公路的飞播是由杭锦旗林业局组织实施的，雇请呼伦贝尔盟林牧农航空服务中心8043机组。

在飞播的日子里，机组成员每天5点就起飞，每天飞播5～6个架次，每人的连续飞行时间常常超过6个多小时。在机场和飞播地服务的杭锦旗30多名干部和职工，吃住在沙海，每天4点多就起床，晚上八九点才能休息。在播区指引导航的人员，饱尝烈日暴晒和饥渴之苦。

这次飞播，是杭锦旗营造穿沙公路绿色长廊的一项重要措施。在设置沙障、栽植树木的同时，通过飞播，使穿沙公路两侧成为杨柴花的海洋，成为绕在库布其沙漠上的绿色飘带。

在穿沙公路进行飞播的同时，地处库布其沙漠腹地的巴音乌素苏木、巴音补拉格苏木和图古日格苏木也进行了飞播，飞播面积为2.5亩。

下 篇

第八章

第一节　书记打赌

7月，锡尼镇—巴音乌素盐海子段48公里工程顺利完工。至此，锡乌扶贫开发公路一期工程三级砂石公路建设顺利完工。

入秋的穿沙公路两侧已是满眼的绿色，杨柳亭亭，草色青青，春季治沙绿化大会战时栽下的沙柳大多已蹿出一尺多高。

1998年8月8日，旗委书记白玉岭、副书记达木林驱车来到旗委办治沙工地上。达木林副书记指着一行四五米长的沙柳苗条对白玉岭书记说："你输了。"在已经干枯的柳梢中可以看到，几根嫩绿的苗条在顽强地生长着。

白玉岭笑着说："只要能成活，我们都赢了。"

原来，春季治沙大会战中，达木林试着把栽沙障铡下的沙柳梢条进行扦插。一旁的白玉岭说："我看你那是白费劲，库布其沙漠中能种活沙柳梢条？"

达木林却说："我肯定能种活，不信，咱们打个赌。"白玉岭满口答应。对这些细弱的梢条能不能成活，达木林心里也没底，不过，他想试一试，就认真栽下了一行柳梢条，这是4月中旬的事。

从此，达木林每次经过穿沙公路时，总要到自己的工地上看一看这一行沙柳。一个月，没有动静；两个月，一些苗条上长出了嫩芽，渐渐地，成了一道绿荫；又过几个月，经受不住大风、干旱、高温考验，许多苗条死去了。达木林指着这几根饱经风霜的苗条说，生命是顽强的，能在库布其生存的生命更顽强。

白玉岭仔细端详着这星星绿色信心十足地说："库布其不是生命的禁区，而是一个巨大的宝库，通过修路治理开发库布其一定能够成功，在不久的将来，库布其也许是杭锦旗的又一巨大经济增长点。"

两位书记在谈笑声中走上了穿沙公路。

第二节　无字天书

1998年8月10日，旗委召开读书会，白玉岭在会上解读了杭锦旗这部"无字天书"。

花了4天的时间，开了这次读书会。其中花了2天的时间，驱车700公里，看了20个参观点，各位同志从不同的角度，受到了启迪。又花了2天的时间，有40位同志做了大会发言，交流了思想。应该说，这次会议是成功的。从会风来讲，也是近年来不多见的。2天的参观，每天的实际工作时间在16个小时左右，包括一些老同志，都一直坚持下来了，而且兴致勃勃。2天的发言，每天大体工作又在12个小时左右。像这种马拉松式的开法，不多见，但又不得不如此，因为杭锦旗的命运，就在这些人的手里掌握着，不可能有很充裕的时间坐下来探讨。

说是读书会，但没有书本上的字，又确确实实是在读书，他们读的是无字天书，是邓小平理论在这块土地上的实践，读的是社会主义市场经济理论在杭锦大地上的成功，读的是有中国特色社会主义在伊克昭盟的实践，同时也是农牧业产业化的实践。这种读书的形式，要比办个学习班，整几个大部头，一页一页往过翻，效果要好。因为他们是做实际工作的，他们所关注的是，在实际工作中，如何把理论变成现实，如何从实践的角度去实践理论。

从发言看，能明显地感到，发言的层次，发言的质量，比去年的读书会有了显著提高，其中不少发言是精品，就是在更高层次上的读书会，也肯定能受到领导的赞赏。白玉岭相信通过这次会议，通过大家集思广益、取长补短，一定能够形成关于杭锦旗今年发展的更具体的思路和做法。这是对会议的评价。

这次会议确定的议题有3个，即农牧业产业化，新的经济增长点，对外开放。其核心是寻找新的经济增长点，只有找到经济增长点，下一步工作才有目标。三者的关系是，增长点是发动机，产业化与对外开放是两翼，三者合起来就可以把经济发展这架飞机送上蓝天。三者缺一不可，没有经济增长点就没有目标，东西南北向哪走说不清；没有农牧业的产业化，农牧业向前发展是不可能的；在这样一个贫穷旗县，自我积累能力很差的情况下，没有对外开放，绝对不可能快速发展。这三者是相辅相成的。这是关于会议的议题。

一、判断形势　把握旗情

没有对旗情的准确把握和对形势的正确判断，就很容易造成盲人骑瞎马、夜半临深池这样危险的局面。所以，这一点非常重要。

（一）对当前经济形势的分析

1. 东南亚金融危机波及我国

就杭锦旗自身来讲，感受最明显的就是绒毛产品的滞销。3年前，220块钱1斤绒，还掺的沙子，老百姓不卖，今年50块钱无人问津，说明经济环境并不乐观。

话又说回来，现在是市场经济，市场经济有一个本质的特点。马克思100多年前就在《资本论》里讲得很清楚，资源靠市场来配置，不可避免地在几年或10年左右的时间出现一次大的经济波动，即所谓的经济危机。

2. 杭锦旗的经济形势

目前的困难是改革的困难，前进中的困难，不改革更困难，不前进最困难。不要因暂时的困难，影响了情绪、思想，甚至决策。现实的态度是承认困难，分析困难，找出克服困难的办法，而后去解决困难。

3. 需要统一的几点认识

第一，当前形势好还是不好？好或比较好，但困难很大。对形势的认识要

挺进大漠

辩证地看，悲观失望要不得，盲目乐观要不得。

第二，目前杭锦旗是在快速发展，还是虚报浮夸？是在快速发展。不发展穿沙公路能修通了？不发展四十里梁25眼机井、17眼喷灌能上去了？不发展阿日斯楞图40眼井能打成了？不发展古城梁变电站的电能够用了？说虚报浮夸是不对的。

第三，发展是快点好，还是慢点好？快有快的好处，慢也有慢的好处。慢点稳当。人走慢就能保证不跌跤，不至于把头碰烂，但也有坏处，就是按时到不了目的地。在白玉岭看来，经济发展还是快点好，因为快了老百姓得到的实惠最多，但要承受带来的困难与压力。

第四，是举债发展好，还是不举债好？不举债能发展固然好，但杭锦旗是穷地方，好比穷人家娶媳妇，不借钱媳妇就进不了门，借钱娶回了媳妇，增加了劳动力，发展也就容易了。而且在世界经济发展中，美国就是最大的债务国。但举债发展有风险，没风险就不叫举债，但不举债就发展不起来，两害相衡取其轻，应该是举债发展好。

第五，集资、会战力度这么大，是加重了群众负担，还是在为老百姓做好事？判断这个问题的标准是，干的事情是好还是坏，不要单纯地看负担，不加大力度，不创造基础条件，老百姓爷爷和孙子手上都过的是一样的日子，永远也没有进步，发展又如何谈起？应该明确，这是为老百姓做好事，但思想工作不到位，也容易把好事办坏。

第六，扩大对外宣传，是不是吹牛？不会对外宣传，不会推销自己，永远被拒于市场门外。

第七，机遇问题，实际上是如何认识东南亚金融风暴对杭锦旗经济上的影响。别人发展不好时，正是杭锦旗的机遇。东南亚危机、经济困难对杭锦旗来讲是机遇，别人大发展，就轮不上杭锦旗发展了，杭锦旗竞争不过。王文彪股票上市就抓住了这一点。

（二）对基本旗情的认识

1. 全旗上下已经形成了你追我赶搞发展、热火朝天争上游的氛围，各项工作搞得好，力度之大、效果之好，是多年来少见的。特别是乡镇苏木，各有各的高招，几十年做不成的事，干成了。一流的工作，优秀的干部，看了以后使人感动。企业也是如此，在困难中前进，并积极争取新项目。比如亿利集团在困难的情况下保持正常生产，难能可贵。

机关面貌焕然一新，工作积极性、主动性显著提高。就拿争取资金来讲，上面有钱没人跑，是拿不回来的，分管领导、科局长一趟一趟，有钱没钱跑着，为谁？为杭锦旗。精神文明建设也很有成效，两个月不来就变样了，特别是通过穿沙公路的建设，形成了穿沙精神，变成了凝聚人心的动力。谁提起穿沙公路也都感到自豪，谁都认为穿沙路能修成，杭锦旗就没有办不成的事。穿沙精神的核心是解放思想，艰苦奋斗。没有解放思想就不敢修，没有艰苦奋斗就修不成。这也正是这个地区必需的。

2. 杭锦旗仍然很穷、很落后。这是不可回避的现实，谁看不到这一点谁就是瞎子，谁认识不了这一点谁就是傻瓜。

落后表现在：水、电、路、讯、城镇建设在全盟范围内落后。乌审旗今年户户通电，杭锦旗还有近40%的村嘎查没有通电。伊旗在2000年乡乡通油路，杭锦旗能通沙石路就不错了；工业、初级工业、初级产品、大路产品，一车皮货不如一提包货值钱；农牧业没有摆脱靠天吃饭，吃饱肚子的农牧业，没有跳出传统农牧业的圈子；产业结构上一、二、三产业倒置，为典型的农牧业经济；所有制结构单一，个体私营经济不发达；财政上需要与可能的矛盾没有解决，需要办的事情太多了，财政没钱，仍然是吃饭财政。

观念、做法仍很落后，具体表现在：一是部分同志的看不惯，不愿做。看不惯，怎么看怎么不顺眼，比如甘草基地、抓喷灌、对亿利的看法、对穿沙公路以BOT方式交亿利经营的看法。不愿做，能想开了就是不愿做，不愿做的思想基础就是懒惰综合征，躺在树底下等杏掉下来。干部懒得动脑，农民懒得动手。二是部分同志的不敢做。瞻前顾后，前怕狼后怕虎。三是部分同志的不会做。不知道怎么做，跑项目瞎马认准一条路，只知道跑财政，只在旗里转悠，不知道向外跑，跑来跑去没效果。

这就是杭锦旗的旗情。杭锦旗发展了，已经取得了很大的成绩，但仍然很穷很落后，杭锦旗更需要发展。承认落后，不甘落后，要摆脱落后，就必须发展。

3. 杭锦旗能够加快发展

杭锦旗已经具备了加快发展的条件：一是初具规模的水、电、路、讯，正在发展的市镇建设，使投资环境有了明显改善。二是正在崛起的工业经济，为下一步发展奠定了扎实的基础。三是日益完善的农牧业基础建设为进一步发展提供了条件。四是得天独厚的资源，1.9万平方公里的土地上，梁外1600万亩草场，沿河100万亩待开发的土地，2亿千克农作物，130万头牲畜，1亿多吨芒硝，3.7亿吨陶土，2000万吨石膏，600万吨泥炭，前景良好的天然气，漫山遍野的甘草等药材，为下一步发展准备了资源条件。五是随着经济发展的加快，人们的观念正在发生巨大的变化。

二、 实实在在的危机感

谈对于今后一段时间内的发展思路。

（一）关于工作重点

白玉岭有实实在在的危机感，杭锦旗如果下一步的步子踏不对，找不到新的重大经济增长点，则经济发展停滞。而经济发展速度减缓的后果将不堪设想。一是工资发不了，二是债务还不清，三是事业办不成。而现在的毛病就是旗乡两级新的经济增长点都不明确，这是实实在在的危机，作为领导必须看到这一点，否则发展就失去了基础。

干部们应该响亮地提出工作目标、工作重点和工作核心。

工作目标：根据杭锦旗的实际情况，现在的主要矛盾是什么？主要矛盾是穷。谁穷？老百姓穷，财政也穷。相比较之下，财政更穷。因此，方方面面要围绕财政收入的增长来做工作。从另一个角度讲，老百姓富了，还需要发展，需要政府的支持，需要财政拿钱，财政有了钱，才能搞建设，老百姓才能更富，各项事业才能发展。

工作重点：争取财政收入的尽快增长或老百姓的收入和财政收入同时同步增长。

工作核心：寻找新的经济增长点。新的经济增长点应该符合农牧民人均纯收入（城镇居民收入）和财政收入同步增长的要求，也就是说，既要顾及老百姓收入的增长，也要顾及财政收入的增长。脱离了哪个方面都是不正确的。目前的危机在于新的增长点不明确。旗乡两级都是如此。

如何寻找新的经济增长点涉及两个问题。一是怎么找到新的增长点，即找到项目，找到市场需要的产品，这个产品能给老百姓和财政共同带来利益。二是瞄准后怎么办起来，即资金、技术、人才、市场管理等问题怎么解决。

解决这两个问题的办法，一是对外开放，这是下一步发展的核心措施，是战略性举动，否则200年也发展不起来。二是瞄准后下决心去做，赶快去做，义无反顾地去做，不到黄河不死心，到了也不死心，不见棺材不落泪，见了也不落泪。拿出这种气魄抓项目，上项目。杭锦淖尔乡种白葫芦，最可贵的就是去年1000亩今年就搞到了1万亩，明年行情好就要搞到3万亩。拿项目要快，不能"一年试验，二年示范，三年推广，四年成功，五年见效"。不然到那时白葫芦就没人要了。

当前，在寻找增长点的问题上，关键是会不会找。从理论上讲，遍地都是增长点，遍地都是钱，弯下腰捡就是金元宝，直起腰走就是土坷垃。谁能想到胜利卢争奇能在明沙上弄出3000块钱来。

推而广之，全旗1.9万平方公里的土地上，还没有万数八千个增长点？领导层存在致命的弱点：一是思路不广，创新不足，单打一，谈传统农牧业头头是道，谈特色、谈产业化凤毛麟角，谈工业无话可说；二是办法不多，只会要求上级支持，旗财政、银行贷款来搞，走不出去，不敢、不会、不能和外商打交道或者根本找不到、不去找；三是动作不快，研究、讨论、探讨无休止，进入不了实质操作。探讨了两年，伊旗的蜂蜜厂建起来了，杭锦旗的还在抽屉里锁着。醒得早，起得迟，走得慢。

经济增长点应该分层次，旗有旗的增长点，主要是大项目、大企业，主要是工业项目，也包括农牧业产业化；乡有乡的增长点，主要是中小型的企业和项目，应在两个收入的结合点上去寻找；企业有企业的增长点。

（二）关于农牧业产业化

产业化解决的是千家万户小生产与大市场的对接问题，一家一户的小生产闯市场是不可能的，想在市场经济的大海中占到一定位置也是不可能的，这是农产品反复出现买难卖难的根本原因。产业化的基本概念是"龙"，是龙型经济，是产供销一条龙，是贸工农一体化，是产业链条的拉长，不是种植业和养殖业的内部循环。产业化拉通一、二、三产业，龙头是加工销售企业，龙身是中介服务组织，龙尾是千家万户。不能把生物链当成产业链，产业化的链条越长，增值越多，每加工生产一次，增值一次。杭锦旗产业化的现状，基本没有起步。

一是无规模。什么都有,什么都没有,自己吃吃不完,给别人不够卖,是放大了的小农经济,特别是杭锦旗这样的分散、偏僻地方,运输成本很高,没有规模就没有效益。

二是无龙头。龙头就是加工销售企业。旗内的龙头龙不起来。

三是无市场。市场在哪里,市场需要什么,需要多少,并不清楚。盲目性和偶然性很强。

四是无特色。杭锦旗有,别人也有,杭锦旗的还不如别人的,别人的是质优价低,杭锦旗的是质次价高。没有特色,就没有竞争力。更不要说人有我优了。

加快农牧业产业化的进程,就必须找准产业化的切入点,切入点首先是找到市场,找到市场的关键是找到龙头企业,不管是本地的还是外地的,是中国的还是外国的,是个体的还是国有的。找到龙头企业是关键。杭锦淖尔乡找到

栽沙柳

了一个台湾客商，就种了1万亩白葫芦，四十里梁乡的大洋绿豆、阿门其日格乡的烤烟也是如此。实施产业化的步骤应该是，市场—龙头—基地—农户，而不能倒过来，倒过来的步骤，经实践证明是搞不起来的。首先找龙头，再建基地，后联农户。比如人家需要白葫芦10万亩，我们就组织农民种10万亩。找到龙头以后的另一个关键，是迅速上规模。杭锦淖尔乡经验最可贵的是一年就把规模弄上去了，而不是花三年五年的时间。再就是有效益，在提高财政收入和农牧民收入上体现出来。

（三）关于对外开放

对外开放，引进是发展的关键，抓不住这一点，绝对发展不了，对这一点要有明确认识。为什么是关键？靠自身积累是发展不了的，去年全旗生产总值5.7亿元，按10%的积累率为5700万，分布在各行各业，有多少钱能办事？靠自己发展不了，只有外力。借鸡下蛋，借船出海。

对外开放存在问题，一是不想对外开放，肥水不流外人田，核心是排外心理，怕外心理。二是不会对外开放，表现形式有以下几种：不会找，不知道去哪找，找谁呀，弄不清，找不到，去东胜和呼和浩特市街头转一圈，看见谁也像老板，谁也不像老板，找不见就回来了；不会谈，没有谈判艺术，谈了几天谈崩了；更有甚者，接触几次后把客商赶跑了。

对外开放是一门艺术，要认真学习，学会这门艺术，才能领导现代经济。杭锦旗对外开放的症结是走不出去，坐等客户上门。要主动出去跑，全国有多少人能知道杭锦旗？等是等不来的。

（四）关于具体的增长点

根据杭锦旗的实际，叫资源+产业化+集团化+开放=发展。要搞就搞世界第一的。如芒硝加工、甘草、沙芥、绒山羊。搞不到全世界第一，还搞不到全国第一？

从旗级来讲，要抓大的产业、大的龙头。亿利集团利税过亿元，粮油集团、皮革加工企业、建材集团、甘草集团、沙产业、杭锦绒山羊、天然气开发利用、旅游业都要达到利税千万元以上。

从乡级来讲，应该分为城镇经济、城郊经济、农区经济、牧区经济4个层面来发展。首先，要逐步形成一乡一品或几乡一品的格局，重点形成规模。规模的概念是市场需要的商品量，不能什么都种，什么都养，不能什么都有，什么都没规模。要有所为有所不为，有所不为才能有所为。有些事情不做，才能保证另一些事情做好了。强调一乡一品、一村一品，就是要保证足够的商品量。搞不到足够的商品量就成不了气候。

其次，每个乡都要有重点产业、拳头产品，并要形成规模。小乡可以几个乡搞一个主导产品，比如沙芥，沙区都要弄，旗里统一商标，统一营销。

此外，乡镇企业再也不要由乡政府办了，也不要由村嘎查办了，否则办一个倒一个。看了独贵塔拉镇的参观点，应该有所启发，乡企要交给私人办，公家可以入股但不经营，经营权是个人的，公家收税就行了。还可以公家办起后交给私人。个体私营经济应成为国民经济的主体。但现在还成不了主体，主要是经济发展水平太低，老百姓手中没钱等诸多因素的制约。

（五）关于基础建设

基础建设是根本，是发展的前提，但他是杭锦旗经济发展的瓶颈。要一代接着一代干，一张蓝图画到底。一是农牧业基本建设不能放松，包括水、节水、植被、堤防建设工程。二是电、路、讯建设要抓紧，2000年前中沿河要上3.5千伏或11千伏线路，盐海子要上3.5千伏变电站，要花3年的时间将穿沙路建成三级油路，通讯今年要进入全区先进。三是市镇建设包括住宅建设要作为重要经济增长点来抓。

三、要解决思想问题

谈关于思想观念、干部政策、学习和展望。

（一）解放思想就是解放生产力

近几年的实践证明了这一点，没有1995年的大学习、大讨论，绝对引不进伊化集团，没有伊化集团的引进，就没有亿利集团的崛起，也就没有杭锦旗今天的面貌；没有解放思想，就没有四十里梁的深井遍地开花；没有解放思想，就没有亿利集团的A股上市；没有解放思想，就修不成穿沙公路。思想解放有多大，经济发展就有多快，二者成正比。

当前，最大的问题是思想不解放，老跟在后面走，还要埋怨跑得太快了；"等靠要"思想严重，不给钱不干，给了钱也不好好干。所以，思想要再解放一点，胆子要更大一些，办法要更多一些。领导干部应该专门研究打擦边球的问题，所谓碰见红灯绕红灯事情，研究亿利集团提出的事情。循规蹈矩不叫解放思想，也不需要改革。改革就是要改掉上层建筑中不合理的部分。上级让做啥就做啥，上级不让做啥就不做啥，是没有风险，官还可以继续当，但这个官也就够可怜的了，因为用其他人也是一样的，所以领导的解放思想至关重要。

（二）关于观念的问题

坚持一个道理：发展是硬道理，有钱才是硬道理，兜里有钱才是最硬的道理。个体户有钱就在村里领头，乡政府没钱，又有什么资格领导别人。

坚持一个标准：三个有利于，根本的是有利于杭锦旗发展的事情，就是对的，就能干，政策没有说不让干的，就是让干的。部门的思想解放不够，好不容易引进的项目又给吓跑了，不是促进生产，而是促退生产。

确立四个观念。

一是干，苦熬不如苦干，等待不如实干。苦熬时间太长了，苦熬了几十年，等待了几十年，世上从来就没有救世主，杭锦人需要一代人艰苦奋斗与无私奉献。这一代人苦一点，累一点，勒紧腰带过日子，后一代就能过得好一点。

二是争，要当就当第一。第二、第三看不下，乡级有比较好的势头，机关单位还有差距。如果大学考不上，就出国留学去，弄他个博士当一当。盟内旗内当不了第一，就想办法当全国全区第一，不是不可以的，穿沙路就是我们全旗横下心来干成的。

三是抢，能快就不能慢。能多快就要多快，慢就要受穷，受穷就走不在人前，穷了就要挨打，慢了就是犯罪，抢时间，争速度，只争朝夕。邓小平同志讲中国的事情慢不得。杭锦旗的事也慢不得，慢了就要出问题。

四是敢，敢为天下先，敢做别人不敢做的，敢想别人不敢想的。不要怕失败，某些情况下，失败是不可避免的。件件事情都成功的人从古至今也没有，孔圣人也有缺点和错误。干了失败比不干指手画脚要强出许多，失败了是失败的英雄，能给后人提供教训，允许失败，不允许不干。

树立四个意识。

一是市场意识。市场经济是要提供商品的，商品是要交换的，交换就要取得效益，没有效益的生产与交换是维持不下去的。农牧民市场意识很淡薄，比如近几年养细毛羊就得不偿失，无利可图。

二是竞争意识。市场经济就是竞争经济，不抢、不争就要吃亏。无商不奸是有道理的，老实厚道是无用的代名词。商场如战场，没有什么道理可讲。

三是风险意识。市场经济就是风险经济，不冒风险就办不成事。风险与效益成正比。风险越大，效益越大，失败的概率越大，反之亦然。

四是开放意识。市场经济就是开放经济，不对外开放，借助外力，永远发展不了，越落后，越要开放引进。一个封闭的系统是消亡的系统，一个封闭的国家、地区和民族，是没有出息的，是毫无前途的。

处理五个关系。

一是举债与效益的关系。现在的发展是举债的发展，这是对的。借钱娶老婆比攒钱娶老婆来得快，但借钱要娶老婆，不能借钱喝烧酒。也就是说举债要有效益，否则就是犯罪。

二是软硬环境的关系。硬环境不足，软环境补。杭锦旗应以服务态度、优惠政策、人际关系等软环境取胜，只有这样才能引进来。

三是大小道理的关系。小道理服从大道理。角度不同、地位不同、层次不同，看问题的结果不同，大有大的道理，小有小的道理，但都要服从全旗的整体利益，不能各讲各的道理。

四是管理与服务的关系。国家赋予领导干部行政管理的权力，领导干部的职责是服务，服务第一，为企业、为基层的群众服务，寓管理于服务之中，而不横眉冷对。到目前，机关门难进、脸难看、事难办的事情仍然存在。要立即整改，否则严肃处理。

五是领导与群众的关系，要有群众观念、服务观念。提醒乡苏木领导要摆正领导和群众的关系，明白共产党除了为人民服务以外，毫无个人利益可图。领导干部的钱是老百姓雇上他们做营生的，老百姓是老板，领导干部是雇来的，不能颠倒。要改进工作方法，避免激化矛盾。

（三）关于干部政策

政策路线确定之后，干部就是决定因素。没有一支好的干部队伍，再好的路线、方针、政策也贯彻不下去，再好的蓝图也画不下去。因此干部队伍建设至关重要，也是旗委的头号任务。

一是鼓励干部到第一线建功立业，加强上下交流。

二是要任用大批年轻、有知识、有事业心的干部，老的、优秀的也要用。

三是以实绩论干部，以功论用干部，无功就是过。能者上，庸者让，劣者下，无功下台，不进让位。

四是不以民族、地区、关系、上下划线，谁行用谁。

五是用好人中的能人，不用老好人。用有本事的人，有点棱角不怕，有点缺点错误也不要紧，总比河中的卵石那种人强。

六是不苛求干部，不要求十全十美，关心爱护干部，不以小过斩大将。

七是培养跨世纪的、能将杭锦旗带入文明富裕的干部队伍。培养优秀企业家，企业家应该是受尊重、社会地位较高的人。

八是加强对干部的教育。思想顽固不仅影响了干部的进步，同时也阻碍了大局的发展。干部要换脑筋，不换脑筋就换人，多换脑筋少换人。

（四）关于学习问题

1. 社会在剧烈变化期间，新事物层出不穷，谁注重学习，谁就有了主动权。少喝点酒，多读点书。

2. 领导干部适应不了形势，就得学习，尤其是主要领导。

3. 学政治，学科学技术，学市场经济理论，学工作方法。

4. 要讲究工作方法，有好的愿望，没有好的方法，适得其反。

(五)关于未来的展望

这次会议的思路都能实现的话,12年后杭锦旗应成为全盟最富的旗,杭锦旗的人民是全盟最富裕的人民,杭锦旗要成为令人羡慕的地方。乡乡都通油路,家家都有小洋楼和小汽车,政府也不再为没钱发愁,而愁钱投向哪里最好。各行各业一派兴旺景象。领导干部应该为之努力奋斗,这个目标一定能够实现。历史将杭锦旗发展的重任放在领导干部这代人身上,这既是责任,更是一种光荣,如果经过他们的努力,将一个初步繁荣昌盛的杭锦旗带入21世纪,到了将来,他们可以自豪地说:"我们无愧于党,我们无愧于人民,我们无愧于杭锦旗这块土地!"

第三节 干部不干让位,农民不干让地

穿沙精神的内涵与外延像一个无限拓宽、拓深的函数,为杭锦旗的经济建设留下诸多启示。只有"闯"才能前进,只有在实践中大胆去探索,才能弄懂原来不懂的东西。

四十里梁地势平坦,土地肥沃,却十年九旱,地表水和地下水极为缺乏,是被水文专家判了"死刑"的无水区,很多农户连吃的水都是从几公里外用毛驴驮来的,至于农民种水地,那只是个梦而已。全乡面积333平方公里,却种着7万亩旱田,亩产不足200斤,只能靠广种薄收来养家糊口。群众辛苦忙碌一年却吃不饱穿不暖,男人们只好农闲时出去打工挣个温饱钱。苦无良策,党委、政府花搬迁费组织了4次大搬迁,先后4000人被迫背井离乡、迁徙他乡谋生。

1995年,四十里梁乡通过解放思想,更新观念,提出了开发深层水资源的工作思路。这项工作受到了来自多方面的阻力。很多农民认为,过去打了不少井,不是无水就是苦水,要是勒紧腰带打深井,一旦失败就给子孙后代扎下了

穷根；一些人也认为，水利专家都确定这里是无水区，把握自然不大，只怕把群众的血汗钱白白扔到井窟窿里。

安于现状苦熬，还是敢冒风险开拓进取？四十里梁人决心背水一战，提出了响亮的口号："干部不干让位，农民不干让地！"

他们选择了海拔2680米的最高处和海拔2630米的最低处，开始试打2眼深井。当井钻钻到350米深的时候，发现了承压水层。

农田水利大会战就此拉开帷幕，2年在无水区打出20多眼深机井使旱地变为水浇地。迁居沿河的农民返回家园。一场铺天盖地、气势宏大的梁外干旱区打井找水的行动开始了。胜利乡、阿门其日格乡、阿日斯楞图、夭斯图嘎查、浩绕柴达木苏木、巴音乌素苏木等地都开始想方设法筹措资金打井上电，找水，发展水浇地。

梁外干旱区的巨大变化和飞跃发展，是杭锦人穿沙精神的延伸。思想解放，勇敢无畏的杭锦儿女敢叫旧貌换新颜。不久的将来，谁还会说这是一块贫瘠的土地？

第四节　一张蓝图绘到底

1998年9月上旬，曾经在杭锦旗工作过的部分领导在伊克昭盟行署副盟长高峰云的率领下，返回家乡考察工作，书记白玉岭、旗长王玉明和六大班子其他领导陪同视察。

大家从杭锦淖尔乡毛布拉孔兑踏上故土，沿着东、中、西沿河详细察看了毛布拉孔兑网坝治洪工程、黄河标准堤防建设工程、沿河主、支排干工程，农业综合开发、镇容镇貌改造工程及农田草牧场建设。一路上，大家兴致勃勃，感慨不已。特别是来到穿沙公路时，情绪高涨。

副盟长高峰云激动地说:"杭锦旗由于历史原因成了贫穷的代名词,对此旗委、旗政府曾提出了电启动、水当家、路先行、工致富的发展思路。现在,这四大工程都已建成,特别是巴杭线横跨东西,穿沙路贯通南北,109新线经过锡尼镇,给伊克昭盟交通道路的建设增添了新的格局。其中穿沙公路的建设,不仅给全盟沙区修路建设带了好头,起到了示范样板作用,更证明了一条真理:只要能解放思想、艰苦奋斗,就没有克服不了的困难,没有办不成的事!"

伊克昭盟中级人民法院院长李凤鸣说:"穿沙公路是我走了以后新的领导做的工作,是自力更生、艰苦奋斗的杰作。它说明家乡的人民是了不起的人民。在我走后这一年中家乡变化真大,营生真没少做下,让我打心眼里高兴。"他特别强调:"世上无难事,只怕有心人。"

其他领导也先后为杭锦旗的今后发展提出了许多建设性意见。老领导们谦虚地说,这届领导班子做的工作比他们要多、要好。

书记白玉岭对视察团一直以来给予家乡杭锦旗的大力帮助表示真诚地感谢。他说,杭锦旗之所以有今天如此大的变化,与前辈们奠定的良好发展基础是分不开的;更得益于人民群众的巨大凝聚力和创造力。现任领导要把老领导们绘制的蓝图变成美好的现实,一任接着一任干,一张蓝图绘到底。

第五节　地方的知名度越来越高

1998年9月15—16日,自治区党委副书记白志健,自治区党委常委、人大常委会副主任白音一行来到杭锦旗视察指导工作。在看完穿沙公路的建设情况后,白志健副书记激情难抑,奋笔疾书"艰苦奋斗创新业,誓让荒漠变绿洲"的豪迈诗句,自治区党委常委、人大常委会副主任白音也挥毫泼墨写下了"弘扬穿沙精神,振兴地区经济",鼓励杭锦人民继续前进。

白玉岭简要汇报了整体工作，重点汇报穿沙公路建设情况，并向自治区领导和盟领导坚定地表示：杭锦旗生态建设要走在全区前列。

白志健在听取汇报后交流了自己的思想体会。他说，全盟上下干部群众的精神状态很好，大家都凝聚着一股奋发向上、开拓进取的力量。一种好的精神，是推动经济发展和社会进步的强大动力，在某种意义上说，精神动力也可称生产力。从走过的几个旗市看，大家把"穿沙精神"提得很响，而"穿沙精神"实际上就是自力更生、艰苦奋斗、开拓进取、敢于拼搏、敢于争先、立志改变家乡面貌的奋斗精神。这种精神，为伊克昭盟地区创造出了极其宝贵的物质财富。

白志健还谈到了大庆精神。回想当年，大庆人为摘掉"中国无石油"的帽子，顶着各种压力，克服种种困难，在荒漠中创造了石油工业的奇迹。可以说，"穿沙精神"是大庆精神的继承和发展，是伊克昭盟广大干部和群众热爱内蒙古、建设内蒙古的具体表现。在杭锦旗这样一个欠发达的地区，要把经济发展得更快一点，更好一点，要彻底改变贫穷落后的面貌，必须大力提倡和弘扬这种精神，不仅要在伊克昭盟范围内提倡和弘扬，而且要在全区范围内进行大力提倡和弘扬。

9月25日，自治区党委常委、政府常务副主席周德海一行深入杭锦旗检查指导工作。一天时间里，周副主席一行深入库布其沙漠、生态建设示范区，调查了解杭锦旗工农牧生产状况，认真听取了白玉岭书记的专题汇报。

周副主席说，通过实地察看和听取白玉岭书记的汇报，杭锦旗发展的速度确实走进了全盟、全区的前列。杭锦旗的变化如此之大，经济发展速度之所以这样快，是与有个团结奋进、齐心协力的领导班子和符合贫困地区实际的发展思路分不开的。旗委、旗政府把区、盟提出的战略目标，有效地具体化，能够超常规发展，把资源优势转化为经济优势，及时合理调整产业结构，加大科技含量，这是取得快速发展的关键所在。他特别强调，经济发展是有规律的，但超常规发展在局部地区的一定时期是正常的、能够见效的。根本原因是当地领导有一种强大的责任感、紧迫感、使命感，有一种锐意开拓、不断进取的高尚精神。杭锦旗的经济、社会各项事业和知名度在全盟、全区越来越高，这是一

1998年9月16日,时任自治区党委副书记白志健视察完穿沙公路奋笔疾书

1998年9月15日,时任自治区党委常委人大副主任白音挥毫泼墨

笔宝贵的财富。领导干部要全面系统地认真总结一下经验。

在视察完穿沙公路后,周副主席说,这是一条生态路。杭锦人民用艰苦奋斗的精神,在缝隙中挤出一条路,谋生存,求发展,这是用干来感动"上帝",用干来凝聚人心,用干来凝聚力量。

10月6日,中秋节过后的第二天,杭锦人迎来了自治区政府副主席傅守正视察指导工作。

傅守正一行重点视察了标准化堤防建设和穿沙公路。杭锦旗防汛战线长、人口少,一个旗对着河对岸的几个旗,又加上原来的堤防标准低、质量差,所以生坝较多,加固培土的任务不少、工程量大。

傅主席一行从奎素险段到道图险段详细查看了黄河南淘给杭锦旗造成的危

记者一线访谈

害。傅主席看到新建的标准堤防,又宽又高又厚,高兴地说:"你们真是多干活了,我今年春季来防凌,这里根本没有防洪堤,只有一些小民堤,根本起不到防大洪的作用,半年的时间,你们搞了这么大的工程,真是实实在在做营生。"

白玉岭表示,要把部分农、林、牧、水的精品工程建设在穿沙公路的两侧,把库布其变成为民造福的聚宝盆。

第六节 "造车部落"筑路忙

杭锦部,9世纪时为突厥一部。史籍记载"康里""康礼""邻""杭林""杭斤"属同名异写,意为"使车者"。元朝属色目人,杭锦人组成的

"康礼卫"为元朝主力部队之一。明朝,杭锦部先为土默特十二鄂托克之一,后归鄂尔多斯万户。

杭锦旗,在这片成吉思汗麾下造车部落的驻牧之地,新华社记者张民华、殷耀采访时不仅体验到了当地的行路难,更欣喜地看到了当地的筑路忙。

旗人大常委会主任达木林就是一名造车部落的后裔。他说,杭锦旗与著名的河套平原隔河相望,但生存条件却有天壤之别。一代又一代的杭锦人就生活在水围沙堵之中。外面精彩的世界离他们曾是那么遥远:连绵的沙漠阻断了他们东进与南下的通道,而蜿蜒的黄河形成了他们北出和西行的天堑。

1958年通车的包兰铁路仅在杭锦旗西端过境15公里,直到1981年才增设了一个不起眼的小站。站名虽然是杭锦旗站,却远离旗政府驻地150多公里。境内的两条国道都只是擦肩而过。110国道在杭锦旗境内留下了全旗目前仅有的约20公里黑色路面。另一条从杭锦旗东南过境的109国道又面临库布其与毛乌素两大沙漠的南北夹击,常因天气变化而交通阻断。

由于交通闭塞,当地丰富的资源难以开发利用,历史上以"武勇非常、战功显赫"著称的杭锦人只好守着聚宝盆过穷日子。

杭锦人选定一条难度最大、但综合效益也最高的"穿沙公路"来冲破封锁。这条路南起旗政府驻地锡尼镇,向北穿越浩瀚的库布其沙漠,一直跨过黄河,接通包兰铁路和110国道,使锡尼镇与包兰铁路的距离缩短了三分之一。

两位记者踏访穿沙公路是在一个沙暴肆虐的日子。刚进入库布其沙漠的边缘就看到几十台推土机正顶着狂风推沙筑路。白玉岭介绍说,正在施工的是穿沙公路的二期工程。而难度最大的长52公里的路基已经筑成,目前正在抓紧修建配套的桥涵。

记者们惊叹这条穿沙公路在风力10级的沙尘暴中仍岿然不动。白玉岭的介绍更让他们惊讶,他百感交集:"我们是鼓起极大的勇气,同时冒着极大的风险修筑穿沙公路的。也许没有人相信,去年6月开工时,我们手中筹到的资金,还不到工程预算的九分之一。"

第七节　书记、旗长互查包扶户

1998年，国际国内经济形势严峻，杭锦旗遭受沙暴、干旱等自然灾害的侵袭，再加上绒毛销售不畅，部分人民群众的收入大幅减少，整体上对全旗经济发展带来巨大影响和严峻考验。

正是秋收时节，包扶户的收成究竟怎样，是最近牵挂在白玉岭书记、王玉明旗长心头的一个大问题。

9月中旬，他们冒着蒙蒙细雨来到了图古日格苏木苏达尔嘎查白玉岭包扶的贫困户尔日和巴特尔家中。

"葵花已经收完了，玉米还没开始收。"尔日和巴特尔简短地谈了谈基本情况。

"能打多少？"白玉岭问。

"不知道了。"尔日和巴特尔由于以前没有种过水地，因而对产量也心中无数。

"到地里看看去。"王旗长插话。

今年以来，白玉岭和王玉明在总揽全旗大局的同时，始终密切关注着各自包扶户的生产和生活情况，都曾数次到包扶户所在的乡苏木和田间地头，了解情况、安排生产、解决困难。不约而同的是，两位领导都将从根本上帮助贫困户脱贫致富作为包扶工作的出发点。白玉岭为贫困户新开水浇地12亩，王玉明为贫困户新开水浇地6亩，都为贫困户的今后发展打好了基础。

看完庄稼以后，他们站在地里就开始算账了："油葵能产600斤，收入780元。8亩玉米能产6400斤，收入3840元，猪能杀250斤，自吃一半卖一半，收入625元，绒毛收入250元，全年收入5245元。"

算出账后，白玉岭的脸上露出了严肃的神色，一针见血地指出："账能算上去，能吃饱穿暖了，但缺钱花。"王玉明也说："这和我那个包扶户的情况一样，由于基础比这户好些，脱贫不成问题，但没有多余的钱。"

白玉岭说："这是一个普遍问题，要认真研究解决，要巩固基础，利用好基础求得再发展。"临走的时候，白玉岭摇下车窗再次叮咛尔日和巴特尔："收完秋以后，要抓紧出去打一段时间工，想办法挣点钱回来。"

第九章

第一节 三战库布其：建一条绿色长廊

> 这将是一条世界上最美的路。我不知道还有哪条路上跳动着13万颗滚烫炽热的心，还有什么比心血织就的花廊更美呢？
>
> ——白玉岭

穿沙公路已经初步建成，打破了"生命禁区"的迷信，为杭锦旗的经济腾飞筑起一条黄金通道。但是，必须清醒地认识到穿沙公路沙障工程的长期性、艰巨性、复杂性，绝不是搞一两次会战就能解决的问题。正是基于这点考虑，旗委、旗政府决定连续利用几年时间，动员全旗力量巩固穿沙公路沙障建设工程，以确保穿沙公路畅通无阻和公路两侧植被的恢复。今秋会战正是这一战略意图的具体实践。

穿沙公路沙障工程战线长、任务重、工程量大。其中一段流沙段，经过前两次会战已基本控制沙害，只要有关单位把自己的扫尾工程全部完成，这个地段的沙害问题基本可以解决。沙害威胁最严重的是10公里特大沙段，可以这样说，特大沙段沙害治理了，就等于穿沙公路保住了，特大沙段沙害治不好，穿沙公路就无法保护。这段沙害的治理是整个穿沙公路建设的重中之重，为此，旗委、旗政府决定调动全部兵力，打歼灭战。

这种调动数万人，重点地区、重点突破的战略思想完全符合穿沙公路建设的实际情况，也是实事求是思想路线的体现，表明了旗委、旗政府不搞花架子、不做表面文章、真抓实干的工作作风。

1998年10月，第三次治沙大会战开始。

10月10日，正值秋高气爽的时节，秋季穿沙公路治沙会战动员大会在锡尼镇礼堂召开。旗委书记白玉岭做了动员报告。旗委副书记达木林通报了今春会战成果，会上宣读了《关于动员全旗力量开展锡乌穿沙公路两侧秋季治沙大会战的决定》。6套班子的领导及旗直部门干部职工参加了动员大会。

白玉岭书记在报告中指出，穿沙公路治沙大会战已进行了两次，通过两次会战，公路两侧的沙害已得到了有效控制，但特大沙段等薄弱环节还没有完全控制。"革命"尚未成功，同志还需努力，穿沙公路的建设任重道远。我们提出要花3年的时间，将穿沙公路建设成绿色长廊，成为全区治沙绿化的样板。

他说，随着穿沙公路的修成，杭锦旗的知名度也在逐步提高，杭锦旗这个名字再也不是贫困落后的代名词。现在，好多领导来杭锦旗视察，都免不了去穿沙公路看一看，平时家里来亲戚，也提出要到穿沙公路去逛一逛。更可贵的是在修路过程中，杭锦人形成了自己的穿沙精神。穿沙精神已经成了杭锦人凝聚人心的力量源泉，同时也成了杭锦人向21世纪进军的号角。

他还强调：这次会战时间为半个月，从10月16日开始，依然是全民动员集中力量治理特大沙段。从我做起，非特殊情况不得以资代劳。把干部拉到最艰苦的地方，通过磨炼，改变他们的工作作风，增强工作能力。领导要带头，无特殊情况不得请假。共产党员是为人民服务的，领导更得如此。同时要严格督查、严格要求，保质保量完成任务。

会后，旗乌兰牧骑为将要开赴穿沙公路前线的干部职工做了精彩的文艺表演。在区外工作的刘建芬、付建军两位演员也专程赶来献艺。

自改革开放以来，国家机关干部连续3次到狂风肆虐的生命禁区参加治沙义务劳动，实在是少有的新闻。然而杭锦旗的干部却习惯性地一次又一次走进库布其沙漠与自然敌人展开顽强的搏斗。

会战的动员令一发，有关的机关部门，争先恐后，雷厉风行，纷纷奔赴主战场。借住宿搭帐篷、买铁丝打铡刀、备食品卷铺盖，摩拳擦掌，准备的就是大干一场。

10月14日，旗直104个机关单位和沿线乡苏木农牧民上万人来到穿沙公路进行第三次万人治沙护路大会战。

这次会战与往年相比的第一大特点是集中1万人治理1万亩特大沙段。特大沙段沙丘平均高度为100米左右，是公路最薄弱、最难治理的环节。杭锦儿女向特大沙段发起了最后冲刺。由于会战时间向后推迟了10天，气温下降，参战人员衣食住行极不方便。很多人风餐露宿，非常艰苦。但全线参战人员情绪稳定，斗志昂扬。1万人每人治1亩沙的任务被分解到各部门、各单位，95%的单位全体职工干部亲自上阵参战，父子、夫妻、兄弟姊妹一齐上阵。

第二大特点是调运树苗的困难加大。由于沙障制作是在距离以前公路200米沙障以外地区，所以从公路上背运树苗需经过已设沙障的200米区域和向后推移200米的特大沙丘，背运树苗成为此次会战的最大难题。工地上有人背，驴车拉、四轮车、拖拉机、吉普车、三菱车开道拉树苗几种形式，原始的、现代的各种运输方式一起应用，成为三战穿沙路特有的风景线。尤其是人背柳条是这道风景线中最动人的一幕。

第三大特点是领导率先垂范，群众万众一心。每个部门的第一把手亲自参战，带领职工奋战一线，激励了参战人员的信心和激情。旗委书记白玉岭亲自完成自己的一亩治沙任务，甚至他的爱人也从外地赶来为公路献出自己的爱心。

第四大特点是穿沙精神深入人心，农牧民群众自觉参战。沿线乡苏木的农牧民放下手中的农活，在接到会战通知的第二天全部自觉上路，杭锦淖尔乡、沙日召苏木、阿日斯楞图苏木、浩绕柴达木苏木全体干部职工和农牧民来到路上，他们的积极性空前高涨，他们的治沙行动已从自发阶段转入了自觉阶段。

第五大特点是这次会战的生态效益、社会效益显著。此次会战之后，穿沙公路的修筑宣告成功，路不再是重点，两侧的生态工程建设成为工作重心。穿沙公路两侧的百万亩绿色长廊的设想将随着飞播面积的增加、植树面积的增加逐渐成为现实，全面治理库布其这一地球上的癌症不再是神话。穿沙公路的修筑成功也意味着杭锦旗的各项工作在穿沙精神的鼓舞下步入快车道。

三战穿沙路，是顺乎民意的选择，是领导班子集体智慧的结晶，这一空前的壮观景象将永远载入杭锦史册，成为杭锦人民最辉煌的一页。

昔日荒凉的大漠，这次却与以往迥然不同。此时虽不是深秋，但穿沙公路

车水马龙库布其

色彩依然斑斓,不远不近有红旗在迎风招展,已经拉进来的沙柳堆积如山,沙海里尚没有褪尽的绿色、黄色、紫色交相辉映,连绵的沙丘一直延伸到目光的尽头,特别是在沿途已经成活的树和一些不知名的植物拥簇在沙障之中,溢向四方,这一切平添了几分庄严与神圣,荒凉开始退却,生机已然来临。

第二节　万心跳动

一、林业工人

残阳如血,深秋大漠的黄昏格外美丽。

穿沙公路上,男女老少参差不齐的一群人正往几辆卡车上奋力抱着一捆一捆的沙柳。四周很静,只能听到沙柳从地上划过、从车上划过的声音;刺啦……林业局局长刘永茂瘦高的身影在一群人中很显眼,有他在,大伙儿的劲头很足。这是刘局长率领40多名职工在会战扫尾阶段进行清障工作。

清运沙柳不仅是为了道路交通,更主要的是这些沙柳的正确处理可以为会战节省50万~60万元。林业局的职工们比其他参战人员早到1个月,为大会战进行实地勘察,树立标志,分解任务,如今至少又要晚回1个月。职工赵建龙早晨醒来时头昏脑涨,发烧,甚至难以下床,局长给他准假,让他回旗治疗,他却很简单又很坚决地说:不用了,能坚持!黄昏时分,带病的他和其他人一样劳作在路上。

如血的黄昏,从远处大沙里又走出几个疲惫的身影,手上拿着米绳,肩上扛着旗杆,他们是大会战验收组成员:人大常委会主任宝音,政协副主席佟宝藏,纪检委办公室副主任呼增润,林业局林工站李站长,以及以"苛刻"著称的技术员刘五子。会战的成果是由验收组确定的,验收组成员每天徒步跨越百米高的大沙丘几公里、十几公里。凡是万人会战走过的路,他们都一步步踏遍。"一分地不让"的苛刻是为了公路的安危。宝音主任丢下新婚的妻子,美丽活泼的李站长留下刚满10个月的孩子。有谁能体会到这里边的甘苦呢?大漠无言!

二、黄大姐

"黄大姐",是人们对旗委书记白玉岭妻子的亲切称呼。大姐听说会战的消息后,专程从东胜赶来要与丈夫一起完成一亩治沙任务。40多岁的大姐穿着最朴实的衣服,背着大捆的沙柳深一脚浅一脚地往旗委办工地最高的沙丘上爬。在场的每个人都难以表述自己的感觉,这个年代,人们最常见的是养尊处优的"太太",可你见过这样的"太太"吗?

几天后,大姐单位有急事催她回去,她不情愿地一遍遍地说:"我其实很喜欢在这儿和大伙儿干活,虽然苦,但这却是杭锦旗的大事呀,何况这里的人心像裸露的沙丘一样坦诚热情,我实在不想走,真的……"

点火取暖

　　大姐留下了对三战穿沙公路的留恋，留下了对穿沙公路的祝愿。白玉岭并没有送她，只是站在自己的工地上远远地目送妻子的身影渐渐远去……

三、为儿孙积德

　　路边一个拖着鼻涕的三四岁的孩子，脸蛋儿冻得通红，瑟缩在一丛沙障下，看看四周，却不知道他的父母亲在哪里。这是图古日格苏木的工地上，有很多人在栽沙障，孩子却被冷落在萧瑟的秋风中。

　　秋夜，路边有很多简易窝棚，门口点着火，农牧民们就着寒风吃着自己的简易晚餐；窝棚里，十几个人，拿着一瓶烧酒，你一口我一口抵挡风寒。他们说每天早晨4点多，秋霜落下，被褥冷湿，只好起床开始往沙里背沙柳，几趟过后，才能感到一丝热意。

　　一位老农很朴实地说："来穿沙路种树治沙就算为儿孙积点德吧。"

　　旗委书记白玉岭深夜到窝棚里坐在冰冷的地上和老农们谈路、谈秋收，老农们也给他倒上一杯御寒的酒。

第三节　书记也是好壮工

干部不领，水牛掉井。旗委书记、指挥部政委白玉岭，不仅是穿沙公路的主要决策者和指挥者，同时也是建设者。他在穿沙公路大会战动员大会上向13万人民发出号召：人人都要为穿沙公路做出贡献，首先从我做起，从六大班子领导做起。他是这样说的，也是这样做的。3年来，他把穿沙公路建设作为旗委工作的头等大事来抓。

大会战开始时，他在百忙中把其他所有工作推在后面，在工地上整整劳动了1个星期，他和大家一样，背沙柳、挖沙坑、栽沙障，手磨破了、鞋扎烂了，样样活干得不比别人差，人们都风趣地称他是个好"壮工"。

一、老白不老

旗委书记白玉岭，其实也不老，40岁出头的人，正当壮年，就因头发白了，人们习惯地称他叫老白。老白自始至终参加了这次会战。他干活爱较劲，栽沙障喜欢两个人一组，几组一字排开，他管这称"摽"起来干，这样做有效率。

起初，大家想摽就摽吧，老白一定干不了多久，况且还有那么重要的事情需要他去处理。却没想到，在会战中除1天有重要任务回旗、1天去吉乡参加建镇庆典、1天在沙日苏木召开新闻发布会外，其余几天始终如一，和办公室的同事一起在工地上度过。摽得众人真累。

老白栽树很专业。他上来以后先是挖坑，后来大伙硬是不让他挖，他没有坚持，就干起了栽沙障的营生。他说他学林，种树是他的本行。他栽树既卖力又认真，一根一根，一行一行，整整齐齐，一丝不苟。有时秘书挖的深度不够，他说不行。有时他对自己栽得也不满意，常常拔起来重栽。这次会战，若以个人为单位计算成活率,他得分一定在前头。

老白干活也觉得累。他说好久也没有干过这样的体力活儿了,说不累,那是假话。

老白说话很幽默。那天下午快2点了,午饭还没有吃上。因为书记在,大家不好叫嚷。他就带头给办公室领导提出了抗议说,光喝酒不上饭不行。其实,他也饿得快顶不住了。

几天下来,他的头发也更加花白,面色黝黑,形象实在令人不敢恭维,但他却不以为然,"看来我不只会当旗委书记,干体力活儿也不比你们年轻人差"。说这话时他自信的神情溢于言表,他像一个年轻的战士,人"老"心不老。

庄子说,哀莫大于心死。既然心年轻,那么一切还不生机勃勃?对杭锦旗而言,幸甚至哉,莫过于此。

穿沙公路上没好活。就拿绑横杆这个活儿来说吧,是比较轻松的,可办公室的一位小后生3天下来,说什么也不肯再干了,他说膝盖疼得不行。当老白听说此事,抬头打量那个小后生时,秘书小王发现他的汗与沙子和在一起,一道一道似虫子一样爬在他的脸上,那一瞬间,小王的心不禁为之一动,泪水差

两个人"擩"起来干

点夺眶而出。不知谁说过,做沙障就像在"上香",相信老天有眼也会动容。

二、他这是表功了

白玉岭宰相肚里能撑船。他在栽沙障时还挨骂了。

一单位职工背负一捆沉重的沙柳,从路边翻沙越岭远远背到大沙段,早已汗流浃背,气喘吁吁,沙柳放到沙上,人顺势躺在沙坡坡上,开口就嚷嚷:"白玉岭这个他大大(方言,父亲),可把人整死呀,哎哟,熬死他爷了!"

此时白玉岭就在旁边干活,可是这名职工光顾"骂"人,压根就没认出他。这话附近的人都听得真真切切。旗委办的秘书们都觉得不好意思了,互递眼色,想去制止一下他不要再"骂"了。

白玉岭慢慢地说道:"不要管他,让他骂。他这哪是骂我了,他这是夸自己了,夸自己上来穿沙公路了,上来还干活了,干活还没偷懒,而且吃了皮肉之苦,他付出了,他这是表功了嘛!"

一席话说得大家心悦诚服。白玉岭真是通情达理,体恤干部辛苦,心底无私天地宽,亲民、爱民,豁达大度!

旗长、指挥部总指挥王玉明在一旁更是赞叹有加。他在万人留言簿上感慨挥毫:一滴、二滴、三四滴,流的都是血汗;是歌、是泣、是骂,言的原是功劳。

言的原是功劳呀!穿沙公路的精华神韵是要彻底走入大漠中才能细心体会的。它不只是简单的眼泪、狂热、艰辛、代价,它更有着母亲河的深沉,大漠的辽远。你面对它时,心情会莫名地躁动不安,却难以准确地表达自己的感觉,你会被一条人心汇聚的河流激动着、激荡着。

"苦无怨,累无怨,真干过。"

"穿沙路是我们的骄傲。"

这些动人的句子是杭锦旗的干部职工在万人会战库布其签名留言录上写下的。他们用磨起茧子的手在风沙弥漫的库布其里豪迈地将心里话写到白绸上,留下了永远的纪念。

三、打赌请客

两位书记在穿沙路上打的赌是在今天兑现的。本次会战,区域内的最后一个沙峰是在今天被攻下的。

这天晚上,办公室的同事们为上述两件事喝了几杯庆功酒。达书记请客,白书记掏钱。大家都很兴奋。沙柳梢子能栽活,其余部分栽不活就没有道理。

那天,几个人在一起谈论在穿沙路上干活的感受。大伙先说累,然后又说很自豪很高兴,进而又说这种自豪和高兴其实就是一种满足,最后得出的结论说,在穿沙路上干活很幸福。

人毕竟是要有一点精神追求的,正是这种精神才把人和动物截然分开。正是这种精神才支撑起人的脊梁在这个世界挺立。不管是经商还是从政,对干活

沙障锁春秋

的态度能直接反映出一个人的精神风貌。

第二、三次大会战治沙效果明显，工程质量好，进度迅速，全年完成公路两旁人工造林3万亩，设置标准沙障3.68万亩，栽植高杆杨柳树9万株，扦插杨柴和紫穗槐500万株，控制沙化面积7.5万亩，出动劳力2.3万人次以上。

第四节 道虽远，行则将至穿沙公路成功了！

"道虽远，行则将至穿沙公路成功了！"这是1998年10月19日上午穿沙公路新闻发布会上，白玉岭第一句充满自豪与自信的话，也是13万杭锦人民所殷切等待盼望后共同发出的豪言。不可能得到治理的死亡地带、地球癌症，被英雄的杭锦人干成了，能不为之感到自豪及欢欣鼓舞吗？

从1997年6月16日正式破土动工，"刮一场风增一份忧，下一场雨添一份喜"，一直到今天，心中的石头终于落了地！望望穿沙公路，虽然在深秋，但是仍然可以看到一棵棵披上金装的杨树，遍地的沙柳、杨柴、沙蒿，给人以无限的生机和希望。

很多牧民心悦诚服："穿沙公路修通后，生态试验站的技术人员指导我们、带领我们搞植被建设，给我们传授了不少治沙造林的新技术、新方法。如果没有穿沙公路的建设，我们也不相信荒沙能够治理，也不会把大量的人力、物力投入到治沙造林上来。"

参加完大会战，许多贫困户深有感触地说："我们能在这么大的沙漠中修通穿沙公路，脱贫致富算得了啥！"

沙日召苏木道图嘎查牧民巴音敖其尔是个有胆有识的牧民。去年穿沙公路的修通使得这里的畜产品和农副产品有了广阔的销路，所以他今年开始大量种植油葵等经济作物，光油葵收入今年就达到了4万多元。

旗委书记白玉岭去他家了解情况时,该苏木达更巴特尔书记介绍,巴音敖其尔家的经济作物收入仅仅是该嘎查牧民经济收入的下中等水平。沙日召苏木过去的粮经收入比例是7:3,而今交通方便后调整产业结构和种植业结构后,粮经收入成3:7。穿沙公路的贯通,给沿线的巴音乌素苏木、赛音乌素苏木、图古日格苏木、独贵塔拉镇等地的经济发展带来了新的增长点,也增加了牧民的人均收入。部分苏木的人均收入一年内就增加了200～300元。

人们称:"穿沙公路是赛音乌素牧民的救命路。"

的确如此,过去这里的交通不便、信息闭塞,牧民只用骆驼驮运,很多牧民没见过汽车、砖瓦房。如今,赛音乌素、图古日格、巴音补拉格等苏木修起了3条70多公里的串通路,与穿沙公路连了起来。随着穿沙公路的修通,沿线牧民的市场意识也增强了,不少牧民贷款买了小四轮拖拉机跑运输,赛音乌素苏木的牧民个体户奇·达楞等还跑开了客运车。当地牧民说:"现在这里的货比锡尼镇都便宜。"他们还说:"锡尼镇是从包头、乌海进货,而我们可以从巴彦淖尔盟乌拉特前旗直接进货。"

沿河基层的干部们开心了,前两年到锡尼镇开会、办事,坐车也得十三四小时,而现在只用两三小时。

出门打工也方便了。富余的劳动力利用半天时间就可以到盐海子。

农牧民再也不怕白灾、黑灾等天灾了。农民当天就把农副产品,玉米、秸秆等运送到梁外。今秋开始大量地调草调料,既加快了农牧区的互补性,又增强了农牧民的关系,沿河地区真正成为梁外牧区最大的防灾基地。

值得一提的是,通过修建穿沙公路,杭锦人获得的另一项重要成果是:在穿沙精神的鼓舞下,从机关作风到干部群众的思想观念、思维方式、工作作风都有了很大的转变,并且培养出了一支敢说敢干、勇于创新的干部队伍。这对促进杭锦旗的整体发展是不可估量的,也是杭锦旗最为珍贵的精神财富。

"栽下梧桐树,引来金凤凰",穿沙公路建成后,日本、以色列、澳大利亚的专家们先后来到这个名不见经传的小镇上,来到了库布其沙漠腹地,对眼前这个人造的奇迹赞不绝口。

日本专家来到杭锦旗后，原计划是沿路停留3次，可停了三三九次还不满足，对着公路和无边的沙漠闭上眼睛说："我想在这儿多沉浸一会儿，感受一下你们的穿沙精神。"

澳大利亚专家说："你们这种治沙的办法是所有资料中没有的，而且是最好的！"

林业厅荒漠化监测中心的专家说："这么低的代价，这么高的效益，是全国一流的，是首创，新疆的治沙路是无法与之相比的。"

伊克昭盟最偏远的鄂托克前旗公安局领导从中央电视台看到穿沙公路后，专门带领30多名干警前来参观和学习穿沙公路，并义务为穿沙公路背了300多捆沙柳，他们说："不但你们公安局值得我们学习，你们的穿沙精神更值得我们学习！"

锡林郭勒盟盟长助理、交通局局长拿顺率有关人员专程来取经，感慨地表示，要把治沙经验带回去，要让穿沙精神发扬开。

杭锦人现已向全国、全世界通报："我们不仅可以治理库布其，而且为治理荒漠提供了经验。"

旗委书记白玉岭自豪地说，穿沙公路成功了，杭锦人民成功了，贫穷和落后再也不是杭锦旗的代名词！

第五节　新闻"富矿"

10月19日上午在沙日召苏木召开了穿沙公路新闻发布会。自治区和伊克昭盟的新闻界人士云集一处，对三战穿沙公路进行了深入的采访、探讨。

新闻发布会的热点问题最后集中到了穿沙精神外延的研究上，记者们最为关注的就是这精神到底从哪些方面推动了杭锦旗的各项工作。

新闻发布会使新闻界发现杭锦旗是一个"产"新闻的地方。他们为杭锦人在贫困的土地上艰苦创业的精神感动着,一场新闻发布会,再一次使穿沙公路成为全盟甚至全区的新闻热点,再一次将杭锦人推上了现代生活的大舞台。穿沙精神成了人们长久的、意味深远的话题。

早在90年代初,当时的旗委书记高峰云为改变杭锦旗的面貌就明确提出了"四引进",即引进技术、引进人才、引进资金、引进记者。当时有的人还不大理解。实践证明,他的这种高见,为杭锦旗的经济发展和两个文明建设起到了不可估量的作用。

时过近10年,杭锦旗的各届领导不仅没有丢引进记者的传统,而且将其放到了更加重要的地位。旗里开展每项重大的活动,首先想到的是舆论宣传,想到的是记者。的确,舆论宣传推动了杭锦旗的经济发展。

杭锦旗沿河地区是一块广袤的黄河冲积平原,有着发展农业的广阔前景,但因资金缺乏,约有百万亩农田沉睡多年,不能为人民群众造福。1991年,旗委、旗政府提出开发这块土地的设想,但无从下手。于是他们提出先造舆论,

人人都是宣传员

然后争取资金。他们委托盟记协去北京请来新华社、中央人民广播电台等6家新闻单位的记者进行了实地采访。记者们实地采访后非常感动，回去后在各家的媒体上发表了《金腰带在呼唤》《百万亩农田亟待开发》等10余篇文章以及一些照片，引起了自治区和国家有关部门领导人的重视。随后，他们带上可行性论证报告和报刊上发表的文章，跑内蒙，上北京，终于争取回各种资金3000万元，到1998年沿河土地已开发3万亩，达成开发协议的10万亩，达成意向的80万亩。

为适应改革开放和经济发展的需求，旗委、旗政府提出修筑穿沙公路。但资金没有，困难重重。在这种情况下，旗委书记白玉岭同志首先发动群众，采取先干后争取的办法。旗党政领导带领旗直机关干部和沿线农牧民，在荒无人烟的库布其沙漠里整整奋战了几十个日日夜夜，使50多公里的穿沙公路形成雏形。

这时，旗党政领导又想到了记者。他们又委托盟记协请来了人民日报、农

记者体验

民日报、中国青年报以及自治区、盟内多家新闻媒体的记者进行了实地采访。记者们目睹了杭锦人民战天斗地的穿沙精神，深受感动。各位记者从不同角度在各家的媒体上报道了这条鲜为人知的穿沙公路以及穿沙公路的修建情况，立即引起了交通部、交通厅等领导的高度重视，并予以立项，总投资达4500万元，已经通过各种渠道争取回资金1500万元。后经封沙护路，这条112公里长的锡乌公路就将变为一条黑色油路，成为杭锦旗发展经济的一条大动脉。

杭锦旗地处库布其沙漠与毛乌素沙漠的握手地带，植被稀疏，沙化严重，沙进人退的现象越来越严重。在穿沙精神的鼓舞下，为根治沙害，旗党政领导又提出了全民动员，大搞生态建设大会战的号召，全旗出动3万多人，首先在两线（穿沙线和109国道线）一圈（锡尼镇四周）一点（毛布拉孔兑上游）进行植树造林和水保治理。这时，新上任的宣传部部长亲自到盟内各家新闻媒体请记者，并委托盟记协邀请中央、自治区的记者。这次又请来了新华社、光明日报社、内蒙古电台及内蒙古各大报社等多家新闻媒体的记者进行了实地采访。各家新闻媒体又以不同形式在自己的媒体上发表了大量文章、照片等，不仅促进了全旗生态建设的深入发展，而且推动了全盟的生态建设。

为了战胜干旱，去冬今春以来，杭锦旗梁外地区掀起了声势浩大的抗旱打井热潮，并取得了显著效果。在采访生态建设大会战后还不到一个月，杨部长又来到东胜，邀请各家新闻媒体采访。按理说，新闻媒体对杭锦旗的宣传报道已经达到了一定程度，有些记者还怕找不到好的新闻线索，有的媒体还怕发杭锦旗的报道多了有副作用，但在杨部长的感召下，各家媒体又派出记者到梁外地区采访抗旱打井。通过短短3天的实地采访，记者们又发现了许多有趣的新闻，诸如水井打在龙王庙、73岁的杨老太太打出20米的深井1眼……记者们深有感触地说，到其他地方采访，总怕找不到素材，来杭锦旗采访，到处都是新闻素材，真是采不完、写不尽、发不完。

杭锦旗的领导对新闻舆论的威力有深刻的认识，所以他们为记者采访提供一切方便。记者们也深受鼓舞，他们说，在杭锦旗采访再苦再累也觉得心甘情愿，要是比起杭锦人民的穿沙精神，采访的辛苦真是微不足道。

第六节　弘扬穿沙精神尤为重要

10月24日，在穿沙公路沙障工程会战现场旗委办公室工地，旗委书记白玉岭、副书记达木林像普普通通的职工一样挥汗实干，如果是生人，绝对认不出哪位是领导哪位是兵。有记者采取边劳动边谈话的方式，对白玉岭进行采访。

留名青史的伟大事业

记者："您是如何评价这次会战的？"

白玉岭："三战穿沙公路是杭锦旗的'淮海战役'，这一仗打得非常漂亮，并且已经取得决定性胜利。三战胜利使特大沙段迎风面500米之内沙丘全部被封锁，基本解除了沙漠对穿沙公路的危害。今天我们可以自豪地向世人宣布穿沙公路成功了，我们胜利了。"

记者："您认为参加会战的单位干得如何，对哪些方面满意，哪些方面不满意？"

白玉岭："从目前验收的情况来看，大部分单位干得不错，不仅完成了任务，质量也非常好，今年的施工难度大，任务艰巨是有目共睹的。这么困难的条件下，沙障做得这么好，这说明我们不仅有一批能征善战的领导，而且有一大批吃苦耐劳、艰苦创业的群众。我对那些领导带头亲自上来参加会战的单位表示满意，他们用自己的实际行动证明了自己是合格的干部，这些既能当官又能当劳动者的干部可以重用。对于没有特殊情况，没有亲自上来参加劳动的人深表遗憾。我赞赏苦干实干的领导干部。没有这种苦干实干的精神，是不合格的干部。"

记者："据我了解您已在百忙之中亲自参加会战6天，而且您栽的沙障受到林业技术人员的好评，成为标兵工程。您作为旗委书记，亲自到一线参加6天劳动，您是怎样想的？"

白玉岭："旗里的工作，一个时期有一个时期的侧重点，三战穿沙公路是我们旗里最近最紧要的一项工作。我作为旗委书记，就应当出现在最紧要工作的现场，既当指挥员，又当战斗员。"

记者："您能否说一下劳动6天的感受？"

白玉岭："感受有2点，一是很累，真的很累。二是感到自豪。穿沙公路这样大型的沙障工程，在全内蒙古来讲也是前无古人的伟大事业，即使在全国也少见。能够亲自参与值得一生自豪。参加会战的人员风餐露宿10多天，风吹日晒，皮肤黑了，意志更坚强了，这种受锻炼的机会并不是很多，应该珍惜。我们要求旗委、旗政府两办，在别的单位回去后才能撤兵，要求两办的质量做得好一些，带个好头。我们干的这项工程是一个留名青史的伟大事业，事业伟大人民更伟大。"

脱贫摘帽任重道远

第三次万人治沙大会战圆满完成预定的任务，穿沙精神以更蓬勃的生命力激励着杭锦儿女为建设初步繁荣昌盛的新杭锦而努力奋斗。

但是，杭锦旗面临的困难和要做的事情依然很大、很多，对此杭锦人必须保持清醒的认识。摘掉国贫旗帽子还需要艰苦的努力，脱贫工作依然艰巨；国际金融危机不同程度地影响着经济增长；绒毛市场疲软，牧业经济增长乏力；穿沙公路治沙护路工程浩大、任务艰巨；确保国民经济在快车道上运行尚有一定的困难，这一切告诉杭锦人，弘扬穿沙精神尤为重要。

解放思想、艰苦创业的精神是发展中国家和地区最宝贵的精神财富，有不少偏远落后地区通过解放思想、艰苦奋斗创下佳绩。昔日河南省林州人民自力更生，艰苦创业，建成了纵横1500公里举世闻名的"人工天河"——红旗渠，一举改变了贫穷落后的面貌；新时期山西人民穿山劈石，修成了全长133公里的"太旧高速公路",极大改善了基础设施条件,使经济发展速度大大加快。

试想,当年红旗渠人和今日山西人如果思想保守,又没有艰苦创业的精神,红旗渠和太旧路的壮举是不会成为现实的。像杭锦旗这样的贫困落后地区,更需要弘扬解放思想、艰苦创业的精神。

纵观杭锦旗的发展史,本身就是一部逐步解放思想、艰苦创业的奋斗史。在这个历程中,思想解放的程度越大,艰苦创业的精神发挥得越充分,经济发展的速度就越快。

70年代,盟里决定将全盟最大的羊绒加工企业布局在杭锦旗,却被拒绝了,痛失了加快发展的良机;90年代,杭锦旗实施项目区管理建设、百万亩商品粮基地建设,主动敞开旗门,引进伊化、伊煤两大集团开发优势资源,培植了可观的经济增长点,经济发展步伐明显加快。另外,同样是在吃财政饭的条件下,同样是缺乏资金,杭锦人相继建成了项目管理区、商品粮基地、防灾基地、穿沙公路、排干工程、防洪堤工程。一直被认为是无水可取的硬梁地区,也先后打成了上百眼泼金吐玉的深机井,结束了靠天吃饭的历史。以前,城镇建设历来受"官不修衙门客不修店"思想的影响,城镇街道破破烂烂,但是现在,全旗各地修马路、建宾馆,纷纷掀起了城镇建设热潮,城镇面貌焕然一新。全旗21个苏木乡镇实现了电话程控化和电气化,财政收入连年递增,农牧民人均纯收入逐年增长。

差距就是解放思想、艰苦创业

近年来杭锦旗虽然有一定的发展,但与其他地区相比,差距不是在缩小,而是在继续拉大。发展差距的形成,主要就是解放思想、艰苦创业的程度不同。同样是贫困地区,别的地区思想解放力度大,艰苦创业精神发挥充分,就发展了,杭锦旗解放思想的力度相对小,虽然也有发展,但与其他地区的差距仍在逐渐拉大。

这样的例子可以举出很多,早在70年代,安徽省部分地区在全国大胆地率先推行土地包产到户改革，极大地调动了农民的积极性，经济发展很快。在这一时期，南方比如苏南等一些地区，自筹少量资金，在搞家庭小手工业作坊，完成了资本积累，并且在扩大再生产过程中善于用好用足政策，敢打擦边球，逐渐发展和壮大起来；而北方等边远地区，受地域特别是旧的经济体制和旧思想观念的束缚，沿用旧的生产方式、思维方式，死守政策的条条框框，不敢越雷池半步，脑子不活，胆子不大，步子不快，小富即安，甚至不富也安，宁愿苦熬不愿苦干，始终改变不了贫穷落后的面貌。

我国边远、贫困地区几乎集中了全国所有能够挂上号的资源储量，同时也集中了全国绝大多数最贫困人口，有人把这种现象称作"富饶的贫困"。富饶的贫困，其形成的根本原因就在于思想不解放和缺少艰苦创业的精神。

时至今日，连发达地区尚在进一步解放思想，艰苦创业，谋求更大的发展，何况是差距仍在逐步拉大的落后地区呢？像杭锦旗这样的落后地区，底子薄、基础差、起步晚，思想相对保守，即使思想认识达到与发达地区同样解放的程度，也必须付出比发达地区多10倍的努力，才能保持差距不再拉大，最终达到发达地区的发展水平。

穿沙精神是杭锦人在特定的历史条件下创造出的一笔宝贵的精神财富，是促进各项事业发展的强大精神动力，弘扬穿沙精神具有深远的现实意义。看穿沙精神是否得到弘扬，那就要看领导干部的工作是否做好，经济是否发展。

第七节　一年苦干　终成夙愿

近来，杭锦人有了个口头禅："穿沙路都修成了，还有甚办不成？"杭锦人引以为豪的是：就在穿沙路修成不到1年的时间里他们办成了几件几十年来一直想办却总也办不成的大事。穿沙精神正被杭锦人用事实和现实诠释各种答案。而这些事情都发生在"穿沙奇迹"被创造出来的1998年,并非巧合。

住在沿河的杭锦人比起那些住在梁外沙区的人们幸福却也很"心苦"。幸福是黄河带来的,流经杭锦旗的242公里黄河水滋养着祖祖辈辈的沿河人,灌溉着沿河人赖以生存的几十万亩良田。但长期有灌无排使土地次生盐碱化日益严重。农民们只能看着大片大片良田被"水鬼"无情吞噬。看着一批接一批的撂荒地,心咋能不疼?修排干喊了40年,议了40年,可直到1997年还停在人们的空想中。原因很简单:没钱。于是沿河人品了多少年黄河水的甘甜也就品了多少年黄河水的苦涩。

在穿沙公路治沙会战时旗委、旗政府下定决心:与其等下去,不如干起来。算起来两三千万元的工程,旗乡只许诺承担几百万元。沿河的老百姓被发动起来出资出力修渠。几个月光景,80公里主排干工程就全线告捷。这项治本工程的成功使中西沿河3个乡镇2万多人受益,而且可以"收复"至少10万亩耕地。一块几十年没啃下来的硬骨头被啃下来了。

如果说杭锦旗沿河对黄河水几乎"不设防"你信不信?但这是真的。240多公里黄河沿线只有一些潦草而脆弱的民堤。因为战线长,修标准化堤防要几千万元。河对岸的巴彦淖尔盟,240公里却是由5个旗县防守。看着人家固若金汤的国家二级堤防,杭锦人只有羡慕的份儿。修堤的钱在哪儿?杭锦人等上面的资金,等了一年又一年。一到汛期沿河就有5万人整天提心吊胆。1997年一场150毫米的大雨,造成了4000万元的损失。1998年春季凌汛,又是如履薄冰。如果黄河决了口,几十万亩耕地,几万人和积累了几十年的财富就……真是不敢去想。

与其这样苦熬下去,苦等下去,不如自力更生先干起来,穿沙公路没钱不也修成了吗?堤防建设于今年5月开工了。沿河各乡像组织治沙会战一样组织起了大会战。这样,一条170公里长的国家三级防洪堤修成了。沿河人悬了几十年的心可以放在肚子里了。

过去,杭锦旗梁外、沙区很少有"水利"的概念。有钱了,喝烧酒;有钱了,买摩托买汽车;有钱了,盖新房……

排干修通

阿斯楞图苏木是个人畜饮水困难的地方。1995年上级拨款让打两眼人畜饮水井。3年过去了那井居然还停在文件里。今年这个苏木的变化令人惊奇：上面没给一分钱，苏木牧民自筹资金打了100米以上深井52眼，成片的水地被开发出来。过去大多数牧民每年要从外面买大量饲料，而今年秋天，许多玉米"进口"大户变成了"出口"大户。一年打的井超过前40年的总和。打井的热浪席卷了整个沙区梁外，今年光梁外的11个乡苏木就打成405眼机井，新开水地几万亩。连乌海等周边地区的打井队也涌进了西草地。牧区的"打井上电网围栏"也"如火如荼"。

还有320公里光缆工程，还有热火朝天的集镇建设，还有新修的几百公里乡村公路……1998年，杭锦草原涌动着前所未有的建设激情。

旗委书记白玉岭说："修穿沙公路是一次真正的思想大解放。"陈旧保守的观念正在被荡涤，人们不再故步自封、缩手缩脚。"穿沙路能通，就没有办不成的事"已成为杭锦旗的工作新理念,新格言。从沿河到梁外,从城镇到农牧区都形成了一种想实事、办实事、争先恐后求发展的氛围。穿沙精神弥漫在杭锦人的血脉中。

杭锦旗曾是贫困落后的代名词,但今天杭锦人正在用穿沙精神重塑杭锦形象。据旗人事劳动部门的统计,前几年,每年都有一二百人调离杭锦旗,如今却有人重归西草地了。因为它是一片充满希望、充满阳光的土地。

第十章

第一节　三位书记植树

1998年11月12日下午2点30分，盟、旗党政领导来到独贵塔拉镇奎素黄河浮桥迎接刘明祖书记。这次是刘书记第二次来杭锦旗。虽已初冬，但黄河边却阳光明媚，丝风不动，温暖如春。有人开玩笑，这么好的天，种上庄稼，也一定能生长。

刘书记一行原定3点钟来到黄河边，但究竟几点才能到？人们的心里犯着嘀咕，刘书记那么忙，能准时吗，也许4点、5点或者更晚一些，人们心里没谱。2点55分，黄河对岸出现4辆三菱车，人们不约而同地说："刘书记来了，真准时。"

刘书记一行车队从浮桥上缓缓驶来，车在欢迎的人群中间刚刚停稳，车门开了，刘书记健步走入欢迎的人群中和盟、旗党政领导一一亲切握手。大多数人今天还是第一次和刘书记本人见面。一位中央委员、自治区党委书记，没有警车开道，没有前拥后簇，竟是这样平易近人，这样和蔼可亲，人们的心一下子和刘书记拉近了。是啊！刘书记没有一点官味，分明就是一位长者嘛。

车队驰上了穿沙公路，刘书记很快被大漠奇观深深吸引了，两眼紧盯着天边的沙障，嘴里不时发出赞叹声。车队停在了写有"主峰"二字的大沙丘下，刘书记一行下车来到沙障内察看了人造奇观沙障工程，极目远眺连绵起伏的大沙丘和一眼望不到边的沙障工程，刘书记不禁感慨万千地说："呀，这么多的沙障从哪里来的？"他望着远处沙丘上"主峰"二字说："那字是用什么做的？能活吗？"

刘书记面对这壮观的景色陶醉了，他又像是在问别人，又像是在问自己："这路如果没有沙障能行吗？"车队短暂停留后，又要向前驰去。刘书记一把拉住白玉岭的手说:"来,你坐我的车。"

车队来到生态试验站西侧"纪念树种植园",这里正有几位林业局的职工在栽树。有人提议:"刘书记咱们也栽几棵吧。"刘书记连声说:"好,好,植树造林是好事,我能亲自参加库布其沙漠植树造林很高兴。"

刘书记接过一把铁锹便投入了劳动中。周德海副主席以及其他领导都纷纷挖坑栽树。栽树活动结束后,刘书记边走边对林业局的工程技术人员说:"今后凡来这儿考察、参观、旅游的人都可以邀请他们来植些纪念树,这很有意义。"

车队向前行驶一段后,又停在了公路旁,白玉岭指着沙障内密密麻麻的各种杂草,告诉刘书记:"这是今年采用人工种植、飞机播种等措施种植的植物,这证明库布其沙漠不是禁区,杭锦旗的下一步计划就是持续推进治沙绿化生态战役,直到取得最后的胜利。"刘书记一边认真听汇报,一边点头称赞。

车队来到亿利集团化工基地,王文彪告诉刘书记:"我们10万吨的硫化碱生产能力,不仅是全国第一,而且是世界第一。"刘书记说:"就应该有这种争第一的精神。"

车队来到伊煤集团西北沟甘草基地,高永升经理介绍了甘草种植生产计划,刘书记大加赞赏,并指示甘草深加工,应找大专院校等科研部门,利用他们的高精技术、专利,创造精品,进入国际市场。

第二节 大漠奇迹

11月13日上午,刘书记一行听完白玉岭书记、王文彪总裁的工作汇报后,做了简短而生动的讲话。

刘书记说,从1996年开始,伊克昭盟实施盟旗经济一体化发展战略,开展

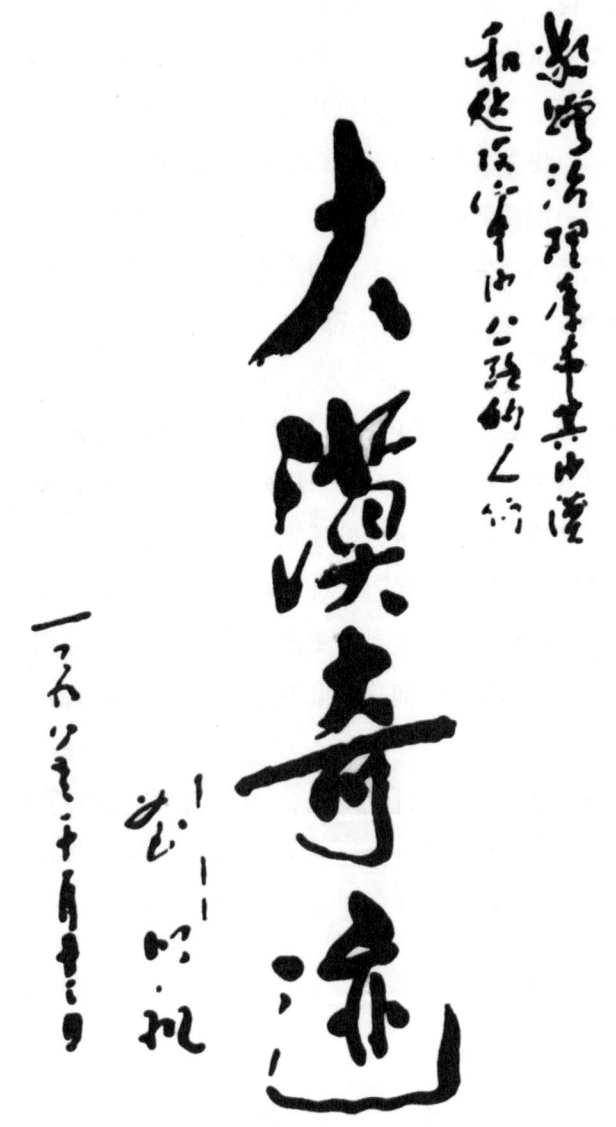

1998年11月13日,时任自治区党委书记刘明祖视察穿沙公路后奋笔疾书

大学习、大讨论,整个伊克昭盟地区经济发展快,杭锦旗在伊克昭盟发展也比较快,很多指标完成较好,国内生产总值、财政收入大幅度增长,城镇建设发生了很大的变化,精神面貌也发生了大的变化,杭锦旗的发展为贫困地区经济

发展创造了经验。

杭锦旗为什么发生这么大变化？刘书记认为主要是发展了工业，这些地区要以工业为主，在抓好农牧业这一基础的前提下，充分发挥资源优势，发展工业。发展工业不能盲目发展，一是要有市场，二是要有原料，有原料也必须看准市场，没有市场有原料也不行，如果有市场又有原料，就为发展提供了很好的条件。亿利集团正是抓住了这个机会发展了。发达国家和沿海地区不搞了，腾出一块市场，有了这块市场，又有这个原料，就是最好的发展机遇。杭锦旗近两年正是抓住了机遇，发挥了资源优势。将来一定要把战略布局搞好，把发展的指导思想搞好，把产业布局搞好，这样就会快一些。

杭锦旗提出的申请需按程序来报批。周德海同志说穿沙公路通了车后，每年能为亿利集团节约运费1500万元。这条穿沙公路拉通了9个苏木乡镇的发展，如再通到阿镇，将带动神府地区、巴彦淖尔盟地区的发展，这条路修得很有意义。而且在路两侧搞的生态建设为库布其沙漠的生态建设提供了样板，让人们看到了方向，用实践告诉人们库布其沙漠可以改造。穿沙公路的修成，说明了沙漠不是不可以改造的，事在人为，穿沙公路是治沙的好典范、生态建设的好典范，将来要好好地总结这条路对生态建设及整个社会的推动作用。

穿沙公路的修筑发扬了伊克昭盟人不怕困难、艰苦奋斗的精神。以前别人想看看库布其沙漠是什么样子还看不到，有了这条路很多人才真正认识了库布其。可以看出伊克昭盟人特别是杭锦人敢于拼搏、不怕困难，仅用了1年时间就把这条路建成了。当时刘书记就说过"先干起来，会有人支持的"。杭锦旗可以就穿沙公路建设包括浮桥建设提出一个请示报告。提意见站在杭锦旗的角度，自治区站在全区的角度搞平衡，到底怎么搞好，包括是否搞BOT模式、是否由企业来经营、路桥是否一体化、收费问题等。希望杭锦旗写个报告，自治区尊重旗里的意见，但有的事情国家不能办，企业能办好；有的企业不能办，个人能办好。

关于奎素浮箱桥必须要重建，刘书记说还要考虑是否再建一座黄河大桥。

这条路为生态建设开辟了道路。生态建设不能急、急不得，要做出长期规划，这个规划要以公路为主线向两侧发展，因为库布其沙漠太大，老虎吃天无从下嘴，有了这条路，杭锦旗就有地方可以下嘴了。要靠生态建设争取资金，可以先搞一些小片，搞一些治沙点，一片一片、一点一点逐步治理，通过治理恢复植被，这样巩固两侧。要长期搞，一年接一年，这不是一代人的事情，而是需要几代人、几十代人的努力，一点一点不断扩大。

散会后刘书记欣然命笔写下"大漠奇迹"4个苍劲有力的大字。人们不禁齐声赞道："刘书记还是个书法家。"

工作人员把第三次治沙大会战万人签名的白色绸布铺在了桌子上，刘书记拿起笔略加思索后写下"向建设穿沙公路的英雄们学习致敬"一行大字。周副主席等一行也都纷纷郑重地签上了自己的名字。临行前刘书记一行应邀和旗党政领导合影留念。刘书记果断坚决、平易近人、严谨朴实的工作作风，作为精神财富留给了杭锦人。

第三节　趁热打铁

11月12日晚，旗长王玉明受白玉岭委派携工作人员带着文头、公章连夜赶赴盟行署办理文件转呈手续。

11月13日，在自治区党委书记刘明祖一行视察杭锦旗结束的当天下午，杭锦旗党委及时向6套班子在家领导传达了刘书记的指示精神。旗委书记白玉岭就如何贯彻落实刘书记指示精神讲了4点意见。

一是全面领会、认真贯彻刘书记的指示精神，奋力拼搏，确保完成年初提出的各项工作任务，决不能拖全盟的后腿。

二是按照指示精神，进一步调整和完善明年杭锦旗的工作思路和工作目标，力争各项事业再上新台阶。

三是要由专人负责组织开展大规模的宣传贯彻活动，尽快将刘书记等区盟领导视察杭锦旗的指示传达到基层，用指示精神统一全旗干部群众的思想，形成共识，为杭锦旗进一步发展奠定思想基础。

四是责成有关部门立即着手开展小城镇建设、生态工程建设、基础设施建设等项目的前期调研和项目建议书的编写，并聘请专家论证后争取早日立项、早日建设、早见效益。

就刘明祖书记一行对穿沙公路建设等有关问题的指示精神，会上决定立即将有关项目文件材料整理好派专人呈交给周德海副主席。

11月16日，交通、林业、计划等部门领导赴自治区把有关项目文件面呈周德海副主席，并留下来跟进办理有关事宜。

12月2日，周德海副主席主持召开主席办公会议，专题研究杭锦旗穿沙公路建设有关问题。会议决定：

一是自治区进一步加大投资力度，支持穿沙公路建设。会议强调，穿沙公路是沟通杭锦旗南北经济联系，连通109、110国道的一条重要线路。它的建设对于完善全国交通网络，带动伊克昭盟沿黄河地区及杭锦旗经济发展，促进库布其沙漠的治理具有重要的意义。为了解决穿沙公路的资金缺口及工程尾欠问题，再追加投资400万元，一次性补贴锡乌穿沙公路建设。

二是切实做好穿沙公路沿线的防沙治沙工作。会议提出，杭锦旗是国家生态建设重点地区，自治区计委要在去年国家和自治区投资生态建设的基础上，再专项补贴杭锦旗100万元，帮助杭锦旗动员全社会力量实施穿沙公路沿线防沙治沙工程，建设苗圃、采籽基地和沙障。

三是会议责成自治区计委、林业厅组织有关单位对杭锦旗库布其沙漠百万亩生态建设工程研究论证，尽快拿出成熟方案报国家有关部门争取立项投资。

四是支持伊克昭盟有关企业用股份制形式建设穿沙公路黄河浮桥。

会后第三天，会议纪要尚未发出，交通、林业、计委领导就索取到纪要底稿，分别在有关单位商讨资金拨付事宜及百万亩生态建设工程研究论证事宜，通过努力各项事宜均圆满落实。

1998年，杭锦旗加大了公路建设两个转变的力度。本着谁投资谁受益的原则，杭锦旗拓宽了公路建设投资融资渠道。如亿利集团公司利用银行贷款和企业自筹的办法完成了巴音乌素盐海子以东7公里黑色路面工程，工程造价438万元，完成了杭锦旗旗县公路中没有黑色路面的历史，同时极大地推进了全旗公路建设黑色化的进程。

这一年，旗委、旗政府旗帜鲜明，将锡乌扶贫开发公路转让给亿利集团进行路面升级，拉开了锡乌扶贫开发公路全线改造的序幕。当年亿利集团完成巴音乌素盐海子—独贵塔拉黑色路面10公里。

截至1998年底，按三级砂石公路建设标准完成锡尼镇—巴音乌素盐海子段路基路面工程50.4公里，完成涵洞工程一道，过水路面6处，共动用路基土方98.832万立方米，路面黏土15.6万立方米，公路治沙大会战完成治沙面积3万亩，工程造价1632.282万元。

1998年11月，锡乌扶贫开发公路建设工程指挥部对锡乌扶贫开发公路道路工程进行验收，验收组组长为人大副主任宝音德力格尔，副组长为政协副主席佟宝藏，成员为人大常委会原副主任倪志诚、纪检委监察室主任呼增荣、审计局副局长刘文清、交通局局长白富华、林业局技术员刘振业、交通局副局长杜连营、公路管理工区主任吴有清、地方道路管理养护段段长李斌亮。年底经检评，锡乌扶贫开发公路巴音乌素盐海子—独贵塔拉段完成路况分数75分、超计划5分，好路率达到85.2%、超计划10.2个百分点，养护综合值达到75.6分、超计划7.1分。

第四节　一对一，精准扶贫做示范

一年的包扶效果究竟怎么样？年关将近，贫困户能否过个好年？明年的生产怎么安排？旗委书记白玉岭心里牵挂着这些。

1999年1月9日下午，白玉岭冒着严寒第四次来到自己1998年的包扶户图古日格苏木苏达尔嘎查伊日和巴特尔家中。

1998年，巴特尔一家在白玉岭书记的鼓励、引导和帮助下，牲畜由17只发展到60多只，开发水浇地12亩，合理安排种植结构，收入颇丰。巴特尔还盖起了新房，购置了风力发电机和电视机。他见到白玉岭就高兴地说："我今年是羊满圈、粮满仓、草满场、肉满缸，可喜的是学会了种水地和养猪羊，往后的日子，不愁了。"

听了巴特尔的介绍，算了巴特尔收入的细账，白玉岭紧锁着眉头说："去年你只能说有了一点进步，今年要有大变化，我建议你在新的一年做好3件事：第一，要种好12亩水浇地，粮经作物各一半，要增加科技含量，必须用良种，眼下就开始做好备耕工作；第二，搞好养殖，发挥流动畜群的效益，再喂2头当年猪；第三，要保证有4个月的时间搞劳务输出，羊和地主要由妻子料理，你到盐海子搞副业。"

巴特尔夫妇激动地说："我们就按白书记的安排，大干一年，争取今年脱贫，也给周围的贫困户带个勤劳致富的好头，不辜负书记的期望。"

1月11日下午5点多钟，白玉岭来到了他1997年的包扶户阿门其日格乡奋勇村边奋学家中了解生产和生活情况。

"现在我们家脱了贫，不仅自己不愁吃、不愁穿，而且还能接济别人。今年我们就为亲家6人看病接济了2000多元。"边奋学媳妇眼里闪着泪花，说个没完。

"人们说，穿不穷，吃不穷，打当不对一辈子穷。以前我们也长年累日地劳作，但日子过得一天不如一天。自从白书记包扶我家后，我们学会了种地，学会了养猪羊，更学会了做人。今年，我们打了6000斤玉米、1100斤葵花、8000斤山药、240斤黍子；橡子卖了300元，羊卖了1100多元，绒毛收入320元，两头牛卖了2900元，杀了300斤重的一头大猪，还有两头猪准备年前卖了。今年我们的现金收入就有7000多元。"问到1998年的收入，边奋学的媳妇如数家珍。

白玉岭说:"根据你所说的,按市场价格计算,你今年的收入达到15000元,除去40%的开支,纯收入9000元,人均达到3000元,已经稳定脱贫。"

接着他询问了明年的生产安排,边奋学的媳妇竟有板有眼地说起来:"明年地上的收入要超过1万元。25亩地种粮食作物5亩,够人、牲口吃就行,其余的20亩主要种经济作物;养殖上,再喂几口大猪,寒羊数量要增加到十几只,我们还准备把猪圈羊圈改造成暖棚式的,搞科学养殖。再就是卖一部分橡檩,再补种上树苗,各项收入明年争取达到2万元。今年准备买一辆三轮车,有机会我还想到阿门其日格乡街上开个铺子赚点钱。"

白玉岭说:"我给你们定的目标是纯收入1.5万元,你们自己定的是2万元,很了不起,很有志气。关键就看你们如何发挥聪明才智,如何合理种养。像你们这些解决了温饱的户子,今后主要是抓经济收入。只要勤劳吃苦,方法对头,通过2年的滚动发展,你们就能成为小有名气的富裕户。"

晚上10点多,白玉岭从边奋学家启程。临走时,边奋学的媳妇说:"杀猪的时候,很想叫白书记吃一顿杀猪菜,但路远,没法通知。给白书记放下一件子猪肉,白书记一定要收下,这可是我们全家人的一片心啊!"

白玉岭说:"你们能过上好日子,全旗13万人民能过上好日子,就是对我最大的回报。我现在有吃有穿,用不着你们帮我,要帮就去帮助那些不如你们的户子。"

第五节 贫困地区的富裕之路

杭锦旗作为贫困地区如何走向富裕,是白玉岭一直在思索的现实问题。

1998年8月,朱镕基总理在视察内蒙古时就讲:"我给你们一个武器,就是向内蒙倾斜的政策。"这种倾斜最终将落实到区、盟、旗的基础设施建设项目上。

1999年，国家为确保国民经济增长，消除亚洲金融危机的影响，采取强有力的措施，加大了对基础设施建设的投入。

这是20世纪最后一次加强基础设施建设的好机遇，因此抢抓机遇，提前准备有关文件材料，主动到区、盟有关部门汇报工作，争取立项、争取资金，就是杭锦旗的当务之急。

事实证明，跑和不跑就是不一样，今年自治区对伊克昭盟的公路收费项目基本实行"一刀切"，但经过杭锦旗的不断争取，穿沙公路终于批准为收费线路，阿锡线、巴杭线收费线路正在争取。

杭锦旗曾经错过了国家大力投入基础设施建设的机遇，今天又面临国家刺激经济、扩大内需、加强基础设施建设投入的新机遇。但脱离苦干实干，一切都将是空谈。穿沙精神是干出来的，不是喊出来的；梁外深井是干出来的，不是等出来的；沿河排干是干出来的，不是要出来的。跨世纪发展目标的实现，必须靠大干、苦干、实干，力戒漂浮、力戒浮夸、力戒空谈、力戒奢侈，扎扎实实地把各项工作推向前进。

1999年上半年，白玉岭参加第十三期全国部分欠发达地区领导干部培训班。培训安排这些贫困县的领导参观考察了闽南山区脱贫致富的典型，其中包括漳州市平和县西坑村、泉州市永春县美岭村、厦门市同安区马塘村。

经过几天的实地考察，白玉岭感想颇深。对比杭锦旗现状，他深切地感到，福建省的同志们做了卓有成效的工作。他通过分析3个村的巨变，发现了具有普遍意义的一条贫困地区的富裕之路。

一、必须坚持发展才是硬道理。在改革开放20年后的今天，公开反对发展是硬道理的人，基本上已经不见了，但在实际工作中，特别是在贫困地区，以各种各样的理由，有时候甚至是堂而皇之的理由，来干扰发展经济这个中心，则是经常能见到的。小道理干扰大道理、软道理干扰硬道理的现象是确实存在的。这样就产生了一个怪圈，越是经济不发展，就越有这样那样的议论或政策,这也不行,那也不行,越这样议论下去,经济发展就越缓慢,大部分贫困地区在这样的怪圈里越陷越深,最终受损的只能是经济。

闽南的可贵之处,就在于他们咬定青山不放松,坚持发展才是硬道理,排除各种干扰,始终坚持以经济建设为中心。例如,美岭村创业初期,苏新添带领大家创业。他根本不是什么领导,为修路而砍伐山林,没有受到严厉追究,这在其他地区是不可能的。

坚持发展才是硬道理、一切工作都以发展经济为出发点和落脚点,创造一种干事业的氛围,是一个地区经济发展的前提与保证,这是闽南经验给杭锦旗的教益之一。

二、必须发挥好地区优势,选准发展路子。自然条件不好的贫困地区,也有自己的优势,同样可以快速发展,关键是要找到这样一条路子。在中西部地区,特别是在贫困地区,普遍有这样一种认识,即中西部贫困地区条件太差,与沿海根本无法比较,所以只能等着受穷而不可能发展。

这次参观的几个典型,特别是美岭村和南坑村令人大开眼界。处在大山深处的这两个村,水、电、路、讯等发展的基础条件,即使与杭锦地区相比,条件也是相当差的。美岭村离县城110公里,是个出门见大门、地无三分平的偏僻小山村。西坑村是个路不通、灯不明、财政收入近乎"零"的后进村。马塘村是个交通闭塞、村落破烂、地瘦人穷的地方,唯一有的比较优势是气候条件要比杭锦旗好。但就在这样的条件下,美岭村和西坑村的人民做出了令人惊叹的业绩,创造了世人瞩目的奇迹。他们用实践证明,经济发展的条件是可以创造的,一个落后地区,只要路子正确,完全可以快速发展。

那么,其他地区,特别是贫困地区,为什么经济发展不快呢?除了其他因素之外,很重要的原因就是发展路子选择不准确。各地的条件不同,致富的路子也应不同。西坑村在山沟里种了几十年水稻,就是摘不了贫困帽,后来他们转变思路,走出了一条近抓香蕉、远抓柑橘蜜柚、常抓林果的综合开发道路。而美岭村则选择上电—修路—办企业三部曲。应该说,这两个村的发展路子是完全正确的,它根据的是自己的条件和市场的需求。而其他一些地方,则不是没有考虑自己的条件和优势，而是不顾市场的需求，只能事倍功半，功亏一篑。

只要根据自己的条件，扬长避短发挥自己的优势，确立正确的发展路子，贫困地区、自然条件差的地方同样可以快速发展。这是闽南经验给杭锦旗的教益之二。

三、必须跳出传统经济的圈子，寻找新的经济增长点。贫困地区的经济，一般都是传统的农牧业经济，属于自然经济范畴，经济发展水平很低，经济中科技含量也很少。要想快速发展经济，就必须根据自己的条件和市场需求，对现有产业进行根本性的改造。美岭村和马塘村都是通过发展工业来使经济起飞的。它们的经验证明，贫困地区的山村也一样可以办企业、办大企业，这实质上也是一种产业结构的调整，这点且不谈。

再说西坑村。依西坑村党支部书记介绍，西坑村一无华侨，二无企业，但全村达到了小康，靠的是种植业内部结构的调整。如果西坑村至今仍在那人均不到1亩的地上种粮食的话，他们肯定仍然处于贫困之中。西坑村的可贵之处就在于它们大胆地把种水稻的地拿出来种了香蕉，产值增加了10倍以上，农民就富起来了。实质上，西坑人是在市场经济规律的引导下，扬长避短，发挥优势，大幅度地调整了种植业的内部结构，因而产生了很好的经济效益与社会效益。它是符合市场经济规律的，也是符合实际的。

在贫困地区，人们仍然不能摆脱农民种地就得种粮，牧民养牧就得养羊这样一种固定模式。加上科技含量很低，根本不顾市场的要求，也形不成自己的优势，其产出和效益是可以想见的。

西坑村的经验证明，贫困地区在暂不可能发展工业的条件下，调整思路，紧盯市场，调整结构，形成规模，依靠种植业、养殖业同样也是可以致富的，这是闽南经验给杭锦旗的教益之三。

四、必须遵循可持续发展战略，兼顾经济、社会、生态效益。参观西坑村、美岭村，给人最大的印象是山清水秀，一片绿色、满山林木，一出了他们的范围，就可以见到光秃秃的荒山。西坑人、美岭人，没有走伐林卖钱、破坏植被而取得一时利益的这样一条自我毁灭之路，而是走了一条良性循环的路，为后辈儿孙留下了青山绿水和巨大的财富，这是非常难能可贵的。

一般来讲，贫困地区的经济发展，都要付出生态环境的代价。搞得不好，会造成损害儿孙的严重恶果，这有众多的例子证明。比如在杭锦旗，由于甘草价格不菲，农民便无限制地挖掘，已经造成了资源枯竭和土地大量沙化的严重恶果。它绝不是一两代人能够恢复的，这种急功近利、竭泽而渔的做法无疑是一条自杀之路，问题是这种状况至今仍没有得到改变。对比之下，孰优孰劣，不就很清楚了吗？

坚持可持续发展战略，兼顾经济、社会、生态效益，是闽南经验给杭锦旗的教益之四。

五、必须用解放思想来为经济发展开路。思想解放是经济发展的前提，思想解放的程度决定着经济发展的速度。在闽南参观，一个最大的感受就是人们的思想很开放。在西坑、美岭这样的山区，没有思想的大解放，是绝对不会有今天这样的成果的。在极端贫困的条件下，敢于去想、敢于去干、敢为天下先，才成就了今天的辉煌。试想如果没有苏新添这样一批人去想、去干，能有今天吗？

想别人不敢想的，干别人没有干过的，这是杭锦旗委近几年倡导的一种思想，而且也取得了可观的成绩。杭锦旗连续3年，经济发展速度都在30%以上。但比较起来，杭锦旗的思想仍然没有那么开放，胆子不够大，办法也不多，这是实实在在的差距，也是最基本的差距。

思想解放的程度，决定着经济发展的速度，这是闽南经验给杭锦旗的教益之五。

六、必须苦干实干加巧干，发扬艰苦奋斗的精神。这一点无须多谈，看一看他们的生存条件，看一看已经铸就的辉煌，可以想见，这些先进典型，是怎么奋斗过来的。

贫困地区的差距，也正在这点上，宁可苦熬，不愿苦干，仍是相当一部分贫困地区干部和群众的普遍心态。在这种情况下，无论多么美好的计划也一事无成。贫困地区需要的是苦干，埋头苦干，是脚踏实地地干，这是闽南经验为杭锦旗提供的效益之六。

七、必须两个文明一齐抓。一般来讲，经济的快速发展，往往要付出法制、道德、价值观的代价。伴随经济发展，人心不古、世风日下的局面也常有耳闻，闽南这几个典型则不然。它们很好地处理了物质文明建设和精神文明建设的关系，在抓物质文明的同时，狠抓了精神文明，取得了事半功倍的效果，真正体现了社会主义的优越性。在环境优美、别墅林立的小山村里，路不拾遗、夜不闭户，人们的思想确实达到了一个很高的境界。

实践证明，精神文明建设绝不是可有可无的，经济发展也绝不是一定要社会付出惨痛的代价，闽南的经验证明了这一点。主抓经济建设的同时，实实在在地抓好精神文明建设，然后更有力地促进经济建设，这是闽南经验为杭锦旗提供的教益之七。

八、必须要有一个好班手，特别是要有一个好带头人。纵观各个典型，有一个共同的特点，就是它们都有一个强有力的党支部，特别是有一个非常好的支部书记。可以肯定地讲，如果没有苏新添，就绝不会有美岭的今天，至少不会发展得这样快。

这不是在讲英雄创造历史，而是说在目前的条件下，一个地区，特别是贫困地区要有发展，其领导层，特别是主要领导的素质至关重要。这个领导既要有献身精神，不怕吃苦，甘于吃亏，又要有现代头脑，思想活跃，头脑灵活，善于捕捉机遇，还要有领导能力，能够团结带领干部与群众，向既定目标前进，应该说，符合这样要求的干部并不是很多的。这就产生了一个问题，在形势要求人们加快发展的今天，去哪里找这么好的干部？

闽南各地区的发展经验为杭锦旗指明了一条路，这就是不拘一格用人才，在实践中发现、培养、提拔、使用干部。人才只有在实践中产生，也只有在实践中成熟，事先找一个全才是办不到的，这就要求做决策的领导要慧眼识英才，不拘一格用人才，这是闽南经验为杭锦旗提供的教益之八，也是最重要的一点。

总之，闽南经验为贫困地区脱贫致富，闯出了一条具有普遍意义的道路。

第六节 狙击荒漠化

这是一道全球性的难题，这是一场旷日持久的苦斗。

荒漠化，一道全球性的生态难题。

20世纪末，1998年的一场洪水，引起了国人的警醒。1999年伊始，党和国家领导人指示制定的《全国生态环境建设规划》面世，全国瞩目。

前不久召开的全国人大、政协会议上，不少代表和委员都把保护生态作为一项重要议题，引起社会广泛关注。

之后，朱镕基亲自视察浑善达克沙地，挥笔写下了"治沙止漠，刻不容缓，绿色屏障，势在必行"16个大字，勒石为证，竖立在沙丘之上。朱镕基曾经对治沙工作表态："如果治理不好沙害，北京就有迁都的危险。"朱镕基在美国访问时，与戈尔副总统讲了这样一个观点，即中国越来越重视环境保护和生态保护。

毫无疑问，保护和建设好生态环境，已成为我国面向21世纪的重大战略部署。据统计，全国每年因荒漠化危害造成的直接经济损失为541亿元，相当于西北5省（区）1996年财政收入的3倍。并且每年荒漠化的土地以2400平方公里的速度在不断扩张。

作为生态环境最为脆弱的鄂尔多斯八大孔兑，众人皆知。它如8个巨大的疮口，每当山洪暴发，滚滚洪水挟泥裹沙，直泻黄河。母亲河的波涛里，竟有1/4的泥沙来自鄂尔多斯。流经杭锦旗境内的毛布拉孔兑就属于这八大孔兑中的一条。对于这条主沟长为110公里的季节河，杭锦人似乎有一种谈"沟"色变的恐惧：它平均每年向黄河输沙210万吨。1989年那场"7·21"特大洪水，流量竟达到6000立方米/秒，当时入河段10公里堤坝，全线漫堤，杭锦淖尔乡3个村全部被淹，直接经济损失达1060万元。1994年8月4日，流量为870立方米/秒的洪峰虽未漫过堤坝，但流入黄河后，竟迅速形成河底沙坝，致使上游水位增高2米多，仅杭锦旗境内就淹没农田5000多亩。杭锦人再次感受到了自然报复人类的力量！

倘若要追根溯源，寻找"罪魁祸首"的话，那么答案很简单：毛补拉流域横穿库布其沙漠达30公里。

几年前，一位英国作家偶然来到库布其沙漠，面对绵延起伏、高大雄浑、无边无际的沙丘。沙漠强烈的金黄，辉映着苍穹深邃的湛蓝，令这位英国作家顿时激动得手舞足蹈，要求中国政府保留它。对于没有生存压力的他来说，审美高于其他，对于杭锦人来说，则是生存高于一切。事实是这样的：全旗1.9万平方公里，库布其沙漠就占了40%。目前，全旗尚有未治理沙漠化和水土流失面积2568.8万亩，占全旗总面积的90%。面对这样已危及生存和发展的残酷事实，杭锦人终于警醒了。

深受漫漫黄沙之苦的杭锦人，在警醒之余也认识到，他们将进行一场长期的人沙之战了。"认识自然是改造自然的前奏曲。"（马克思语）完全可以这样说，杭锦旗新的一页历史，便是从新一代创业者面对黄沙、修建和养护穿沙公路、创造穿沙精神开始的。伴随修建穿沙公路而产生的穿沙精神已声名日隆，成为杭锦人引以为自豪的精神支柱和动力源泉。沙漠变通途，浸透了征服者的苦涩和艰辛，也消耗了杭锦人巨大的财力、物力、人力，三次万人大会战，已使穿沙公路控制面积达到4.2万亩。

白玉岭等领导每每谈及此事，语调里都充满了骄傲：路，我们修成了，也护住了，现在"任尔东南西北风，'路'自岿然不动"。

正是穿沙精神引来了杭锦人大建设的高潮，也引来了国家重点生态建设的项目。面对这千载难逢的机遇，杭锦人乘势而上，全面启动了谋划已久的"百万亩生态工程建设"项目。为了生存、为了维护和建设绿色家园，为了保护"母亲河"，杭锦人坐不住了。旗委、旗政府六大班子成员，各级干部、农牧民群众，再一次义无反顾地背起行装，扛起铁锹，带上干粮，向瀚海走去，向沟壑走去……

第七节 四战库布其：宁可不栽，不可不活

　　日丽杭盖，情涌大漠，春回草原，百业待旺。

　　1999年春，第四次治沙大会战拉开了帷幕，与前三次相比，这次大会战的显著特点就是种活的、栽绿的。

　　4月4日上午，旗委、旗政府召开生态建设暨扶贫攻坚动员大会，部署了当年杭锦旗生态建设大会战的各项任务。白玉岭在会上做了重要讲话，他首先对当年杭锦旗招商引资、资源开发等几件经济生活中的大事做了简要介绍。他说，这些项目的实施将对杭锦旗的经济发展、财政收入及下岗再就业等产生巨大的促进作用。

　　针对扶贫攻坚，白玉岭说："杭锦旗一直是个贫困旗，贫穷一直是我们的代名词。近几年，随着杭锦旗扶贫政策的落实，扶贫工作取得了可喜的成绩。可是，去年由于遭受各种自然灾害，使返贫率增大，今年我们依然面临这个问题，应引起高度重视。面对巨大的困难，我们决不能退缩，不能有畏难情绪，不能有厌战情绪，下一步扶贫决不能掉以轻心，更不能走过场。党和国家要求我们绝不能将贫困带入21世纪，我们应下定决心，再努一把力，再加一把劲，从现在做起，抓紧时间，抓好落实，帮助贫困户上一些短、平、快的种植项目，以发展水地为突破口，做到人员、工作、资金、措施四到位，打好这场扶贫攻坚战。"

　　关于此次会战，白玉岭说："通过三次大会战，穿沙公路治沙护路的目的已经达到了，现在无论多大的风沙，穿沙公路都畅通无阻，这是汗水和心血的结晶。事实告诉我们，我们的汗水没有白流，杭锦大地上铭刻着我们的足迹。

由于穿沙公路的成功，我们已被列为生态建设重点旗，今年，国家生态建设资金将投向杭锦旗。借此契机，我们应以穿沙精神为动力，以'两线一圈一沟'为重点摆开战局，通过3～5年的时间，将杭锦旗建设成为美丽的杭锦草原，将穿沙公路建成绿色走廊。杭锦旗要这么拼搏10年、20年，一直干下去，直到给子孙后代留下个好地方，留下个好环境为止！"

第四次治沙大会战发动了113个旗直机关、事业单位和9个苏木乡镇的干部职工及广大农牧民共3万多人，利用20多天时间，在4个区块同时进行。从选苗、栽种到管护严格把关，加大科技含量。在造林过程中，使用了保水剂、容器造林、顶林造林、大坑造林等抗旱措施，并随时栽种随时浇水，共浇水近1.5万罐/车，同时出台了林木管护措施，对重点生态工程造林采取全封闭围栏管护。锡乌扶贫开发公路两侧完成人工造林11.7万亩，分别种植杨树、柳树、甘草、沙柳、羊柴、沙枣、樟子松、沙棘、紫穗槐、红柳等植物。

绿荫大漠

新闻发布

4月9日这天,风和日丽。杭锦旗境内的库布其沙漠深处,彩旗飘扬,人来车往,呈现出一派节日的气氛。上午9点多,旗党政领导,有关部门的负责同志来到一个大沙丘脚下的穿沙公路西侧,去年新落成的沙漠观光旅游接待站大院里。这是来干什么的呢?原来他们是来参加生态建设大会战新闻发布会的。

来自中央、自治区、盟、旗有关新闻媒体的20多名记者和旗直各有关部门的负责同志,围坐在用桌子围成的四方形会场周围,倾听这次别具一格的新闻发布会。抬头看,蓝天白云,艳阳高照;远处眺,金灿灿的黄沙连绵起伏,望不到尽头;近处看,穿沙公路像一条带子,将两边沙丘都织上了网格,汽车、拖拉机、小四轮在公路上穿梭,不时传来隆隆的轰鸣声。

发布会开始,首先由旗委书记白玉岭发布新闻。这位40岁出头的蒙古族中年汉子,体格健壮,说话不紧不慢,不用讲稿却讲得有声有色,十分动人。他

旗委书记白玉岭发布新闻

说:"穿沙公路已经成功了,但为了恢复自然植被,旗里决定在全旗范围内开展生态建设大会战。其具体做法是,今春重点在'两线一圈一沟'(即两条公路沿线、锡尼镇四周、毛布拉孔兑源头)开始治理。从4月上旬到中旬,全旗出动3万多人,会战半个月,计划完成生态农业工程1206公顷,草原生态环境建设工程1300公顷,水土保持生态重点建设工程1300公顷。通过10年的苦战,全旗沙漠化和水土流失治理率由1997年的15%提高到35%,森林覆盖率提高到24%。请各位记者来亲眼看看沙漠,体验一下生活,了解一下群众的干劲,为杭锦旗的建设鼓劲加油。"之后,由旗林业局的负责同志向记者们介绍了此次大会战的具体部署及已取得的战果。

在第四次大会战中,白玉岭终于挺不住了,在烈日下连续大干20天,没想到他那不争气的老毛病——痔疮、肛裂同时发作,疼得他呲牙咧嘴,爬不起来,他不得不住进医院去做手术。手术不到一周,他就催办公室主任带他去穿沙公路现场,主任拗不过他,只好让他趴在车上去现场指导工作。

一群不回家的人

穿沙,是一首诗;

穿沙,是一幅画;

穿沙,更是杭锦人深深的牵挂!

经过前几次的会战,夫妻齐上阵已是司空见惯的事了。十几天的时间,忍忍就过去了,可对林业局的职工来说,则不是这样。"我是嫁给了一个不回家的人。"一位林业局职工的妻子这样抱怨她的丈夫,"每次会战前半个月就走了,一走就是2个多月,一年两次会战有5个多月不在家……"

金窝银窝不如自家的"穷窝",他们也并不是不想回家,他们并不是心里没有家,他们在外面并没有享清福。每次会战,他们吃的苦最多,干的活最重,坚持的时间最长。就拿技术员来说,每人负责的地段最短的也是5公里左右,一天所走过的路至少也有30公里。拉水、分发树苗、技术指导,无论干什么都毫无怨言。每一位杭锦儿女都盼着穿沙公路两侧的树能活、草能绿。

浇树抢水忙

抢水成为一道风景线。每个单位为了尽快将自己责任段内的树浇完，想尽办法去找水、抢水。有的直接跑到生态站等水，有的干脆坐到水罐上"押"车，有的自己出钱雇车拉水。

公安局的同志们不但浇刚栽的，而且把过去栽的也重新浇了一遍。为了能抢到运水车，梁剑锋、袁军、史占胜三位民警半夜4点多就驱车从独贵塔拉赶到生态站等水。有时弄不到水，就在河槽上打个坝，挖个坑汲水。

容器种植

工会则专门派人站在路旁等水车过来，一个呼哨，十几个人提着桶就过来抢着接水，为了不耽搁水车，人们提着满桶水还要小跑，几个人被累得上气不接下气。

并没有哪个人去监督，也没有谁去督促，我们的干部职工都自觉地为每棵小树浇水，这是对这片热土的厚爱与希冀。

小酒瓶做出大文章

在当年穿沙公路会战战场上，最新鲜的是多了一支看起来跟植树造林毫不相干的"队伍"——酒瓶。

也许是爱屋及乌吧，草原人喜酒的秉性，也产生了大量盛装酒的容器，这种除了手勤的人能卖几个零钱外，着实无多大用途的东西，在治沙造林中却一显身手，倍受青睐，成了沙漠植树的"主力军"，派上了用场。

几年前，巴音补拉格苏木一位牧民试着将10只空酒瓶装满水插上苗条埋入沙丘，可没想到奇迹出现了，10棵树仅有1棵死亡，成活率达90%。此种种植技术省时、省力、省钱，瓶里的水能供苗条生长半年，墒情好的地方可长达一年之久，插入瓶内部分的根系随着瓶内水竭氧缺将逐渐死掉，可瓶口以外部分的根系将成为树木生长的主根，丝毫不影响树木的生长，人们把此种技术称为"容器种植"。这一成功为穿沙公路由"栽死的"向"种活的"的转变提供了可靠的技术保证。

动员会结束后，各单位、各部门在上路前纷纷进行了对空酒瓶的收集，一时间，酒瓶成了锡尼镇的"抢手货"，植树任务多的部门因一时无法收集齐备，上路前干脆买上几捆啤酒，一举两得。旗委办因酒瓶数量不够，还专门从独贵塔拉花钱买了一批。往年会战中，喝空了的啤酒瓶、矿泉水瓶在沙滩上随处可见的现象也不见了，都找到了用武之地。

穿沙公路中究竟有多少酒瓶无法精确统计，按每苗高秆树配1个计算，全线至少需酒瓶10万个以上。多少年来，不知多少专家学者在探讨沙漠植树的课题，今天却在杭锦人手里实现了，这不是一项专利吗？

娘子军大漠展风采

当早晨的第一抹朝霞静静地洒向库布其这块神秘的土地时，人们便会听到一阵阵银铃般的笑声从远远的大漠深处传出，飘向很远很远的地方。杭锦旗林业局的女工们又出发了。

也许是受茫茫库布其风沙洗礼的缘故，她们看上去似乎少了许多女性的娇柔与羞涩，而多了几分男人的大方与爽朗。

1997年穿沙公路会战开始，她们主动请缨，和男人们一起投入到轰轰烈烈的治沙护路会战中。由于当时是会战的头一年，这里没有建起一座像样的房子，她们只好和男人们一样与牧民们同吃同住。在库布其这样恶劣的环境里，她们常常无法顾及男女之间的界限，也常常忘记了自己是女性，遇到人多时她们就和男人们同挤一房，许多事情女工们事后想起来都脸红心跳非常难为情，但当时已顾不了那么多。

为确保所种树木成活，女工们每天都要在茫茫的大风沙中步行30公里，一棵一棵地检查并进行技术指导。一天下来，脚上常常要被打起好几个泡，更重要的是，无情的库布其风沙夺去了她们美丽的容颜。原本皮肤白皙、身材苗条的"靓媳妇"们，过了不久强烈的风沙就使她们的脸脱了一层皮，皮肤也被晒得发紫，嘴上裂开了一道道血口子，面对镜子中前后判若两人的造型，女工们默默地流下了眼泪。

家，对于一个女人来说是一个温暖的巢，然而对于会战中的女工来说，家似乎成了一个印象中的概念。从会战前的准备到会战中的忙碌，再到林业局的小会战，每年她们至少要在库布其沙漠里待上三四个月。这期间，她们基本上同家处于隔绝状态，也很难听到她们谈论自己的家。

女技术员魏在兰由于夫妇俩都参加会战，家里横遭小偷洗劫。得知情况后，小魏没有告诉任何人，下午收工后，她悄悄地搭了一辆车赶了回去。眼前的一切使她心碎了：玻璃碎片满地都是，家里被翻了个底儿朝天。她草草地安上了玻璃，没来得及收拾一下零乱的家，又连夜赶回驻地。

对于其他单位来说，会战无非是十几天的艰辛。然而对于她们来说，大会战的结束并不意味着轻松。她们还得同男工一起将丢在路边的一捆捆沙柳运回来，还得参加林业局的小会战，还得同男工们一起设障打桩、种草植树。有一次，女工柴托娅正扛着一大捆沙柳往车上装，一阵狂风吹来，小柴被压在沙柳捆下，沙柳里夹杂的白刺扎了她满满一脸，痛得她连眼都睁不开。

在库布其这样茫茫的沙海中，对于女工们来说，最难忍受的是文化生活贫乏所带来的寂寞。每年会战期间，女工们几乎都要在寂寞中度过，一张报纸、一本书常常被她们翻得稀烂，该谈的话已经百十遍地谈过，寂寞对于年轻的她们来说比一切都可怕，然而为了锁住库布其这条可恶的黄龙，她们深知自己必须忍得住孤独、耐得住寂寞。

一位记者曾问她们："你们在这样恶劣的环境里工作，补助一定很高吧？"然而女工们说出的数字谁都不敢相信，4元。4元，无论如何也是令人不可理解的数字，唯一的解释就是她们对家乡的一片热爱之心。

又是一个黄昏，落日的余晖静静地涌向大漠，将她们的身影拉得很长、很长。

66岁老牧民的心意

66岁的牧民康满是杭锦旗巴音补拉格苏木锡尼补拉人。多年来，他在锡盟东乌旗等地行医，听说杭锦旗修成了穿沙路，康老甚是激动。

当年4月6日杭锦旗生态建设大会战开始后，听说穿沙路又是会战的主战场，他再也平静不下来，于第二天就搭车来到了会战现场。经人介绍他找到了正在参加会战的旗委书记白玉岭。见到白玉岭书记时康老激动地紧紧握住白书记的手说："修穿沙公路是我们祖祖辈辈的盼望，今天终于变成了现实。修路时我没有做什么工作，今天很想为穿沙公路的建设做点事，可惜体力不好，只好拿出点钱表示我对你们这些年轻人的心意。"说着,他从怀中掏出了1000元钱和一条洁白的哈达献给了白玉岭,在场的会战人员都鼓掌表示感谢。接着,康老又和大家一起植了树。

第十一章

第一节　又一个壮举

杭锦人修成了一条穿沙公路,从而孕育出了穿沙精神。现在,杭锦旗的干部、群众遇到困难就会自豪地说:"有了穿沙精神,杭锦人没有办不了的事。"

4月中旬,杭锦旗生态建设大会战毛布拉孔兑战区,面面战旗迎风飘扬,干部、农民齐上阵,男女老幼几千名,劳动大军顶着8级大风参加水土流失大会战。毛补拉(蒙古语意为恶水)这个肆虐成性、危害一方的恶魔,今天终于成为杭锦人的主攻目标。

向水土流失宣战

不仅要向荒漠进军,还要向水土流失宣战,这标志着杭锦旗生态建设全面启动。

杭锦旗是个国贫旗,穷就穷在干旱缺水,风大沙多,水土流失严重,自然灾害频繁。全旗尚未治理的沙漠化和水土流失面积达2568万亩,占全旗总面积的90%。其中以毛布拉孔兑流域为主的水土流失面积就达1168万亩。

毛布拉孔兑是鄂尔多斯高原十大孔兑之一,也是流域面积最大、危害最严重的孔兑。全流域110公里长,横穿库布其30公里,年平均流入黄河泥沙210万吨。

1989年的一场大洪水,漫过入河地段10公里长堤,淹没了杭锦旗几个乡村的2万多亩良田,淤沙最厚的地方达到3米。

1994年,毛布拉孔兑又发大水,由于大堤加固,大量泥沙全部流入黄河形成了河底沙坝，使黄河水位升高2.5米，冲毁了包钢供水设备，危及黄河大堤和包头市区的安全，引起了中央和自治区的高度重视。

毛布拉孔兑流域涉及杭锦旗4个乡2.2万人口。整个流域以农牧业生产为主，生产出于对土地资源的掠夺性利用状态中，造成生态环境异常脆弱的局面，水土流失日益严重，威胁着人民群众的生命财产安全，制约着经济社会的发展。

要实现可持续发展，必须从生态建设入手，杭锦旗抓住国家实施"生态环境建设重点工程项目"的大好机遇，提出了"两线一圈一沟"的全旗生态建设工程规划。即从109国道两侧营造15万亩防护林带，从穿沙公路两侧建设100万亩治沙精品带，以锡尼镇为中心营造5万亩环城生态圈，在毛布拉孔兑上游完成水土保持治理面积5万亩。

要治理一块儿，成功一块儿

"统筹规划，分步实施，突出重点，因地制宜，建设精品工程"。这是杭锦旗今年生态工程建设的又一个显著特点。过去，杭锦旗对毛布拉孔兑也采取了一些治理措施。但由于规划、管护工作没跟上，生物措施分布分散，大多生长不良，"年年种树不见树"。有些工程措施不符合设计标准或不配套，基本处于残存状态，"小打小闹不见效"，远未形成防治体系。

白玉岭认真总结生态建设方面的经验教训，认为杭锦旗地广人稀，财力不足，应该量力而行，注重质量。要做到工程有规划、项目有指挥、实施有监督、竣工后有管护，要治理一块儿成功一块儿，逐步向全流域推进。

联合国的奖，我们也敢拿

旗委书记白玉岭说："在库布其沙漠和毛补拉流域真正建成大规模的生态良好环境是一项艰巨的任务，需要几代人甚至世世代代坚持下去。只要我们发扬穿沙精神，一定会改变自己的生存环境，为保护母亲河、为人类生态建设

毛布拉孔兑流域

做出突出贡献，联合国的奖，我们也敢拿。这就是杭锦人对生态建设的雄心壮志，也是对家乡生态前景的美好憧憬。"

在毛补拉大会战现场有一位73岁的老人，他叫苏六十七，是塔然高勒乡格点尔盖村农民。风沙刮得老人直流眼泪，脸上一道道泪沙痕。当有人问道："您没有任务为什么还出来劳动？"老人家说："种树好哇，树多了就不刮风。听干部们讲这些沟沟岔岔三年就能治理好，旱地变水地，一亩打七八百斤，你说谁能坐得住啊！"

在毛补拉会战区，40多名10多岁的小学生端着脸盆，抬着水桶，在8级大风中来回跑着浇树。他们是塔然高勒乡银鹰希望小学的，从3公里以外的学校徒步来到工地参加劳动。风沙把孩子们的小脸蛋打得通红，有的娃娃嘴唇都干裂了，谁看见谁心疼啊。旗生态办白永学主任激动地拿出200元钱慰问孩子们，让老师给孩子们买一些矿泉水和方便面吃。

3.5万名生态建设大军众志成城，正在将杭盖大地变成秀美山川。

70万元奖金

穿沙精神，不朽的杭锦魂。

1998年，全区有60个旗县在农田草牧场水利基本建设中分获一、二、三等奖，杭锦旗名列第一，获奖金70万元。

这是自治区实施农田草牧场水利建设"以奖代投"制的第二年，杭锦旗在1997年获得三等奖的基础上一跃独占鳌头。

1998年初，旗委、旗政府把各包扶单位筹集的资金捆起来使用，集中火力攻难点，下定决心抓重点，在"水"字上大做文章，做好文章，把建设穿沙公路积累的会战经验用在水利建设上。

硬梁区以饮水、发展水浇地、节水灌溉为一体的"380工程"，奏响了"三百米涌泉惊天地，一千里铺金富万家"的胜利凯歌。被认为是无水区的四十里梁、夭斯图等地，终于在300多米深处打成了机电井，结束了干旱硬梁区无水的历史。在全区组织的百人检查活动中，"380工程"以带动力强、辐射面广、精品工程多等特点，排在全盟第一，走进全区先进行列。

232.6公里的黄河标准化堤防全线建设，设堤段的乡镇苏木明确提出"3年任务1年完"。

1997年4月初，沿河区7个乡镇苏木相继全线开工，旗水利局在资金未到位的情况下，大胆制定激励方案，98台推土机加固培土。推生坝，建新堤，整日轰鸣，大有气吞山河之势。

旗委书记白玉岭多次深入施工现场视察指导工作，并在精神上给全线建堤大军鼓劲加油，他说："杭锦旗是国贫旗，穷逼得我们要苦干。如果坐而论道，等条件成熟了再干，那会使老百姓吃的苦头更多。我相信，世界上只有想不到的事，没有干不成的事，穿沙公路的修通就证明了这一点。"

连续5个月的时间，到9月底，各乡镇苏木克服了酷暑、雨季、资金等困难，修筑三级堤防200多公里。去冬封河，今春开河，经受了两次凌汛考验的

区盟领导先后10多次组团到杭锦旗考察学习水利建设工程

大堤安然无恙。杭锦人的心腹之患开始解除,以堤锁河的梦想正在变为现实。

排干网络工程进度快,力度大。

灌排不配套,有灌无排,导致了杭锦旗沿河平原灌区经济效益逐年衰减,盐碱化程度越来越重,弃耕地连年增加,老百姓有地种不成,叫苦连天。

还是穿沙精神的原动力,还是建堤防的办法,从1998年5月初动用8台大型挖掘机,把过去几十年未做的工作、几十年需要做的工程、计划3年内完成的任务1年内完成,弃耕地逐步改造成吨粮田。

开发水源、节水灌溉、利用地表水、治理小流域挖通主支排干,建设标准化堤防,因地制宜、遍地开花的水利建设热潮,冲破了往日的沉静,唤醒了沉睡的土地。

区盟领导先后10多次组团到杭锦旗考察学习水利建设工程,一致认为杭锦旗各级党政领导高度重视水利事业,并且取得了前所未有的好成绩,应该给予特别的奖励。他们听取汇报、实地查看、审验账目、走访群众，共同评价一等奖获得者应该首选杭锦旗。

第二节　草场浮油撇不得

杭锦旗这条115公里长的穿沙公路，绿色护障宛如张开的双翅，迎风一面延伸500米，背风一面延伸200米，1999年春季用去沙柳苗条220万千克，用去其他苗木1000多万株……每天出工达3.2万人次，汽车、拖拉机每天出动近6000台次，库布其西部已出现一条绿色长廊。

生态建设3年大于100年

环境破坏200万年不及100年，生态建设3年大于100年。我们无法体会100年前地球上的自然环境，但十分肯定的是，一定是蓝天白云、青山绿水，偶尔从农家烟囱里冒出的几缕炊烟，对于十分广袤的原始森林的需求可能"求不应供"。可仅仅100年后，我们面临的却是一个面目全非的自然环境。

2000多年前，不知蒙恬的30万大军是因无法战胜沙漠而被迫离去，还是因屯田垦荒而自食恶果，给我们留下的是这条占全旗总面积40%的库布其沙漠。直到3年前，它还处于放任自流状态，人们的生产生活也不得不因其"喜怒哀乐"而改变。其间虽然也进行过治理，但大多只能触其"皮毛"而不敢动其实质，每年绿化的面积难以弥补沙化的损失。

仅仅3年的时间，随着穿沙公路的贯通，库布其百万亩生态工程建设突飞猛进，虽然每年2万多亩的治理面积与整个库布其相比还很渺小，但毕竟结束了不敢涉足沙漠的历史，开创了征服沙漠的新纪元；梁外地区围封草场、营造防护林大规模展开；今春"两线一圈一沟"生态工程全面启动，其规模和速度是以往2000年里所没有的。

如果说"栽死的、种活的、养绿的"是出于护路的话，那么今春的生态会战则是杭锦人的自觉行动，从这种意义上考虑，我们不得不说，大穿沙引来了大生态。

5月初，自治区副主席郝益东到杭锦旗视察工作。这位自治区人民政府副主席对穿沙公路两侧的生态建设感到吃惊。

就杭锦旗农区畜牧业，郝益东指出要走出"只有引进小尾寒羊才能舍饲"的认识误区，要加大其他牲畜品种的舍饲；牧区畜种改良要注意对原品种的保护，把工作着眼点放在对原品种的培育提高上。会后，郝益东欣然题词——发扬穿沙精神，再铸辉煌。

任何事物，如果违背了自然规律，就要受到大自然惩罚，如果人为跨越规律，迟早要将落下的东西补上。前些年，养山羊曾给牧民带来了丰厚的收益，可眼下，梁外的牧民都深感养畜艰难、后继乏力，在埋怨绒毛市价疲软的同时，可曾深刻地想过，是谁将自己陷于被动局面，是谁将自己赶向了死胡同，又是谁在作茧自缚？残酷的现实告诉人们：是自己"撇浮油"的行为导致了生态恶化，从而不得不吞食恶果。

其实，羊本身收益并没有那么大，以前牧民们大把大把的钞票其中一部分是掠夺草原植被换来的，这些钞票应该分为两部分，一部分是绒毛的实际价值，另一部分则是草场的损失价值。科学的做法是，将属于草场的损失部分及时返还给草原。种地还得施肥浇水，可我们把草场当作是取之不尽、用之不竭的无偿资源而无情地索取，也压根没有将所得收益做过划分，便心安理得地将本应返还草原的这部分钱移作他用，致使在草场逐年沙化退化、畜牧业举步维艰的今天，治理草原的经费没了着落。

在同一个地方跌倒两次的人是不可救药的。今天我们大搞草原植被建设，其实，就是在补做过去该做而没有做的工作，但是，我们在为部分人的及时省悟而感到庆幸时也为有些人的变相开荒而痛心。身感独"牧"难支的人们，刚刚甩掉了牧业这把"小勺",又操起了农业这把"大勺",以引农入牧为挡箭牌,又在狠狠地"撇"向草原这口"大锅",进行"剥荒皮",与"三无不种"相应的是"只见荒田、不见林木"。

古人云:"皮之不存、毛将焉附。"人们也常说,"土地是农业的根本",那么草场便是畜牧业的根本了,如果失去了根本,不但畜牧业要受到损害,就连其他生产活动也要受到制约。要清醒地认识到,"撇"去的不仅仅是饭的香味,还是在砸饭锅。

白玉岭书记对调整产业结构开出了药方。

种植业结构的调整要拓宽思路。现在,各地种植业结构的调整力度虽然加大,但均为大路货,新鲜品种不多,独领风骚的不多。在市场经济条件下,名优特奇产品才能占领市场,不要只在传统作物上做文章。

养殖业的调整要认真研究。传统养殖挣不了钱,跳出传统畜牧业的圈子,可能就是另外一番天地。从这个意义上讲,最笨的农民种粮,最笨的牧民养羊。

一、二、三产业结构的调整要加大力度。乡里没有二、三产业,财政就没有支撑,传统农牧业经济只能永远受穷,大力发展乡镇企业和第三产业是增加财政收入的有效途径。不赞成乡村集体办企业,通过招商引资解决问题。

牧民要放开草场圈住羊

1999年6月,杭锦旗召开了草原建设现场会,旗委书记白玉岭对当前大牧区草原建设的现状、对策做了翔实的分析说明。

白玉岭指出,近几年的实践证明,传统的畜牧业已经走到了尽头,较好的一些地区也走在了"十字路口",面对各种困难,各级领导和有关部门要认真研究,找到切实可行的对策。

白玉岭说:"杭锦旗草原建设的管理,目前来看还不是有条不紊,规划、审批、实施、奖惩等一系列制度还没有健全,出现了无水开发、无林开发、无科技开发的不良现象。再加上天旱少雨，风大沙多，自然恢复能力差，造成草场大面积退化，较为普遍的是家家牧户超载养畜，追求眼前利益，酿成发展后继乏力，甚至某些地区沙进人退的现象仍然十分严重，农牧业生产两败俱伤，已经危及人民的生命与财产安全。因此必须采取强有力的措施，加大草原建设管理的力度，使农牧业生产保持健康持续的发展。

首先，要进一步解放思想，更新观念。牧民不仅要放羊，更要种树、种草、种粮，放羊也不完全是围住草场放开羊，还可以是放开草场圈住羊。图古日格苏木牧民乌日更达赖，一家4口人，围封草场1.3万亩，全部种上了林草，处理了山羊，发展了细毛羊和小尾寒羊240多只，还种了80亩水地，年人均纯收入1万多元，这是很好的证明，大家可以专门组织干部群众去看一看。

其次，草原建设要坚持种植科学化、管理规范化、结构合理化、布局标准化的原则，领导要亲自引导农牧民发展生产，鼓励、支持他们按照林、田、草三元结构培育，按照品种、土壤、气候特点因地制宜。"

他还说："杭锦旗十年九旱，没有水，什么都难以种活，没有水，草原建设就是一句空话。要在'水'字上做大文章，做好文章。充分利用地表水，宜深则深，宜浅则浅，推塘坝、建水库，打大口井、连环井、筒井，能有多大规模就建多大，投入少效益大，何乐而不为？打深井要按水利部门测定的位置有序进行，避免年久水源不足。"

在谈到草牧场大面积退化时，他说："要尽快完善土地延包工作，进一步落实好'双权一制'；下定决心大面积围封、轮牧，至少让一半草场'休养生息'；草牧场也要实行动态管理，实行以草定畜；沙化严重的地区要彻底禁牧。人工种植要与自然恢复相结合；要严格区分开发与开荒，禁止种旱地，禁止开荒；要调整结构，提高畜种质量加快改良步伐，大力推广舍饲、半舍饲的饲养方式；政府要增加投入给予支持；要树立典型，发挥榜样带动作用，全面掀起建设草原的热潮。"

第三节　以为原来就有路

6月的穿沙公路，全线诱人，路面改造提升工程紧张施工，路两侧的杨柳枝繁叶茂；沙柳抽出了一根根细嫩苗条；杨柴一簇一簇，显示着它独具的特性，在沙坡、沙地、沙梁上郁郁葱葱；沙氏家族的其他成员也好像故意凑热闹，有飞播的，有自然生长的，在沙障的保护下，片片绿茵成了两条巨大的绿毯，随穿沙公路起伏延伸，构成了一幅幅千娇百媚的立体画，展示着杭锦人的风采。

6月10日至11日，中共内蒙古自治区委副书记乌云其木格在白玉岭陪同下视察穿沙公路。

如果不是有人提醒，乌书记还误以为这里原有一条自然路。

白玉岭简要介绍了穿沙公路修建的背景、经过及它的社会、生态、经济效益，乌书记一行感慨万千。

她走上一个沙丘，望着沙障外面的那峰峦叠嶂的沙海仿佛完全明白了"穿沙"的全部含义，于是笑着对白玉岭说："我现在也感受到一点儿穿沙精神，你们为人民造了福，也给我们增添荣光，穿沙公路不仅是道路建

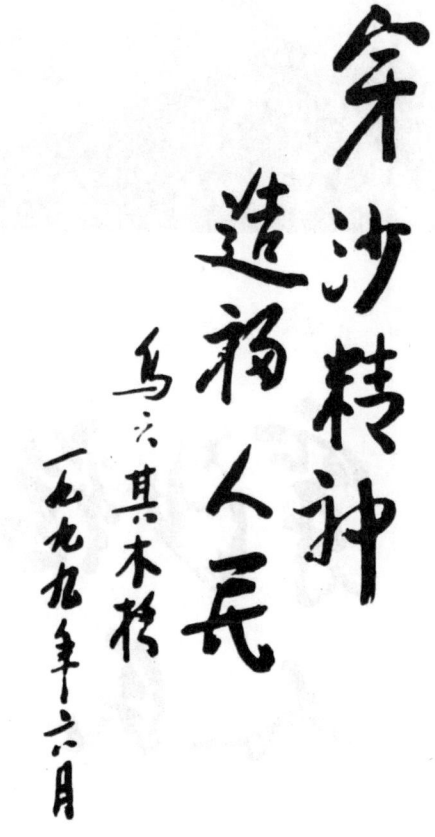

1999年6月10日，时任自治区党委副书记乌云其木格视察穿沙公路建设时题词

1999年9月15日，时任自治区政府主席云布龙为穿沙公路题词

设，它更是生态建设，是'两个文明'建设的典型工程。干部群众每年上万人进行大会战，吃住在这里，真了不起。"

视察中，她又查看了容器植树法，大加赞赏并说："一定要大力推行。"

乌书记一行栽植了10株常绿树。她笑着说："你们把最难的工程干成了，我们就干点轻活儿吧。"

在神光大漠旅游度假村休憩时，乌书记一行在万人签名卷上签了名，乌云其木格题写了"穿沙精神，造福人民"8个大字。她对白玉岭说："你们的工作我看了后很满意，一个贫困旗，能在短时间内做这么多工作，给我的启发也很大，以后还要多做贡献。"

第四节　生态试验站

当春季生态会战战声渐息、飞播造林的机声远去的时候，库布其却没有宁静下来，杭锦旗又拉开了雨季造林的序幕。

反季节造林

连续干旱的严酷现实，加之有限的人力、物力、财力制约着生态建设的速度，特别是植树节令和时间有限，已严重赶不上生态建设的需要，还有春季风大沙多、干旱严重、成活率低等情况，于是反季节造林被提到了议事日程上来。

库布其生态试验站承担着此项目的试验示范以及推广工作。经过该站几年反复试验，证实了沙漠雨季造林的可行性。经试验，羊柴、甘草的成活率均在95%以上，而且生长速度特别快，20多天就达1尺多高。这一成功，为大面积

愚公治沙

推广雨季造林提供了可靠依据。

  雨季造林就是利用雨水较多的6月、7月、8月三个月进行植树种草，具体分为苗条种植和籽种种植两种。苗条种植需要将春季所采的苗子用冷藏窖贮藏起来，以延长苗条的发芽期；籽种种植采取人工点播的方式，雨下到哪里，就种到哪里。

  生态试验站站长蒋有则认为这样做，一是延长了种植时间，变春、秋两季种植为春、夏、秋三季连种；二是躲过了春季风大沙多、干旱严重对成活率的影响；三是赶上雨热同期，提高了成活率和生长速度；四是灵活机动、形式多样，有效地节约了人力、物力、财力。

  6月初，雨季造林正式开始，旗直各单位又一次开赴穿沙路。每人18亩的硬任务，对于经过沙漠数次洗礼的他们来说已显得那样轻松自如。3个月的雨季后，库布其又将有10万亩的黄沙被"吃掉"。

旗委书记白玉岭信心十足，照此下去，3~5年后，站在穿沙公路的任何地方，明沙将会从人们的视野中消失。

雨季造林，任务随雨走，雨下到哪里，树就要种到哪里，草籽就要撒到哪里。

有的单位、部门工作忙，分不开身，便想到让自己的扶贫对象搞劳务输出，将生态建设与扶贫攻坚合二为一。

现代"愚公"

库布其沙漠生态试验站是蒋有则自己起的名字，在全盟独一无二，在全国也是仅此一家。

20世纪90年代初期，奋起的杭锦儿女开始改写着库布其的历史。从蒋有则等人踏进库布其腹地的第一步，从他们撒下的第一把草籽，从他们种下的第一棵树苗，沉寂的库布其唱响了生态之歌。

8个人，仅仅8个人！带着仅有的一点家产——3万元钱和2辆"顺六轮"卡车，带着治理沙漠的梦想，走进了库布其，走进了茫茫沙海。

蒋有则便是其中之一，而且是坚持至今的唯一一人。7年来，蒋有则由一个细胳膊细腿的白面书生变成健壮的红脸大汉，他将青春献给了治理库布其的绿化事业，献给了生他养他的杭锦大地。

踏入库布其腹地，面对此起彼伏、茫无边际的黄沙，倍感人生苦短，遥遥无期。不要说植树种草，就是步量，什么时候才能将漫漫黄沙量完？8个人去治理库布其，何止是现代愚公，简直是天方夜谭，何去何从，每个人的心中都打了个问号。时任副站长的蒋有则并没有动摇，他发现，在库布其腹地有些浅水滩，很适宜种树，他们便在这"风水宝地"安营扎寨了。

安顿好之后便开始往回拉苗条。仅有的两辆"三普"（第三普查大队）用过的"顺六轮"，日夜不停地拉。"顺六轮"虽马力大，但也难免被陷在沙里，几乎没有一趟能顺顺利利地回来。有时车被陷，只能在荒无人烟的沙漠里过夜。

拉回的苗条都要放入水中浸泡，以保持其湿度。每天早上，他们都要将泡入水中的苗条捞出来，然后扛到工地去种。由于条件差没有水皮裤，只好卷起裤腿，赤脚下水去捞苗条，刺骨的河水，似乎钻进每个毛孔，扎得骨头生疼。捞上几分钟，便赶快出来，将脚伸进并没有多少温度的沙子里取暖。等到将所有苗条捞完时，浑身又被苗条上的水沾湿了。

3月的天，春寒料峭，被冷风一吹，浑身直打哆嗦。因捞苗条而患重感冒已记不清有多少次了。因扛湿苗条而患肩周炎，8人无一幸免。每次病倒，只有些应急的药，最多也只能用火罐拔，得了重病也只能硬撑着。

几人的驻地（某种意义上只能算作"窝"）是不知什么年代牧民留下的羊圈，盖一块帆布作被子睡在地上，喝的是下湿地的集水，里面常伴有一些蝌蚪之类的小生命和牛羊的粪便。食物经常"炊断粮"，有时只好步行到20公里外的巴音乌素镇去买。

条件的艰苦，使几个人都得上湿疹、肠胃炎、关节炎，曾被雇佣为他们做饭的史茂英看到此情此景，几次感动得流下了热泪。就这样，8个人在大沙中坚持种树3个多月，共用苗条20多车，种树500多亩。

功夫不负有心人，1994年，蒋有则等人再入库布其时，前一年种的树大多已成活了，成活率竟达95%，打破了库布其沙漠不能种树的历史，大家的信心也更足了。

说到造林的艰辛，蒋有则觉得最苦的是1995年、1996年那两年。这时，公司成立时的3万元钱已全都花光了，资金没有着落，治沙所需的苗条钱到哪里找？眼望着植树的黄金季节马上就要到了，两年来在沙里种下的树不时在蒋有则脑海里浮现。如果不去继续种树，原来种下的树马上就会被沙吞噬，所有的心血将付"沙"东流。可他又有什么办法呢，和上级部门要钱，上级部门认为他是自负盈亏的"公司"，国家没有义务为其投资。没有钱拿什么去买树苗？蒋有则快要被逼疯了，脑子里每天都在想着"钱"字。

旗委副书记达木林了解到情况，几次跑到自治区、盟里呼吁投资，几经周折，总算为他们又筹集了一部分资金，虽少，但可略解无米之炊。就这样，时

1993年起，蒋有则的第一代驻地，不知什么年代牧民留下的羊圈

断时续，总算没有"断奶"。

树又可以种了，可另一个难题差一点把蒋有则击倒。战友们因条件艰苦走的走、散的散，就连做饭的史师傅也表示再也不愿去那个"鬼地方"了。

没有钱是难为无米之炊，可有了钱，众人却因怕吃苦离他而去。周围的亲友、邻里也都开始嘲笑他，不是认为他没有本事竟连个工作都调动不了，就是笑他傻，到大沙里种杨柴，不如干脆去美国发"洋财"！

蒋有则也想过离开，旗里的领导曾问他是否想去其他地方干。可他想到那细嫩的枝叶在沙魔的掌心中吐出绿芽，杨柴在沙尘中飘摇，他亲手栽下的生命用不了一年将被沙魔再一次吞噬，便狠了狠心，婉言谢绝了领导的好意。"干！哪怕只剩我一个人也得干！"蒋有则暗下决心。3月，蒋有则和新雇佣的司机白稼祥背着简单的行囊再次走进了沙魔的掌心，再一次搭起那座"窝"。

拉苗条、挖抗、栽树、设置沙障，两个人像疯了一样，一天连话都懒得说，只知埋头苦干，把所有的劲都使在了种树上。早上、中午都是简单吃一点

蒋有则在他的第二代驻地，1996年治沙公司在羊圈旁盖了几间土房

干粮，喝点混浊的"沙水"。只有到晚上，拖着疲惫的身子，两人才点起火做点饭。

晚上是最难熬的，3月的天，天很早就黑下来了，两人围着一个火炉，外边没有一点声音漆黑一团，想到方圆20多公里没有人烟，望着四面透风的墙，让人觉得脊梁上的冷风一阵阵往上蹿。若要是雨天就更惨了，真是"床头屋漏无干处，雨脚如麻未断绝"。陈芝麻烂谷子两个大男人都聊遍了，妻子、儿子也说了不下百次，喝酒没有酒，玩牌没有牌，两人只好围着火炉，在心里祈祷上苍。

"那哪是日子，比蹲监狱都苦，"现在谈起往事，小白的泪水都在眼眶里打转，"可那家伙硬是不走……"

他怎么能走呢？每次种完树歇息时，蒋有则总是要到种下的林里转转，看着小树有没有受旱，总是要用手去摸摸树枝，沙漠中有了绿意，他怎么能走呢？

只有这时，他的心里才满是欣慰。一次，蒋有则得了重感冒，浑身直冒冷汗，抱着被子抖成一团，白稼祥不停地用热水敷、火罐拔，蒋有则在迷迷糊糊

蒋有则守望在时任自治区党委副书记乌云其木格于1999年6月栽下的松树旁

中还喊着要种树……

为了抓住有限的植树季节,两个人没日没夜,除了晚上睡觉,再没有多余的休息时间,似乎得了种树的狂病,唯有种树才是医治的良药。每年春秋两季的植树季节加起来近5个月,两人每年要在沙漠里住将近半年。蒋有则的妻子有时开玩笑说"爱上一个不回家的人",话虽这样说,她理解自己男人干的是大事,是造福后代的好事。

经过两个春秋的苦干,1996年,植树种草面积竟达万亩,沙漠中已出现了绿洲。

柳暗花明

现在的库布其生态站已是绿洲了。绒绒的草滩,娇艳的杨柴花,挺拔的樟子松、沙地柏、杨树、柳树、沙柳郁郁葱葱,看到这些,谁能想到这里曾是一片不毛沙滩?谁能想到曾有两个创业者在那个破烂的羊圈里与沙魔拼搏?

杨柴采种基地

1996年，治沙公司的命运有了转机，在旗委、旗政府的帮助下，他们在羊圈旁盖了几间土房。蒋有则终于有了容身之地。

1997年，穿沙公路开工并路经蒋有则的治沙地点。

7月，生态站接收了穿沙公路的治沙、防沙任务，主要任务是随着简易公路的开通，在公路两侧设置沙障。

8月，杭锦旗林业局恢复，治沙公司更名为库布其沙漠生态试验站，治沙经费全部由财政拨款，人员编制增加到10人，生态站购买了植树机等机具，治沙速度进一步加快。

1997年，生态试验站设置沙障16公里，供给会战材料12公里，所做沙障彻底固住了流沙。同时种树1万多亩，人工种草2万多亩。

生态站职工们更忙了，除了种树，还要为每年的飞播、穿沙公路护路大会战做导航、技术指导，还要在雨季造林植树，每个职工至少要在库布其沙漠里待七八个月，但他们却没有怨言，因为蒋有则每年在沙里待的时间比他们还要长，种的树比他们还要多。

生态站要发展，还必须有经济效益，才能进一步为绿化库布其提供坚实的经济后盾，蒋有则想到了开发沙漠经济。生态站办起猪、鸭、羊养殖场；每年利用植树机为周边苏木及煤炭公司甘草基地有偿服务；自己种出的树为穿沙护路会战提供40万斤沙柳、2万多株乔木；人工扦插甘草近6万亩380万株；种植沙芥300多亩；为了解决会战单位职工吃住问题，同时增加些收入，建营业性饭店600多平方米。年创收入8万元以上，为下一步造林奠定了经济基础。

一个难忘的日子，生态试验站新建饭店和办公室剪彩了。蒋有则分外高兴，旗委书记白玉岭和政府旗长王玉明亲自赶来向他祝贺。当天晚上，他走到生态站林地，抚摸着亲手栽下的树，竟痛哭失声，这是他生平第一次流泪。

那一场庆功酒，蒋有则睡了3天才缓过劲来。

截至1999年，库布其生态试验站共造林1.8万亩，人工种草2.8万亩，自然恢复8000亩，围封基地已剩2万多亩。

也就是在这一年，杭锦旗被列为国家生态建设重点旗（县），蒋有则治理库布其、绿化库布其的梦想将由13万人民一起来实现。

第五节　得道多助

随着穿沙公路的破土动工，能不能修筑穿沙公路的争论可以画上句号了，然而事实上，这场争论还远未结束，实践的检验更加严酷。资金短缺始终是困扰穿沙公路建设的一个严重问题。

计划一期工程（包括建成三级砂石路和固沙工程）所需的4500万资金，1997年6月16日开工时，用于工程建设的资金仅有旗交通局从伊克昭盟交通局借来的43万元，计划落实的资金迟迟到不了位。庞大的、综合性的建设工程，

青史留名

光施工人员生活、机车燃料、维修费用，一天就得20多万元。

钱从哪里来？如果前面的资金花出去了，后续资金到不了工程泡了汤，花出去的钱就等于白花！

从开工那天起，指挥部的领导们就没睡过舒心觉。除了跑工地解决施工问题之外，要拿出很多的时间和精力，跑上级单位、跑银行，落实工程资金。

白玉岭、王玉明两位主要领导到伊克昭盟党委、盟行署，内蒙古自治区党委、自治区人民政府和两级有关部门汇报情况，争取支持。

指挥部成员安排好工地上的工作后，带领交通、扶贫等有关职能部门负责人不断地向上跑，一方面催要已落实的资金，另一方面申请内蒙古自治区计委立项，争取自治区交通、计委、林业、水利等系统的投资，还想方设法通过招商的形式由外引资。

让人感到欣喜的是，过去这些曾让他吃过闭门羹的上级单位和银行，后来却

路面开槽

全部给杭锦旗开了绿灯。这使杭锦人深刻体会到,干起来和不干就是大不一样。

自治区交通厅先后为穿沙工程筹措资金800万元,伊克昭盟交通局投资100万元,伊克昭盟人行、建行各投放贷款100万元,伊克昭盟扶贫办投放100万元,伊克昭盟计划、财政、民政等部门也都给予了大力支持。

1998年8月10日,内蒙古计划委员会交通能源处王处长在旗委书记白玉岭、伊克昭盟煤炭公司董事长张双旺的陪同下视察了穿沙公路建设工程,并决定为工程建设投资国债券1000万元。

1000万元,是库布其沙漠的一场及时雨!在陪同接待王处长一行的当晚,客人散去后,杭锦旗的旗长和副旗长们坐在地上,不禁失声痛哭!

同年,交通部、国家计划委员会给穿沙公路投资建设资金400万元。

伊克昭盟交通局决定投资100万元,伊克昭盟畜牧局决定投资模拟飞播经费10万元,三大集团的300万元投资也陆续拨付。

特别是伊克昭盟煤炭公司董事长张双旺同志深入穿沙公路参观了施工现场后,第二天就将公司支持的100万元全部拨到穿沙公路工程的账户上。

伊克昭盟煤炭公司职工李茂回老家探望老母亲时,目睹穿沙公路的建设热潮后感动不已,毅然拿出1万元人民币支持穿沙公路建设。

路面三合土搅拌

伊克昭盟大河实业有限公司总经理苏彪、郭志利夫妇专程捐资2万元。

伊克昭盟交通局副局长崔中秀在检查穿沙公路工程时，当场捐资1000元。

内蒙古自治区电业管理局高级工程师章绍敬，参观了穿沙公路后拿出500元钱，表达他对杭锦人民创业精神的敬意。

内蒙古自治区民族文艺杂志社的黄少祥代表全社捐资1000元。

格更召苏木农民武乃林路过穿沙公路，看到沸腾的建设场面后感动得拿出500元钱表达自己的心意。

赛音乌素苏木的全体牧民除了上路投工、投劳外，每户又给穿沙公路捐献一只羊。

旗交通局、旅游局全体职工完成旗政府规定的捐资任务后，领导们每人拿出300元，职工每人拿出100元，共计捐献资金3300元。

参加公路建设和治沙工程施工的单位，体谅杭锦旗政府的困难，在资金不到位的情况下克服重重困难，有的单位自己想办法筹措资金，垫资修路治沙，保证了工程按期完成。

第六节　天堑变通途

　　1999年的秋天,是一个收获的季节。4月22日,穿沙公路柏油路改建工程合同签字仪式在杭锦宾馆举行。杭锦旗人民政府与伊克昭盟公路工程局的负责人分别代表发包方和承包方签字,伊克昭盟交通局和杭锦旗在家四大班子领导出席签字仪式。

　　1999年5月,锡乌扶贫开发公路柏油路改造工程开工,旗人民政府承担锡尼镇—巴音乌素盐海子段49公里工程,并将工程承包给被誉为"铁军"的伊克昭盟公路工程局第八项目部。亿利集团承担巴音乌素盐海子—独贵塔拉段工

路面铺油

穿沙公路柏油路全线建成

程。

1999年的10月8日,穿沙公路柏油路修建工程全线建成。

经检验,工程为优良工程。其中,巴音乌素盐海子—独贵塔拉段61公里(包括1998年铺设的7公里)采用BOT方式融资,由亿利集团公司完成建设任务,工程共动用路基土方13.2万立方米,铺筑沥青路面36.6万平方米。

穿沙公路的建成,打通了杭锦旗的南北通道,为沿线9个贫困苏木乡镇加快脱贫致富步伐创造了良好的条件,为伊化集团、伊克昭盟煤炭公司、亿利集团等几大集团在杭锦旗项目区的经济发展插上了腾飞的翅膀。

穿沙公路是伊克昭盟西部唯一南北走向的大道,沟通了110、109两条国道,构成了伊克昭盟公路网络的新格局,同时成为我国西部的一条重要的战略通道,就像搭在库布其弓弦上的一支利箭,射向黄河湾,把初步繁荣昌盛的杭锦旗带入21世纪。

质量等级鉴定交工验收会议

穿沙公路是"九五"（1996—2000年）期间杭锦旗公路建设最为辉煌的成就之一，它是人类使沙漠变通途的成功例证之一。

穿沙公路的建成，彻底打破了计划经济体制下形成的靠国家投资建设公路的单一模式，探索出一条符合实际的公路建设新路子，在全自治区开创了BOT融资、施工单位垫资建设公路的先河。

第七节　三临库布其

1999年10月7日至8日，自治区党委书记刘明祖率交通、林业、纪委、建行等有关部门领导，在盟委书记等领导的陪同下，深入杭锦旗视察指导工作。

刘明祖书记带病从呼和浩特专程来到杭锦旗为穿沙公路剪彩，这是刘书记第三次亲临库布其，送来了内蒙古自治区党委、政府对杭锦旗各族儿女的深切

大漠清泉

问候与祝福!

  7日下午,刘书记一行乘火车从乌拉山火车站下车后,转乘汽车直达杭锦旗穿沙公路,途经奎素浮桥、独贵塔拉镇进入特大沙段。

  在短暂的停留中,刘书记详细询问了穿沙公路黑色路面改造提高的基本情况。白玉岭做了简要汇报。

  刘书记惊喜地说:"没想到你们不仅把穿沙公路全线改造成柏油路,而且还修通了到伊旗的道路,半年的时间修了这么长的柏油路,真了不起。"

  交通厅厅长郝继业接过话说:"杭锦旗修路修疯了,我都失控了,反正修开来就不记得了,一直往前冲。"

  大家哈哈大笑。

  王文彪汇报说:"按照刘书记路桥一体化的指示,我们成立了亿利集团路桥公司,并且要建收费站,实行收费还贷的措施。把这条通道管理好,保护好。"

刘书记郑重指出:"大漠修路难度大,不可能一下子修成达到收费标准的柏油路,要先干,先运作,慢慢提高,这中间有些政策可以变通。"

他说着指着道路两旁的大沙,感慨地说了一声:"多么不容易啊!"

8日上午,刘书记在穿沙公路通车庆典仪式举行前,听取了盟委书记、旗委书记的工作汇报后,发表了重要讲话,充分肯定和高度评价了杭锦旗近几年的工作成就,刘书记说:

"杭锦旗这几年发展比较快,在伊克昭盟是非常快的,在全区也是比较快的,从杭锦旗的发展可以看出事在人为。我不是说人有多大胆地有多大产,但一个地区和一个单位的发展,领导班子和精神状态确实是非常重要的。1995年自治区召开人代会,我参加伊克昭盟组讨论,当时杭锦旗的领导畏难情绪很大,觉得没有什么发展前途,对经济发展比较悲观。应该说同志是好同志,想发展,但苦于无门。1996年你们就开始运作,盟里利用大学习大讨论,提出盟旗经济一体化,杭锦旗也解放了思想,愿意把盐海子切出一块交给伊化来搞,同时自己也组建了一个集团公司。我看到以后,觉得还是有发展前途的。你们的精神状态也变了,对杭锦旗的发展充满了信心,什么原因呢?主要是我们在全区开展了社会主义市场经济理论大学习大讨论,转变了观念,打破地域的界线,合理开发利用资源。我前后回忆起来,就写了一个《思想解放天地宽》,我写这个当时是有背景的,不是随便写的。

"杭锦旗这几年的发展是非常快的。1994年国民生产总值2亿多,现在搞好能达到9亿,仅仅是4~5年的时间,发展挺快,财政收入由1000多万发展到现在接近9000万元,也是翻了好几番。如果我们的各盟旗市县都能像杭锦旗这样发展,我们内蒙古走进全国前列是完全有希望的。我看我们的速度也不低于江南的速度,江南也就是这么个速度呀!从杭锦旗的发展,看到了我们内蒙古的各级包括自治区、盟市、旗县的发展。大家都要有信心,只要解放思想、真抓实干,我看我们内蒙古进一步加快发展速度实现走进前列完全有希望。

"最近我参加了全国的经济发展会议,自治区经过讨论,提出2005年全区全面实现小康，2015年国内生产总值增长比例达到全国先进水平，要是从杭锦旗来看，那更有可能了，从整个伊克昭盟来说也是有可能的。

"今天我主要是为穿沙公路建成通车来参加庆祝活动的，应该说我参加这种活动，是来内蒙古5年多第一次参加一个县级的庆祝活动。为什么呢？我对穿沙公路很感兴趣。穿沙公路的意义不言而喻，可以带动全旗的经济发展，特别是对亿利的发展带动很大。我看它是一种精神财富，你们提出的穿沙精神，不仅具有经济价值，更重要的是具有政治价值或巨大的精神力量。如果我们干任何工作都有这种精神，不能说没有我们干不成的，但很多困难都可以克服。

"我昨天来了以后，看到电视上在播穿沙，大家在路上劳动，很感动。穿沙公路把整个杭锦人民群众的思想观念振奋了，把克服困难的精神，不怕艰苦、勇于开拓的勇气发扬光大了。

"穿沙公路的建成对库布其沙漠的绿化和生态建设的作用不可估量。没有这条公路，搞绿化和治沙都是很困难的；有了这条公路，沿公路两侧向外辐射，改造库布其沙漠是有希望的。杭锦旗的想法很好，如果搞上几百户像乌日更达赖那样的户子，1户1万亩，几百户就是几百万亩呀，整个库布其沙漠在杭锦旗不是才1200万亩吗？说都改造也不太现实，有些高大的沙丘不行，搞个五六百万亩，把它绿化了、覆盖了，就很不简单了，这就不光修穿沙公路是奇迹，沙漠绿化也创造了奇迹。

"希望自治区、盟里支持和照顾一下杭锦旗。穿沙公路的收费问题，要作为特殊情况对待，收费要适可而止，需要我们帮着办的一定尽力帮着办。"

8日中午12点30分，刘明祖书记在他住宿的房间接受了中央电视台记者的采访。当问到如何评价穿沙公路和这条公路的建设者时，他讲了一段亲身感受，他说：

"杭锦旗修建穿沙公路是各族人民多年的梦想，这地方交通太不方便了。我为什么要支持修这条路呢？1996年我第一次到杭锦旗来，从巴彦淖尔盟乌拉特前旗过黄河浮桥，沿孔兑走了7个多小时，在山沟里行驶，一会儿在沟里，一会儿在岸上，上下反复了四五十次，太受罪了。

治沙从娃娃抓起

"怎么修路,杭锦旗领导提出个方案,就是穿沙公路100多公里,他们说很早就提出了,可谁也不敢修,也没有人修,这个姓白的书记上来后,硬是要修。

"我说:'你们先修,将来可能感动"上帝"帮助你们。'于是立项开始修。经过3年,修成了,开始修土路,让我来看看,我去年看了就很高兴。他们又提出修柏油路,我说'想大的了',原来土路就可以了,现在修柏油路,我赞成,想办法搞资金,你们要搞资金,我支持。应该说,亿利做出了贡献,小王竭力给我建议,他说,产品外运,每年可节约1000多万元,而当时说修路资金是两三千万元,两三年不就回来了吗?我说你为什么不修呢?

"杭锦旗的干部、群众集资、贷一点,财政拨一点,路就修成了。修路中看出杭锦旗干部群众的精神面貌,非常辛苦,风餐露宿。当时没有路,确实费尽千辛万苦,我看了录像片也掉眼泪了,非常受感动。"

他指着材料袋上印的"大漠奇迹"四个字说："我一般不题字，这是我主动要写的，确实是奇迹。

"他们修路变成穿沙精神，他们说了很多概念。我说，穿沙精神是敢做前人不敢做的事情，敢做前人没有做到的事情，我们杭锦旗做到了、敢于做了，如果今后用这种精神指导杭锦旗的经济建设、改革开放，我看杭锦旗没有做不到的事情。

"所以，他们这些人现在雄心勃勃，想在21世纪有个大的变化，即到2010年，使杭锦旗的老百姓都能住上小二楼，我看，如果像这样发展，他们的愿望是完全可能实现的。

"这几年，他们用穿沙精神来鼓舞群众建设，1994年，国内生产总值是2亿元，5年后的今天，达到9至10个亿，5年翻了几番；财政收入1994年是1200万元，今年达到9000万元，群众生活水平有大幅提高，包括草原建设、城镇建设。

"这条路修成后，我们现在看一看，路两边已经绿化了。这条公路修完以后，不但发展经济，而且搞生态建设，沿公路两边向外扩展。他们有个计划，就是库布其沙漠在杭锦旗有1200万亩，有个户子有2万亩荒沙已搞了1.6万亩树草，用1000户就把库布其沙漠绿化了。

"我说，你们用不着搞1200万亩，搞上600万亩，就基本上能搞得保持高水平了，而且经济效益相当可观，这户去年就收入4万多元，今年、明年，再过三四年，这户一年能收三四十万元，下午我就要去看一看，给牧民好好鼓一鼓劲。"

接着记者还采访了盟委书记，记者问书记穿沙精神对全盟的影响和作用如何。他说："穿沙精神不仅是杭锦旗的精神财富，也是伊克昭盟人民宝贵的精神财富，有了这种精神，我们就可以战胜一切困难，越是困难越需要这种精神，敢冒敢犯，敢打硬仗，敢抢敢争，敢创一流，我们要大力弘扬这种精神。"

第十二章

第一节　丰　碑

在举国欢庆中华人民共和国成立50周年的日子里,穿越举世闻名的库布其沙漠的锡乌穿沙公路建成通车,这是杭锦草原的一大盛事,是伊克昭盟各族人民的一件大喜事,是草原儿女向祖国母亲献上的一份厚礼!

白玉岭亲自为穿沙公路纪念碑撰写了碑文。

大漠浩瀚,亘古无路,辟沙成途,为历代人之企盼。乘改革之风,得扶贫惠泽,举全旗之力,终偿夙愿。九七年五月决策,六月开

杭锦旗穿沙公路建成庆典大会现场

庆典演出现场

工,九月大沙段通车。翌年全线贯通。九九年十月,黑色路成,历时两载,费工万计,耗资逾亿。

恰逢杭锦百业待兴,以千万财力,建浩大工程,实为杯水车薪,全旗人民三年解囊。集数百万之巨,更得各级鼎力相助,当永志不忘。大漠筑路,环境恶劣,建设者,冒酷暑,顶烈日,三月而毕其功,筑路之难,弗若治沙之艰。七旬老翁至丫丫幼童,数万农民、牧民、干部、职工,两度寒暑,四进大沙,撇家业、耐饥渴,披星戴月,露宿风餐,终成绿色长廊。

资财薄,穿沙巨,杭锦人,想新的、谋远的、干大的、做实的,以一代之苦干,换万世之甘甜,是谓穿沙精神。

锡乌扶贫开发穿沙公路,南始锡尼,北至乌拉,长百又十五公里,纵穿库布其沙漠,亦称穿沙公路。

公元一九九九年十月

白玉岭在庆典仪式上致辞

10月8日,通车庆典活动在锡乌扶贫开发公路锡尼镇西大转盘隆重举行。

自治区党委书记刘明祖,自治区党委秘书长任亚平,自治区党委办公厅、交通厅、林业厅、经委及建设厅、水利厅、社科院、内蒙古日报社、建行等领导;盟委书记、盟长和盟军分区、组织部、宣传部、人大工委、政协、交通局、建设局、交通设计院、公路监理所、公路工程局、林业局、计划委、公路质检站、档案局、广播局,盟人行、中行、建行、工行等单位领导;亿利集团、伊煤集团、伊化集团等企业负责人;乌拉特前旗以及东胜、达拉特旗、准旗、伊旗、乌审旗、鄂托克旗、鄂前旗党政领导;杭锦旗六大班子,各苏木乡镇、旗直各部门和单位领导及全体员工,锡尼镇居民参加了庆典活动。

白玉岭等为锡乌扶贫开发公路建成致辞,任亚平宣读了自治区党委、自治区人民政府的贺信。

刘明祖、任亚平、郝继业、王稼祥、白玉岭、王文彪等共同为锡乌扶贫开发公路建成剪彩。

白玉岭在庆典致辞中表示:"穿沙公路的建成,实现了杭锦人世世代代的梦想。杭锦旗这样一个贫困旗,在库布其沙漠中修路,难度之大有目共睹。

1997年之前，杭锦旗历任领导做了卓有成效的前期工作。

"穿沙公路之所以能修成，得益于改革开放的天时地利，得益于各级领导的坚决支持，得益于自治区、盟各有关部门的大力支持和社会各界的鼎力相助，得益于全旗人民解放思想、艰苦奋斗。没有13万人民的思想解放，路根本不敢修；没有13万人民的艰苦奋斗，路根本修不成。

"杭锦人民在修建穿沙公路的过程中，以苦熬不如苦干的决心，以自己的心血和汗水，创造了一种精神，这就是以解放思想、艰苦创业为核心内容的穿沙精神，它是杭锦人民最宝贵的精神财富，它将永远鼓舞我们胜利前进。"

王文彪在庆典仪式上表示，穿沙公路全长115公里，其中近60公里穿越库布其沙漠，这一段黑色路面和黄河浮箱桥的改造由亿利集团公司承建，无论是建设难度、工作量还是施工时间，对于起步不久的亿利集团公司来说，都是难以想象的。穿沙公路的建成，为伊克昭盟亿利集团公司走出内蒙古、走向世界开辟了一条广阔的"绿色通道"。

中央电视台、人民日报社、新华社、经济日报社、内蒙古电视台、内蒙古电台、鄂尔多斯日报、鄂尔多斯电视台、鄂尔多斯电台等新闻记者在现场采访。

第二节　乌日更达赖

书记夸他干得好

"乌日更达赖出名了，自治区书记来看他了！"

"乌日更达赖被评为全国劳动模范了，国家领导人接见了！"

牧民们奔走相告。

"今年多大了？"

"32岁。"

"你从哪一年开始种的？"

"1997年。"

"种了多少亩了？"

"将近2万亩。"

10月8日下午，刚刚为杭锦旗穿沙公路建成庆典剪彩完的刘明祖书记，在盟委领导同志的陪同下，又专程来到库布其沙漠腹地杭锦旗生态建设示范户乌日更达赖的林地上。一下车，刘书记就向乌日更达赖盘问上了。

乌日更达赖是杭锦旗图古日格苏木的一位土生土长的牧民，从1997年开始，他学习穿沙公路两侧植被建设的模式，开始种树、种草、治理沙漠，在短短的3年内，造林控制面积达到1.7万亩，并成为全旗有名的科技致富先进带头人、绿色产业模范户。

刘书记等领导站在一个高高的沙丘上，放眼远望，沙漠里小树郁郁成林，再看看眼前这位又黑又瘦却精明强干的年轻人，刘书记来了兴趣。他不时握住乌日更达赖的手或拍拍他的肩膀，赞不绝口："好啊，干得好啊！"

"3年时间种了这么多树，一定很不容易喽？"顿了顿，刘书记又十分关切地问。

"一开始可难了，固沙、运苗条，1997年腊月三十那天，我运苗条时，车卡在大沙里，把我晾了一个晚上。后来就雇人种，好多了。"乌日更达赖向刘书记等领导简单地讲述了他治沙、种树的艰难经历。

"那你现在过得怎么样啊？"刘书记又一次握住乌日更达赖的手，关心地问道。

"行了，"乌日更达赖显然兴奋起来，"我还养着320只绵羊、8匹马、35头牛、2头骡子。有一个260亩的水库，养了20万尾鱼。还种着70亩高产水地。什么四轮车啦，粉碎机啦，割草机啦，播种机啦，全有了。"听到这些，在场的好多人都啧啧赞叹，钦佩有加。

"对了,我一家4口,去年纯收入4万多块呢。"乌日更达赖又不无得意地补充一句。

"那其他人也种吗?"刘书记又问道。

"种着了,周围28户牧民都学我种着了。"乌日更达赖嘿嘿一笑。

"好啊,希望你继续给大家带好头。"当刘书记听白玉岭汇报说杭锦旗境内共有沙漠1200万亩时,他再次拍了拍乌日更达赖的肩头语重心长地说道:"如果杭锦旗再有600多个像你这样的人,库布其沙漠不就治理住了嘛!"

乌日更达赖

临行时,刘书记还主动要求和乌日更达赖夫妇合影留念。随着照相机"咔嚓"一声,这难忘的一瞬被定格为永恒。

消灭山羊

乌日更达赖,也许世上再没有比"黑"这个字能更恰当地形容他的外貌了,这是库布其烈日和风沙给他留下的永恒的烙印。

10年前,新婚不久的乌日更达赖便要面对一个残酷现实:家里弟兄多,当他结婚时,家里已再没有多少草场可以给他了。经苏木协调,万般无奈之下,他带着一身使不完的劲,领着刚刚结婚的妻子,带着唯一的一点家产——80只山羊,来到了这处荒无人烟的大漠腹地——杭锦旗图古日格苏木图古日格嘎查。他要在这里继承他祖祖辈辈从事的职业——传统的靠天养牧,这是他们这个民族自认为永远不会失业的"铁饭碗",他要在这里实现他对人生最低的要求——生存。

当来到这个地方时,他惊喜地发现20多万亩明沙周围无一户牧民,其间下湿地的寸草滩足以为他的80只山羊做后盾,他的小日子完全不必愁。

凭着壮得像一堵墙似的体魄,他打下土坯盖起了房,他要在这个封闭的世界里实现他最简单的理想。两个儿子的相继出世,又为他的生活注入了新的活力,望着两个活蹦乱跳的儿子,他更加肯定了自己当初选择来这里的正确性。

"80只山羊、一座房,老婆孩子热炕头""日出而牧,日落而归",喝着羊奶,吃着奶皮、炒米,理想与现实竟是如此的吻合,"扎根库布其,把自己的生活方式延续给儿子",他给自己的未来绘出了蓝图。

然而妻子的一场病打破了他一切美妙的设想,严重肾炎,这不是他乌日更达赖的妻子能得起的病。昂贵的医药费,不但花光了乌日更达赖多年来的一点积蓄,还欠下了一屁股债,他成了一个吃救济粮的贫困户。妻子的病,使得乌日更达赖再次认识到山羊在他生活中的重要性。"大力发展山羊"成了乌日更达赖对生活最大的追求,很快,他的山羊发展到了200多只。

然而这个行动给他带来的并不是想象中的财富,另一场灾难随之而来,而这场灾难的制造者恰恰就是与他生活息息相关的山羊。

杭锦白山羊,以其抗逆性强、繁殖快、成活率高、产绒多、宜在恶劣环境下生存等一系列优点而备受牧民们喜爱。而这些优点也恰恰使山羊扮演了另外一个重要角色——植被建设的大敌。

乌日更达赖的200多只山羊,几乎吃光了下湿地寸草滩上所有的草木,原本脆弱的生态链条彻底绷断了,黄沙随之逼到了他的房顶,乌日更达赖的梦被击碎了,他的山羊绒制成的产品正在"温暖全世界",而给他带来的却是从头到脚彻骨的冰寒。

严酷的现实使他对山羊由喜爱变成了厌恶，"消灭山羊"的想法在他的头脑中萌生。然而他又下不了手，从他有记忆起，吃的是山羊肉，花的钱是山羊绒换来的，甚至玩的伙伴也是山羊，山羊成了他生命中的一个组成部分，他不知放下羊鞭自己还能干些什么。

穿沙咋干我咋干

在能与不能之间彷徨的乌日更达赖被折磨得憔悴不堪，他成了一个无主的孤魂，整天一个人在沙漠中游荡，悔恨、痛苦像蚂蚁一样蚕食着他的心。经过半个多月的思想斗争后，乌日更达赖又恢复了往日的平静。这时，他听人说自己家西面的沙漠中修通了一条公路，心情烦闷的他决定亲自去看一下。

走了十几公里，他突然被眼前的这一幕刺昏了：沉寂荒凉的景象不见了，车鸣马叫，人声鼎沸，一簇簇、一群群，人们手里拿着沙柳条或跪或蹲，如同向上天祈祷，更是与自然拼搏。黄色的路带两侧泛起了点点绿意。他难以相信这是真的，使劲揉了一下眼，千真万确。库布其沙漠通路了，他在心里默默念叨着。

沸腾的库布其，使得乌日更达赖既激动又欣喜，也使得他暂时忘记了生活给他带来的不幸。然而再看看那些平时坐办公室上班的城里人，一个个被晒得黑里透红，仍在一个劲乐哈哈地笑，一种从未有过的羞愧涌上了他的心头。他是个接近文盲的牧民，他听不懂人们所说的穿沙精神到底是一种什么精神，然而凭着一个牧民的直觉，他感觉到那是一种能将千军万马凝结到一块儿干大事的力量，那是一股无坚不摧的力量，这股力量同样在他的内心滚滚地流动着，"穿沙公路能治住沙，我为什么不能？穿沙咋样干我咋干！"

从穿沙上，乌日更达赖找到了自己贫穷、不幸的根源。也就是这次，他听一位和蔼的老大爷给他讲了关于王果香、王明海和远山正英的故事，他为他们激动。然而他明白，他没法跟他们相比，他没有王果香的感召力，能够领上一帮姐妹们与其共战沙魔,他最多只能领得动他病弱的妻子。他更没有王明海、远山正英为治沙筹集数百万资金的能力,他是全嘎查出了名的贫困户,他的话一钱不值,没有人会为他的真诚而感动肯为他掏钱的。他有的只是沙漠给他的一副铁打不动的身子骨,这是他全部的资本,也是他自认为最不值钱的资本。

回到家里,穿沙公路的那团绿色始终在他的脑海里翻腾。绿色才是地球的本色,他不但没有为地球播绿,连自己生存环境中的绿色也没有保住,内心的愧疚使得乌日更达赖肯定了自己的选择。他要播绿,要加倍偿还曾经欠下地球的绿色。自从他的房子被沙压后,他就有过这样的想法,但从未像今天这样强烈。

"消灭山羊"再次被他提到日程上来。然而,当买主将一只只山羊赶走时,一种空荡荡的失落感涌上了他的心头。别了,曾经给了他美好的梦幻而又使他美好的梦幻惨遭破灭的山羊。他要进行一次革命,一次背叛祖宗传统职业的革命。游牧,曾是他最向往的职业,他喜欢蓝天、白云、绿草、羊群。然而他走的是另一条路,一条血路,但他已勇敢地迈出第一步,他更应该庆幸。握着卖羊换来的一沓沓汗渍渍、皱巴巴的钞票,乌日更达赖在筹划着自己的未来,穿沙公路那团绿色始终在他的脑海里流动。

过年过在沙里头

每年12月至次年3月,库布其沙漠都有1米多深的冻土层,对于生长在大漠腹地的牧民来说,这个季节是他们解决运输困难的黄金季节,土层一旦解冻,再想出入大漠就很困难。已经没有任何退路的乌日更达赖,将全身的劲都使在了他的"绿色事业"上,他成了一个只会工作的机械人。

为了赶在沙漠解冻前储备好春季所需的全部苗条,他必须跑到60公里以外的昌汉补拉村去运苗条。在生态工程业已提到日程上的当前,苗条成了最值钱的抢手货,一根好的高杆,价钱差不多抵得上1斤羊肉,卖山羊的2万多元钱就这样一点一点地投入进去了。

这一年,乌日更达赖过年过在了沙漠里。腊月二十八,他没有听妻子的劝告，为赶着拉回最后一趟苗条，他又上路了。然而倒霉的是小四轮坏在了沙漠里，漆黑寒冷的大漠如同一只张牙舞爪的厉鬼，紧紧地裹着他的全身。强烈的西北风夹杂着沙粒，随意扑打着他的全身，远处大漠深处传来了隐隐约约的鞭炮声，牧民们都在庆祝着此刻属于他们的欢乐。啃着冰冷的白皮饼，喝着四轮车柴油机水箱里接出来的水，他的眼前又出现了妻子和两个儿子那企盼的目光，泪水夹杂着大颗的沙粒同冷风一起灌到了他的肚子里……

种下摇钱树

每天天不亮，乌日更达赖便赶着驴车，拉着锅碗瓢盆出动了。为了节省时间，他中午很少回家，他在寻找着大沙漠中每一处可以种树的下湿地，车进不去的地方，他背着苗条进。饿了，啃口干饼；渴了，在下湿地挖个坑喝口又苦又咸又浑浊的泥水。100棵、200棵……数着自己亲手种下的一棵棵小树，乌日更达赖有说不出的激动。

然而一场沙尘暴埋掉了他半个月的心血。6000多株苗条5000多元钱就这样被风沙吞噬了。

乌日更达赖并没有被打垮，惨痛的教训反而使得乌日更达赖成熟了许多，使他更深刻地认识到，与沙魔做斗争，只凭满腔的热情是远远不够的，除了强攻，更应智取。他是一个牧民，他从小生长在沙漠里，但他以前从未研究过如何锁住这任意滚动的流沙，在治沙方面，他还是一个外行。这时他又想起了穿沙公路两侧那网格状沙障中的点点嫩绿。"穿沙咋样干我咋干"的想法又一次激起了他的热情。

又是一个月不要命的苦干，一道道沙障竖起来了，如根根钢索紧紧地锁住了流动的沙丘，千亩黄沙变成了绿洲。

初尝成功之果的乌日更达赖信心陡增，他决心甩开胳膊大干一场。然而新的困难更使他忧心忡忡、焦躁不安，卖山羊的钱已所剩无几，秋季的苗条拿什么去买？万般无奈之下，乌日更达赖想到了出卖自己唯一的资本——体力。他成了工地上的一名泥胳膊泥腿的揽工汉，和泥、托坯、背砖……为能多买回些苗条，他必须拣最苦重的活干。经过一个没日没夜、脱皮掉肉的夏季的苦干，秋季买苗条的钱挣回来了。

剪苗条、挖树坑、设沙障、啃白皮饼……5000亩的不毛沙丘逐渐被拉成了平地，变为绿海。

整整一年的风餐露宿，一年的沙打雨淋，自认为铁打不动的乌日更达赖病倒了，关节炎、肠胃炎、严重沙眼……浑身的病痛如同千百只的蚂蚁噬咬着他的全身。躺在旗人民医院的病床上，乌日更达赖心情跌宕，树越种越多，日子却越过越穷。几年来他没给妻子买过一件像样的衣服，自从卖掉山羊后，他没有给儿子吃过一斤肉。即使这样，他依然年年欠账，依然在吃国家的救济粮。他想起了一位老支书曾经对他说过的一句话："你种的不是简单的树，你种的是摇钱树。"对，他不能简单地种树，解决了生存之后，他还必须求得发展，他要开发沙漠经济，在控制沙害的同时，还要变沙害为沙利。一条由绿化向富化转变，"以生态建设养生态建设"的可持续发展之路在他的脑子里越来越清

乌日更达赖获得多项嘉奖和荣誉证书

晰。

乌日更达赖没等病好，就拖着一条瘸腿，四处奔波贷回了2万多元钱的民间高利贷。他办起了渔场，围起了牧场，有了自己的农庄。

短短2年，2年对于整个人类历史来说只是短暂的一瞬，而对于一个人的一生来说，则可重重地画上一大笔。2年时间，库布其沙漠中绿了1.3万亩黄沙。

在乌日更达赖的绿色王国，生长着50多万株树，饲养着300多只绵羊、十几匹骡马、十几头肉牛、数十万尾鱼，有上百亩的肥沃农田。

这一组足以令牧民们羡慕的数字，给了乌日更达赖清醒的认识，脱贫与生态建设犹如一对孪生兄弟，抛开生存环境单纯地谈发展经济是空中楼阁、无本之木、无源之水。

乌日更达赖富了，他的年收入在10万元以上，他由过去的贫困户变为了全嘎查的首富，鱼肉成了他餐桌上的家常饭。有人曾提出以50万元的价钱买下他的树林做旅游基地，他没有答应。他说："人不光要为钱活着，还应该给子孙后代留下点想念的东西。"朴实无华的语言道出了他真实的内心世界。

你也是个"周扒皮"哇

当乌日更达赖种下的那一片片绿色将要与穿沙公路生态林接通时，旗委书记白玉岭发现了他。

白玉岭听了他种树的故事，掉下了眼泪。他紧紧地握住乌日更达赖那双布满老茧的手，答应从生态工程中挤出2万元钱来进行资助，并答应从他们所在的嘎查修一条路直通穿沙公路，帮助牧民们解决苗条运输困难的问题。

白玉岭对他说："穿沙公路还未修通，我们便得到了各方面的支持。钱是从哪来的？钱不是凭三寸不烂之舌争取来的，钱是靠苦干挣来的。你干出了成绩，我们应该支持你。"

看到乌日更达赖这么辛苦，白玉岭关心地问他："种树雇人不？""雇了，但雇不住！"憨厚的乌日更达赖回答。

"你不给人钱?""不是,给了。"乌日更达赖回答。

"那你是不不给工人们吃饭?""给吃了,我给杀的吃了几只羊了。"

"那为什么雇不来人?""我早上4点鸡一叫就起来干活,一直做到晚上10点,那些人干上两天工资也不要就走了。"乌日更达赖老实回答。

"那你也是个周扒皮哇!""周扒皮"这个雅号,不胫而走。

榜样的力量是无穷的。

20万亩无人居住的明沙,而今成了人们争抢着承包的对象,他们都学着乌日更达赖植树、种草。查汉尔巴特尔、小七劳两人合伙种起了8000亩树;乌日更达赖的弟弟安并太达赖一个人种活了7000亩树并与哥哥乌日更达赖达成君子协定,弟兄二人分别从东西两个方向对10万亩黄沙形成包抄之势。

对于那些植树造林的积极户,乌日更达赖总是尽量帮助他们解决困难,无偿给他们提供苗条。

"我们要为乌日更达赖建一座碑,他给我们做了一个好的榜样。"乌日更达赖已在周围人们的心中树起了一座永恒的碑。

1998年,被评为盟级劳动模范。

2000年,被评为"全国十大杰出青年"、内蒙古自治区劳动模范。

2002年,他植树2700亩,当年被评为全区绿化造林先进个人。

2003年,植树1.2万亩,被授予全国绿化奖章、全球福特汽车环保一等奖。

2005年,植树9000亩,被评为全国劳动模范。

第三节 五战库布其:再打一个漂亮仗

1999年10月18日,五战穿沙在即,面对保路、护路生态建设的艰巨任务,旗委紧急召开旗6套班子在家领导以及旗直各机关部门主要负责人参加的重要会议。

　　白玉岭首先通报了自治区党委刘明祖书记在视察杭锦旗工作时为穿沙公路建成通车庆典剪彩后的讲话。他的讲话明确肯定了杭锦旗近几年经济快速发展的成就，肯定了修建穿沙公路的功绩，肯定了在修建穿沙公路中形成的穿沙精神是全旗、全盟乃至全区的一笔宝贵的精神财富，并明确提出"思想解放天地宽，走进前列靠实干"，鼓励杭锦人民继续解放思想，真抓实干，坚忍不拔，团结一致，不断前进。刘明祖书记的首肯使全旗人民精神振奋，同时也感到压力很大。下一步工作如何进行是摆在全旗人民面前的现实课题。

　　白玉岭分析形势指出，杭锦旗正面临历史上最好的发展机遇，积极的金融财政政策，良好的对外形象声誉，正是可遇不可求的发展时机，必须抓住机遇，促成飞跃。而穿沙公路大功告成，可以停下来歇一歇慢一点发展的思想是极其危险的，是对地区经济发展具有极其恶劣影响的不可取的思想。杭锦旗地区经济的发展任重道远，绝不能松气，发展依然是最大的主题，只有绷紧弦，继续靠实干精神加快发展步伐，以更快的发展速度将杭锦旗推入21世纪。

　　在杭锦旗经济快速发展的关键时期，"五战穿沙"意义重大。"五战穿沙"意味着杭锦儿女战天斗地的精神不灭、干劲永存，杭锦旗大发展的希望孕育在万人会战的激情之中，成功的会战将有力地证明杭锦旗的发展是势不可挡的，是历史的必然。

　　白玉岭郑重强调：没有穿沙精神，杭锦旗各项工作难以搞好，各部门、各领导要勇于喊出"跟我看齐，从我做起"的口号，亲自深入会战第一线，带领群众做好工作，继续高举穿沙精神这面光辉旗帜，将"五战穿沙"的战役打得漂漂亮亮，为树立杭锦新形象再立新功。

　　10月20日至25日，杭锦旗进行了第五次治沙大会战。大会战分为三个地段，第一段位于巴杭线东沙拐子之间20多公里的穿沙路上，吉日嘎朗图镇、独贵塔拉镇、杭锦淖尔乡农牧民上万人集中栽植沙障、保路护路。

　　第二段位于锡乌扶贫开发公路的特大沙段，由人武部组织百余名基干民兵集中完成沙障修复与扩展。

第三段位于锡乌扶贫开发公路70公里处生态试验站东南,与生态示范户乌日更达赖相连的沙漠腹地的下湿地,植绿3万~4万亩,控制面积7万~8万亩,由全体机关干部、企事业单位职工完成。

10月20日,秋季生态建设大会战的序幕拉开,4万民众在五大战区同时进行。各参战单位在自己的建设地段设立了标语旗帜及行业性标志,上万人再次云集,库布其沙漠人声鼎沸、车马欢腾,进入了高潮迭起的会战阶段。旗委书记白玉岭带病在一线劳动,亲自坐镇指挥。党政主要领导及各机关单位负责人全部在一线参战。

10月23日,在治沙会战现场,由盟组织部组成的一支特殊的治沙队,他们或挖坑,或插柳,或铡苗条,做得那样细心,干得那样卖力,为整个会战现场增添了一道亮丽的风景线。

在这些组工干部眼里,以前的杭锦旗荒凉、贫瘠,是一个名副其实的自然环境恶劣、经济发展落后的国贫旗。然而,自从有了穿沙精神,修通了穿沙公路,杭锦旗的面貌在快速向前发展。这次率领职工前来参战,就是要真真实实地感受一下改天换地的穿沙精神,让每一位职工从高度上重新认识杭锦旗,并且从中体会那种充满奋发向上的气氛,充满背水一战的慷慨雄心和那种无与伦比的凝聚力。

在这些组工干部眼里,组织这次活动,不仅仅是参与,更重要的是让职工们体会一下在艰苦、困难的条件下战沙、斗沙的艰辛,让职工保持那种"从群众中来,到群众中去"的优良工作作风。如果不亲自到穿沙公路走一走、看一看,几年后,穿沙路就不再叫穿沙路,当初人们治沙、战沙的场景也让人难以想到。因为,穿沙公路一年一变,到时候,路两边全是绿洲,真的没有了沙子。那么,没有亲自感受穿沙精神会是多么的遗憾!

外地人惊叹穿沙公路,穿沙精神感召着杭锦人民,穿沙会战已远远超出了穿沙公路建设的本身,因为它是人类战胜荒漠、战胜自然的壮举,这个壮举,无论是今天还是明天,无论是现在还是将来,都将成为人类永久的财富。

此次大会战,广大干部职工、农牧民近4万民众积极参与,热情投入,高

全国绿色通道示范段

标准、高效益、高质量地完成灌木纯林面积4.8万亩,并在巴杭公路沙拐子段设置沙障面积3778亩。

此次大会战是在穿沙公路黑色化改造完成、通车庆典结束后展开的,会战再一次向世人表明杭锦人是辛劳耕耘在自己的土地上,建设美好家园的建设者、劳动者,全体干部职工和沿线乡镇苏木农牧民几万人的参战更有力地显示了穿沙精神永久的魅力,这也是本次会战最重要的特点。

"五战穿沙"意味着生态建设作为全旗最大的基本建设已是共识。为保护生态环境、改善生存条件,不惜人力、物力、财力的艰辛代价和无私奉献精神在会战中再次完整地体现出来。

每年2次甚至3次的大会战不仅没有消磨杭锦人的斗志,反而更加激励了杭锦儿女建设美好家园的信心和勇气。万人会战穿沙的壮举表现了杭锦人有打持久战的耐力和斗志。

在不断的实践当中,杭锦人积累了丰富的治沙经验。"五战穿沙"中,无论人们手中的工具还是种树的方法，都越来越先进！省时省力。这些宝贵的经验和穿沙精神将一同伴着杭锦人在漫长的治理沙漠、建设家园的征途中不断从胜利走向胜利。

3年时间内5次大会战，每次近万人自带干粮，住帐篷，睡地铺，吃野炊，硬是扎成了2453万公顷的沙障，共投入人力70万人次栽下几百万株树。据不完全统计，共有13万人口的杭锦旗，在治理库布其沙漠中先后出动70万人次，车辆18501台次，投工投劳105万个。共在穿沙公路两侧完成人工造林25万亩，飞播造林45万亩，设置沙障4.7万亩，封沙种草51万亩。

这一年，穿沙公路被国家林业局和全国绿化委评为"全国绿色通道示范段"。

有人统计过，如果把穿沙公路栽的沙柳一节一节接起来，能绕地球十几圈。穿沙公路两侧每一根草、每一苗树都有一个感人的故事，都闪耀着杭锦旗13万人民改变贫穷命运所显现出来的思想光芒，编织着他们对美好生活的向往和憧憬。改写库布其历史的杭锦人，在创造杭锦旗富裕文明的新纪元。

第四节 聚 焦

10月18日，受自治区刘明祖书记派遣，中央驻区及自治区新闻主流媒体采访团来到了杭锦旗。

白玉岭就杭锦旗的总体情况向与会记者做了总体汇报。在对杭锦旗工农业生产、基础设施、生态建设及精神文明建设等情况做了总体介绍之后，白玉岭就杭锦旗自1995年以来社会各项事业取得巨大成就的原因进行了总结。

第一是制定了一条好的工作思路。即"想新的，干大的，谋远的，做实的"的工作思路，这条思路是各项事业取得成功的根本保障。

第二是找到了一条符合杭锦旗发展的路子。即"水当家、路先行、电起动、工致富"的发展路子。实践证明，这条路子是完全符合杭锦旗旗情的。

第三是有一支战斗力很强的领导干部队伍。近年来，提拔了大批敢想敢干的年轻干部，并把他们放到基层进行锻炼。现在看来，这批领导大部分是能够带领群众发家致富的好领导，也证明干部制度是正确的。

第四是创造了一个比较好的发展氛围。全旗上下，都能全身心地投入到经济建设中来。这为经济建设步入快车道提供了有力的保障。

第五是创造了一种精神，即穿沙精神。它是凝聚杭锦旗13万人的原动力，穿沙情神同时也正在化作生产力创造着巨大的物质财富。

内蒙古党委宣传部新闻出版处处长贾学义在听取工作汇报之后，对杭锦旗的工作成绩给予了高度评价，并对此次采访的主题做了进一步明确，他说："杭锦旗各项工作之所以有今天的成就，得益于有一批一心为公、全心全意为人民服务的好领导，得益于解放思想，真抓实干。对于一个国贫旗，能取得如此大的成绩实属不易，杭锦旗的经验应作为一个典型向全区推广。"

采访团围绕农牧业生产、工业经济、基础设施、生态建设、精神文明建设及使用干部制度等方面对杭锦旗进行了为期一周的实地采访。

记者们先后采访了四十里梁乡人畜饮水工程和新井渠村村办养殖场、胜利乡医院、甘海子村筒井和种养大户李生华，巴音恩格尔苏木的四合木野生保护基地，巴拉贡镇小城镇建设、工业经济和菜篮子工程及基层组织建设，呼和木独小城镇建设，吉镇堤防排干工程和甘草、油葵特色种植，东西沙拐子生态建设会战现场，独贵塔拉镇枸杞种植，乌日更达赖生态建设区，穿沙公路生态会战现场，亿利集团化工基地，锡尼镇小城镇建设等20多个点。

当内蒙古电视台记者问及白玉岭近年来杭锦旗各项事业取得飞速发展的原因时，白玉岭概括为天时、地利、人和三个方面。

天时，即杭锦旗经过几代人的艰苦创业，为今天的发展奠定了很好的基础，从客观上讲，杭锦旗已具备了发展的条件。

地利方面，随着穿沙公路的修成，杭锦旗交通落后、信息闭塞的状况从根

白玉岭在穿沙公路生态会战现场接受了记者们的采访

本上得到了改观,杭锦旗丰富的资源优势得到了充分发挥,并正在向经济优势和效益优势转化。

人和,即杭锦旗13万人能够团结一致谋发展,特别是有一批全心全意为人民服务的好领导,这是事业取得成功的根本保证。

自治区党委宣传部新闻处处长贾学义指出,杭锦旗的发展再一次证明了一个道理——"大发展,小困难;小发展,大困难;不发展,最困难",即杭锦人说的"苦熬不如苦干"。杭锦旗各项事业取得今天的成绩,归根结底可概括为8个字,即"解放思想,真抓实干",没有思想的解放,没有真抓实干的精神,就不敢在库布其修路,穿沙公路也不可能修成,也不可能在"水的禁区"打出深机井,就不可能有全区第一家股份合作制乡级医院,更不可能在一年之内完成数百公里的堤防排干工程。

"解放思想,真抓实干"成为此次采访工作的中心议题。

第五节 《国内动态清样》

10月28日,中央电视台第4频道19点对杭锦旗穿沙公路建设进行了专题报道。

由于各级新闻媒体的大力宣扬,杭锦旗穿沙公路建设受到了党和国家领导人以及自治区、盟党政领导的高度重视,温家宝、邹家华、丁官根、黄振东等为穿沙公路做出重要批示。

1999年11月8日,中央政治局委员、中央书记处书记、国务院副总理温家宝在新华社《国内动态清样》第3467期《杭锦人民的穿沙精神感人至深》一文上批示:

"杭锦人修路治沙,创造了大漠奇迹,也形成了一种精神力量,请新华社报道一下他们的事迹,激励更多的基层干部与群众同甘苦,多办实事;鼓舞贫困地区的广大群众艰苦奋斗,用自己的双手改变贫穷落后的面貌。"

1999年11月10日,交通部黄振东部长批示:"请中国交通报组织文章,进行宣传报道,沂蒙精神建成了沂

全国各大报纸报道穿沙精神

蒙公路，现在穿沙精神建成了沙漠公路，要认真进行总结，大力弘扬。"

12月初，由国家邮政总局向全国发行1万张题为"弘扬穿沙精神，振兴杭锦经济"的明信片。

12月5日，中央电视台第1频道《新闻联播》播出题为《铺就穿沙公路，铸就穿沙精神》的报道。

第六节　忙起来就会有好日子过

"作为党员领导干部，就不能贪图安逸，就要牺牲节假日，在别人休息的时候，还要去下乡、调研、接待、慰问、开会、出差，这是杭锦旗的现状和领导的职责所决定的。"

这是白玉岭对广大领导干部们的要求，也是他自己的工作状态。

黄昏时分白玉岭走进边奋学家。

寒冬渐至，书记牵挂着自己包扶的这家老少4口人的生产生活。在刚刚结束一个重要会议后，他带着一身疲惫，赶到阿门其日格乡。

白玉岭盘腿坐在边奋学家炕头上，急急忙忙从羊圈里赶回来的夫妇俩一边往下换劳动时穿脏的衣服一边和书记搭话。

"今年怎么样？日子还行吗？"白玉岭问。

"今年可忙了。自从春天你帮我买了三轮车，种地、搞副业可忙了个够。"

"现钱进门6000多元，孩子上学、老人看病基本没借钱，乡里修路我们在路上挣了1780元，赶交流会卖饭挣了200多元，卖了2口猪、7只羊，地里山药收了4000多斤，葵花4000多斤，玉米3500斤。这两天，正在砍沙柳，一车80元有人收购，我家的沙柳大致能卖十几车。今年可以的，就是有点忙。"

穿沙公路纪念章

"忙起来就会有钱的,日子会越过越好。千万不要说冬闲闲下来,还要充分利用你的三轮车,争取再挣一点钱。"

正在这时,一只羊顶门进来,白玉岭笑问:"那十几只寒羊养得怎么样?"边奋学妻子说:"白书记你看我喂得多肥,你放心,我们不是懒人,肯定能干好。"

白玉岭又和他们唠了很多家事,然后起身要走。边奋学的妻子赶紧拦住说:"你看,白书记,我们忙得连饭也顾不上做,实在不好意思,你一定要留下来吃了饭再走。"

白玉岭说:"看着你们忙,我的心才踏实,吃饭的事放在你们彻底过上好日子时再说吧。"

边奋学夫妻饱含着感激之情,恋恋不舍地送他们出门。

第七节　考察取真经

1999年11月21日至12月20日，由盟委书记带队的全盟8个旗市党政一把手、6个企业负责人、盟直主要部门负责人组成的全盟党政考察团赴经济较发达的6个省市14个地区进行了学习考察。

白玉岭参加了学习考察。在此期间，白玉岭认真研究了发达地区的先进经验，结合伊克昭盟和杭锦旗的具体实际进行了深入细致地思考，并将参观学习的具体内容和受到的启示、体会写成了1.4万字的考察日记。

日记中写道："这次考察学习，是在新的世纪、新的千年即将来临之际，中国即将加入WTO，产业结构调整加紧进行，西部大开发开始实施，伊克昭盟即将撤盟设市，全盟经济发展既面临严峻挑战又恰遇巨大发展机遇，而我们现在的一些工作思路和发展态势又很不适应新形势的要求，在这样一种情况下，组织了这样一次活动。"

本次考察是盟委、行署的重大举措，规模之大、级别之高、时间之长、考察之精细、态度之认真，均创伊克昭盟外出考察历史之最。

白玉岭深有感触地说，考察安排的紧张程度，为他多年来所罕见。

考察的重点是城市建设、国企改革、商贸流通、开发区建设、高科技产业及个体私营企业等。

考察的主要目的是学习先进地区的成功经验，寻找我们与外地的差距，进一步解放思想，拓宽思路，增强加快发展的紧迫感和责任感，在已经取得的成绩的基础上，发挥优势，挖掘潜力，全力构筑本地区未来发展的战略，再创经济发展的新优势，使我们摆脱贫困，早日走进前列。

第十三章

第一节　白玉岭日记：痛下决心，拼出一个前途

考察团在结束考察返回呼和浩特市后，连夜召开了盟委读书会，全体成员持续学习2天，昼夜奋战，谈体会、谈认识、谈思路。

这里我们用白玉岭日记中的一段话来了解他本次考察的具体体会。

"历时20多天的考察，看的是全国经济最活跃、发展水平最高的地区。这些地区经过20年的高速发展（有些地区是1992年邓小平南方谈话后才快速发展的），提前实现了小康战略目标，目前正在向第二步迈进，看态势也是可以提前实现的。

看了别人，再想自己，深感差距巨大，担子沉重。感想主要有以下几个方面：

我们和沿海发达地区相比，差距是巨大的。客观地讲，近几年我们的发展速度并不慢，但差距却越来越大，沿海地区是在大基数的高速度下发展，差别是明显的。比如，100元增长50%是150元，1000元增长50%是1500元，速度相同，差距却扩大了50%，讲的就是这个道理。这次考察的地区，面积是伊克昭盟的1/10至1/8，人口是伊克昭盟的4至6倍，GDP是伊克昭盟的6到8倍。也就是说，在同等地域面积和人口条件下，我们的产出能力只及沿海的1/70至1/40，上海等地比这个比例还要高许多。

差距的另一方面是沿海地区发展是整体推进的。除一些地方的边远山区外，整体经济水平是很高的，反映在感观上就是城乡差别的缩小甚至消除。而我们除一些城镇以外，在广大农村牧区，基础设施、生产力水平、生活质量等，都与沿海地区有着巨大的差距，更不用说我们还有相当数量的贫困人口存在了。

差距的第三个方面是沿海地区经济规模、科技水平、产出能力等都比我们高许多。近年来，他们正抓住经济结构调整的契机，努力提高产业层次，增加科技含量，淘汰低水平的产品和产业，扩大规模，占领市场，为下一轮在更高水平上的市场竞争做准备。

我们的产业水平本来就低，又基本上没有规模，科技含量更低，农牧业基本上是传统农牧业，产业很少，产品基本上占领不了市场；工业基本上是原料工业，产品都是大路货，附加值很低，迟早要被挤出市场的。正当我们想尽快扩大经济总量时，经济结构的大调整到来，使我们的经济面临巨大的压力，也在下一轮市场竞争中处于天然的劣势。

差距的第四个方面是发展经济的基础条件相差甚远。我们所到之处，高速公路四通八达，乡村之间甚至农田作业的路也硬化了；水、电、讯等建设也远远把我们扔在了后边。基础设施的改善，为经济的发展创造了前提条件，没有这一点，经济发展就是空话。这几年我们负债经营狠抓基础建设，这是完全正确的，但是距离经济发展的要求还差很远，需要坚持不懈地抓下去。

差距的第五个方面，也是最根本的方面，就是我们和沿海地区观念上的差距。沿海地区真正贯彻了"发展才是硬道理"的思想，想的是发展，说的是发展，干的是发展。一切都是干起来再说。因此，我们的思想还需要进一步统一。

观念差距的另一点是这里有浓厚的商品意识，而这些正是我们最缺乏的。没有商品意识，就不懂得挣钱，没有市场意识，就不会挣钱，而没有竞争意识，就不敢去挣钱，没有创新意识，只能是小富即安。"

白玉岭深切地说："我们必须痛下决心，进一步解放思想，更新观念，抢抓机遇，加快发展，在市场化、工业化上下功夫，在技术创新、开放更新、制度创新上做文章，横下心来，奋力拼搏，拼出一个前途来。"

再不富，我受不了了

"仅此1户连续2年，共支持发展水地14亩、流动畜群绵羊15只、190元的小猪2头、门窗2套、玻璃8平方米、网杆1000根、钢丝1吨、玉米种子40斤、油葵种子6斤、籽瓜种子20斤、二铵4袋、碳铵20袋、猪饲料2袋、现金500元，还有衣服及其他东西，共值多少钱我也没细算，反正照这样继续扶下去，再不富我受不了了。"

这段话是旗委书记白玉岭今春在他的包扶户伊和巴特尔家中说的。

和其他贫困户一样，伊和巴特尔居住的环境恶劣，生产条件差，放牧没草，种地没好地，3口人住在一间用衣柜做柱子的危房里，冬夏一身衣，吃了上顿没下顿。1000多亩草场放着6只羊，一只不如一只，下2只羔子死2只大羊，自然"平衡"了好几年。

小两口虽然年过30岁，但生活仍很拮据，精神颓废，不务正业。男人喝酒闹事醉生梦死，女人东游西逛不理家务。有道是：家贫不养妻，人贫志更短。

就是这样一个贫困户，1998年旗扶贫办落实给白玉岭书记包扶。白玉岭每年最少去3趟，春季去了安排生产，并送去部分生产资料；秋季去了计算收入，并帮助推销产品；冬季去了计划来年生产，并送衣送物，问寒问暖。每次去了，思想教育是第一课，讲道理，理思路，连鼓励带批评软硬兼施。

上一年给伊和巴特尔建起一座土打墙的新房，3口人从此有了安全感。当年在水地上收入1万元，还有猪、羊、毛皮等收入，不但解决了温饱，而且还了一些债务。两口子心情好了，劳动多了，想法变了。

当年春季，白玉岭问伊和巴特尔："今年准备做些甚？"

"放好50只羊，养好1头猪、1头骡子，种好5亩玉米、4亩油葵、4亩籽瓜、1亩山药，还要栽防护林，维修网围栏，保护好草场。"伊和巴特尔一口气说出了他全年的生产安排。

"这样下来，你能收入多少钱？"白玉岭又问。

"最少1.2万元。"伊和巴特尔满有信心地说。

白玉岭拍了拍他的肩膀笑着说："好！就照这个数奋斗，不然的话我受不了了。"

当我们离开巴特尔家时，两口子又到羊圈掏粪去了。

想法换了脱贫快

白玉岭回访边奋学家时，发现这家包扶户不仅生活发生很大变化，最重要的是观念的变化。

边奋学夫妻从大年初十开始即投入紧张的劳动，在春节喜庆的鞭炮声中，他们就开始利用三轮车帮别人拉沙柳，起早贪黑，一天不歇，已挣了1500多元。使冬闲不闲，变成了效益。

他的妻子再也不喂猪了，挣钱少又误工，还不如干些别的能多挣钱。20只小尾寒羊羔也准备在八月十五出栏，水地上种菜，反正是什么能多挣钱就干什么，夫妻俩准备今年纯收入要达到2万元。

一个农村妇女，能意识到养猪无法与经商、运输的效益相比，完全是从生活的实践中悟出的。当一个人完全投入到一种崭新的生活方式中时，对从前认为是"真理"的东西就会产生动摇，这其中利益的驱动是最重要的。当她在辛勤的劳动中见到效益的时候，积极性就来了，新主意、新方法就有了。当阿门其日格乡的1089口人出现返贫现象时，边奋学家却通过开动脑筋、辛勤劳动保障了自己的生活。

白玉岭在扶贫的过程中，最为欣喜和自豪的就是他们观念的更新，而观念更新会带给他们经济上的收获。

他再次关心地询问了他们全年的计划和安排，并当场决定今年继续帮助他们解决以下几件事：贩沙柳的流动资金；滴灌安装使用的技术；解决一台饲草料粉碎机，由边奋学作为典型示范户，为实行禁牧后的农牧区服务；协调2~3个水泥涵管。

白玉岭多次探访这家包扶户和在图古日格苏木的包扶户伊和巴特尔。每次都从观念转变的角度上说服教育引导他们，使贫困户们真正从思想上独立起来，充分发挥主观能动性，从而使扶贫工作变得主动性强、见效快。

当春天的脚步又一次走近时，白玉岭强调，春耕备耕时贫困户的日子最难熬，大家要尽早尽快行动起来，帮助贫困户迎接春天，做好一年之计。

中图村乔喜高

春意盎然天气暖，万物复苏春耕忙，此时的农村已处处上演着春耕的繁忙景象。乔喜高这位脸颊黝黑的农民，过去并不出名，但是因为有了一位贴心的书记后，这位农民伯伯也出了名，成为带领村民治穷致富的大能人和自治区、市、旗三级劳模，只因他认识了一位学农、爱农、为民的白玉岭。

1995年的春忙时间，白玉岭当时还是旗长，在原阿门其日格乡党委书记的陪同下，来到锡尼镇中图村乔喜高家。当时乔喜高正在种植玉米，种植的水地玉米每亩是3500株。白玉岭看到后对乔喜高说："你们这里属于高水肥地区，应该种植水浇地覆膜玉米增加密度，每亩要种植4500~5000株，你少种1株就少0.35斤，也就减少了经济效益。"

当时乔喜高觉得水地平时可以浇水不需要覆膜，旱地是靠天吃饭覆膜可以保湿，所以大多都是给旱地玉米覆膜，对他说的很不理解。白玉岭就认真地讲解了水地覆膜的好处及作用，使大家全面地了解到地表覆盖以后可以减少水分无效蒸发和氮肥无效挥发，从而将水肥利用率提高的道理。他号召大家适当增加种植密度，种植一些周期长的品种，使农作物增产。大家当时就抱着试一试的态度按照他的说法种植了玉米，到了秋天玉米增产达到了1/3，当年就使全村成为最先推广覆膜玉米种植技术的示范地，也使乔喜高这位种了多年地的农民对这位朴实的书记有了深刻的印象。

大概在1997年的时候，白玉岭又来到乔喜高家。当时乔喜高有一个蔬菜种植大棚，只能种菠菜、油菜、芹菜这些叶类蔬菜。白玉岭知道后对乔喜高说："咱们杭锦旗冬天种植西红柿、黄瓜过不了关，只能种这些叶类蔬菜，过年的时候吃不上当地的、新鲜的西红柿、黄瓜，需要从外地调购，你应该多学习学习先进地区的技术，提高大棚种植的科技含量，增加出售种类，提高当地绿色蔬菜的知名度。"当时乔喜高对白玉岭的话很认同，但是他想他一个农民去

攻城拔寨

哪儿学？只能自己买上一些书看一看。后来一次偶然的机会，白玉岭去外地考察大棚种植技术让乔喜高也一同前去，这让乔喜高激动不已，没想到这么一件小事儿书记在繁忙的工作之中还能记在心上。当时乔喜高就跟着白玉岭去学习了大棚种植技术。在看过人家建设的大棚以后，乔喜高觉得自己的大棚确实比较落后，种植的技术也没跟上。回来之后乔喜高新建了适合当地的半地下室的"四〇"型日光温室，同时也利用出去参观学习到的南瓜与黄瓜嫁接技术（这种嫁接技术可以使黄瓜增强抗病能力、耐低温能力，提高产量）种植了黄瓜和西红柿，到了冬季还真开了花结了果，增加了出售蔬菜的种类。初时乔喜高有点担心销不出去，因为当时杭锦旗还没有几家能种植黄瓜的，没想到市场反响很好，锡尼镇的好多蔬菜销售点都主动和乔喜高联系订购蔬菜，从追着给别人卖变成别人抢着预定的现象，乔喜高成为很多蔬菜销售点的名人，村民由原来的不看好转变为纷纷效仿，也建起了大棚。中图村一下子就新建了三四十个，成为远近闻名的无公害蔬菜基地。

通过白玉岭的多次指导和帮助，乔喜高深深地觉得即使是种地也得懂科学，不能蛮干。乔喜高刚被评为农牧业战线"十大能人"时，参加了旗科技工作会议，会上他再次聆听了白玉岭书记的致富经：一位农牧民要想致富一定要多思考、多学习，掌握科学技术，吃苦耐劳，广开思路。他还举了一个例子：他帮扶的一个贫困牧民有3000亩的硬梁草场，却只养了17只大羊和3只小羊羔，这个牧民还挺自豪。那么这户牧民为什么会生活困难、贫穷？不是因为没有条件增收，而是他没有想要发家致富、过上好日子的思路，只满足于现状，不懂得怎样做，不学习、不思考。

在白玉岭任职期间曾多次强调，作为一名干部，特别是基层干部，与农牧民打交道是必不可少的基本功。要让农牧民信服，就只有深入到基层，与农牧民多交流，和农牧民打成一片，做真诚的朋友，了解真实情况，解决现实问题，虚心学习，像小学生一样认真汲取农牧民身上的优点，进而丰富自己的基层工作经验，而不是坐在办公室看看报、喝喝茶，做一个"三不管"的干部。白玉岭提倡在全旗范围内开展干部结对帮扶共建活动，大力引进小尾寒羊，提出了干部与农户1∶1的筹资比例引进小尾寒羊（因为小尾寒羊很适合圈养，发育快、早熟、繁殖力强，肉质细嫩鲜美，营养丰富，经济效益高）。当年乔喜高投入1800元购进小尾寒羊基础母畜6只，带头试验示范，他的6只小尾寒羊产羔10只，获纯利3000元，当年便收回成本，又纯赚1200元。周围的农牧民在得到实惠后，又自发组织购进了小尾寒羊基础母畜，一年下来农牧民的收入比往年提高了20%。

从实施干部职工开展结对共建活动不难看出白玉岭的用心良苦，他不仅使农牧民的收入增加了，还让干部与群众走得更近了，也让干部学会了用什么样的方式对待群众，用什么样的语言与群众进行交流，工作怎么做才能出成绩，群众才能得实惠。

在乡亲们的眼里，这位真正把农民当作朋友，把服务装在心里，把帮助农民增收致富当作自己的崇高使命和义不容辞的责任的书记就是一个焦裕禄式的好书记。

在白玉岭即将离开杭锦旗到鄂尔多斯市任副市长时，他还特意来看望了乔喜高，那天天气非常不好，刮着大风。现在想来乔喜高仍心潮起伏，难以忘怀。

第二节　沿河儿女保家园

也许是因为上游泄洪的限量，也许是因为气温回升缓慢，也许是因为堤防建设逐年加强，与前几年相比，2000年开春的"母亲河"那桀骜不驯的倔强性格似乎有所收敛，于是有人因未观赏到冰凌逐浪的壮观景象而感到遗憾。但是河水南淘，杭锦旗境内险段增加，加之去冬封河水位高，冰层厚，仍给全旗的防凌工作造成巨大压力。全旗上下全力以赴防凌，前后用1个月的时间，堵塞了所有的穿堤口界，加固了18处险工险段，确保了人民群众的生命财产，夺取了防凌防汛工作的最后胜利。

随白玉岭书记连续4年防凌，记者年年都有新感受。1997年春发表《黄河流凌抵下游，杭锦旗段险中过关》，1998年春发表《母亲河水别样凶，儿女奋力保家园》，1999年春发表《有堤防凌感受苦尽甜来》同时配发言论《长治才能久安》。

2000年，3位记者分别以《凌汛东下逼旗门、险情牵动领导心》《营生是做出来的，时间是挤出来的》《北岸吃紧总动员、南岸吃水话生产》等文章详细报道在凌汛进入杭锦旗境内全旗上下防凌防汛的真实故事，旨在让更多的人认识和了解黄河给杭锦旗500里沃野造成的严重威胁和干部群众弘扬穿沙精神、奋力保卫家园的感人事迹。

东沿河遭受洪灾

防凌采记（一）

营生是做出来的，时间是挤出来的

3月14日晚巴拉贡镇

下午5点30分，随旗委书记白玉岭从锡尼镇出发奔赴防凌防汛第一线，晚9点20分到达巴拉贡镇。出发时白书记将自己的大衣、手电、雨鞋、口服药、"三讲"教育读本、手提式电脑等工作用品满满装了两大包，放在车上。当他看到同行的记者和工作人员穿的衣服很单薄时，便说："晚上防凌，天气是很冷的，说不定还会下点儿雨雪，你们几位穿这点衣服会受冻的。"

"有白书记的大衣哪能受冻。"一位记者开玩笑说。

"噢，你们是说我拿大衣，你们取暖。"

几个人为白书记的平易近人笑了，笑得那么和谐。

一路上，白书记一会儿分析水情，担心险段，一会儿谈论"三讲"，提出问题。有同志勉强说出了发动学习、剖析征求、批评交流、巩固整改4个阶段。

面对白书记带有考试性质的提问，同行的人都怕回答不上来，在书记跟前丢了面子，于是大家故意把话题转移到自由发言上来，一直谈到巴拉贡，算是逃避了一场"书记面试"。

3月15日巴拉贡镇、巴音恩格尔苏木

昨晚至今，黄河流凌开至三盛公大桥下7公里处，每秒流量600立方米，水势平稳。杭锦旗巴拉贡镇、巴音恩格尔苏木境地多数属不设堤高台地区，没有出现险情。

上午8时，白书记与一镇一苏木在家副科级以上领导座谈，详细了解"两会"精神的贯彻落实情况，共话地区经济发展。在听了两地区领导新的工作思路后，白书记说："产业结构的调整是适应市场经济发展的重大举措，农牧区的种养结构调整我们刚刚起步，近几年调整的力度逐年加大，有的地区粮经比例调到了5∶5，有的4∶6，有的3∶7，有的2∶8，适销对路的经济作物正在农村牧区推广，现在需要我们进一步找市场、盯市场，明确种什么；增科技、加含量，明白怎么种；理思路、找渠道，知道往哪里卖。

在谈到小城镇建设和乡镇企业发展时，白书记说："你们两个地区在城镇建设、乡镇企业发展上迈出了可喜的一步，今后要充分利用好自然资源，发挥依路傍水的优势，把工商业经济带动起来，想尽千方百计增加人民群众的收入，提高他们的生活水平。要多动脑筋培育财源，增加财政收入。"座谈会上，两地区的领导还就自己分管的工作畅谈了很好的思路。

3月16日呼和木独镇堤防所

上午白书记率雷特木尔、吕存蛇、王德义、杨仲新等领导沿国堤从堤防桩号22公里出发，经东红柳、福茂西、倒扬口、沙海子、红泥圪台马头湾查看堤防吃水情况，检查渗漏及各口界堵塞情况，并证实黄河开至三盛公大桥下38公

凌汛吃紧

里处,每秒流量为600立方米,杭锦旗境地设堤段安然无恙。

午饭后,白书记、雷主任在呼和木独镇堤防所的宿舍里开始学习"三讲"教育的内容。

白书记看的是《讲学习、讲政治、讲正气教育读本》,他一边看一边在重点内容下画上线,看完一部分又将部分重点打在电脑里。随行的记者看着白书记熟练地操作电脑,感慨地问:"你40多岁了,怎么接受新知识、新技术这么快?"

他一边打字一边笑着说:"逼出来的,需要写的内容太多,用手写费力费时,不得不学,现在我的水平不高,这不正在学习嘛。"

"做人要知不足,做事要不知足。做官要知足。"白玉岭笑着说,"我这是知不足和不知足的表现。"

我问他:"你在防凌一线读'三讲'内容,有何感受?"

他还是边操作边应答:"一是主动学习,效果明显。二是毛泽东的话,今天读起来有一种亲切感;邓小平的话读起来有一种超前感;江泽民的话读起来有激励感。回过头总结我们的工作,再读一读领袖的讲话,像'没有调查就没有发言权''实践是检验真理的唯一标准''讲正气,必须要讲纪律'等教导,真是放之四海而皆准的。"

雷主任看的是《江泽民论讲学习、讲政治、讲正气读本》,他牺牲休息时间写了1.6万字的读书笔记,他说:"在这里学习的效果不比家里差。"

我看了他们挤时间学习的劲头,听了他们切身的体会,心里便觉得沉甸甸的,一种厚重、深刻的思考油然而生。

防凌采记(二)

北岸吃紧总动员、南岸吃水话生产

3月17日呼和木独镇

上午北岸大套子村抢险告捷,1.5万多亩吨粮田,近3000口人、3000多头(只)大小牲畜险中度汛。

3月13日,大套子村300多米长的护村坝平均水位上升8寸,超过去冬封河水位,部分坝坡出现渗漏现象,而且水势不减,有处灌渠渠背受河水冲淘厉害,严重影响着18户人家的生命与财产安全。

旗委助理调研员贺志忠受指挥部重任,带领镇长韩玉光等5名镇干部立即奔赴现场,组织强壮劳力200多人,出动四轮车100多台,在村、社领导的大力协助下开始加厚、加高护村坝,同时清理冲淘地段。由于地未消通,取土十分困难,他们用炮炸、用镐掏,打破冻土层;用车推、用肩挑,加固护村坝。干部群众、男女老少,你催我,我喊你,你追我赶,热火朝天。水长一寸,坝高一尺。在渗漏塌坡地段,编织袋发挥了应有的作用,一袋两袋铺底,一层两层加厚，像做险工一样牢固，像筑长城一样卖劲，连续奋战3天，建起了一道"生命线"。

韩玉光告诉记者，今年在大套子村要实施四期农业综合开发的项目建设，凌汛过后要普遍加固护村坝，为老百姓解除后顾之忧。

下午，南岸呼和木独境地堤坝全线吃水，水势平稳，观察分析不会出现险情。白书记率有关领导先后深入镇离休老干部魏卜来家和巴音乌素嘎查牧民吉尔代家，调查了解他们的生产生活情况，共同商讨发展生产、改善生活的办法。

当白书记一行来到吉尔代家时，主人听说是旗委书记上门关心百姓生活，话匣子便打开了："我们跟前住着8户牧民，原来都在南面的沙里流动放牧。近几年大白柠条开始围封，一大部分草场沙化了，我们只好搬出沙外，门前是大沙梁、房后是盐碱滩，放牧没草场，种地没好地，生活过得紧巴巴的。"他指着用土坯砌墙盖的三间房子说："你看我这房子里面才抹了两遍泥，用电还是风力发电。"

主人的一席话说得白书记长长叹了一口气，说："中华人民共和国建立50多年了，沿河的老百姓还有没用上电的，而且是只距电源2公里的地方，我们有愧呀。"

说话间嘎查的支书也来了，白书记对镇党委书记杨仲新说："今天三大书记在场，我建议，就这一地区牧民的生存发展达成四点共识：一是群众筹集，镇政府支持，旗政府帮助，各拿1/3，今年解决通电问题；二是再挖一条支排，开发弃耕地，引导牧民种地；三是围封大白柠条，驱赶牲畜，采籽变现，增加收入；四是实行舍饲半舍饲措施，发展畜牧业，为生活提供保障。"满家人高兴地说："白书记不仅送来钱，更主要的是送来了温暖关怀，送来了发展的好思路。"

镇、嘎查领导表示，从18日开始规划，全面落实各项任务。

公路毁于一旦

防凌采记（三）

保护河头卖掉葵花买馒头

随白玉岭书记防凌，再次感受有堤防凌的甜头。只要没有险情出现，他便督查工作，指导生产，访贫问苦，现场办公。他的身影一会儿出现在田间地头，谈论种子工程、精耕细作、结构调整；一会儿出现在集镇街头，了解城镇规划、工商业发展；一会儿出现在农家牧户，调查减负增收、观念更新。他与农牧民或席地而坐，或盘坐炕头。谈工作如拉家常，待百姓平易近人，有人向他要烟抽，有人向他提出问题，他总是笑着给烟，语重心长，不厌其烦地讲政策、传信息。我们的记者不是跟他采访，而是接受他的教育。

3月17日 吉日嘎朗图镇

上午从乌兰宿亥出发，经黄芥壕—渡口村—羊场—五苗树—三苗树—光前—乃玛岱—苏布尔日格—碱柜堤段到沙拐子。白书记率张荣华、刘向伟、吕存蛇、王永明等县级领导会同盟水利局副局长王宽荣、旗水利局局长王德义及镇、段领导，全线巡堤，观察水情，并进一步落实了险段、口界的承包任务。

3月21日 乃玛岱村

乃玛岱村是全盟的小康文化村，全村有412户人家1260口人。走进这个村你会感受到到处洋溢着现代文明的气息，享受砖瓦房、彩电、摩托车、程控电话早已不是追求的目标，他们的思想观念、精神面貌发生了深刻变化，商品经济意识、市场经济意识明显增强。

这一天，全村的男女老少全部出动，开着四轮车，带上铁锹，拉上柴草，来到距堤防2公里远的黄河岸边，守护河头地。全村有1万多亩新老河头地，每年仅油葵一项收入就达400多万元。村子里的人心齐又勤劳，第一道防线失守撤离到第二道，第二道防线失守撤离到第三道，只要有一线希望，就要坚持到最后一刻。

今天的凌汛好像故意跟乃玛岱人作对，三道防线全部漫顶，6000多亩河头地被水淹没。白书记站在堤上，长长叹了一口气："这哪像河流，简直是海洋。"我问坝上的几位农民，这样深的水进来地里，春耕生产是否会受到影响。梅旺笑着说："影响是有，但是不大，因为这几年种玉米、种小麦的人家少了。"当我又问他原因的时候，他不加思索，一口气说了"三不如"："种小麦不如买小麦，买小麦不如买白面，买白面不如买馒头。种经济作物再不行，切上一块地头，也买两袋子馒头。"

他给我算了一笔账，种一亩小麦，成本是220元，收入是500元；种油葵成本是120元，收入是700元。我不知这账算得准不准，反正乃玛岱农民说："市场上需要什么，我们就种什么，什么能挣钱，我们就种什么。"

防凌采记（四）

夜战 119 闸

3月21日

下午，黄河流至永胜村境内，堤防全部吃水，部分河头地被淹，水位还在继续上涨，防凌一线的指挥官们心急如火。王德义观察后，郑重向指挥部领导说明险情的严重，同时发现119闸下八字南侧有排水穿帮现象，若不及时采取有效措施，将会给人民的财产造成损失。

白书记当场做出决定，立即组织抢险队员，加高北排水渠背，防止河水进入干渠堵塞穿帮流水，确保119闸安全。

命令发出后，已经是下午6点多了，镇党委书记杨建国、镇长李保荣分头与永胜村支部书记康子祥、村主任刘培荣组织全村强壮劳力60多人，进入抢险主战场。

永胜村的领导责任心很高，永胜村的老百姓防凌意识很强，不到半小时，50多户人家出动劳力60多人。因取土条件所限，只能有5辆四轮车参加拉土，刘村主任首先让自己的儿子开着自家的车上坝，他一口气分了4个组。装车的装车，卸车的卸车，拢土的拢土，踩压的踩压，用手电照明，用摩托车灯光照亮。没有投机取巧，没有偷工减料，没有指手画脚，只有挖土声、四轮车的轰鸣声和人们的吆喝声。

杨建国、李保荣亲自参加堵塞穿帮治理，他们和老百姓一样吃苦，打破冻土层垫进松泥土，垫一层踩一层，一直坚持到最后。

晚上12点水位下降，穿帮堵塞，抢险队员们说："记者先生让我们永胜村的农民上报纸吧……"

防凌采记（五）

找市场种特色，沿河的结构这样调

阳春三月，乍暖还寒。杭锦旗沿河地区已经是春潮滚滚。村民们掏粪拌粪沤粪，掏茬平地耙地，购种子、买化肥，打听种什么庄稼好。

随白书记深入一乡一苏木四镇，一边防凌一边调查农民的地今年怎么种，分析归纳有四大特点：

一、找市场、看行情，明白种什么。春播前，巴拉贡镇党委、政府组织种养大户到外地参观学习，达成的共识是"不找镇长，找市场"。今年全镇大面积压缩大田作物，引进覆膜山药200亩，7月初上市，亩产量4000斤，亩产值1600元。还有河套蜜瓜、西瓜、华莱士等经济作物，大棚蔬菜新品种示范种植，粮经比例调整到3∶7。

杭锦淖尔乡、独贡塔拉镇与包头糖厂、油厂等厂家签订合同，大面积种植蓖麻、芝麻、糖菜等适销对路的农副产品，从根本上解决丰收在地上、欠收在市场的矛盾。乡镇领导干部、群众不是坐在家里等市场，而是到外地考察参观，到工厂、公司上门寻找市场，形成了引导有保证、种地有方向的新格局。

二、重科技、引新种，知道怎么种。白书记所到之处，反复强调的一个问题是种粮食也好，种经济作物也好，发展畜牧业也好，关键的一点就是运用、推广先进技术，引进优良品种，这是农牧民增收的一项重要途径。他多次以阿门其日格乡乔喜高为例，证明科技是第一生产力。巴拉贡镇示范种植美国油桃、人参果、樱桃西红柿、彩色椒等，亩产值实现6万元。

呼和木独镇从宁夏购买回宁杞一号苗条，并专门邀请研究培育枸杞种植专家，实地进行技术指导，今年全镇计划种植1000亩。吉日嘎朗图镇全部淘汰不良品种，大面积种植"G101"和"新火"品种，同时以杨高清为榜样继续扩大甘草平移面积。白书记说："推广和应用优良种子，要形成示范体系，技术人员要到田地间指导作业,真正让老百姓尝到'种子工程'的甜头。"

三、选特色、作对比,力争少种多收。实践证明,"传统农业饱肚,特色农业致富"。沿河地区人多地少,在有限的土地上提高单产的数量和效益,这是人们共同关心的问题。

巴拉贡镇大棚里面种人参果,0.5分地一季度收1000元,相当于大田1亩的全年收入。呼和木独镇方青子种小杂粮1亩地收入比种玉米高出3倍,他说:"瓜葫芦菜豆子,误不住挣回大票子。"农民不能小看小钱,小钱积累了就是大钱。刘进财庭院里面种果树,年收入1万元。

白书记说:"特色种植就是为了适应不断变化的市场,不管你种了多少,赚钱是目的,杭锦旗的特色种养业刚刚兴起,这是解放思想的成果。"

四、重实际、合本地,扬长避短。产业结构调整,不能一哄而起,"庄户人不用问,一家做甚都做甚",还是传统农业。应该是根据土壤、气候等各种条件,因地制宜,扬长避短。"你有我有全都有,果实臭在地里头",这是教训,我们提倡的是:你有我优,你优我特。杭锦淖尔、独贵塔拉种枸杞,巴拉贡就种山药;吉日嘎朗图种甘草,呼和木独就种蓖麻。各地有各地的地理条件,一切从实际出发。

白书记说:"沿河地区的种植业结构调整,要紧紧围绕市场,出去看、回来干,种新的、种奇的、种特的、种杂的,逐步走上产业化的路子。"

第三节 咬紧牙关也要把电搞上去

要想变先上电,没有电就不能变,电是发展旗县经济的基础。没有电,杭锦人只能在"黑暗"中摸索,上电就是解放生产力,因此杭锦旗想尽千方百计、诉尽千言万语、动员千家万户,一定要把电力基础设施搞上去。　——白玉岭

7000多农牧民翘首以待

1996年的岁末年初,政府旗长白玉岭冒着零下17℃的严寒,深入到阿拉善、伊克乌素、浩绕柴达木等苏木,对"阿—伊"35千伏输变电工程进行了实地考察,并慰问了冒着严寒坚持在施工现场的电力工人们。

"阿—伊"35千伏输变电工程是杭锦旗1996年投资的规模较大的重点建设工程,总投资671.5万元。这一工程关系到伊克乌素苏木7000多位农牧民的通电问题。因此,旗委领导十分重视这项工程的建设情况。但由于资金只到位220多万元,影响了工程的进展。

旗农电局出面向原料厂家赊欠电料、器材,目前工程已经完成总工程量的90%,伊克乌素变电站土建工程已经完成,阿拉善到伊克乌素35千伏线路已经全线架通,全程共45公里。

白玉岭同旗农电局项国臣局长一起沿线考察了工程建设情况,并星夜兼程赶到伊克乌素苏木现场拍板落实资金30多万元,解决了工程的燃眉之急。

1996年年末,伊克乌素苏木7000多位农牧民翘首以待的阿拉善—伊克乌素35千伏输变电工程建成,解决了伊克乌素苏木和鄂托克旗公其日格乡的用电问题。

向自治区50周年大庆献礼

自治区提出了1997年50周年大庆前,必须彻底消灭无电乡苏木的任务。杭锦旗仍有6个无电乡苏木,占全盟无电乡、苏木总数的一半以上。因此,这一重任迫在眉睫,白玉岭向上级电力部门立下了军令状。

1997年6月8日,白音青格利110千伏T接变电工程顺利建成,完成了图古日格、巴音补拉格、塔然高勒3个苏木乡的通电任务。

6月12日伊克昭盟苏木乡通电暨白音青格利变电站落成,当日盟委、行署在杭锦旗白音青格利举行庆典，隆重庆祝全盟苏木乡提前20天完成了在自治区50周年大庆前乡乡通电的任务。

农电事业的快速推进，有力地推动了全旗经济的振兴。过去的杭锦旗，除了沿河地区外，基本上没有水浇地，农民靠天吃饭。如今，水浇地逐年增加，已达到人均1亩。1995年全旗共打机电井456眼，1996年522眼，1997年312眼，增加灌溉面积2万多亩。广大农牧民借助电的威力，增强了农牧业的抗自然灾害能力，为实现农牧民的脱贫致富奔小康创造了条件。

电力建设的发展，同时也促进了乡镇企业的大发展，改变了过去开发境内自然资源只能望电兴叹的局面。沙柳切片厂、米面加工厂、农副产品加工厂、造纸厂、甘草加工开发基地等一大批新兴的乡镇企业如雨后春笋般地涌现出来。

尤其令杭锦人兴奋的是，由于有了电，使得伊化、亿利两大集团利用丰富的盐、碱、硝资源新上了一批大项目，开拓了全旗的财源，使全旗的财政收入翻了几番。

1989年，全旗财政收入仅为400万元。1998年，全旗财政收入达到7400万元，9年增加了7000万元。农民人均纯收入由1989年的560元提高到1998年的1500元，这不能不说是一个奇迹。

电力功臣二三事

扭转杭锦电力状况的是项国臣，被白玉岭称为杭锦旗的"电力功臣"。

20世纪60年代，他同旗委书记奇治民骑马驮着行李下乡调研，踏遍了全旗梁外、沿河的沟沟汊汊，取得了旗情的第一手资料，为当时旗委、政府的决策提供了科学依据。

项国臣最踏实的是自己有机会给杭锦旗做了四件事。

第一件事，1966年他被提升为旗委办公室副主任兼昌汉白电力扬水站建设领导小组副组长。在最困难的"文化大革命"期间，他把昌汉白扬水站机电设备落实到位，并与巴彦淖尔盟签订供电300千瓦的合同，使扬水站顺利建成。保证了从梁外迁移到这里的2500多位农民的7000亩农田的灌溉问题，移民的生存得到了保障。

第二件事，1970年他调任杭锦旗农机厂厂长。他刻苦钻研，埋头苦干，领导农机厂一班人造出了全盟第一支半自动步枪和手榴弹，他和工人们亲手制造的东方红55型拖拉机水泵，代表中华人民共和国出口赞比亚、坦桑尼亚等国；杭锦旗农机厂成为当时全旗规模最大、全盟效益最好、知名度最高的企业。

第三件事，电力项目建设。1976年南干渠断流，独贵塔拉地区3个公社农业灌溉出现了危机，因此，旗委确定由黄灌改为上电解井灌方案。开始时上电项目由杭锦旗公交局负责攻关，跑了半年无结果，后旗委决定由项国臣负责该项目上电的前期工作。1977年，内蒙古自治区计划委员会批准立项。项国臣作为"乌—独"输变电工程副总指挥身先士卒，亲自参与工程立塔、架线施工。这项自治区重点工程在1979年9月14日全线畅通投入运行。

进入80年代，全旗仍有18个苏木乡8万多农牧民生活在油灯下。杭锦旗是全自治区无电苏木乡最多的一个旗。1959至1988年2月，作为全旗政治、经济、文化中心的锡尼镇，一直是用柴油机发电，像蜗牛般地运行了28年。

杭锦旗在研究上电问题时就有一些领导反对，说："牧民有肉吃有酒喝就行了，上电有什么用？"还有的人说："杭锦旗花几百万元上电有什么用呢？花上10万元用柴油机发电就把锡尼镇的用电解决了。"结果内蒙古自治区计委为杭锦旗批准列了项的"独贵塔拉至锡尼镇输电工程"被放弃了，使杭锦旗失去了一次电力建设发展的机会。

1984年9月，"独—锡"110千伏输变电工程建设工地开工，项国臣被委任为工程前期工作的技术主要负责人，从规划、勘测、设计到施工、调试、投运，他都倾注了全部心血。这是一条105公里长的输电线路，它将跨越大小11条河流，横穿库布其沙漠，这是全旗23个苏木乡实现通电的主动脉、枢纽工程，也是当时全自治区施工难度较大的重点工程。为计算这条线路，项国臣磨烂了两台电子计算器，写出近10万字的规划、勘测、设计报告。

1986年，旗委任命项国臣为农电局副局长，他被破格晋升为电力工程师。

1987年7月，锡尼镇至阿拉善庙35千伏变电工程又上马了。项国臣是主要设计人之一，在盟局指导下，从勘测设计到施工管理都是亲手操纵、亲自实施。为了早日贯通"锡—阿"线，为开发阿拉善地区丰富的芒硝、盐、碱资源提供充足的电力，他们仅用1个月的时间就完成了设计任务。

阴历十月正值隆冬，线路勘测组实地勘测。他们早晨出工，晚上10点多才能归来，中午吃几把干炒米、咬几口干烙饼就接着工作，有时晚了，就住在当地牧民家里。经过8个月的奋战，在数九寒天，保质保量完成了线路勘测任务，"锡—阿"线全线贯通，经有关部门严格验收，各项工程质量全部达标。1988年7月，一次启动成功，该线正式投入使用。第一化工厂、第二化工厂、盐场等几个厂家的电源有了保证，生产成本降低了，利润上去了，每年为国家上缴利税近1000万元。为此，直接为化工基地服务的阿拉善变电站受到了自治区农电局的表彰。

1993年，杭锦旗擂响了"电力扶贫工程"的战鼓。旗委、旗政府经过慎重考虑，将这一重担压在了项国臣的肩上。

1993年12月10日，建成磴口—巴拉贡35千伏输变电工程，为巴拉贡地区工农牧业发展奠定了基础，使沿河百万亩商品粮基地，沃野千里喜丰收。

革命老区四十里梁乡、胜利乡、阿门其日格乡，中华人民共和国建立40多年来，山河依旧，老区人民仍然在用油灯。1994年底为保证胜利、四十里梁、阿门其日格几个乡早日上电，项国臣东奔西走，左右求援，争取到了内蒙古计委批准的锡尼—古城梁35千伏输变电工程于1994年列项建设。1994年农历腊月二十八，项国臣带着工人在现场勘验最后一道工序。这年老区人民在明亮中过了他们最好的一个年。

1995年初，为保证"呼—吉"10千伏82千米线路正式开通，项国臣又带领勘测队在吉乡、永胜、格更召3个乡进行了半个月的勘测、定位。

1995年8月18日，建成巴拉贡—呼和木独35千伏输变电工程，实现了巴拉亥、呼和木独两个苏木乡的用电宏愿。

1997年6月8日，建成白音青格利110千伏T接变电工程，完成了图古日格、巴音补拉格、塔然高勒3个苏木乡的通电任务。

1999年建成独贵塔拉—吉日嘎朗图35千伏输变电工程和碱柜35千伏T接变电工程，解决了中沿河地区的用电问题。

项国臣与农电结下了不解之缘。从杭锦大地耸立起第一根35千伏线路电杆到建成第一座35千伏变电站，从11万千伏工程建成投运到锡尼镇结束无高压电的历史；从电力工程的设计、规划、施工到接火，项国臣都是参与者、指挥者、建设者。从1979年"乌—独"线路的测定到"独—锡"线路的全线贯通，直到1996年9月10日全旗17个乡苏木镇实现通电为止，项国臣和他的同事们选线、定位、打桩、巡线所走过的路程足可以绕地球一圈半。几年间，在项国臣的努力下，旗农电局一共争取到7000多万元的投资款。

第四件事，1997年时任杭锦旗政协副主席兼农电局长的项国臣又接受了天然气勘测任务。这个项目的难度不亚于上电。项国臣带领着他的团队到四川、陕西等地考察，走内蒙古、进北京争取项目，邀请全国各地知名专家考察论证，与"三普"、中石化等公司多方协调，经过7年多艰苦细致的努力拼搏，行程几万公里，终于于2003年从乌审旗大牛地引来了天然气，使锡尼镇人民用上了天然气。

项国臣退休后，到了杭锦旗革命老区建设促进会任副会长兼秘书长。他通过调研，发现老区人民种地买不起变压器，仍然用柴油机抽水浇地。于是他与伊泰集团联系，争取到300万资金，为老区9个嘎查上了90台变压器，解决了老区人民的困难。

全旗有了电，插上了腾飞的翅膀，推动了各行各业的大发展。1987年全旗用电量只有133.7万度，到了2013年达到了3亿度。旗财政收入1987年只有463.7万元，到2013年达到了13.5亿元。

第四节　老杭锦看新杭锦

刘玉祥，1936年生，杭锦旗独贵塔拉茫哈图村人，1983至1988年任杭锦旗委书记。

刘玉祥自退休后，6年未回杭锦故乡，唯恐打扰时任领导。但他的心中，时刻涌动着浓浓的思乡之情。2000年11月20日，他应旗人大常委会的邀请，参加人大常委会设立20周年庆典活动，于是回到了阔别6年的故乡。

这次回乡后，刘玉祥感慨万端，激动不已。而所有的情愫源于一点——家乡的巨变。

几天中，通过参观和听介绍，他的心情久久难以平静，急着想把心中的话、见到的事一吐为快，以畅叙6年来的思乡衷肠。

汇于笔端的情，是对家乡的爱。在这篇朴实无华的通讯中，我们读到的是一个老杭锦人眼中的新杭锦，看到的是新杭锦的希望之光已辉映大地。

在这篇声情并茂的文章前，附上了刘玉祥给旗人大常委会主任达木林写的一封信。

达木林同志：

您好！

我从家乡回来，久久不能平静，家乡太好了！家乡新事太感人了！于是就避开报纸上已经报道的事迹，我从一个观感的角度，以讲故事的手法写了一篇通讯。不知有无价值，叙述是否恰当，报社采纳与否，请您审视后同有关领导、新闻媒体的专家做探讨与修饰，无价值即可废掉。如有作用，我还想做连续报道。

原杭锦旗委书记刘玉祥在东胜家中

当否请明示!

敬礼!

刘玉祥

1月5日

旧貌换新颜

　　我生在杭锦旗,工作在杭锦旗,是杭锦旗这块热土养育了我。我对这里的一山一水、一沙一梁倍感亲切,经常思念不已。梦中常常被过去的一幕幕往事所惊醒,脑海里经常闪现着与父老乡亲朝夕相伴的情景。虽然家乡处在库布其沙漠腹地,水涝旱灾连续不断,自然条件很差,乡亲们的日子也过得很穷,是全国有名的国贫旗,但儿子不嫌自家穷,总感到家乡好、家乡的人好。连那漫遍全旗绵延不断的沙巴拉也是可爱的,它伴着杭锦儿女一代又一代熬过无数个春秋。自己身上乡土气息极浓,所以日夜思念家乡,盼望家乡好起来、富起来是很自然的了。

听说杭锦草原这几年变得多,很想见见。但唯恐打扰时任领导的精力,故退休后6年多没有回去过。2000年11月20日是旗人大委员会设立20周年纪念日,我应邀回去参加庆典,看到家乡在短短6年中的巨变,令我喜出望外。百闻不如一见,一见感慨万千,浮想联翩,欣然提笔,略叙旧地重游的感受。

往事越千年

杭锦旗穿沙公路修通了。我在各大新闻媒体中看到过几次,家乡来人也讲过。自己感到惊奇,也有疑惑:那么大的沙漠,杭锦旗能参加修路的不过就那么几万人,经济又那么困难,怎么能在短时间内修通这样难度大的路?耗资1亿多,令人难以想象。这次回乡之前就下决心:什么都不看,也要看一看穿沙公路这一名扬全国的奇迹!

旗里各位领导也许猜透了我的心思,所以于庆典完毕后我由人大常委会主任达木林、旗长助理白永学等同志陪同,驱车到穿沙公路走了一个来回。他们分别是穿沙公路的总指挥、副总指挥、指挥。一路上他们讲述了怎样想到修穿沙公路,怎样同这个世界出名的大沙漠拼搏,怎样排除修穿沙公路的无数艰难险阻,以及各族干部、群众、英雄模范支持参与修该公路的感人事迹。不到3个小时就从锡尼镇到独贵塔拉走了一个来回。

我激动不已,对同行者连声喊:"奇迹!奇迹!"可没等怎么看就结束了,其中的奥妙还没有领会,我觉得太快了,就要求再消化一下。陪同的同志劝道:"人上年纪了,天又这么冷,就不要再看了。"同志们的劝说,我当然不能不听,但亲眼看到这个真实的奇迹,心情是无法平静的,扪心自问:"为什么你不敢想的,在年轻人手上就办到了？"修路中的可歌可颂的英雄事迹，报纸上、电视上我看到不少，由此引起的思考令我回味无穷。库布其在杭锦旗这一段的大沙漠艰险凶恶，是无法制服的肆虐黄龙，我是同它打过多年交道的。自古以来，人们就视它为冲天吞地夺人生命的"天降妖魔"，它可欺人，人不可降它。脑海里，这个"黄龙"捉弄人的故事一个接着一个翻腾起来，往事交叠，说不完道不尽。我个人和同事有几次被这大沙漠捉弄过，险些被开了生命的玩笑。

西起甘珠庙，东至乌兰伊利更召，这段沙漠的确险恶神奇，都是拉骆驼式的明沙。沙峰一个接一个，一个比一个高，就像汹涌的海浪，后浪推前浪。没到过的或不熟悉的人，没有向导是不敢行走的。日军打到沙日召时，这里的群众就逃到库布其沙漠里躲避，日军的汽车进不去。赛音乌素天盖巴拉的野牛，原是黄河北岸牧民的。那里生长着茂密的红柳，日军放火烧了这里的森林，牛被逼趁黄河封冻时逃进赛音乌素大沙漠。那里有些巴拉尔长着芦草，牛可生存，年久不见人，家牛就变成了野牛。人和牛到库布其沙漠里躲避日军的侵害，说明这沙漠险恶，足以抵挡日军的进犯。这也可以说是库布其沙漠唯一的功劳。

沙漠里，人行走艰难，就是骑骆驼、骑马到这大明沙里，也得下来牵着步行，前腿迈出，后腿全陷入沙里；后腿拔出，前腿又陷入，像走泥潭一样的爬行，比爬山峰难得多。据说历史上就有爬不过去的人，冻死、渴死在这沙漠里。我就亲身经历过在穿越沙漠时生命受到威胁的险境。

第一次是1953年的元月，我同专改干事杨子荣骑骆驼，到沙漠腹地的第五区公所报到，因找不到牧户，只好连夜往前走。天也冻，一天没吃没喝，实在挣扎不行了，骆驼也走不动了，就高叫起来，一牧户的狗同时也叫起来。顺着狗吠声走到牧户家，我们冻得只会笑，说不出话来。牧民说："你们怎么敢冬夜里走这大沙漠？算你们命大，再往前没人家了,能有你们的活头吗?"我们听了很后怕,杨子荣不久就自动离开区里回家了。

　　1957年夏季,我同高乐副旗长骑马到独贵塔拉下乡。应该说,从旗里到沙日召湾走过多次,凭经验看粪蛋蛋走是没错的。谁知头天刮过大风,将粪蛋蛋刮散了,结果跟着粪蛋蛋走,却走偏了路,进了西北面的大沙丘,怎么也走不出去。到下午2点多,人和马又渴又累,再也走不动了,二人就坐在最高的沙丘上眺望,看有没有行人救我们一命。

　　等到下午4点,突然望见从西南方向走着一人,我们就大呼救命,那个人走到我们跟前,一问才知是到沿河倒场的牧民,他叫生格巴图。他听说我们是干部,走错路了,又看我们舌头发僵,就拿出他带的水让我们喝,并叫我们不要动,他到东面找人来寻我们。过了一阵,牧民赶着两头毛驴来了,拿着水让我们的人和马喝。然后,让我和高副旗长骑毛驴,他牵着马,从南下去,又拐向东,找上低沙丘的

大沙北段

路,再向北行。太阳快下山时,牧民把我们送到第三区公所。同志们怪我不会看山势向正北走,粪蛋被风刮乱,应当看乌拉山山势走,定不会走错。那时我们没这个经验,经历了一次大危险。

1958年以后,到沿河下乡要坐汽车到东胜转包头,从包头坐火车到站下车,再步行到渡口,坐船到南岸,再步行到要去的公社。"文革"后分别修通了毛布拉孔兑到杭锦淖尔、锡尼镇到吉日嘎朗图的2条简易公路,勉强能坐汽车到沿河各乡苏木。但也是3天通2天不通,有时同样会遇到沙阻车不通的艰难险阻。

1985年,我坐小车从杭锦淖尔回旗,走在孔兑沟,因久旱,下湿路也变成干沙,车稳住走不了。我们前拉后推,折腾了4个多小时,车上的水箱也干了,人也再无力推了,口渴得要命,只好弃车而走。步行了30多里,到大塔才碰到了脏水坑,我们饱饮一通才算换过气来。如果找不到这个脏水坑,4人的性命安全也是很难想象的,所以人们有时把大沙叫"死亡之海"。

1986年,架110千伏高压线路时,我们提出从乌拉山直通锡尼镇,专家们说不行,通不过去,只能绕走现在的线路。当时要是有人提出修穿沙公路,我首先是不敢干的。因为平地的沙化都难以治理,种上树不是被风连根刮起,就是被沙埋掉。住户常常被沙逼着一次又一次地搬家。应该说我和我的前任领导同风沙灾害斗争几十年,年年种树、种草、种柠条、修水利,治理沙化耗尽了心血。全旗种起了柠条100万亩,人工种沙柳、种树70万亩。阿门其日格变成了沙柳绿洲。胜利乡成了有名的柠条之乡,那里乡领导王占文、冯跃华、郭巨才、王治国、杨成森、张振荣等都是带领群众治沙的功臣。但就全旗整体而言,库布其沙化的速度远远超过了治理的速度。

可是到了90年代中期,随着改革开放的深入,杭锦人解放思想、更新观念、不畏艰险、敢于拼搏,大胆向库布其沙漠发起攻击战,"明知山有虎,偏向虎山行"。沙丘再高也没有高过杭锦人的精神,沙漠再大也没有大过杭锦人的凌云壮志。

1996年，杭锦旗新一代领导人率领全旗13万人向库布其沙漠宣战了。经过2年的奋战，终于让沙海低了头。一条笔直的柏油路，像一把利箭，直穿库布其沙漠的心脏，更像一柄快刀，将库布其沙海拦腰斩断。百公里长的沙海，原来一天也难以到达的目的地，现在1个小时就到了。

我担心的防护问题，也不在话下。筑路大军的指战员，早已戒备森严。公路两旁的护路网障和已种活的林草密密麻麻，真可谓步步为营、严防死守，生怕"沙龙"突然袭击。说来也怪，沿途原来十几米高的大沙丘看不见了，不知是被铲平了，还是被撵跑了。远望几里外的大沙丘，站在那里动也不动，也不知是不敢来了，还是怕得不会动了，总之是不来威胁公路的正常通行了。护路勇士们说："这两旁都打机井，种上护路林草都能浇灌成活，再过1年，这里就成绿洲了，西面大沙丘也不会过来了。"我心里高兴得不知如何是好。

随同前行的各位指挥员，又详细地向我介绍了这条路对国计民生、发展经济，对杭锦旗脱贫致富的重大意义、作用以及营运效益。听后都令人振奋。至多10年就能收回投资，确实是个奇迹。一些大企业、个人从战略角度出发，将这条路花巨资买下。大小企业家是无利不干的，无效益是不会花巨资购置的，由此也可看出穿沙公路的营运效益。

我听了、看了，心情异常激动。我看到了家乡人可贵的穿沙精神，更加看到了家乡美好的未来。激动之余，我虽不会写诗，却即兴写了一首打油诗：

神蛇穿过南北，沙海变通途。家乡英雄辈出，大漠显奇迹。

再现穿沙精神，登世纪高峰。脱贫路在望，杭锦定变样！

沙漠探险

第五节 功崇惟志 业广惟勤

穿沙公路建设总指挥部是穿沙公路建设的组织指挥中枢，在整个建设过程中，指挥部的领导们对一些问题进行了思考，其中不乏一些可圈可点的经验和启示。

一、解放思想、大胆决策是事业成功的先决条件

穿沙公路是杭锦旗和伊克昭盟地区的交通要道。由于杭锦旗地理类型的特

殊性，沿河区与梁外区被库布其沙漠阻隔，虽属一旗境内但缺少互补。故很久以来，人们就认为从梁外到沿河穿越库布其沙漠应该有一条路。但是世界上应该有的东西成千上万，只是由于各方面条件的制约难以如愿以偿，穿沙公路更是如此。环境差、财力弱、风险大是穿沙公路迟迟不能诞生的原因之一，而更加客观地讲，其真正的原因还在思想观念之中。

不是吗？我们现在修通了穿沙公路，依然是在环境差、财力弱、风险大的条件下实现的。当然任何事情都离不开现实的连续性。穿沙公路过去没有修现在修了，不能一概地说现在的人比过去的人能耐大；现在修成功了，也是在过去为之做出努力的基础上的一种必然结果。人们思想观念的转变和解放也是一个逐步的过程，只是现在思想解放达到了一定的程度，就像庄稼那样，由下种、锄草、施肥、灌溉、生长到成熟，前后有其必然联系。虽然如此，不管怎么论述，依然是只有思想解放，才敢大胆决策；只有大胆决策，才有实施和成功的可能。

回想当初，如果不是区、盟、旗三级领导思想解放、大胆决策，就不会出现穿沙公路的成功，就不会出现"大漠奇迹"，所以说解放思想、大胆决策是事业成功的先决条件。

二、指挥系统最重要的作用是审时度势、出谋划策

穿沙公路是一项浩大的工程，在施工过程中，随时随地会出现一些难以预料的问题，这就要求指挥系统必须审时度势、出谋划策、排疑解难、制定正确合适的施工方案，方可确保工程的顺利进行，否则死搬教条、穷于谋划，事业就难以取得成功，下面列举几个例子加以说明。

例一：穿沙公路是集筑路、治沙于一体的综合工程，工程建设难度大，难就难在这里，先筑路还是先治沙，不了解实际情况的人，可能随口会说："先筑路就先筑路，先治沙就先治沙，怎么干都可以，有何讨论的必要？"事实上情况远没有这么简单，如果先筑路后治沙，路就会被沙毁，先治沙后筑路重复

劳动怎么办？指挥部断然决定筑路、治沙同步进行，资金问题采取一赊二欠三要的方针解决。

例二：穿沙公路治沙工程由于环境恶劣、条件艰苦、资金缺少，进度十分缓慢。从1997年8月初开始制作沙障，几百人苦干2个月，仅仅完成不到1000亩的任务。按照原定计划如果当年秋季完不成1万亩，路是无论如何也保不住的。怎么办？时间已经进入深秋季节，气候恶劣的北方地区已经大风初起，如不采取强有力的措施抓紧时间加快施工，前功尽弃是必然结果。于是指挥部当即决定动员全旗力量开展治沙护路大会战。通过半个月的万人会战完成沙障面积1.3万亩，有效地保护了公路建设成果。

例三：大会战是众多群众集中劳动的生产方式，如果组织不好，其结果就是劳民伤财，起不到应有的作用。"大跃进"时期的人海战术就是沉痛教训。自从土地承包制度推行以来，人山人海的大会战搞得不多，即使搞了些，大多也是农田水利建设方面的，治沙会战是前所未有的，怎么组织无任何可借鉴的经验。有些同志建议，把群众动员上去，然后组织一个材料供应组专门收购供应材料，大伙各尽所能干一段时间即可。指挥部通过认真分析研究，认为这是一个吃大锅饭、职责不明确的方案。弊端有二，一是集体组织供应材料，难把材料数量关，势必造成资金流失浪费；二是任务不落实到位，难以达到预期目标。

针对这种情况，指挥部当机立断，决定指挥部对材料组织收购不直接计量，只按所设沙障实际面积丈量验收结果计算材料数量。并把任务分配落实到村嘎查社、各机关单位，然后进一步落实到农牧户、职工干部，这样就完全避免了"大跃进"时期责任不明确、不讲效益、漫无目的的人海战术式的劳民伤财，确保了大会战任务保质保量完成，达到预期目的。

由于指挥部的审时度势、出谋划策，使穿沙公路取得良好的建设效果。

挺进库布其

三、实践方能出真知

修建穿沙公路最初目的是解决交通问题，更具体地讲主要是为解决化工基地的原料与产品运输问题。当初搞治沙工程也只是为了护路，完全处于被动状态。但是在护路治沙中，我们却奇迹般地发现，曾被人们称为死亡之海不可治理的库布其沙漠，地下水资源丰富，适宜植物生长，是完全可以治理的。我们所采取的"先死后活"的治理办法，先设死沙障，后种树种草的做法，竟产生了出人预料的奇特效果——我们治理过的地区都绿起来了。

实践使我们的思想更加解放，使我们的思维更加开阔。于是我们突发奇想，产生以穿沙公路为轴线向两边拓展建设百万亩生态试验示范工程的设想。我们的思路是想通过这一工程的建设，达到两个目的，一是取得库布其沙漠治理的经验，为全面整治库布其沙漠奠定基础；二是取得库布其沙漠治理的初步成果，以此感动"上帝"，把国家生态建设的注意力吸引到我们这里来，得到

滑沙

上级对我们的支持,实现向库布其沙漠要农田草牧场的夙愿。综上所述,我们建设百万亩生态工程的设想,完全是在实践中逐步产生的,不是头脑中固有的,这符合辩证法的物质决定意识原理。如果说穿沙公路是一列单轨列车的话,那么,百万亩生态建设工程的设想与穿沙公路共同构成一列双轨列车。双轨列车前进的速度将会大大加快,运行的效益将会双倍增加。

四、全社会的支持是事业成功的原动力

穿沙公路建设取得了筑路治沙的双重胜利。在我们总结取得胜利的原因时,首先想到的是杭锦旗的干部群众如何顽强拼搏、艰苦奋斗、不屈不挠,细细想来,尚有一个重要的原因,那就是全社会力量的支持。

祖祖辈辈以来,人们就认为库布其沙漠中应该有一条通道,但千古夙愿未成现实,除思想观念的原因之外,就是缺乏财力。回想穿沙公路开工时的情景,问题就非常清楚了,上级党政及各有关部门、企业、单位从决策上、精神

胜利会师

上、财力物力上给予了全方位的支持，仅有的40万元启动资金，还是有关部门提供的。

穿沙公路完成总投资4600多万元中，除杭锦人集资、投料投劳投入1000多万元外，其余缺口均依赖上级解决，目前已逐步得到落实。事实胜于雄辩，穿沙公路建设的全过程中，无时无地没有离开全社会的支持。坦率地讲，如果离开社会力量的支持，穿沙公路别说是取得这么大的建设成果，就连起步也难以做到。

五、取得社会的支持是有条件的

在穿沙公路的建设中，我们得到了社会方方面面的大力支持。然而，得到社会的支持并非轻而易举，而是有条件的。从1992年开始我们就提出修建穿沙公路的设想，几年来在认真抓好前期防风治沙工作的情况下，积极筹措建设资金。在筹资问题上，我们煞费苦心，编制了可行性研究报告，然后拿着报告四处奔波，向上级党政汇报，向有关部门争取，向银行申请，但收效甚微。我们原来的设想是先争取建设资金再实施工程，可是我们想得太简单了，我们的筹资愿望一直没能实现。

在施工过程中,我们邀请国家、区、盟领导人来参观,知名度逐步提高,社会上对穿沙公路的了解也在逐步加深。在这种情况下,我们争取资金就容易多了,贷款、专项投资、补贴,多种渠道同时开通,相当数量的资金得到落实。这期间刘明祖书记等自治区领导及各有关部门领导先后来杭锦旗视察并协调落实建设资金。

前后对比,我们深深感到,干与不干不一样,只有自己先运作起来,先干出一些成绩来,展示在世人面前,才能感召人民,感动"上帝",才能得到应有的支持。总而言之,正如刘明祖书记所说的:"你们先干,干起来会得到支持。"修穿沙公路是这样,干别的事又何尝不是这样?

六、干是解放思想最有效的途径

穿沙公路修成之后,杭锦旗的各项建设出现了前所未有的日新月异的良好局面。之所以会这样,得益于杭锦人的思想大解放,而杭锦人思想大解放又得益于什么?可以肯定地说,杭锦人思想大解放主要得益于穿沙公路建设。在未修通穿沙公路之前,绝大多数了解杭锦旗情况的人特别是杭锦人,认为穿越库布其沙漠修路纯属胡思乱想、异想天开。连穿沙公路建设总指挥部的常务副总指挥,在早先时候尚认为在库布其沙漠中修路前途未卜。他们有的在沿河地区长大,因沿河到梁外没有公路,为了上学,在童年曾徒步穿越库布其沙漠,对库布其有一种刻骨铭心的恐惧和神秘感。

邓小平同志说:"任何事情不要评论,不要辩论,可以大胆尝试,大胆地闯,要敢冒风险。"杭锦旗正是在邓小平理论的指导下,一举干成穿沙公路的。穿沙公路干成了使杭锦人的灵魂得到了震撼和洗礼,从此我们认为像穿沙公路这样艰巨的事情,还能奇迹般地干成了,别的事还有什么干不成的?所以,打机井、上网电、修公路、埋光缆、建宾馆、整街道、挖排干、筑堤坝掀起热潮,特别是一些艰巨工程,多少年来没能动工,现在干成了!为什么能这样呢?穿沙筑路使杭锦人的思想观念发生了质的飞跃。"把人们从远古拉回到现实中来了。"

由此我们得到一种真切而强烈的感受——干是解放思想的捷径,干是解放思想的妙法,干是解放思想最有效的途径。

第六节 精神财富大于物质财富

西部大开发的号角吹遍了伊克昭盟的角角落落。进入新千年,盟委书记几

心情飞跃

"越野世界·越野江湖牧马人车友会"在杭锦旗夜鸣沙旅游区举办

次谈到了解放思想。

书记讲到了穿沙公路的建设。穿沙精神是伊克昭盟人民宝贵的精神财富,是旗萃、是盟萃。当年他曾驱车爬上60米高的大沙丘,车轮左偏差点翻车,但他还是毅然敲定修穿沙公路,可当时,没有一分修路钱,但他敢这么做,那是解放思想的结果。越穷的地方,就越要解放思想,我们要干,放开手脚地干,干着干着时机就会成熟。我们要发展,就不怕打烂什么坛坛罐罐!我们杭锦人民没有什么可怕的,要解放思想,既然我们没有负担,就应有敢问苍茫大地谁主沉浮的气魄和跳到黄河心不死的精神。

在谈到具体实施问题时,书记说:"杭锦旗的立地条件差,自然环境相对恶劣,建设发展困难很多,但是杭锦旗的干部群众不甘落后、不甘现状,而是自加压力奋力拼搏。人家是不见黄河心不死,你们是见了黄河也不死心,在惊

"越野世界·越野江湖牧马人车友会"在杭锦旗夜鸣沙旅游区举办

涛骇浪中扑腾了几下，就找到了一个'救生圈'。"

书记说："在实践中要继续进一步解放思想，敢于往大想、往远想、往大干，越干越会干，越干越能干，越干越敢干，瞅准了就干，不要去争论，事情做成了，会有人支持，机遇和东风就悄然走近你的身旁。相反，不去想、不去做，一切都没有了，有些机遇是提前预想不到的，在这一点上你们有很好的先例，应该说尝到了甜头，穿沙公路的修建，亿利A股的即将上市，都已经证明了这一点，你们确实是用干来感动'上帝'，用干来凝聚人心，用干来解放思想，用干来争取机遇。"

书记特别强调，要一如既往支持伊煤、伊化、亿利三大集团在杭锦旗的发展壮大，要不断培育新的集团成长，大力扶持建材、粮油等集团快速扩张，大小企业一起抓。有大没小没基础，有小没大没力量，要构筑自身，培育企业的

穿沙精神永放光芒

融资能力、竞争能力。市场经济就是搞竞争，效益是竞争出来的，只有竞争才有活力，市场在哪里？在全区、全国、全世界，希望我们的企业在市场竞争中立于不败之地。他号召要大力弘扬穿沙精神，要把穿沙精神的内涵和实质再提炼、再宣传，使穿沙精神进一步发扬光大。

穿沙公路修通了，杭锦人以大无畏的勇气在西草地上写下了一个顶天立地的"人"字，挺起了自己的脊梁，杭锦人民世世代代的梦想在这一代人手中变成了现实。

穿沙公路是一条创新、协调、绿色、开放、共享之路，不但沟通了梁外和沿河的交通，使沿河商品粮基地与梁外牧业基地连为一体，实现了农牧互补，而且使沙区的扶贫工作从单纯的救济向开发型转变，也为精准扶贫铺垫了基石，为伊泰和亿利集团在杭锦旗的项目区经济发展插上了腾飞的翅膀，有力地改变了库布其沙漠的生态环境，为全区、全国、国际治理沙漠提供了可借鉴的成功经验。

穿沙公路与万里长城一样，以其雄伟的气魄、浩大的工程、人与自然搏斗的英雄壮举驰名中外；更以其景点相连、民族风情浓郁、征服沙魔的气概誉满神州大地。当人们踏上穿沙公路，恰似进入了人工雕塑的艺术殿堂，让人情不自禁地驻足，在频频赞叹之余，久久不忍离去，一时似乎忘记了自己的存在。

当游人兴致勃勃地欣赏穿沙公路时，就会看到它是一部百科全书，它是对外宣传杭锦旗工农牧业、风景名胜、民族风情的亮丽窗口。美学、建筑、历史、地理、生物、绘画、民俗、文学、考古……一起涌进脑海，定会使人感受到杭锦旗草原人杰地灵、历史文化悠久的深长韵味。人们看到的是那翠色欲滴的沙柳、白柴、沙打旺、柠条挺胸抬头、趾高气扬地扎根沙漠腹地，占领了公路两旁的大片土地，布下难以攻克的天罗地网——人们用智慧的结晶，把无数的绿色队伍摆成方格阵，把库布其打扮得美如画卷。

建设穿沙公路的艰辛与困难正在从那些参与者的心中渐渐远去，而建设过程中形成的以"解放思想、敢为人先、不甘落后、艰苦创业"为核心的穿沙精神却成为一种巨大的动力，激励着杭锦人为全面建成较高质量的小康杭锦而努力奋斗。记录这段历史，是我们对参与建设穿沙公路的建设者的一种歌颂，是对弘扬穿沙精神的一种礼赞。

穿沙公路是杭锦人民的生命之源、幸福之源，更是杭锦人民的精神之源。穿沙公路所产生的能量远远大于穿沙公路工程本身，它不但是物质的，更是精神的，而只有精神的东西才是不朽的。如今的穿沙公路，已成为杭锦人的一面永不褪色的旗帜、一张无价的名片、一种文明的力量。

触摸、凝视这条莽莽苍苍的大漠穿沙路，真切地感受到了穿沙公路的伟大，也感受到了杭锦人的伟大。杭锦人为穿沙公路感到自豪，也为杭锦人感到自豪，更为我们中华民族感到自豪！穿沙公路就是一座山，一座杭锦旗造福人民的巍峨高山；穿沙公路也是碑，它是公路的丰碑，更是杭锦儿女自强不息的精神丰碑。

穿沙公路成为凝聚人心的纽带，曾经在杭锦旗工作过、出生在杭锦旗的人以及参观穿沙公路的陌生人，他们被杭锦人民敢于战天斗地的勇气和艰苦卓绝的创业精神感动，看到了希望，受到了鼓舞和教育。曾有人望着一望无际的沙障工程感慨地说："谁如果觉得消沉厌世，请到穿沙公路走一走，这是一个人间奇迹。"感悟穿沙的点点滴滴，顿然激发不忘初心，继续前进的豪迈之情！

岁月轮转，时光荏苒，一如流沙般的岁月悄悄而去，而穿沙精神却如巍巍之重山，愈来愈清晰地呈现在世人面前，久而久之必然会成为一座历史的丰碑，永远激励和提醒人们，为建设自己美好的家园，开创美好生活的明天而不断奋斗。

穿沙公路凝结出"敢"字当头的"亮剑"精神，无论对手多么强大，无论困难千重万重，都要"亮剑"搏杀，勇往直前，有我无敌；纵然是剑不敌人，也要拼命一搏，杀出一条血路。

你看，杭锦人民面对沙漠这个凶顽对手，面对来自方方面面的重重困难，他们没有屈服，而是勇敢地亮出以自己的钢铁意志和血肉之躯铸就的英雄之剑，向恶劣的自然环境开战，向不公平的命运开战，不畏艰难险阻，不怕流血牺牲，百折不挠，旷日持久，硬是修好了被誉为"大漠奇迹"的穿沙公路来，这难道不是"亮剑"精神吗？

在许多杭锦人身上，穿沙公路已化作了一种强烈的精神力量，成为一种坚忍不拔、敢于攻坚、敢打硬仗、敢于担当的品性和意志。我们现在所处的时代，物质文明已远远好于修建穿沙公路的时代，我们也没必要回归那个悲壮的时代去体验那时的艰苦生活、峥嵘岁月，但我们却不能丢掉那个时代创造的穿沙精神，因为它才是我们这个民族千百年来传承下来的不朽的魂！

第七节　一切为民者则民向往之

白玉岭2000年6月被提任为伊克昭盟行政公署副盟长，2001年9月任鄂尔多斯市人民政府副市长，一直分管农村牧区经济工作。

白玉岭十分重视生态建设，按照市委、市政府的决策部署，全力推进禁牧、休牧、划区轮牧，组织实施生态建设重点工程，大力发展林沙产业，参与制定了农村牧区"三区"发展规划，着力打造生态自然恢复区，推动全市生态环境实现了由严重恶化到整体遏制、大为改善的历史性转变，为建设"绿色大市、畜牧业强市"做出了重要贡献。

他大力调整农牧业经济结构，转变农牧业发展方式，推进土地流转和草牧场规模经营，加快建设沿河高效农牧业经济带、现代农业示范基地和设施农业基地，发展农牧业龙头企业，促进牧区畜牧业集约化发展，完善农牧业社会化服务体系，加快了鄂尔多斯农牧业产业化和现代化进程。

他组织制定鄂尔多斯市城乡统筹综合配套改革实施方案，大力调整优化村庄建设布局，建设精品移民小区，加快推进人口转移，推动全市新农村新牧区建设和城乡统筹工作迈出了新步伐。

他致力于改善农村牧区基础设施，大规模实施了农网改造、节水改造、黄河堤防加固、蓄滞洪区建设等重大工程，构筑起了比较完善的农村牧区水电路汛网，改善了农村牧区生产生活条件。

他解放思想，勇于创新，创造性地组织实施了水权转换工程，有效引导工矿企业介入新农村新牧区建设，积极实施转移扶贫工程，开辟了"工业反哺农业、城市支持农村"的新途径，推进新农村、新牧区建设。

他敢于打破体制、机制障碍，落实农村牧区人口转移的政策措施，大力整合涉农项目资金，拓宽农牧业投融资渠道，为农牧业发展和城乡统筹注入了新的活力。

多年来，他先后荣获全国科技进步考核先进个人、"三北"防护林体系建设先进工作者等多项荣誉称号。

白玉岭作风扎实，心系群众，长期深入基层、深入实际、深入到田间地头、深入到农牧民当中，始终坚持在一线掌握情况、发现问题、解决问题、完善思路，为鄂尔多斯的"三农三牧"、城乡统筹、生态建设、农牧民增收经年累月地高强度工作，呕心沥血，积劳成疾，把毕生精力奉献给了他所热爱的事业，奉献给了他所热爱的人民，奉献给了他深深眷恋的土地。

白玉岭在40多年的工作生涯中，对党和人民的事业充满信心，忠心耿耿，鞠躬尽瘁，实践了共产党人的铮铮誓言。

第十四章

第一节　杭锦人难忘张双旺

在库布其腹地的杭锦旗独贵塔拉工业园区南区，伊泰年产120万吨精细化学品项目2013年开工建设，总投资192亿元，是鄂尔多斯市推进现代煤化工生产示范基地建设的重点项目之一。

2016年，伊泰年产120万吨精细化学品项目热动装置正式点火，标志着这个项目完成了安装建设阶段，跑步进入了预生产阶段。

项目2017年投产后，将会转化原煤，也将填补国内市场液状石蜡、高熔点蜡和润滑油的基础油等精细化学品的缺口，每年会创造约90亿元的产值。

2009年11月6日，作者韩雄亮以报告文学题材在《人民日报》，第八版刊登了伊泰集团创始人张双旺与科学家李永旺联手创造中国第一桶煤制油的《创举》。

让我们走近伊泰老帅张双旺，一睹这位库布其骄子的传奇人生。

中国第一桶煤制油冶炼基地位于库布其大漠边缘准格尔大路新区

在黄河的中上游，有一块隆起的被黄河由西向北向东又向南三面环绕的南临古长城的高原，这就是位于内蒙古自治区南部的鄂尔多斯。

鄂尔多斯，是蒙古语"宫帐""宫殿""宫廷"之意。这里气候湿润，有广袤的草原，历来就是北方游牧民族活动的舞台。据传，公元13世纪初，成吉思汗统一各部落期间曾多次安营鄂尔多斯。看到这天似苍穹、地如绿茵、松柏苍翠的美景，雄浑浩博的成吉思汗嘱托部下，日后将自己葬于此地。

自此，鄂尔多斯成为成吉思汗灵魂永驻的圣地！

800年后，在鄂尔多斯这片热土上，伴随着时代发展的大潮又涌现了无数英雄豪杰，涌现出像伊泰集团张双旺、张东海父子式的弄潮儿。

1988年春天，张双旺做了一个决定，辞去伊克昭盟（今鄂尔多斯市）乡镇企业处副处长的职务，带着21名行政超编人员走出政府机关，用这些人全年仅有的工资5万元创办一家主营煤炭的企业。在那个"官本位"思想盛行的年代，他的这一举动，无异于在沉寂的鄂尔多斯高原上响起了一声惊雷，质疑的声音、不解的目光从四面袭来。在伊克昭盟乡企处，张双旺成了第一个敢吃螃蟹的人。

经过19年的苦心经营，他一手创办的内蒙古伊泰集团已经发展为总资产近百亿元煤炭年产销量达2000多万吨的大型煤炭企业，并被国务院列为全国规划建设的13个大型煤炭基地骨干企业之一。"伊泰能达到今天的规模，这是我始料不及的。回想当初领着一群'穷棒子'下海谋生的时候，未曾想象到今天会出现何等的景象。"张双旺说。

而在这19年的扬鞭奋进、勇往直前，却也伴随危机四伏、险象环生的奋斗历程中，鄂尔多斯高原见证了伊泰神话的诞生，也留下了一个企业家为梦想痛苦、痴醉、开怀、忧患、孤独的印迹。

拓荒之旅

"不管成大事、成小事，一定要实实在在地干事，这才是一个共产党员应该选择的充实人生。"

1988年，我国改革浪潮初涌，鄂尔多斯经济开始慢慢升腾。这一年，张双旺45岁，已过不惑之年的他，在旁人看来，"一杯茶水、一张报纸"的机关生活是再惬意不过了。而对于这种安逸和安稳，张双旺却开始不安起来，他觉得必须尽快改变现在的生活状态。于是他找到主管领导，坦言自己的雄心："不管成大事、成小事，一定要实实在在地干事，这才是一个共产党员应该选择的充实人生。"

当年3月3日，在盖有7个鲜红印章的《聘任承包经营合同书》上，张双旺签下了自己的名字。从此，他不再是伊克昭盟乡镇企业处的副处长了，他要去啃无人问津的硬骨头，充当改革开放中的领头雁。很快，伊克昭盟乡镇企业公司开始正式运转，它就是伊泰集团的前身。

张双旺拿着5万元开办经费以及政府有偿借给公司的40万元经营周转资金，带领21名行政超编人员开始了艰辛的创业之路。

虽然张双旺的信心很足，但在人才不多、资金缺乏、渠道不通、经验匮乏的情况下，创办什么样的实业，确实是一个艰难的选择。鄂尔多斯高原蕴藏着极其丰富的煤炭资源，最终他们将目光不约而同地锁定在煤炭上，决定将煤炭运销作为公司的主营业务。

于是，张双旺亲自挂帅，主持公司的煤炭营销业务。考虑到当时的情况，为了尽快积累资本，防止煤炭业务出现问题，公司还确定了其他项目，也一并开展起来。

第一个项目是开办砖窑，初期一切顺利，可是由于一个民工违章操作造成重伤，花去3万元医药费，流言蜚语不胫而走，砖瓦厂夭折了；第二个项目是开办小煤窑，由于矿址选择失误，4个月一无所获，白白支出了3万多元；第三个项目是开办大理石厂，由于市场的突变，大理石价格一落千丈，一切都付诸东流……

而此时，张双旺等人联系的煤炭运输业务也是阻力重重。多年来国家对伊克昭盟从未列出过煤炭调运计划，铁路、公路等运输部门根本不具备成熟的外

中国第一桶自主知识产权的煤制油是由杭锦旗籍著名企业家张双旺和科学家李永旺创造的。这是张双旺（中）出油现场。他也为家乡教育事业、道路建设做出极大贡献

运能力。张双旺跑遍了所有的部门，请求煤炭外运计划，他得到的最有诚意的答复是："等等吧！"

初次下海，就连连呛水，差点陷入"没顶之灾"。大家开始尝到"海水"的苦涩和风浪的险恶。张双旺粗略的一算，几个项目下来就亏掉20多万，借款到期是要偿还的，如果继续这么耗下去，后果不堪设想。

难道不满一年就要"走麦城"了吗？他甚至做了最坏的打算回老家种田还债，但"跟我一起打江山的兄弟怎么办，一旦企业散了架，他们到了山穷水尽的地步，我会一辈子良心都不安"！

当时国家财力有限、运力不足，铁道部便出台政策，鼓励企业购买自备车皮。这时张双旺做出了一个重大决策：购买火车皮！

有人说张双旺想的是天方夜谭，事实也证明买车皮远没有想象的那么容

易。那些日子，张双旺四处奔波，能去的地方都去了，能找的人都找了。最终为伊泰申请到了购置10节车皮的通行证。

1988年8月18日，伊泰的10节火车皮开赴乌海车站。然而，更大的困难还在后面，因为伊泰自购的车皮没有户头未列入计划，所以根本不具备营运的资格。张双旺又开始四处奔忙。

1988年8月20日，伊泰的10辆自备车上线了。这一天真正奠定了伊泰的煤炭主业地位，也是在这一天，伊泰开始立足于漫漫铁路线。张双旺和创业者们又开始全力争取车皮上线计划。他们把想尽一切办法筹集到的资金和所有的利润也都投入到购买车皮上，2年内又购置了200多节车皮和40辆卡车，3年内开通了4个煤炭转运站以及5个联营煤矿。伊泰的事业日益壮大，短短3年间，从5万元起家发展到利税超过千万元，伊泰成为鄂尔多斯高原的支柱企业。

1991年，公司创利税2181.51万元！1992年底，第一轮承包5年合同到期了，伊泰各项指标全面再创新高，外运焦煤90.7万吨，销售收入1.5亿元，创利税3100万元，全面超额兑现了承包合同。

张双旺也因此得到了政府的奖励，而在表彰会上，面对伊克昭盟的党政领导和人民，他深情地说："我看中的不是奖金数额多少，也不是美誉多高，而是你们的理解和认同。"

峥嵘岁月

"国家领导人肯定我们是'煤炭行业的一面旗帜'，我们只当这是一种鼓励，不敢有丝毫的懈怠。"

第一轮承包结束后，张双旺没有陶醉在鲜花和掌声中，他开始把目光放在企业基础设施的建设上。

1996年春，张双旺提出修建准东铁路的主张。建议一提出，就在领导班子内部引起了强烈的震动。一部分人认为，修准东铁路是把钱往水里扔，是蛮干。张双旺则认为，神华集团修建了铁路，把蛋糕越做越大，企业如虎添翼。

如果我们不修铁路，仅仅靠汽车运输长途跋涉，就没法参与市场竞争，任何时候都会处于被动地位。

张双旺已经深思熟虑过了。他力排众议，提出修建准东铁路，这是企业大发展的契机，势在必行。在立项前，他又果断拍板，投资600万元，委托铁道部第三设计院进行设计。

张双旺这"冒险"的举动，叫人瞠目结舌。如果国家计委不立项，这600万就打了水漂了。但事实证明，张双旺下的是步险棋，更是一步妙棋。随后原国家计委在审批众多项目时，因为准东铁路的准备工作做得充足成熟，很快便给予了批复。

直到准东铁路已经带给伊泰巨大效益的今天，副手们谈起决策时的情景，还在感叹它在伊泰历史上的里程碑意义，也在敬佩张双旺的胆略和智慧。说起这些张双旺却是举重若轻："伊克昭盟煤炭发展的瓶颈就是运输，有了铁路我们就把握了煤炭的生命线，就可以参与更广大的市场竞争，创造更大的发展空间，而它的风险却是可以控制的，企业不会为此满盘皆输，我们那时已经有实力承受这其中的风险。"

经过不懈努力，1998年11月8日，总投资25亿元的准东铁路破土动工，其中一期工程投资7亿元，铁路全长72.66公里。

2000年12月16日，一声长鸣，满载优质煤的第一列专列徐徐驶出薛家湾站，准东铁路一期工程比计划提前1年建成通车。它的建成通车可以缩短煤炭汽运里程115公里，每吨节约运费20元，目前已实现年运量1000万吨以上，每年可节省运费1.2亿元。

与此同时，伊泰继续不断投入资金自购车皮，公路、发运站等基础设施建设也全面展开。到2000年底，伊泰已拥有自备火车皮1871辆，载重汽车600辆。在京包、包兰、包神、大准铁路线设有8个现代化的煤炭加工发运站，年运输能力达800万吨，在秦皇岛、天津、京唐等港口设有货场和转运站，在北京、天津、上海、广州、锦州等地设有办事处，形成产、运、销为一体的生产经营格局和以各港口、办事处为中心连接点的市场营销网络。

在修筑财富之路、加快发展主业的同时，伊泰也在不断加强自身的抗风险能力，拓展新的发展道路。

1994年6月10日，蒙西水泥有限公司开工建设。伊泰人一步跨出了茫茫煤海，走上企业多元化发展之路。

张双旺认为，蒙西是煤炭产业的一个重要补充，它应该走一条避免传统产业弊端、适应时代发展的新路。这便是提高知识含量，向高新技术领域进军之路。

蒙西自创业伊始就从美国全套引进具有国际水平的自动控制系统，生产高标号、超低碱水泥，其科技含量全国罕有。科研与技术创新方面，蒙西更取得了举世瞩目的成绩：从1997至2001年，蒙西的科研成果就达13项，短短数年，蒙西跨入了中国水泥行业的前15强！

伊泰这艘巨轮，已经全速开进，势不可挡！此间，集团公司还投资6000万元兴建了年产120万吨的纳林庙煤矿，投资4940万元兴办了内蒙古伊泰甘草开发公司……

为了解决公司迅速扩张带来的资金瓶颈，张双旺采取了上市融资的措施。1996年，由伊泰集团内部的部分集团重组设立了内蒙古伊泰煤炭股份有限公司。1997年8月8日，"伊煤B股"在上海证交所成功上市，成为中国煤炭企业第一股。B股上市不但解决了伊泰集团发展的资金问题，更重要的是通过股份制改造，规范了集团的体制和运行机制，推动了企业结构调整。1998年，伊泰由原来的国有独资公司改制为国家控股、职工参股的集团有限责任公司。

伊泰集团在经济建设中的快速发展和优异表现，受到了朱镕基总理、吴邦国副总理的高度赞誉，被誉为"煤炭工业的一面旗帜"。

对于这一评价，张双旺认为主要是对伊泰集团管理体制及其经济效益的肯定，只当这是一种鼓励，不敢有丝毫的懈怠。伊泰有三条重要的经验创造了辉煌的业绩：一是坚持一业为主，多元经营的方针；二是以市场为导向，致力于"效益闪光点"；三是改革用工结构，减员增效，向管理要效益。比如在人力资源管理、使用上，伊泰的主导思想就是"用最少的人创造最大效益"。目前伊泰集团约有2500人，但集团年产煤炭已达到2000万吨水平，而同等产量的其他国有煤矿少的也有三四万职工，多的可达七八万人。人少产量高是以科学组织体系为基础的，在伊泰集团，采掘生产和经营管理是相分离的，取得资格证书的采掘工人组成采煤队与伊泰集团签订合同，集体受雇于伊泰集团，一个煤矿上只有矿长、采掘规划技术人员、财务人员、工程技术人员、安全及部分管理人员是伊泰集团配备的。比如一个年产400万吨规模的煤矿，隶属于伊泰集团的只有50人。此外，每天有数千台车为伊泰集团拉运原煤，司机都不是伊泰职工。伊泰集团运输工作的主要解决方式是集团出资购入汽车，再由司机交纳一定风险抵押金承包，在两三年之内，从运费中扣除各种费用后，七八成新的汽车即归司机所有，这样一来，不但企业不会形成设备老化、员工增多的问题，而且为当地人民提供了就业及致富的机会，可谓两全其美。

折翅之痛

"如果这是一场战争，我们的队伍被打散了、打垮了，只要战场上还有一个站着的人，一定是我老张。"

2001年，在经历了长达3年的市场疲软之后，煤炭行业依然徘徊在"山重水复疑无路"的困境之中，这同样是伊泰集团历史上最曲折的时期，他们甚至不得不卖掉70多台小轿车以维持企业的运转。生产经营的举步维艰也造成了人事动荡，这一年经理班子6个人中走了4个，董事会成员走了一半。

而就在这一年，集团内部发生的一起重大变故几乎将张双旺推入绝境。11月5日，伊泰集团投入7.6亿巨资建设的蒙西水泥有限公司从集团"母体"中分离出去，伊泰元气大伤，遭受着资产和精神上的双重压力。在当时的全体职工大会上，张双旺面对依然对伊泰、对自己的前途深信不疑的追随者动情地说："请大家相信，如果这是一场战争，即使我们的队伍被打散了、打垮了，只要战场上还有一个站着的人，那一定是我老张！"

张双旺还是当年那样无所畏惧，巨大的变故并没有把他打倒。"伊泰的事业不能垮，伊泰要借此轻装上阵。"

于是，伊泰改制顺势而行。在国家没有投资1分钱的前提下，这个国有企业又向地方财政净缴纳现金5.3亿元，国有资产全部退出，员工全员持股转换身份。对于改制，人们的心情是沉痛的。无论从思想还是感情上，他们都难以接受。

张双旺完全能够理解大家的心情。从16岁参加工作在国营企业上班的他，开始也有过困惑。后来他想通了，并且带领大家一起去置换身份。这次重组，张双旺的420万要素股被取消，身份置换后仅得到了4万元。"丢掉就丢掉了，没有必要再去计较了。"张双旺说。

张双旺的信心和行动，让全体职工看到了希望，改制是让大家成为真正的主人，改制是给企业新的生机。

然而从国有到民营，企业的改制必然带来新的问题。在新的体制面前，有人开始质疑，还需不需要加强党对企业的领导？作为集团党委书记的张双旺给出的回答是肯定的。他随即提出"四个不变"，即坚持和加强党对企业的领导，集团公司党委是领导集团各项事业的核心力量不变；坚持合法经营、照章纳税，两个文明协调发展的方向不变；坚持依靠广大职工，充分尊重广大职工主人翁地位的宗旨不变；坚持为国家和地方的社会主义建设积极做贡献的指导思想不变。从思想上保证了伊泰今后发展的方向。

经历了蒙西分立阵痛的张双旺，开始在改制的过程中，纠正企业在某些方面的失误和不足。伊泰开始进行战略调整。首先，他们认识到，虽然企业多元化的发展是必要的，但一定要适时、适度，量力而行。在近几年内，伊泰应该经营好煤炭采掘运销主业，加强矿井和铁路的基础设施建设。2002年9月，伊泰投资2.7亿元对准东铁路进行电气化改造，这项工程沟通准东铁路与大准线、大秦线的连接，使鄂尔多斯的煤炭直接通过铁路送到秦皇岛港出口或发往华东地区，不仅大幅降低运费，运力也将从每年600万吨提高到1800万吨；2004年，全长124公里的呼准铁路动工；2005年10月，全长27公里的酸刺沟煤矿专用铁路开工……

其次，实施人才战略。"举大事者必以人才为本"，伊泰需要更多人才来

2008年黄河杭锦旗段决口,伊泰集团心系灾区

共创大业。于是一批有才能的技术、管理、营销等方面的人才加入到伊泰的队伍中来。同时由于企业用人自主权的放开,一批年轻有为的年轻人进入了领导班子。

此外,企业的文化建设也是重中之重。凭借着"艰苦创业、诚信报国"的信条,伊泰走过了创业的10年,但它没有形成完整的体系,一旦出现蒙西这样的问题,就是人心惶惶,阵脚大乱,亟待营造千军万马一个声音,伊泰需要建立自有完备的企业文化体系。2002年,华点通国际顾问咨询有限公司对企业进行了诊断,由此,"我的伊泰,我的家"这句富有人情味和亲和力的口号,把全体员工集合到了伊泰大家庭里来。

几年的励精图治,伊泰集团得以快速发展。2004年销售煤炭1281.59万吨,较2000年、2001年、2002年、2003年分别增长181.65%、114.02%、44.33%、17.45%。2004年8月,伊泰集团被国务院正式确定为全国规划建设的13家亿吨级大型煤炭骨干企业之一。不信邪、不服输的张双旺带着他的子弟兵又走进了事业的春天,迎来了伊泰集团的鼎盛局面。

希望征途

"我对东海说,你拿个全区十佳青年远比挣回1000万来让我高兴。"

2004年6月8日,伊泰集团推举出新一代领导班子的人选,在总经理的位置上执掌了16年的张双旺,在历经荣辱、毁誉、得失乃至生死较量后,从经营的战场中退了下来,这名老战士的重任落在了张东海的身上。

早在2001年,伊泰集团最困难的时候,张东海决定辞去在自治区政府的正处级职务,回到伊泰集团与父亲共渡难关,出任伊泰集团子公司的总经理。张双旺尊重儿子的意愿,但他们也约定,最终做到什么位置还要靠张东海自己的能力和业绩说话。

上任后,张东海一头扎进基层。他走进矿井巷道、登上发运站台,到工段、到港口、到销售网点,边走、边看、边问。调查中他发现,一部分干部精神不振,怯懦畏难。伊泰需要鼓舞士气。他根据党委、董事会的决议,提出了"工业总产值三年翻一番"的战略目标,他对这个目标充满信心。他说:"为了实现这个目标,每个人都要出一身汗,大干的人出一身热汗,小干的人出一身冷汗,不敢干的、不愿干的人出一身虚汗,我希望大家多出热汗、少出冷汗、不出虚汗。"

目标制定了,生产经营更是不能懈怠。张东海带着年轻的班子四面出击,走访客户,开拓市场。他注意把产品质量、品牌建设和市场开拓结合起来,提高伊煤的综合效益。在他的主持下,公司与国家科研院所合作,开展了"伊泰洁净煤"质量论证,向全国用户打出"伊泰洁净煤"品牌,提高了产品和企业的知名度。这些举措为伊泰赢得一大批稳定的优质客户,也使"伊泰洁净煤"响遍大江南北,在宝钢原料采购评审中获第二名,被国家工商总局评为重合同守信誉单位。

打开了市场局面,不一定就能创出上佳的经济效益,他同时注意向内使劲,狠抓成本管理,大胆压缩机构,精兵简政。环节干部人数由原来的473人精简为214人，精简下来的人员全部充实到生产一线；2001年，张东海出任总经理的第一年，仅成本管理一项就增收1200万元。

在全国煤炭行业整体亏损的背景下，张东海凭借科学的管理，走出了一条依靠自身经济方式转变的高速增长之路，集团经营业绩也一路飙升。张东海扎实、稳健、果敢的工作作风赢得了伊泰人的广泛信任。2002年，张东海出任伊泰集团副总经理，2004年6月升任为伊泰集团公司总经理。

在接过伊泰大旗时，张东海真情地表白："我能走上伊泰公司总经理这个位置，有我父亲严格要求和德高望重的影响，但更主要的是通过我的人品、业绩和能力争取来的。父亲创办企业，历尽艰辛，我自己从小就十分关心，因为它关系到全家人的生存。后来我到公司上班，看到公司一天天发展壮大，自己感觉到了一种归属感、安全感。我对公司的感情和责任心就这么一天天培养起来了。我无论在哪个岗位上都会非常尽职尽责。我认为自己已经初步具备了担当总经理的能力。随着年龄的增长、经验的积累，驾驭市场的能力和组织管理水平也会不断提高。我有信心在这个岗位上，与伊泰这个优秀的团队精诚合作，为企业、为社会多做贡献。"

儿子的成长永远是父亲最大的安慰。但张双旺在向儿子移交集团经营权时，他给儿子定下三条行事准则：第一，和公家、朋友打交道，一分钱的便宜也别占；第二，当领导要果断坚决、敢做决断、勇于负责；第三，切忌患得患失、裹足不前，失败了大不了爷俩儿回家种地。而30岁出头的张东海也不负众望，在伊泰集团走出困境、再创辉煌的征程中立下了汗马功劳。2003年，张东海荣获鄂尔多斯市十杰青年、十大青年企业家和自治区十杰青年、十大青年企业家称号，张双旺对此十分看重，他曾对张东海说："你拿个全区十佳青年远比挣回1000万来让我高兴。"

2005年，鉴于伊泰集团突出的业绩，他又被评为全国劳动模范。1995年，张双旺成为集团第一代劳模，10年后张东海延续了父亲的荣誉。伊泰集团被交到一位杰出青年和全国劳模的手上，是最令人放心的。

再续辉煌

"这是关乎国计民生的大事,伊泰有能力也应该去承担这个风险。"

如今,年过六旬的张双旺依然挺立潮头。有人劝他:"伊泰在你的领导下,由一个'游击队'发展成为享誉全国的知名企业,算是功德圆满了;现在你应该把速度放缓一点,把脚步放慢一点,不要冒风险了。"

张双旺说,他早有告老退居的想法,企业应该让年轻人去干,他已经把台子搭起来了,他们可以在这个台上继续攀升,但眼下他还不能完全退下来。伊泰的班子是个有生机、有创业激情的班子,但还稚嫩了一些,需要他扶上马送一程。

至于企业进退的问题。张双旺认为,伊泰没有必要人为地把发展速度减下来,伊泰要顺应时代大势,按照企业自身的发展规律循序渐进。目前,伊泰像一列开足马力的机车,其动能和惯性是不可阻挡的。张双旺带领着伊泰又在向更高的目标进攻。

2005至2006年,经过多方的研究论证,伊泰决定瞄准能源供求缺口,攻克煤基油项目。所谓煤基油,就是以煤炭为基础材料,引入现代高新技术提炼燃油。

这几年,国际原油价格持续走高。由于石油能源的短缺,我国每年将为此支付巨额的外汇。对于富煤贫油的中国来说,煤转油的产业意义可想而知。煤基油产业不仅可以为企业带来巨大的发展前景,更能解决国家能源安全问题。

然而,无论是中国的国营煤炭企业还是众多民营企业,没有几家敢去尝试煤转油技术。不仅是中国,在全球的煤转油领域,似乎只有南非建成了三期煤制油工厂,如今,年产石油产品达到720万吨,在世界范围内处于领先地位。不过,南非付出的是50年的时间和耗资70亿美元的代价。对于张双旺而言,煤转油计划将要挑战的似乎是一个不可能完成的任务。但张双旺说:"这是关乎国计民生的大事,伊泰有能力也应该去承担这个风险。"他坚定地向前迈进。

2006年2月，伊泰集团出资2.2亿元，注册5亿资本金，控股中科合成油技术有限公司，成为目前国内真正意义上的煤基合成油自主知识产权技术的拥有者之一，在这项技术工业化进程中，伊泰也是先行者、探索者，并通过了国家863项目验收。

5月11日，内蒙古伊泰煤制油工厂正式奠基。

2009年3月，联动试车、投料出油。

2012年，项目累计生产各类油品及化工品17.2万吨，成为我国"十一五"煤化工示范项目中首个达产的项目。未来，公司将按照国家进一步完善煤炭深加工示范项目的政策要求，在内蒙古和新疆建设总规模达到千万吨级的煤制油基地。

内蒙古伊泰集团有限公司连续12年跻身中国企业500强，2016年位列第396位，同时位居内蒙古煤炭企业50强之首。

目前，公司总资产超过1100亿元，职工7300多人，下属61家直接和间接控股公司，其中内蒙古伊泰煤炭股份有限公司为煤炭行业首家B+H股上市公司。

伊泰集团各项事业取得了快速发展，被国务院授予"全国民族团结进步模范集体"荣誉称号；5次荣获"中华慈善奖"，并获得内蒙古自治区首届"主席质量奖"。

伊泰集团的创业历程和生存智慧，为我们描绘了一段艰辛的创业史。在中国从计划经济向市场经济转型的大背景下，成为中国近30年来企业发展的缩影。

碳汇林

2010年，伊泰集团响应国家"低碳减排，绿色生活"的环保主题以及鄂尔多斯市政府"加快推进我市生态文明建设，营造10万亩减碳林"的号召，在杭锦旗西北沟、赛音台、桃日木3个区域实施绿化美化、植树减碳工程。2011年，为了进一步扩大碳汇林种植规模，集团公司租用杭锦旗伊克乌素苏木、巴音温都尔嘎查和吉日嘎朗图镇格更召嘎查交界处的沙漠50万亩，用于碳汇林建设。到2028年，将营造林木的林权及所有的附属物全部无偿归还给农牧民，这种造林模式充分体现了企业的良苦用心，履行了一个企业对社会的责任，感恩社会，回报社会。到目前，伊泰集团已在杭锦旗完成碳汇林建设近20万亩，为改善当地生态环境起到了积极的推动作用。

第二节　治沙扶贫库布其

2016年10月22日，张喜旺匆匆忙忙到北京领了一个生态保护奖项，隔着车窗瞅了几眼天安门广场，又赶回库布其沙漠。"树比天大"——这已经成了他的潜意识：家乡还等着种树呢。

库布其沙漠位于内蒙古鄂尔多斯高原北部，距北京正西侧直线距离800公里，是京津冀地区三大风沙源之一。十几年前，这个中国第七大沙漠的沙尘一夜之间就能刮到北京城。没有植被、没有通信、没有出路，沙尘肆虐，生活在这里的人们，世代饱受沙害之苦。

漫漫黄沙里的苦日子，张喜旺看不到尽头，直到他第一次见到亿利资源集团董事长王文彪。

那是2003年，王文彪来到杭锦旗独贵塔拉镇解放村，当着众乡亲的面，讲述了他绿化库布其沙漠的梦想，并宣布以每天80元的报酬招收植树工人。

张喜旺说，那个时候觉得王文彪异想天开，只会让钞票白白打了水漂。

不过，"一天能有80元钱的收入总是好的"，张喜旺和乡亲们一起开始种树。渐渐地，他发现周围的沙丘真的变了颜色，原来一年下不了几滴雨，现在到了夏天，十几二十天就有一场雨，一年能下十几场雨。张喜旺们也挣了票子，住进新房，开始过上称心日子。

在库布其治沙28年来，亿利集团将企业自身发展与防治沙漠化、区域扶贫开发相结合，修建穿沙公路、植树绿化沙漠、实施生态移民、发展沙漠产业，探索出了政府政策性扶持、企业商业化投资、农牧民市场化参与的沙区精准扶贫之路。

如今的库布其，在各级政府和亿利集团的带动下，6000多平方公里的沙漠得到治理控制，300多亿元的沙漠生态经济产业展现生机，10万农牧民增收致富，年人均收入由1990年的不足400元增至2015年的1.4万多元。

筑路

"剖开沙漠，修一条生命线！"

沿着内蒙古鄂尔多斯市杭锦旗穿沙公路一直南行，两侧沙坡上，树苗随风轻曳，远处起伏的沙丘层层叠叠，浪花般绽开。

前行不久，沙丘消失，视线豁然开朗，两边是被沙柳、胡杨等植物覆盖着的沙地，深深浅浅地延伸到目光尽头。间或点缀着如镜面一般大小不一的湖泊，引人遐想。

过了巴音乌素收费站，即可抵达古老的盐湖。这里产盐历史悠久，古称青涟盐泽，当地人称其为"银色之湖"。中华人民共和国成立初期，政府筹集资金在这里建设盐场，成为当地重要的收入来源。

这个盐场，也是亿利集团的前身。

1988年5月8日，王文彪从杭锦旗政府办公室调至杭锦盐场担任厂长。上任那天，沙漠就给了他一个"下马威"——送他的北京212吉普车在距盐场不到100米的地方陷进沙堆，"轰的一声就抛锚了"。

彼时，盐湖四周黄沙茫茫，连盐场的一些生产设备也被沙丘埋得只剩半截身子。王文彪心急如焚，若再不想法子改变，家乡父老赖以生存的盐场就会被黄沙吞噬。

王文彪上任后做的第一件事情，是从每吨盐的销售收入中提出5元钱用于治理沙漠，并组建了一支由27人组成的林工队，开始在盐场周边植树固沙。

到了20世纪90年代，盐场扭亏为盈，年产量已达50万吨。可新的问题接踵而至，盐场大部分产品需要通过天津港销往国外，因库布其沙漠阻挡，原本60多公里的直线运输距离，需绕行330多公里才能到火车站，每年光运输成本就要增加1500万至2000万元，消耗掉盐场大部分的利润。遇到沙暴天气，只能眼睁睁地看着大量的盐和芒硝、天然碱等化工原料在场里堆积如山。

"必须剖开沙漠，修一条生命线！"这是王文彪的心愿，又不只是他一个人的心愿。

在盐场东北方向50多公里开外的杭锦旗独贵塔拉镇，蒙古族小伙孟克达来多年来也在朝思暮想早日拥有一条通往外界的"生命之路"。

22年前，孟克达来的父亲患急性阑尾炎在镇上看病，因舍不得花钱，连麻醉药都没用。切开之后，医生发现病情严重，不敢手术，连忙缝合。是哥哥骑着骆驼陪父亲穿过茫茫大漠，渡过黄河，到五原县城做的手术，一去就是十几天。

"那时我才十几岁，在家焦急地等啊，每天都爬到沙丘上看着远方，希望能看到父亲和哥哥回家的身影……那时我就想，要是能有一条路通到外面的世界该多好！"提起往事，这位38岁的蒙古族汉子仍不禁潸然泪下。

1997年6月16日，在杭锦旗政府和亿利集团多方筹措下，库布其穿沙公路动工，一场人沙大战就此打响。1000多人组成的筑路大军，在13万杭锦旗父老乡亲"小米加步枪"式的支持下，分三路开进沙漠，穿沙线上彩旗猎猎。"清汤挂面碗底沙，夹生米饭沙碜牙，帐篷睡听大风吼，早晨起来脸盖沙。"这首流传至今的顺口溜，是当年修路艰辛的真实写照。

历时两年半，65公里长的第一条穿沙公路终于建成。亘古沙山再也挡不住外面的世界。

虽然大漠通途是孟克达来自小的梦想，但当这一天真的到来，"好一阵子我还觉得像在梦里，幸福来得太突然。"

孟克达来如今在独贵塔拉镇上开着"大漠人家"饭店，还购置了越野车从事沙漠旅游，生意红火，年收入30多万元。

"治沙扶贫也是水到渠成。最初我们并没有这样的主动意识，只是想解决企业的生存问题。在解决问题的过程中，意识到周边群众和我们面临的共性问题，就是如何应对沙漠、如何改善生态环境、如何通过发展产业来让企业和乡亲们共同致富。"王文彪坦言。

种树

"该如何让森林重现于沙漠？"

"你们如何修补臭氧层的破洞？如何让大马哈鱼重回河川？如何让行将灭绝的动物避免灭顶之灾？又该如何让森林重现于沙漠？"

这是1992年在巴西里约热内卢举行的联合国环境与发展大会上，12岁的加拿大女孩珊文在演讲时抛给在场大人们的一连串问题。

20年之后，还是在里约热内卢，联合国可持续发展大会之后，王文彪向32岁的珊文发出邀请："在中国的库布其，我们找到了让森林重现于沙漠的一种可能。现在是库布其沙漠最美的季节，欢迎你来看一看。"

王文彪是杭锦旗杭锦淖尔乡人。"从小生活在库布其沙漠边上，有两件事无法忘记：一是极度饥饿，一天到晚都是窝头，还吃不饱；二是终日满眼风沙。"他说，"我那时就有两个梦想，一是能吃上白面馒头，二是不再有沙尘，沙漠能够变成绿色。"

在库布其沙漠，流动沙丘约占总面积的六成以上，每年要刮七八十次沙尘暴。这样恶劣的气候下，连修好的穿沙路都会被沙丘重新侵蚀、覆盖。

种树能固沙。但种什么树、怎么种？没有现成的最佳答案。为了在沙漠里把树种活，亿利人用秸秆、沙柳扎成网格沙障固定流沙保护路基，然后在网格中种上沙柳或沙蒿。经历多次失败，最终摸索出了以沙柳、甘草等灌木、半灌木为主，胡杨、沙地柏等乔木和花棒、杨柴等牧草为辅的立体绿化模式。

有了适宜栽植的良种，还得有高效的组织方式。一开始，亿利集团按天支付农牧民30元植树酬劳，但不少农牧民没能很好地掌握种植技术，茫茫沙海中也难以实时验收，结果到了秋天，绝大多数树苗没能成活。

这样下去不是办法！公司管理人员反复探讨，脑海里浮现"联队承包"的点子：鼓励民工以联队形式按2000元一亩的价格集中连片承包沙地，公司提供技术支持，期限为3年，按头一年和第二年各30%、第三年40%的比例分期付款，树苗成活率门槛设在85%，每年年底验收，达不到标准则扣除相应款项。

以这样的市场化机制，亿利集团先后组建232支治沙民工联队。贫困农牧民也有了就业机会，累计5820人成为生态建设工人，人均年收入达3.6万元。

拍过公益广告、上过电视的张喜旺是他们当中最出名的一位。10月13日，记者在张喜旺家中见到这位"治沙明星"，肤色黝黑的他，眼神里透着纯朴和智慧。门口停放着一辆福特蒙迪欧轿车，印证着这个家庭的殷实。

张喜旺2003年起就在沙丘里种树，是亿利的老员工了。2011年开春，积攒了实力与经验的张喜旺提出承包种树。有人说："你没有团队，给你也做不下来。"张喜旺不输这口气，在吉日嘎朗图镇承包了1100亩地，拉起了一支60多人的队伍，奋战43天，顺利完工。接着他又在七星湖畔承包种草，也干得不错，让人刮目相看：这娃行！是个搞绿化的料。

2012年，张喜旺承包了1200亩水冲沙柳。那片地条件恶劣，地下水水位远低于平均水平，周围工地的植树队长一看情形不对纷纷退出。"退的，我都要了！"不知哪来的一股牛劲儿，张喜旺将余下的6000多亩种植合同也都揽了过来。

沙漠种树，不是一般的辛苦。

张喜旺的承包区域，距离公路7公里半。打不出井，浇灌和生活用水都得用拖车拉到营地。30多位工人用3辆拖车往沙漠里运送树苗和发电机等设备，"一天一趟，运费700元。这价格还是熟人给讲了情，算是优惠。"

张喜旺和植树队员们每天早上6点骑着摩托车从营地出发，1个多小时才能到达种树的地方。风餐露宿自不必说，"单是每天往返3个小时的路程，就能把人的精气神消磨大半。"

除了辛苦，在沙漠腹地植树还时常伴有危险。2012年4月的一个傍晚，有一位工友在沙漠中迷了路。打通手机后联系上了，张喜旺赶紧让他站在最高的沙丘上通过远方的阴山山脉确定方位。驾着拖车把这位工友从10公里外的迷路处接回营地时，已是深夜12点。张喜旺说："那次可把我吓坏了，人要真走没了，咋交代？"

沙漠中种植树苗的黄金时段是4月中旬之后的1个月间。张喜旺采用了公司技术人员推荐的气流植树法，第二年承包的沙柳也在黄金时段顺利完成。

用气流法种树苗，真有那么快？面对疑问，张喜旺把记者带到附近一座正在绿化的沙丘。

先在沙漠中打井，铺设供水管带，再用1米长的"水锹"在沙地中冲出一个孔洞，迅速在孔洞中插入沙柳枝条，10秒钟左右就可以种植一株。

指着旁边一株刚刚抽出红色嫩芽的沙柳，技术人员窦伟告诉记者，这是他们今年6月栽种的，差不多4个月后就能判断其是否成活。根据过往经验，用气流法种植的沙柳成活率可达85%。

这项成功申请专利的植树法，源自亿利治沙工程师韩美飞不经意间的一次灵光闪现，说起来颇有些机缘巧合。

2009年5月的一天，正准备收工的韩美飞将随身携带的塑料壶里剩余的水顺手倒向一棵旱得不行的树苗，水流随即在树苗旁冲出一个坑。韩美飞由此联想到，水流冲出孔洞会比用铁锹挖坑的传统方法更有效率。

通过反复摸索，发现用"水锹"冲出1米深孔洞配以1.1米长的沙柳树苗成活率最高。公司随即在所有民工联队推广。

来自国家林业局的一组统计数据，可以看出科学治沙的效果：到2015年，库布其沙尘天气比20年前减少95%，年降雨量由不足70毫米增长到300多毫米。绝迹多年的狐狸、狼、野兔、天鹅、丹顶鹤等100多种野生动物重现沙漠，物种多样性正在恢复。

搬迁

10月15日，杭锦旗亿利东方学校体育场彩旗飘扬，热闹非凡。这里正在举行第四届库布其沙漠劳动者运动会：农牧民在挑担子、打葵花、负重竞走等具有劳动竞技特色的比赛中，像运动员一样较劲，呐喊声、欢笑声此起彼伏。

很难想象，这些在赛场内外纵情欢笑的农牧民，曾一度被流沙逼得无家可归。

独贵塔拉镇道图嘎查67岁的老支书陈宁布回忆，当时由于沙丘移动，逼近村上好多户人家的门口。西北风吹起，打开门流沙就进家了。农牧民土房的窗子上有3孔玻璃，玻璃上方糊着麻纸，纸窗户很容易破，沙子就直接溜进了炕上。

"与其说是游牧民族，不如说是游沙民族。"陈宁布自嘲。好不容易找到一片小绿洲，乡亲们抢着把羊赶过去。绿洲越啃越少，养羊也走进了死胡同。

"有没有想过搬走？"

"咱一没文化二没技术，更别说搬家3年穷，还有4个孩子要负担，出去了又能怎么办？"

正当陈宁布一筹莫展时，亿利集团进驻道图嘎查，流转土地，绿化沙漠。树长沙降，家门前的大沙丘也被铲车推平。起初，农牧民并不理解，担心自家土地被占用会吃亏。身为村里的带头人，陈宁布知道要让乡亲们彻底摆脱贫困，必须首先转变观念。

在农牧民门前种一棵树、立一根电线杆，都要做思想工作。"荒沙地在咱手里一文不值，经过企业的科学修复，就变得有价值了。树种到你家，路修到你家，受益的还是咱自己。"在老支书的劝说下，农牧民对政府和企业的治沙扶贫，经历了从最初的抵触、观望，再到合作、信任。

如今，陈宁布和老伴住上了127平方米的白瓷砖贴面的大房子，三室一厅一卫一厨，宽敞明亮，装修精致。房子是去年修建的，花了17万元，其中政府提供了2万元的农村牧区危房改造补助。

大学毕业后在鄂尔多斯市区工作的孩子一再邀请二老进城生活，可陈宁布说："我不去，咱家正在变成一块宝地。"

不见兔子不撒鹰，是农牧民在利益面前的普遍心理。2006年，亿利集团在沙漠腹地七星湖开发旅游景区的同时，为36户需要安置的农牧民统一建造了牧民新村，没想到乡亲们起初心存疑惑，只有高娃一家搬了进去。

2007年，高娃在新村开了第一家牧民旅游饭店。有流转沙地的20万元收入垫底，她在后院搭起了餐饮蒙古包。鄂尔多斯手把肉本就名声在外，加上高娃的手艺颇具特色，吃过的顾客赞不绝口，回头客多，开张第一年就挣了12万元。

高娃和丈夫朝格图都有音乐天赋，两人是七星湖民间文艺队的成员，朝格图还是队长。文艺队在节假日集中演出是免费尽义务，如果做婚庆礼仪之类的服务就收费。库布其的旅游餐饮，每年5月开始走热，到10月进入淡季。余下的时间里，高娃和丈夫也做礼仪服务，这一项的年收入上万元。

眼瞅着高娃一家挣上了钱，跟着做的农牧民也就一年年多了起来。随着七星湖晋升为4A级旅游景区，看准商机的农牧民纷纷出手，为游客提供骑马、骑骆驼和驾摩托、驾车沙漠探险等服务，户均年收入12万元。

"沙漠的吸引力越来越大，一些大学毕业的农牧民子女和外出务工的农民工也返乡创业、就业。"牧民巴布说。

发展旅游能挣钱，治沙、种树、跑运输、到企业务工也能脱贫。七星湖的农牧民很快有了5种身份：一是股东，他们把闲置的3万多亩沙地转租或入股亿利，收入1000多万元；二是生态修复工人，为企业植树、种草、种药材，每月收入4000多元；三是旅游业主，依托库布其国家沙漠公园，牧民新村开办了16家农家乐、4家特色超市，3户牧民为大漠游客牵马、拉骆驼，5户联合搞起了沙漠越野车服务；四是新型农牧民，他们在亿利建设的36个蔬菜大棚中种植西红柿等有机蔬果，在标准化棚圈中养起了1700头牛羊，为景区提供肉、蛋、禽、奶等绿色有机食品；五是生态产业工人，亿利为他们组织专业生产技能培训,将其吸纳到企业的沙漠新材料、健康药业、现代农牧业等产业中,目前已有17人成为企业员工,人均年收入5万元。

有了七星湖的成功样本,亿利集团还将投资5000万元建设杭锦淖尔生态扶贫新村,计划安置农牧民197户,其中贫困户32户,帮助他们通过发展沙漠旅游、特色种植养殖等产业来增加收入。

富民

"种下甜根根,拔掉穷根根。"

著名科学家钱学森晚年对沙漠产业的发展颇为关注,在他看来,沙漠、戈壁、阳光的潜力远未被利用,应该大力发展"多采光、少用水、新技术、高效益"的沙漠产业。如今,库布其的产业发展为钱老的思路提供了一条实践路径。

从七星湖出发,沿穿沙公路行驶约半个小时,便是亿利资源沙漠生态循环产业园。亿利与浙江正泰集团合资建设的新能源发电站就设在此地。发电站内,整齐划一的金属光伏电板,一眼望去不见尽头;电板之下,几十只绵羊正在齐膝深的牧草中怡然进食。

这种"混搭风格"被专家称为"种草、养殖、发电、治沙、扶贫"复合生态太阳能治沙扶贫新模式。

在沙漠里,光伏电板挡风遮阳;清洗电板冲刷下来的水可以就地浇灌牧草;牧草为散养的绵羊和土鸡提供饲料;禽畜的粪便能够改良土壤,反过来又能促进牧草生长。在这种良性循环下,昔日的荒沙上不仅长出满眼绿色,还可以产出"金子"。企业预计将在8年内收回成本获得盈利。

"项目最大的亮点还在于实现精准扶贫。"亿利集团总管理中心经理田俊廷介绍,项目周边817户贫困户可以通过国家光伏扶贫资金进行投资并享受相应的发电收益分红。按每户入股2万元计算(1万元现金入股、1万元劳动力折补),每家贫困户每年可取得分红收益2232元。同时,企业将生态修复工程承包给农牧民，使其又能获得一笔务工收入。

独贵塔拉镇贫困户王奋其承包了"03区－1"太阳能板清洁工作，他告诉记者，自己只需定期清洗电板，同时种植牧草、照看绵羊，每月可领到3000元工钱。像他这样在光伏发电站工作的贫困户有30人。

在内蒙古农业大学副校长王林和教授看来，这种"向沙要绿、向绿要地、向天要水、向光要电"的模式，不仅使光伏产业有了投资效益，也促进了生态修复。让沙漠治理、生态修复成为一个"钱景可期"的产业，提高了治沙产业的可持续性和可复制性。

惠及更多农牧民的是一株株毫不起眼的甘草。

《杭锦旗志》记载，大漠深处生长着甘草、大白柠条、半日花、蒙古黄芪、沙冬青等160多种旱生植物和中药材。库布其出产的梁外甘草一向以"皮色红、质骨重、含酸高"闻名，被当地群众称作"甜根根"，历史上就是治沙治碱的优选植物，也是沙区群众接济生活的"救命草"。

自20世纪90年代末开始，亿利集团利用自主研发的平移栽培法，在当地开展甘草套种。甘草对盐碱地有明显的改良作用，同时甘草根瘤大量共生的固氮菌能够增加土壤氮肥含量，培育土壤肥力。

"农牧民有一句顺口溜：种下甜根根，拔掉穷根根。采用平移栽培法，一株甘草能绿化约十几平方米，用3年左右的时间，几十棵甘草可将一亩沙漠改造成良田。每亩甘草每年的收益在400元左右。"甘草种植技术人员王文全介绍。

亿利采取"公司+基地（合作社）+农户"的合作模式，公司负责种苗供应、技术服务、订单收购"三到户"，农牧民负责提供土地和种植管护。甘草3年后长成，由亿利加工成复方甘草片、甘草良咽、沙小甘系列饮品等高附加值产品销售。截至目前，亿利集团甘草种植面积累计达220多万亩，带动5000多人脱贫致富。

扶贫先扶智，治贫先治愚。为阻断贫困代际传递，亿利集团投资1.2亿元，与杭锦旗政府共建集幼儿园、小学、初中、职业高中为一体的寄宿制亿利东方学校。企业还每年提供100万元的专项基金，用于奖励教师和资助贫困学生，并从外地高薪聘请了20多位优秀教师前来执教。目前，在校生规模达31个班1300多人。

10月13日下午5时，在学校的操场上校足球队正在训练。喧闹的小队员们将满满一车足球推到标准的11人制人造草皮球场上，在两位教练的指导下开展传球训练和分组对抗。学校另一侧，窗明几净的阅览室里，一双双小手从书架上取下书籍，夕阳余晖映照在孩子们专注阅读的脸上，景象动人。

校办主任崔卉萍老师介绍，学校还利用周五下午农牧民接孩子前的等待时间，在礼堂开展技能培训，内容涵盖工业技能、种植技术、保安保洁、餐饮技能等，"帮助农牧民提高就业素质，拓宽创业渠道，增强致富本领"。

"脱贫攻坚是中央的重大战略部署，为之贡献力量是企业应有的社会担当。"王文彪说，"'库布其'在蒙古语中的意思是'弓上之弦'，精准扶贫犹如箭在弦上，须以时不我待的紧迫感，快马加鞭，蹄疾步稳，让沙漠绿洲变成金山银山，造福沙区百姓。"

在不毛之地绽绿生金，在沙地荒漠开路兴业……28年，亿利集团坚守初心，助力内蒙古库布其牧民搏击沙海、建设富民绿洲，不但让农牧民人均收入增长30多倍，而且使"雷公雨婆"常来常往、野生动物重现沙区。

亿利集团治沙扶贫的成功再次启示我们：真扶贫，扶真贫，既要尊重市场规律，更要尊重自然规律。然而，有的企业参与扶贫很积极，却穿着"皮鞋"走"泥路"，"不懂庄稼脾气"，水土不服、半途而废；有的地方扶贫热情高涨，却置身"市"外，引进项目一哄而上，市场饱和、价跌伤农。事实证明，罔顾自然规律，扶贫项目就扎不了根；忽视市场规律，扶贫效益就结不了果。

舟循川则游速，人顺路则不迷。脱贫攻坚不能仅靠一腔热情，还需政府与企业把责任扛在肩上，顺着市场与自然两个规律，搭建共赢产业链，画好扶贫同心圆。

第三节　绿色中国梦

今天，曾被称为"死亡之海"的库布其沙漠已是鸥鸟翔集、水草相连。沙漠北缘700里黄河宛如弓背迤逦东去，茫茫沙漠阴山之南犹如弓弦。大漠浩瀚，长河如带，朝日浑圆，气势宏雄，沙漠、湖群、草原、黄河、丘陵、湿地、绿洲等一大批天然景观天地集秀。其间更有神奇的七星湖，是大自然的杰作，空中俯视，七星湖鬼斧神工恰似北斗，道图湖碧波涟漪，神海子静谧秀丽，珍珠湖沙山环立如障，爱情湖秀美旖旎——湖中还栖息着十几种鸟类，每年还有上千只白天鹅结伴春来秋返。

新月形沙丘链、罕见的垄沙和蜂窝状的连片沙丘、沙海绿洲等独特的大漠风光，无时无刻不给人以漫漫大漠的柔美和壮丽。更有甚者，20年来杭锦儿女战天斗地改造荒漠，网格沙障巧缚黄龙，甘草、柠条怒吐新绿。其景其色堪与大自然相比，无时无刻不给人以发自内心的震撼和感动。

2007年，首届库布其国际沙漠论坛召开。库布其国际沙漠论坛是全球唯一的致力于推动世界荒漠化防治和绿色经济发展的大型国际论坛，自创办以来，已于2007年、2009年、2011年、2013年、2015年连续成功举办5届。

在2007库布其国际沙漠论坛举行期间，全国政协副主席、中国工程院院长徐匡迪对杭锦旗生态建设给予了"全国生态治理看内蒙古，内蒙古生态治理看鄂尔多斯市，鄂尔多斯市生态治理看杭锦旗"的评价，充分肯定了库布其的生态建设成果。

进入新世纪以来，乘着撤盟设市全市各项事业蓬勃发展的东风，杭锦旗坚持把生态建设作为全旗最大的基础建设，积极争取国家重点项目，先后成功组织实施了退耕还林、退牧还草、"三北"防护林、天然林保护、水土保持、飞播造林、津京风沙源治理二期工程、生态移民、日元贷款风沙治理等一大批生态重点工程项目。这些国家重点生态项目全部安排到生态环境较为脆弱的地区，并支持鼓励企业和社会力量积极参与生态建设，树立了亿利、伊泰等造林典型企业。企业成为全旗生态建设的主力军，不断推动生态建设工作向前发展，生态环境实现了由"整体恶化、局部好转"向"整体向好、局部优良"的重大转变。

2012年9月，联合国在库布其沙漠发布了影响人类未来绿色事业的《全球环境展望报告》，决定将中国库布其沙漠确定为全球沙漠绿色经济发展交流示范区，向世界分享和推介中国生态文明建设的先进经验和模式，让中国绿色发展的成就影响世界。

2013年夏天，库布其又迎来了新的客人——丹顶鹤。两只美丽的丹顶鹤在库布其安营扎寨，每天在七星湖畔漫步、觅食。丹顶鹤的回归进一步丰富了库布其沙漠生物的多样性。

2014年2月，中国批准库布其国际沙漠论坛为国家机制性大型涉外论坛。作为推动实现联合国防治荒漠化零增长目标的民间机制，论坛将是联合国防治荒漠化公约缔约方大会的重要补充平台。论坛采取PPP（政府+私营部门+民众的合作伙伴关系）的创新性灵活运作机制，由联合国环境规划署、联合国防治荒漠化公约秘书处、科学技术部、国家林业局、内蒙古自治区政府等5家共同主办，由鄂尔多斯市政府和亿利公益基金会具体承办。库布其国际沙漠论坛秘书处设在亿利公益基金会。论坛的永久性会址设在内蒙古鄂尔多斯杭锦旗的库布其沙漠，每2年举办1次。

2015年12月1日，在巴黎气候大会上，联合国环境署、联合国防治荒漠化公约组织等机构首次向全球发布《中国库布其生态财富创造模式和成果报告》，褒扬中国在沙漠治理、消除贫困和应对气候变化方面的积极行动与巨大贡献。

库布其应对气候变化的实践案例，对于帮助发展中国家提升防治荒漠化、应对气候变化和消除贫困的能力建设，推动2015年后可持续发展目标的实施，特别是2030年全球土地零退化目标的实现具有重要意义。

库布其的实践让全球认识到，沙漠是人类未来发展最重要的战略资源之一，荒漠化治理对遏制全球气候变暖具有重大作用，与减少温室气体排放占有同等重要的地位；利用好了沙漠，必将加快应对气候变化的进程，必将加快人类生存空间的开拓，也必将让恶劣的生态、贫困和战乱永远地远离人类，走出一条立足中国、造福世界的沙漠综合治理道路。通过分享中国环境治理中的成功案例，展示了一个发展中大国主动承担生态责任、举国上下齐心探索的态度与行动，进而为全球气候变化与环境治理提供启示与参考。

2016年3月4日，在举世瞩目的全国"两会"会场，习近平主席亲切关怀和鼓励以亿利资源集团董事长王文彪等为代表的治沙人："沙漠治理确实不容易""必须做好这项工作""我将持续关注和支持这项事业"。

主席的亲切关怀，让治沙人倍感温暖、倍受鼓舞、倍添信心。亿利资源集团郑重立下军令状："用5年时间，再造1万平方千米的沙漠绿洲，扶助10万农牧民脱贫致富，绝不让沙区群众在中华民族全面实现小康的百年征程中掉队。亿利要发扬'愚公治沙'的精神，一任接一任，一代接一代，代代相传将治理沙漠事业进行到底，坚定不移走出一条'生态与生意、扶贫与发展'互促共赢的新路子。"

库布其沙漠的治理成就令人瞩目。库布其沙漠治理不仅是鄂尔多斯和内蒙古的一面绿色旗帜，更是中国在国际上的一面绿色旗帜。

第四节　知往鉴今　以启未来

穿沙公路建设工程既是补齐民生短板、实现精准脱贫的关键招数，又是缩小城乡差距、促进共享发展的生动实践。20年后再回首，我们深刻感到，杭锦旗推动穿沙公路建设工程具有重要的实践价值和理论启示。

必须坚持以人民为中心的发展思想，发挥好社会主义集中力量办大事的制度优势。人民是推动历史发展的根本力量。穿沙公路建设工程之所以成效显著，根本原因在于始终坚持以人民为中心的发展思想，始终做到发展为了人民、发展依靠人民、发展成果由人民共享。同时，穿沙公路建设工程的顺利实施还得益于社会主义集中力量办大事的制度优势，以系统性、综合性、普惠性的"组合拳"破解人财物难题，汇聚起推进工程建设的强大合力。

穿沙公路建设工程的实践探索说明，在建设有中国特色社会主义的伟大实践中，必须把坚持以人民为中心的发展思想与社会主义集中力量办大事的制度优势紧密结合起来。以人民为中心的发展思想保证了集中力量办大事的正确方向，集中力量办大事的社会主义制度优势为实现以人民为中心的发展思想提供了制度保障。

必须坚持共同富裕的社会主义本质要求，通过全面深化改革不断提升人民群众的获得感。实现共同富裕，需要找到差距和短板，需要叫得响、立得住、群众认可的硬招实招。穿沙公路建设工程紧紧扭住农牧区基本公共服务和民生改善相对滞后的短板，通过在组织领导机制、政策扶持机制、资金投入机制、运营管护机制等方面的全面深化改革，实现了农村牧区基本公共服务和农村牧区所有贫困人群的广覆盖，大大提升了广大农牧民的获得感。

穿沙公路建设工程的实践探索说明，建设中国特色社会主义必须把共同富裕的价值导向与全面深化改革紧密结合起来。全面深化改革的根本目的，就是要促进社会公平正义，让改革发展成果更多更公平惠及全体人民，最终实现共同富裕。同时，共同富裕不可能一蹴而就，需要通过全面深化改革，找到实现共同富裕的"桥"和"船"，在逐步实现共享发展和协调发展的基础上，稳步向共同富裕迈进。

必须坚持社会主义市场经济基本规律，在公共服务领域处理好政府与市场的关系。正确处理政府与市场的关系，关键是要解决好政府越位、错位、缺位的问题。穿沙公路建设工程，一方面立足于政府在公共服务领域的主导责任，统筹配置城乡各类社会资源，着力解决了农村牧区资源配给不足和政府在农村牧区公共服务领域的缺位问题；另一方面注重坚持以市场化思维配置资源，采取了企业和社会多元筹集资金、政府购买企业服务、发动农牧民投资投劳等方式，同时注重发挥好政府的监管作用。

穿沙公路建设工程的实践探索说明，在公共服务领域政府必须承担起主导职责，同时也要充分发挥市场配置资源的优势，并针对不同情况把"看得见"和"看不见"的"两只手"有机协调起来，不断提升对社会主义市场经济规律的把握运用能力。

必须坚持物质文明和精神文明协调发展，努力满足人民群众不断增长的物质文化需求。物质文明和精神文明协调发展是全面建成小康社会的基本内容。穿沙公路建设在统筹推进农村牧区"硬件"建设的同时，扎实推进农村牧区精神文明"软件"建设，将社会主义核心价值观体现融入生产生活的方方面面，使农牧民的精神面貌悄然发生变化。

穿沙公路建设工程的探索实践说明，在建设有中国特色社会主义的实践中，尤其是在农村牧区全面建成小康社会决胜阶段，物质文明和精神文明必须始终"两手抓，两手都要硬"。只有物质文明建设和精神文明建设都搞好，农村牧区的物质力量和精神力量都增强，农牧民的物质生活和精神生活都改善，农村牧区才能全面建成小康社会。

必须坚持从严治党，既激发党员干部内生的精神动力，又传导干事创业压力，着力破解"为官不为"的难题。全面从严治党，是我们做好各项工作的根本保证。随着穿沙公路建设工程的不断深入，有的干部出现畏难情绪，在工作中突出表现为不作为。解决"为官不为"，关键要坚持全面从严治党，不仅要从思想教育上严起来，着力解决好党员干部理想信念的问题，还要从制度设计和执行上严起来，着力解决失之于宽、失之于松、失之于软的问题。杭锦旗在推进穿沙公路建设工程中，既重激励又重约束，全方位关紧制度笼子，坚持制度面前人人平等，执行制度没有例外，使制度真正成为硬约束，并通过加强考核激励有效传导了压力。

穿沙公路建设工程的实践探索证明，建设有中国特色社会主义事业，必须

风光旖旎

坚持从严治党,既要激发党员干部内生的精神动力,勇于担当和敢于负责,又要全方位关紧制度笼子,着力破解"为官不为"的难题。用从严治党、依规治党,凝心聚力、直击积弊、扶正辟邪,开创党的建设新局面。

必须坚持党的思想路线和工作方法,不断提高破解全面建成小康社会难题的本领。党的思想路线是全面建成小康社会的思想法宝。穿沙公路建设涉及人群广、覆盖范围大、牵涉问题多,离开了科学的思想方法和工作方法就是缘木求鱼。工程在建设中既坚持从客观实际出发制定政策、推动工作,因地制宜、真抓实干,把好事办好、实事办实;又注重统筹兼顾、合力攻坚,妥善处理基本公共服务供给与需求、工程进度与质量、干部与群众、全面与重点、当前和长远等关系,充分体现了我们党科学的思想方法和工作方法。

穿沙公路建设工程的实践探索说明,面对具有许多新的历史特点的伟大斗争,必须坚持和运用马克思主义,坚持党的思想路线,注重统筹兼顾,灵活运用科学的思想方法和工作方法,不断提高破解全面建成小康社会难题的本领。

第五节 牛!工业治沙变废为宝

原材料经过混合、破碎、加水搅拌后,经传送带送入挤压成型机,挤出泥条,再由自动切条机、自动切坯机切割成所需尺寸的砖坯,然后经过输送带码上金属托架,送往干燥室,由电脑操控的机械手码上窑车送往隧道窑进行焙

成品原料成化库

烧，出窑后的产品经过卸窑机械人，经自动打包线打包及塑封后入库……

杭锦旗的一家环保砖厂"吞食"沙漠风积沙和工业固体废物，最后在隧道窑的出口"吐出"新型市政环保砖，把风积沙、煤矸石和粉煤灰变废为宝。

在荒漠化治理过程中，现在最普遍的做法是通过植树造林等方法防沙、治沙，而鄂尔多斯市同圆库布其生态工业治沙项目却是通过"吞沙"，消耗工业固体废物，变沙漠为资源，变资源为财富，实现生态效益的同时创造了巨大的社会效益。据了解，该项目每年可消耗风积沙5万吨、煤矸石3.75万吨、粉煤灰2.5万吨、陶土1.25万吨。

在总结治沙经验的同时创新技术手段，通过"用沙""吞沙"，找到"点沙成金"的一种新办法，即以沙漠风积沙为主要原料，工业园区"三废"、煤

码垛机

砖坯

矸石为辅助原料，按照风积沙、煤矸石、粉煤灰、陶土4∶3∶2∶1的配比，生产出这种新型市政环保砖。该砖具有较强的透水、透气、耐压、抗折、耐酸、耐碱性。该砖一年预计生产5000万块。实现"治沙、生态、民生、经济"平衡驱动的可持续发展。

鄂尔多斯市同圆库布其生态工业治沙有限责任公司作为鄂尔多斯市同圆投资控股集团有限责任公司的子公司，从2013年成立初，就秉承"绿色、循环、清洁、低碳"的发展理念，力求不断加大技术创新力度，引进意大利和德国的高端设备、先进技术，预计实现年均利润总额3750万元。经过几年不断探索发展，公司现拥有我国最大的一条全自动生产线，并且是我国整个西北地区唯一一家标准合格、环保达标的市政砖厂，已成为中国建筑卫生陶瓷协会陶瓷板分会理事单位，国家市政砖质量标准的起草单位之一。

市政环保砖全自动包装机

第六节 携手防治荒漠,共谋人类福祉
——第23个世界防治荒漠化与干旱日来看看鄂尔多斯铺梦逐绿的成绩单

2017年9月6日至17日,《联合国防治荒漠化公约》第13次缔约方大会在鄂尔多斯市召开。来自196个缔约方的约1400名正式代表与会,共商全球防治荒漠化大计。本次大会的主题是"携手防治荒漠,共谋人类福祉",主要任务是围绕联合国确立的"到2030年实现全球土地退化零增长"这一重大目标,讨论了

一系列重大政策性议题，推动形成《公约新战略框架》等5项成果，包括各缔约国提出本国实现土地退化零增长的国家自愿目标和行动计划。如此具有影响力的全球性盛会在鄂尔多斯市举行，这是一次重要的政治任务，也是全面展示鄂尔多斯经济社会等各个方面发展成果，特别是荒漠化治理成效的重大机遇。

6月17日是第23个世界防治荒漠化与干旱日，世界主题是"我们的土地，我们的家园，我们的未来"，我国主题是"防治荒漠化，建设绿色家园"。在这个有着特殊意义的日子里，不我们满怀骄傲与自豪地追忆鄂尔多斯铺绿逐梦的不凡征程。

鄂尔多斯属生态脆弱地区，是自治区乃至全国沙漠化和水土流失较为严重的地区之一，年均降水量仅为150至350毫米，蒸发量却为2000至3000毫米。境内南有毛乌素沙地，北有库布其沙漠，占全市总面积的48%，干旱硬梁区和丘陵沟壑区又占了48%，宜开发土地仅4%。

然而关山阻碍，并没有挡住鄂尔多斯人向往绿色的脚步。截至2016年底，全市森林资源面积达到了3480万亩，森林覆盖率和植被覆盖度分别达到26.7%和75%以上，较2000年分别提高14.54和40个百分点。全国第5次荒漠化和沙化土地监测结果显示，10年间全市荒漠化土地面积减少580.8万亩，年均减少58万亩；沙化土地总面积减少42.69万亩，流沙面积由1715.96万亩减少到1028.21万亩，减少687.75万亩。目前，境内毛乌素沙地和库布其沙漠治理率达到70%和25%，毛乌素沙害基本消失，库布其沙漠趋于稳定，重点治理区生态得到明显改善。全国绿化模范城市、国家森林城市、中国优秀旅游城市、全国文明城市……一份份荣光可鉴的证书是付给鄂尔多斯人汗水的最好回报。

让家园铺满绿色，是鄂尔多斯始终如一的追求。早在20世纪50年代，伊克昭盟委就提出了"禁止开荒，保护牧场"的草原建设方针。20世纪70年代初出现了毛乌素沙地和库布其沙漠握手地带，"依靠社队治沙为主，积极开展国营治沙"的造林绿化方针和"护林者奖，毁林者罚"的林木保护政策为鄂尔多斯守护了绿色的前景。

20世纪70年代末至80年代末期，鄂尔多斯被列入"三北"防护林体系建设工程，荒漠化防治亦经历了重大变革，提出"植被建设是伊克昭盟最大的基本建设"的战略和"三种"（种树、种草、种柠条）、"五小"（小流域、小水利、小草库伦、小经济林、小农牧机具）建设，"个体、集体、国家造林一起上，以个体造林为主"更是成为这段时期的一大特色。"乔、灌、草结合，以灌木为主""谁造谁有，合造共有，长期不变，允许继承""'五荒'划拨到户，草牧场两权分离"的家庭联产承包责任制等方针政策极大地鼓舞了农牧区群众的治沙热情，出现了农牧民争沙、抢沙承包治理的喜人局面。

20世纪90年代，伊克昭盟委、行政公署提出"拉通联动、增收增效、因地制宜、分类指导、分区实施、梯度推进"的发展战略，把全盟农村牧区划分为丘陵山区、沙区、干旱硬梁区、沿河区四大区域。鄂尔多斯的荒漠化防治开启了精雕细琢的时代。

进入新世纪，鄂尔多斯市以打造"美丽鄂尔多斯"为奋斗目标，将防沙、治沙和保护生态环境作为可持续发展的重要内容，继续砥砺前行为绿色而战，迎来了政府引导、全民参与的大好局面。在坚持实行"个体、集体、国家一起上"的基础上，将荒漠化防治纳入国民经济和社会发展总体规划，统筹谋划，科学实施，大力推进。全市编制了林业、农牧业、水土保持、水资源利用、环境保护规划，从源头上构筑起荒漠化防治的规划体系。同时大力推行"掏钱买活树"的约束机制和"以补代造""以奖代投"等激励机制，鼓励、引导企业、农牧民通过承包、入股、租赁以及投工投劳等方式参与防沙治沙。全市涌现出了亿利、东达等防沙治沙典型企业以及殷玉珍、乌日更达赖等防沙治沙先进个人，也带动了一大批农牧民和社会各界投资生态建设，形成了人人爱绿、植绿、护绿的良好社会氛围。

为了加大荒漠化防治力度，充分调动社会资源，鄂尔多斯市下大力气推进林业改革。集体林权制度改革完成了"明晰产权、承包到户"的主体改革任务，林权保护管理体系稳步推进，农民林业专业合作社建设成效明显。截至目前，全市累计印发林权证92003本，面积5691.1万亩，农牧民经营集体林地的主体地位得以确定；成立了"市森林资源资产评估管理中心"，建成市级林权咨询服务中心1个、旗区级林权管理服务中心8个，完成了林权数据信息入库；出台了《市集体林权流转管理暂行办法》。截至2016年底，鄂尔多斯市已建立了农牧民林业专业合作社26个，入社农牧民1087人，经营林地面积22万亩。国有林场改革稳步推进，基础设施进一步完善，"十二五"期间，累计争取国家和自治区国有林场危旧房改造项目补助资金3594万元，完成19个国有林场（站）危旧房改造项目1797套17.14万平方米。

强化保护才能守住根本、捍卫成果，鄂尔多斯新时期的荒漠化防治给"防"着了更多的笔墨。在全自治区率先推行禁休轮牧政策，深入推进生态建设的同时，完善了以森林公安、森警、防火、森防为主的林业执法和保护管理体系，有效保护森林资源。"十二五"期间，全市累计投入4647万元用于森林公安基础设施和装备建设，组建森林草原扑火队伍116支1900多人，建成了覆盖全市重点火险区的森林草原防火远程监控系统，监控面积2.17万平方公里，监控覆盖率达到89.1%以上。建成国家级森林病虫害防治检疫标准站9个、国家级森林病虫害中心测报点5个，主要森林病虫鼠害成灾率控制在1.91‰以下。建成国家级自然保护区2个，自治区级自然保护区7个，旗县级自然保护区1个，保护区总面积1346.78万亩，占全市总面积的10.35%。

进入新世纪，科技逐渐在荒漠化防治中扮演着越来越重要的角色，成为鄂尔多斯市遍地播撒绿色希望的强大支撑。针对鄂尔多斯市干旱、多风、少雨的实际，在严格遵循自然规律和水平衡原理的前提下，提倡使用大中型植树机械，打造林业专业队伍，全面提高造林绿化科技水平。为了提高造林成活率、保存率，先后采用了大坑整地、坐水栽植、容器苗、覆膜造林、施保水剂、蘸生根粉、低压水冲造林等数种先进抗旱造林技术。

我们看到的是每年春回时分一个个奋力植绿的匆忙身影，我们看到的是不论冷暖不分四季都闪耀在防治荒漠化之路上的坚守。防治荒漠化、通往绿色的征程没有终点，鄂尔多斯将铭记着最初的绿色梦想一往无前。

创造绿色家园是始终萦绕于鄂尔多斯人心头的梦想。如今，可以骄傲地说，在数十年如一日的绿色坚持中，鄂尔多斯有了翻天覆地的变化。

鄂尔多斯荒漠化防治一直采取"因地制宜、因害设防、先易后难、由近及远、分区治理、整体推进"的综合治理方式，分别针对沙区、丘陵山区、干旱硬梁区、沿河区四大区域的荒漠化特点选用了不同的治理办法和治理技术。

鄂尔多斯市境内的库布其沙漠和毛乌素沙地是荒漠化防治的重中之重，与之斗争多年，勤劳智慧的鄂尔多斯人创造性地使用了多种治沙方法，让这两块绵延横亘在家乡的"伤疤"开始慢慢淡化。"锁边""切割""点缀"，通过人工造林、飞播造林，用乔、灌、草建设锁边林带，阻止沙漠北侵黄河和向南扩展；在中部，围绕丘间湿地、"十大孔兑"和穿沙公路进行切割治理，利用公路两侧设置沙障、人工种树种草等措施，建成一道道绿色生态屏障，控制沙漠扩展；在沙漠腹地水土条件较好的丘间低地和湖库周边，采取点缀治理的方式，建设沙漠绿洲、绿岛。库伦治理模式是鄂尔多斯市广大农牧民总结经验立足实际自创的具有地方特色的草场建设模式。库伦建设就是把大面积的沙漠化土地围封后分割成块状进行综合治理，主要类型有：封滩封沙育草库伦，乔灌草结合的治沙库伦，种养加一体化经营库伦，水、草、林、料、机5配套库伦等。此外还有封沙育林治理、工程固沙、建设防护林、"前挡后拉"、"栽种补护"等治沙的好办法。

在东部丘陵沟壑区则以水土保持为重点，坚持适地适树、优化配置，采用生物措施为主、工程措施为辅，以流域为单元的综合治理模式，提高林草覆盖度，减少水土流失。同时用"穿靴戴帽"的办法，为山丘顶部戴上油松、山杏等树种做的"帽"，给沟底穿上耐盐碱的沙棘等树种制的"靴"，起到了涵养水源、拦截泥沙、减少水土流失的作用。丘陵沟壑区也是工业厂矿集中分布区，坚持"谁开发谁治理"的原则，严格按照采坑回填、沟坡整治、道路防护、环境绿化等规定执行。

在西部干旱硬梁区以保护天然原生植被为重点，用封山育林辅以人工造林、"两行一带"等治理模式，建设保护型生态经济区。一方面积极采取"封飞造"措施恢复植被，另一方面建设以水为中心的畜群草库伦，以草定畜，实行轮封轮牧制度。在无定河流域、黄河冲积平原区围绕沿河开发战略，大力建设农田防护林、护岸林、护堤林、商品用材林和经济林。

治沙植绿、战胜荒漠是场持久战，面对严重的荒漠化现实，鄂尔多斯不仅要让荒漠披上绿装，也在不断探索如何能在防治过程中大力发展林沙产业，变荒为宝产生经济效益。截至2016年底，全市林业总产值达到了44.5亿元，带动农牧民12万多人，农牧民来自林业的人均纯收入达到2700元，占当年农牧民人均可支配收入的20%。农牧民有了收益，植绿护绿的积极性也就更高了。

为了更好地实现让山头绿起来，让百姓富起来，鄂尔多斯市多方探索努力，完善政策，创新机制，为绿富共赢保驾护航。相继出台了《鄂尔多斯市人民政府关于扶持沙棘产业发展的意见》《全市渔业和林沙产业企业科技创新补贴奖励验收方案》《鄂尔多斯市建立完善龙头企业与农牧民利益联结机制的实施意见》等政策，为林沙产业发展开通了"绿色通道"。大力推行"企业建基地、基地连农户""企业对协会、协会联农户"，鼓励农牧民成立专业合作社，形成了全社会参与、多元化投资生态建设的大好前景。截至2016年底，鄂尔多斯市已建立了农牧民林业专业合作社26个，入社农牧民1087人，经营林地面积22万亩。2015、2016年，乌审旗博然祥和源养蜂专业合作社、乌审旗顺发种植专业合作社先后被国家林业局等部委评为国家级农民专业合作社示范社。

打造出良好的发展环境后，就有条件夯实产业基础，培育龙头企业。鄂尔多斯市将原料林建设任务重点安排到禁止开发区和限制开发区，利用国家重点工程项目建设的机会治理荒漠发展产业。鄂尔多斯市也对符合林沙产业政策、发展前景好、环保规范、能拉动生态建设和促进农牧民增收致富的林沙企业进行重点扶持。现在，全市已建成高原杏仁露、天骄资源等自治区级林业产业化重点龙头企业14家，其中内蒙古高原杏仁露有限公司和内蒙古东达蒙古王集团有限公司为国家林业产业龙头企业。这些企业在实现自身利益增加、市场竞争力增强的同时，极大地发挥了辐射带动作用。鄂尔多斯市还积极引导林产品加工企业建设自有原料林，扩大沙柳、柠条、杨柴、沙棘等原料林基地规模，大力开展山杏、梭梭、红枣、葡萄等经济林基地建设。截至2015年底，全市已建成原料林2209.4万亩。

在发展林沙产业的过程中，鄂尔多斯市走出了多条荒漠经济发展路子，让黄沙里长出了"黄金"。鄂尔多斯市高效利用沙柳、柠条、杨柴等灌木资源重点打造了三大林业循环经济产业链，提升了林业发展层次、增强了林业可持续发展能力。一是以沙柳生产人造板、生物质发电为主导的林板、林电循环经济产业链。二是以柠条、杨柴生产优质颗粒饲料为主导的循环经济产业链。三是以沙棘果、叶生产酱油醋、果汁、黄酮等为主导的循环经济产业链。

植树造林渐渐由一个目标变成了一个起点，林造起来以后发展林下经济，拓展产业空间成为新的前进方向。"十二五"期间，全市累计培育集体林地600多万亩发展林下经济，涉及农牧户5.2万户（次），累计总产值20.2亿元。鄂尔多斯市恩格贝沙漠生态旅游文化有限责任公司被国家林业局评为全国林下经济示范基地。之后依托生态成果，发展生态旅游则成了顺理成章的事。如今，鄂尔多斯市形成了以成吉思汗陵为代表的"天骄圣地"旅游景区，以响沙湾、七星湖为代表的"大漠风光"旅游景区，以恩格贝为代表的"沙漠文化"旅游景区，以萨拉乌苏、阿尔寨为代表的"古代文明"旅游景区。建成了内蒙古鄂尔多斯国家生态公园1处，内蒙古成吉思汗国家森林公园1处，恩格贝、库布其沙漠、阿贵庙自治区级森林公园3处，萨拉乌苏国家湿地公园1处，内蒙古库布其沙漠七星湖、内蒙古毛乌素沙地苏格里国家沙漠公园2处。

鄂尔多斯以自己跨越世纪的植绿之旅默默诠释着绿色梦想，在一路追绿的征程中，鄂尔多斯收获的，不仅有漫山遍野的葱葱郁郁，还有同样葱郁的美好未来。

第七节　爱我你就来库布其

"风劲潮涌，自当扬帆破浪；任重道远，更需策马加鞭。"

杭锦旗始终把生态建设作为最大的基本建设，严格落实禁牧休牧、划区轮牧和生态奖补等政策，完善草原保护工作考核机制，坚定不移地禁牧禁垦。实行生态环境损害责任终身追究制度、资源有偿使用制度和领导干部自然资源资产离任审计制度，做到事前预警、事中控制、事后追责，形成约束有力的生态文明建设制度体系；全力推进重点生态项目建设、社会造林和义务植树，加快重点区域绿化覆盖，全旗森林覆盖率和植被覆盖度分别由14.5%和60%提高到18.6%和70%，生态环境由局部优化开始向整体好转改变。

杭锦旗坚持加强基础设施建设，破解发展制约瓶颈，地区承载能力逐步提升。大力推进节水灌溉、水权转换工程，疏通沿河排干网络652公里；新建220千伏变电站2座、110千伏变电站8座、35千伏变电站4座，安装10千伏配电变压器1780台；塔韩铁路、沿黄一级公路、呼和木独黄河大桥和一批乡村公路相继建成通车，新增黑色路面里程1144.7公里，为县域经济发展提供了有力支撑。

杭锦旗转变经济发展方式，强化产业支撑，综合经济实力持续增强。以独贵塔拉工业园区、鄂尔多斯新能源产业示范区为载体，全力打造新型煤化工及清洁能源基地，伊泰120万吨精细化学品、亿鼎260万吨碳基复合肥、昊华40万吨煤制甲醇等一批亿元以上重大项目落地实施、相继投产，煤化工产能达到284万吨，新能源发电装机容量达到63.4万千瓦，天然气液化产能达到70万吨，新型工业初具规模。先后获评"最具民族文化旅游目的地""生态旅游特色目的地城市"，建成自治区首个国家四星级汽车房车露营地和全国西部首家京东县域特色馆，文化、旅游、电子商务等现代服务业稳步发展。

杭锦旗坚持以人为本，着力保障和改善民生，人民群众幸福指数不断提升。始终把脱贫攻坚作为最大的民生工程，累计投入资金11.4亿元，落实产业扶持、易地搬迁、兜底保障等政策，全旗82%的贫困人口实现脱贫，贫困总人口减少至8955人。

杭锦旗牢牢抓住发展第一要务，传承和弘扬穿沙精神，坚决守住发展、生态、民生底线，凝心聚力补短板，真抓实干促发展，为扎实推进生态杭锦、自信杭锦、文明杭锦、和谐杭锦建设，久久为功、持续发力。

杭锦本土诗人冯春生的一首歌词《爱我你就来库布其》在库布其大漠传唱着：

爱我你就来库布其，
七颗吉星落这里，
神光响沙多神奇，
金黄色的葵花开遍地，
爱我你就来库布其，
我们缠缠绵绵几百里……

爱我你就来库布其，
这里的响沙欢迎你，
浩瀚辽阔与天齐，
游人如织探神秘，
爱我你就来库布其，
我带你大漠上来游戏……

爱我你就来库布其，
古如歌之乡在这里，
唱完父母唱天地，
千年的歌声唱不息，
爱我你就来库布其，
歌声天天陪伴你……

爱我你就来库布其，
金王冠出土阿门其，
远古的帝王在这里，

驰骋天下谁能敌?
爱我你就来库布其,
王者风范让人迷……

爱我你就来库布其,
哈劳才登古城在这里,
两千年前造钱币,
为我们的财富垫了底,
爱我你就来库布其,
财源滚滚不停歇……

爱我你就来库布其,
阿拉腾敖包在这里,
蓝天白云晴朗天,
千里草原吉祥地,
爱我你就来库布其,
我们在敖包上来相会……

爱我你就来库布其,
鄂尔多斯草原在这里,
骑上骏马领上你,
百花丛中比比美,
爱我你就来库布其,
最浪漫的西草地……

爱我你就来库布其,
七星湖景区在这里,

这里有过七仙女,
你来了就是她们的小妹妹,
爱我你就来库布其,
天上人间数这里……

爱我你就来库布其,
菩提济度寺在这里,
图布丹高僧摩摩顶,
慈祥的长老呵护你,
爱我你就来库布其,
万事吉祥都如意……

爱我你就来库布其,
神光响沙在这里,
骑上骆驼爬上沙,
沙丘有高也有低,
爱我你就来库布其,
手拉手滑沙要有你……

爱我你就来杭锦旗,
马头湾冬捕在这里,
一网打上万斤鱼,
抢上头鱼好福气,
爱我你就来库布其,
吃上鲜鱼你不想回……

爱我你就来库布其,

洁白的哈达献给你，
手扒羊肉饸饹面，
酥油奶茶泡炒米，
爱我你就来库布其，
歌声美酒欢迎你……

后记

历时一年半,《大漠长歌》完稿付梓,掩卷之时,海脑中一幅幅杭锦人民轰轰烈烈的与天斗、与地斗、与沙漠斗,最终做到与自然握手言和的生态建设画面不断浮现。这是不能忘记的过去,这是必须记录的历史,这是杭锦儿女应该世代引以为豪的伟大功勋,这是仅见的鄂尔多斯生态纪实报告文学。

杭锦旗是一个地理环境很特殊的地方,三分之二的土地被一个叫库布其的沙漠牢牢盘踞,沙漠北边有一块黄河冲击平原,也被日复一日的沙漠北侵变得越来越狭长,沙漠南部半荒漠化,是一片几乎不长草的荒原。据史书记载,这里曾经水草丰美、牛羊遍地,可到了1997年,我们可以看到的除了赤地千里,还有5年未曾有一滴降水的记录。从1992到1997年,杭锦旗的生态环境已经恶劣到了临界点。百姓们很久没有看到云彩飘荡在蓝天上了。沙尘暴席卷四季,草原裸露,只有极为耐旱的红柠条露出地面。就是在夏天,所谓的草原也是灰黄色的,和冬天的情景一模一样。脆弱的生态带给杭锦旗这个以牧业为主的旗县经济的灾难是致命的。这里被上报为国家级贫困县。这里成了经济建设大潮中的边缘地区。

有着悠久革命历史传统的杭锦旗人民怎么会甘心面对这样尴尬的社会处境和自然环境？作为一代天骄成吉思汗的后人，面对自己生存的困境怎么可能无动于衷？

1997年穿沙公路的修建，就是不甘落后、勇于改变的杭锦人向自然、向沙漠、向命运发起的一次挑战。在以优秀的领导人白玉岭为主的时任领导班子的决策指挥下，腰斩库布其，手缚黄龙，使得猖狂肆虐了几千年的沙漠终于向大无畏的杭锦人民低下了头。从此，沧海桑田，改天换地。

生态文明建设功在当代、利在千秋。"库布其模式"是杭锦人民献给世界治理荒漠化的沉甸甸的大礼，是建设美丽中国，为人民创造良好生产生活环境，为全球生态安全做出的重要贡献。可创造奇迹的过程是一个多么艰辛的过程，这里边有着多少不为人知的人与事？

《大漠长歌》用最朴实的文字记录了从1997年开始的穿沙公路建设以及围绕着穿沙公路建设进行的杭锦旗经济的全面建设，讲述了杭锦儿女为保护生态环境书写的一代又一代的故事。翻开此书，一个个熟悉的身影，一件件曾经发生在我们身边的故事迎面而来。作为杭锦人，留下《大漠长歌》，不为树碑立传，只为不能忘却的记忆。

绿水青山就是金山银山。中国特色社会主义进入新时代，建设生态文明是中华民族永续发展的千年大计。在沙漠里修路成功，本身就是一个奇迹，在沙漠里种树种草、保路护路成功，更是一个不敢令人相信的奇迹，把沙害变为沙利，发展成新型的最具潜力的沙产业，更是一个世界性的奇迹。杭锦儿女实现了人与自然和谐共生，提供了库布其这一优质生态产品以满足人民日益增长的优美生态环境需要。伟大的杭锦旗人民做到了。

文化自信是一个国家、一个民族发展中更基本、更深沉、更持久的力量。不忘本来、吸收外来、面向未来，《大漠长歌》将更好构筑一种精神、一种价值、一股力量，使其成为精神指引。

感谢所有为本书创作提供帮助的各位同仁。本书部分图片由白富华、那顺、项国臣、白永学、闫生发、刘啸、贺鹏飞、韩雄亮、宋海靖摄影或提供。